リサ・マリー・ライス/著
上中 京/訳

真夜中の炎
Midnight Fire

扶桑社ロマンス
1459

本作品をいつもどおり、夫と息子に捧《ささ》げる。

オリジナルのストーリーを破棄し、もっといいものに替えさせてくれたアダム・ファイアストーンに感謝の意を表します。作品のかっこいい部分はすべて彼のアイデアで、ミスがあった場合には私に責任があります。

真夜中の炎

登場人物

サマー・レディング――ジャーナリスト、
人気ブログ『エリア8』の主筆

ジャック・デルヴォー――アメリカきっての名門一族の長男、
実はCIAのエージェント

マーカス・スプリンガー――CIA秘密工作本部担当の副長官

キーン――特殊部隊出身のスプリンガーの
部下

ニック・マンシーノ――元SEALのFBI職員

イザベル・デルヴォー――ジャックの妹

ジョー・ハリス――イザベルの婚約者、
警備会社ASI社員

メタル、ジャッコ――元SEAL、ASI社員

フェリシティ――ASIのIT担当者、メタルの妻

ザック・バローズ、マーシー・トンプソン――『エリア8』の編集者

1

ワシントンDC、ワシントン大聖堂
ヘクター・ブレイクの葬儀

これがお葬式というものなのね、とサマー・レディングは思った。人は、そのもっとも醜い部分を葬儀の場でさらけ出す。埋葬される人物が誰からも嫌われていた場合は、とりわけその傾向が強い。

いや、まあこの場にいる全員が、ヘクター・ブレイクを憎んでいたというのは言いすぎかもしれない。しかし彼を愛していた人がひとりもいなかったことは、断言できる。彼は上院議員で〝ワシントンDC殺戮《さつりく》事件〟の数少ない生き残りであり、アレックス・デルヴォーが今も生きていれば、アメリカ合衆国副大統領になっていたはずの男であったにもかかわらず。

しかしアレックス・デルヴォーはとうに亡くなっていたので、ヘクターが副大統領になる可能性はなかった。デルヴォー一族全員——先代からきょうだいの多い一族で、大勢の親戚《しんせき》がいたが、そのすべてが半年前に地上からいなくなった。唯一生き残ったのはひとり娘のイザベルだけ。ジャック・デルヴォーまで死んでしまった。彼はただ単にハンサムだというだけでなく、すべてがかっこよくて、まぶしいぐらいに生きる喜びに満ちあふれていた。彼が魅力を振りまけば、思いどおりにならないことは何ひとつなかった。そんな人物が若くして死ぬとは、とうてい考えられなかった。

しかし、〝殺戮事件〟であっけなく死んでしまった。

惨劇のさなかにいながら、ヘクター・ブレイクは生き延びた。人類を滅亡させるような核戦争が起きても、ゴキブリは絶滅しないのと同じ理屈なのね、とサマーは思ったものだ。

多くの人が犠牲になった〝殺戮事件〟の現場にいながら、ヘクター・ブレイクがどうやって命拾いしたのか、考えると不思議だった。事件はアレックス・デルヴォーが大統領選への出馬表明を宣言するはずのパーティで起きた。

いろんな証言を考え合わせると、ブレイクがそのときに死ななかったのは謎《なぞ》だ。ところが半年も経ってから、首都ワシントンを流れるポトマック川から水死体となって発見された。それが二日前のこと。この死にも大きな疑問が残る。

どうしようもなく退屈な彼の葬儀は、いつまでも続く。少しでも名前の知られた人は全員、祭壇前のモザイク模様の寄木造りの床に立って、ヘクター・ブレイクがどれほどすばらしい人物だったかを延々と述べる。全員、まったく心にもないことを口にしているとみんながわかっている。

ブレイクはとにかく嫌なやつだった。彼の長所として挙げられる点はただ、立派な政治家だったアレックス・デルヴォーの幼なじみだったということだけだ。実はサマーの遠縁の叔母のひとりが、遠い昔にごく短期間彼と婚姻関係にあったので、サマーはブレイク家とは縁戚になる。

ワシントン大聖堂の聖歌隊によるヘンデルの『メサイア第45番』の合唱が始まった。救いがたい最低の男にはまるで不似合いな清らかな音楽だ。

サマーがこの葬儀に来たのは、取材のためだった。〝ワシントンDC殺戮事件〟に関しては、納得がいかないことが多すぎる。謎を解くカギはヘクター・ブレイクが握っていると前から考えていたのに。そのときふと、彼女の意識が極上の音楽の波長をとらえた。すると荘厳な調べに酔いしれてしまった。魂が浄化されていくようだ。

最近よく、こういう状態になってしまう。知らないあいだに目の前のことから気持ちがそれ、音楽に聴き入ったり、詩を読んだり、公園を散歩したりしている。

世の中がどんどん穢《けが》れていくのがわかるから。地下の腐敗した場所からわき出す汚泥が、どんどんと地表に浸出してきているように思う。あたり一面がどぶみたいになっていき、新鮮で清潔なものを汚していく。

政治に関するニュースや意見などを記事として配信する彼女のブログ『エリア8』は非常に人気がある。ただこれだけ成功したのも、元を正せば政治があまりに腐敗したからだ。調査報道を得意とする彼女のブログは、腐敗を暴くことによってどんどん人気が出てきた。この数年、国会議員や閣僚などのスキャンダルが報じられない日はなかったような気がする。収賄《しゅうわい》だったり、未成年との不適切な関係だったり、飲酒やドラッグでハイになって交通事故を起こしたり。ときにはその三つすべてが当てはまる場合もある。

政治家たちの正気を疑いたくなる。スキャンダルは疫病のように政治家や政府高官のあいだに拡がっていた。

『エリア8』はそういったスキャンダルを徹底的に暴く。少し離れたところから汚れた世界を俯瞰《ふかん》で眺めると、何だか滑稽《こっけい》で――しかもグロテスクにも思えるのだが、サマーはしっかりと目をそむけることなく、汚いことが横行する世の中を見据える。そして不正や腐敗、一般大衆の信頼を裏切る政治家たちの行為を目にして、悪寒を覚える。

だからこそ、いろんな種類の音楽を聴きたくなる。小さな教会で催される集会でも、大きくて立派なホールでも、規模は問わないがコンサートに頻繁に出向く。座席にもたれて目を閉じると、音楽が自分の体の澱《おり》を洗い流してくれる気がする。今もこの讃美歌が、いくらか自分を清らかにしてくれたように思える。また、忙しい仕事のスケジュールをぬってロッククリーク公園まで車を飛ばし、一、二時間ばかり森林浴を楽しむようにもなった。新鮮な空気を吸って、リスを眺め、相手の心を裏切ることのない生きものを見ているとほっとする。

昨年は、ジェーン・オースティンの作品すべてを四回読み直した。こういうのは、燃え尽き症候群一歩手前の症状であることぐらい、自分でも認識している。

それでも彼女は前に突き進んだ。理由は、これまでとはレベルの違う大規模な腐敗が進行しているのを感じていたから。〝ワシントンDC殺戮事件〟はその一部であり、ヘクター・ブレイクは事件の渦中の人物だった。

はっきりとした証拠がないので、捜査当局に通報するわけにはいかない。そもそも、安心してこういった話ができる捜査当局はどこなのかもわからない。文書も、データファイルも、ビデオも、録音した音声もない。ただサマーの直感が、何かがおかしいと訴えるだけ。

讃美歌の余韻が徐々に薄れ、高い格間天井へと消えていく。残念、これで音楽は終わりだ。また歯の浮くような言葉をちりばめた嘘《うそ》を聞かなければならない。

次に弔辞を読むのはＣＩＡの秘密工作本部担当の副長官、マーカス・スプリンガーだった。取り澄ました顔で、一瞬さっと大げさに腕を伸ばしてスーツの袖口《そでぐち》からカフスをきれいに出し、マイクの前に立つ。上着の前ポケットから、ゆっくりとおしゃれなスチールの容器を取り出し、そこに入っていた眼鏡をかける。時間をかける様子がわざとらしい。穏やかな面持ちから、彼が悲嘆に暮れているとはとうてい思えない。

「私たちが本日ここに集まったのは、偉大なる男性がアメリカ国民として存在したことを確認するためです。その人物の名はヘクター・ブレイク、彼がアメリカ人であったことを改めてありがたく思います」平板な口調でスプリンガーが話し始めると、サマーは興味を失った。美辞麗句はもうたくさんだ。

ヘクター・ブレイクの人生なんて、どうでもいい。ブレイクがスポットライトを浴びていたときのことはわかっている。ただ、その死に関して謎が多すぎる。検視報告書で述べられた情報があまりにも少ない。

ヘクター・ブレイクは溺死《できし》した。それは確からしい。

しかし、その場所がはっきりしない。

溺死体は川底の自動車の中にあった。わかっているのはそこまでだ。自動車はポトマック川に沈んでいたのかもしれないし、そうでないのかもしれない。その車は彼が所有しているものだったのか、そうではなかったのか、そこも不明だ。国家の安全にかかわるとの理由で、検死局は報告書全文の開示を拒否した。

サマーは検死局に強力な情報源を持っていた。ジェイムズ・ハドソンという検死官なのだが、彼はひそかにサマーに熱を上げており、見聞きしたことを教えてくれる。これまではお礼にコンサートのチケットを渡すぐらいで情報を得られてきた。ところが今回は、このハドソンからまったく何も聞き出せなかった。いっさい。ハドソン自身が検死報告書に触れることさえ許されていなかったのだ。報告書全文は検死局のネットワーク内で通常とは異なる場所に保存され、そこにアクセスするには別のパスワードが必要だった。ハドソンにはアクセス権限はない。また彼は検死解剖に助手として立ち会うこともなかった。政府の重要人物の検死をワシントンＤＣの検死局長がひとりで行なうのは、きわめて異例だった。おまけに局長は検死解剖のあとずっと欠勤を続けていて、局長が現在どこにいるのかを、誰も知らない。

臭《にお》う。どう考えても怪しい。

ブレイクが殺されたとしても、その犯人を責める気にはならない。ただ、それが誰なのかを知りたい。

彼女の頭の中でヘクター・ブレイクの息の根を止めたいと考える人間の名前が次々と浮かび、ずいぶんと長いリストになった。

たとえば、親戚のバネッサ叔母さん。叔母は短期間であるが、ブレイク夫人だったことがある。つまりサマーとヘクター・ブレイクは親戚にあたるが、まったく血縁関係はない。やれやれだ。ヘクター・ブレイクと同じDNAを持っていると考えただけでも……おえっとなる。

サマーの両親が亡くなったとき、近い親戚がいなかった彼女の保護者となったのがバネッサ・ブレイクだった。ちょうどヘクターとの結婚生活の破たんが避けられなくなり、離婚協議を視野に別居しようか、というときだった。

寄宿舎のある中高一貫の学校への入学がすでに決まっていたサマーが、バネッサ叔母さんのところにいたのは二ヶ月だけだったが、それでもデルヴォー家の存在がなければ、その期間を耐えきることはとてもできなかっただろう。あの頃、デルヴォー家の人たちはサマーを気にかけ、しょっちゅう様子を見に来てくれたし、食事にも招いてくれた。サマーはその間《かん》、ほぼ毎日デルヴォー家で食事をした。そうでもしなければ、まともな食べものにはありつけなかった。叔母さんの家では全員が外食するし、親戚の女の子がちゃんと食事をしているかと気にかける人はいなかった。

イザベル・デルヴォーはサマーと年齢も二歳しか変わらず、親切で、一緒にいて楽しい人だった。そしてジャック。初めてジャックを見たとき、十二歳のサマーはぽかんと口を開けて彼に見とれてしまった。それまで男性に見とれたことなどなかった。この体験で自分の第二次性徴がいっきに始まったのだとサマーは今でも思っている。

ジャックは十五歳で、目のくらむような美しさ——もつれたブロンドの髪が太陽の光を浴びて輝く頭の先から、完璧《かんぺき》な形をしたつま先まで、絵に描いたような美少年だった。ある午後、デルヴォー家の裏庭にあるプールで一緒に遊んだときには、彼のはだしの足跡があまりにきれいで、ぼんやりと見とれたことさえあった。

その後すぐに寄宿舎生活が始まり、イザベルを含めたデルヴォー家の人たちと会う機会もなくなった。ところがハーバード大学に入った最初の週に、サマーはジャックと再会した。

サマーがもじもじしながらハローとつぶやくと、人気者のオーラを放つ憧《あこが》れの上級生になっていたジャックは、え、誰？　と彼女の顔を確認してきた。彼は少年の頃にも増して、整った顔立ちになっていた。美しい少年の面影に男らしさが加わって、見ているだけで幸せになるような姿だった。彼にとても親切にされ、その後ベッドをともにした。そのときは、これが私の生まれてきた意味だったんだわ、とサマーは思った。ところがジャックは太陽神みたいなもので、その存在はまぶしくて大きすぎた。友だちもいない新入生の女の子のそばにいつまでもいてくれるはずもなかったのだ。彼はサマーに言い寄ったあと一ヶ月のあいだに、彼女の寮のルームメイト、さらに同じ階の女の子二人と体の関係を持った。そして姿を消した。

彼が初体験の相手だったサマーは、ひどく落ち込んだ。そしてその後かなりの期間、彼が最後の相手になるのではないかと思っていた。

彼が扉を開いてくれためくるめく快楽の世界のすばらしさに圧倒され、これが真実の愛なのだ、と思い込んでしまった。いかにも愚かな女の子が描く幻想だ。結局その幻想が続いたのもほんの数日間だった。

彼がどこへともなく姿を消したから。彼に会うことはその後いちどもなかった。そして彼は死んでしまった。あの〝殺戮事件〟で殺されたのだ。

サマーは彼に手ひどくふられてしまったわけだが、彼自身は生きる喜びに満ち、そのオーラがきらきらとまぶしい人だった。ああいう人は本来、長生きをして幸せな生活を楽しむものだ。それなのに彼は冷たい土の中で横たわっている。

ぶるっとサマーの体が震えた。だめ、だめ、そんなふうに考えては。

ヘクター・ブレイクの葬儀に出たせいだろう。何だか不吉なことばかり考えてしまう。ここにはジャーナリストとして来たのだから、きちんと観察していなければ。〝ワシントンDC殺戮事件〟の謎を解くカギを見つけるのだ。過去のことを思い出すためにこんなところにいるのではない。

スプリンガーのだらだらとした弔辞が終わろうとしている。参列者がまた目を覚ました様子だ。顔を上げると、きれいに髪を整えた頭が動いている。その頭の下には上品な服装に包まれた体がある。ワシントンDCである程度の地位にある人、あるいは然るべき地位にありたいと思っている者全員がこの葬儀に参列したように思える。サマーは参列者ではなく、報道関係者席に座っているだけだ。この席に陣取るために、式が始まる一時間も前から並んだ。

葬儀が終わり、どこからともなくオルガンの音色が聞こえてきた。教会からの退出を促す曲だ。人の動きで、高価な服から一斉に香水が匂《にお》い立つ。その後みんなが腰を上げ、すぐに話し声が聞こえ始めた。

「くだらない男が、またひとり消えたな」隣にいた男性が、英国訛《なま》りでつぶやいた。ふと見上げると、『ロンドン・タイムズ』の元記者ビリー・アトキンスだった。王室スキャンダルを容赦なく暴き立てたために新聞社を解雇され、今はフリーランスのジャーナリストとしてワシントンDCにいる。アルコール依存症で、呼気からもビールの臭いがする。

「あなたは検死報告書をどう見たの？」ビリーは飲んだくれではあるが、辛辣《しんらつ》な言葉の裏に、一流のジャーナリストの勘を持っている。

「でっち上げさ」そう言うと彼はすぐにその場を離れ、サマーはそれ以上の質問をする機会を失った。今週のどこかで、ビールでも飲まない、と彼を誘ってみよう。ビールの一、二杯、いや七杯ぐらいおごれば、何か語ってくれるかもしれない。

どこかで誰かが、何かを知っているはずだ。

人々がぞろぞろと狭い会衆席の列を出て、大きく開けられた北側のドアに向かう。通路は人でいっぱいだ。教会内には紺《こん》とピンクのステンドグラスから光が射し込んでいたのだが、サマーは突然、無性に直接太陽の光を浴びたくなった。他の人たちも同じ気持ちだったようで、外気を求めて足を速める。

彼女はまっすぐにドアへと向かった。周囲に何千もの人がいて、その人たちを取材すればさまざまな話が聞けるのはわかっていたが、それでも構わなかった。とにかく教会の中は息が詰まりそうで、胸が苦しかった。

誰もが外に出たがっている。人の流れはスムーズで、サマーはすぐにコンクリートのポーチへと出た。寒いがよく晴れた日だった。冬の太陽が丘の芝生を輝く緑に見せ、対照的に丘のふもとに広がる建物は雪のように真っ白だ。

その光景を見て、彼女はなぜかヴァージニア州にあったデルヴォー家の邸宅を思い出した。まばゆい緑の芝生に、白い建物がいくつもあった。

何だか落ち着かない気分になり、彼女は人ごみをぬって階段を下りようとした。ドアから次々に人が出て来るので、階段も人でいっぱいだ。ヘクター・ブレイクの葬儀が、長いあいだ心の奥深くに閉じ込めておいた記憶の箱のふたを開けてしまった。両親の死による混乱、ハーバード入学とそのあとすぐに経験した失恋。ジャックはソフトクリームを舐《な》めるように彼女を味わい、まあまずくはないが、特別なものではないと、ぽいと捨て去った。大学には彼が味見をしたいような女性がいっぱいいたし、彼ならどんな女性でも手に入れられた。

彼のことを忘れるのには、本当に時間がかかった。失恋をいつまでも引きずっている自分が情けなかった。ともかく、彼が目の前からいなくなったのは幸いだった。毎週異なる女の子と腕を組んでキャンパスを歩く彼の姿を見なくて済んだから。当時の彼女は、彼にふられたことが辛くて、精神的に不安定だったため、付き合う女の子をひんぱんに変え続ける彼を見ていると、さらに打ちのめされていたに違いない。

今のサマーは違う。強くなった彼女の心を引き裂ける男などどこにもいない。もうそんなことは不可能だ。

当然ジャック・デルヴォーみたいなタイプの男性に心を奪われる心配なんてない。ハンサムすぎて、魅力的すぎて、真心のない人。

そのとき彼女の周辺の人たちが、突然歩く方向を変えた。無理な動きのせいで、前にいた女性がサマーのつま先を踏んづけたが、振り向いて、すみませんでした、とも言わない。前方にできた人だかりに紛れて、そそくさとその場を立ち去った。

サマーは背が高くないので、つま先立ちして何が起きているのか見ようとした。

ああ、ホームレスがいるのね。背が高く、元軍人らしい。破れてぼろぼろになった迷彩服は汚らしく、強烈な尿の臭いを放っている。体そのものも長期間洗っていない感じだ。伸び放題の汚らしい金髪が脂で固まり、ドレッドヘアになって顔や背中に垂れている。顔はひげぼうぼうだ。

なるほど。近年、経済情勢が最悪なので、帰還兵の多くがホームレスとなっている。こういう人たちを見ると気の毒だと胸が痛むが、それでも彼に触れないように必死で向きを変える人の気持ちもわからないではない。元軍人のホームレスが、ここにいる上流階級の人たちに同情されることはない。だから、こういう人たちはホームレスが現われると、慌てて逃げる。

そのときホームレスがふっとサマーのほうに顔を向けた。二人の目が合い、鮮やかなブルーの瞳が鋭くこちらを見ていることにサマーは気づいた。彼女が夢の中で千回ぐらいは見た瞳。愛を交わしたとき、彼女の瞳を見下ろしていた瞳。

彼は即座に顔をそむけ、走り出した。サマーも人ごみをかき分け、他の人の足を踏んだり、肘《ひじ》で周囲の人を押しのけたりしながら、懸命に追いかけようとしたのだが、やがて見失ってしまった。

ホームレスの姿は、もうどこにもない。

サマーはその場に固まったように立ちつくした。今目撃したものが信じられない。けれど、自分が何を見たのかは断言できる。

ジャック・デルヴォー。六ヶ月前に死んだはずの人だ。

＊＊＊

まずい。彼女に見つかってしまった！

ジャック・デルヴォーは、ワシントン大聖堂の正面階段を脱兎《だっと》のごとく駆け下りた。人を押しのけようとしたが、実際はそんなことをするまでもなかった。誰もが彼に道を空けてくれるのだ。それもそのはず、あまりにひどい格好だ。強烈な悪臭を放っているので、DCの上流階級の人たちは、彼が向かう方向からさっと飛びのいてくれる。どかなければ彼に触れられるわけで、そんな事態を考えるだけで背筋を虫が這《は》うみたいな気がするのだろう。

それでいい。

ホームレスのふりをしてきたからこそ、〝殺戮事件〟以降の六ヶ月を生き延びられた。みんなにもう死んだと思われていたが、それこそがジャックの狙《ねら》いだった。

〝ワシントンDC殺戮事件〟は、イスラム過激派によって引き起こされたテロではなかった。欲に目がくらんだアメリカ人があの事件を起こした。テロでさえない。ただの金目当ての犯行だった。親愛なるヘクター・ブレイク氏が、犯行の中心人物だったわけだ。

ヘクター・ブレイクが実際に死んだときの現場には、ジャックもいた。ヘクターはジャックの妹、イザベルを拉致《らち》したが、ジャックたちに追い詰められ、乗った車ごとポートランドのウィラミット川にかかる橋から落ち、溺《おぼ》れ死んだ。彼がイザベルをさらったのは、彼女がジャックと同様、ホワイトハウス近くのバラード・ホテルで起きた〝ワシントンDC殺戮事件〟の数少ない生存者のひとりで、ヘクターが犯人とかかわっているところを目撃したからだった。この事件では千人あまりもの人たちの命が奪われたが、ジャックの両親、双子の弟たち、叔父、叔母、いとこたちもその死者には含まれていた。

家族の死を思うと、いまだに心が痛む。

ヘクター・ブレイクが、まだ生きていればと願うときがある。自分の手で何度でも殺してやりたいからだ。

しかしヘクターはこの世を去り、政府中枢まで巻き込んだ謀略の全体像は謎のままだ。この謀略にはアメリカ政府の情報機関のいくつかがかかわっており、ジャックが以前勤めていたCIAにも謀略の魔の手は及んでいた。だからジャックとしては、ブレイクが死んだからといって安心はしていられない。謀略のすべてを暴き、関係者全員を塀の中に入れるまでは。あるいは土の中に埋めるまでは。ジャックの好みとしては後者だ。

ジャックは事件で殺されたと、誰もが信じている。生存しているのではないかと疑問を持たれなかったのは、彼がホームレスの格好をして、ひっそりと目立たないようにやってきたからだ。寝泊まりは、誰にも知られないとある隠れ家でしている。この隠れ家を手配してくれたのはジャックの元上司で、その上司ももう生きてはいない。

帰還兵が精神を病んでホームレスになった、というふりをすれば、どのアメリカの街の風景にもなじめる。普通の人は、ホームレスには近寄りたがらない。しかも頭のいかれた帰還兵となれば……絶対にかかわりを避けたいと思う。

ジャックは救世軍の放出品からぼろぼろの迷彩服を手に入れ、隠れ家の小さなベランダに吊《つ》るして週に二度その服に小便をかけ続けた。雨に濡《ぬ》れ、雪で凍り、服はどんどんみすぼらしくなっていった。

シャワーは浴びたが、顔は洗わないようにした。定期的に頭は刈り上げ、脂まみれの臭《くさ》いドレッドヘアのかつらをかぶった。外出の際には必ず、頰《ほお》に伸び放題のひげを貼《は》りつけ、顔認証プログラムに引っかからないようにした。こういった努力が功を奏した。これが自分だと、鏡を見てもわからなかったぐらいだ。

葬儀のあいだずっと、ジャックは教会の外に集まった群衆の端で、オーロラビジョンを観ていた。何か、何でもいいから手がかりはないかと大画面を見つめていたのだが、それでも自分が生まれ育った町で、誰にも気づかれることはなかった。

例外はサマーだった。

ああ、ちくしょう。

彼女は昔から、頭がよすぎた。

彼女は昔、ヘクター・ブレイクの家に居候《いそうろう》していた。曖昧《あいまい》だが記憶にはある。ブレイクの何人目かの妻の遠縁だとかで、両親を亡くして引き取られてきた。ちっちゃくて風変わりな雰囲気の女の子だった。赤っぽい髪が頭の上で鳥の巣みたいにふわふわに大きく絡まり、大きすぎる目と口が印象的だった。がりがりの瘦《や》せっぽちで、借りてきた猫みたいにおとなしかった。

ちょうどその夏、ジャックはアーチェリーでオリンピックに出ようと懸命に練習していた。大それたことを考えたものだが、結局オリンピック選手になるには社交生活を犠牲にしなければ練習時間が足りないとわかり、断念した。

当時は、毎日が楽しくて仕方なかった。夏合宿や競技会、さらにはパーティと忙しく、あまり周囲の状況を意識していなかった。

そしてサマーがいなくなった。少年期から青年期のジャックの前には、次々と新しい人が現われては消えていったので、気にも留めなかった。自分でも何をしているのかよくわかっていなかったし、自分のことだけで手いっぱいで他人のことなど正直どうでもよかったのだ。

ところがハーバード大学の四年生のとき、偶然サマーとばったり再開した。そして絶句した。彼女はおとなの顔になり、目と口はいくぶん大きいけれど、全体のバランスを損なうどころか、かえってセクシーに見えた。鳥の巣みたいだった赤毛は、つややかな赤褐色に輝き、ボブカットがよく似合った。痩せっぽちだった体は、あるべきところにたっぷりのボリュームができていた。

最初この女性がサマーだとはわからなかったのだが、声を聞いてはっとした。彼女の両親は世界各地を自由気ままに渡り歩き、彼女もずっと海外で暮らしていた。そのため彼女の言葉にはどことなく異国的な訛りがあった。十二歳の女の子のかわいらしい異国訛りを聞けば、誰しも笑顔になっていたが、十八歳の彼女が同じ話し方をするとえらくセクシーに響いた。

そういう事情で、ジャックは彼女とセックスし、その後彼女を捨てた。当時の彼は、そんなことばかりしていたのだ。ほとんど何も考えず、体の欲求が命じるままに日々を送っていた。

今思えば、本当に遠い昔のこと。歴史の教科書で習うみたいな昔話だ。セックスに明け暮れる時代、一九九七年から二〇〇一年まで。

とにかく急いでこの場を離れなければ。サマー・レディングは自分の直感を信じて、ジャックを追いかけて来るはずだ。

ＣＩＡの秘密工作本部でエージェント、つまりスパイとして働いていた経験から、ジャックは急ぎ足に見せないようにしながら、非常に速く歩くことができる。腕をぶんぶん振り回さないようにしながら、歩幅を大きくすればいいのだ。もっとも、サマー以外に用心しなければならない人はいない。誰もホームレスには関心がなく、ただぶつからないようにしたり、人によっては通りの反対側に移ったりする場合もあるだけだ。大聖堂からの坂道を下りて、さらに四ブロック歩くと、黒のＳＵＶが停まっていた。ナンバープレートは泥で見えなくしてあり、ウィンドウはスモークガラスだ。ＤＣにはこの種の公用車が何台も走っているので、まったく目立たない。

ジャックは助手席側のドアを開いて乗り込んだ。

「なかなかの見ものだったな」ニック・マンシーノがエンジンをかけながら声をかけてくる。「うへぇ、ひどい臭いだな」顔をしかめる。

「臭うようにしてるんだからな。さ、早く車を出してくれ」

車はジャックの隠れ家に向かって走り出す。「何かあったのか？」

「見つかっちまったらしい」不機嫌な口調になってしまう。この六ヶ月ものあいだ、情報機関のスパイやさまざまな政府機関の捜査官たちがうようよいるこの首都で、誰にも見つからずにきたのに、たったひとりの女の子、いや女性と視線が合っただけで即座に見破られるとは。

「そりゃ、困ったな」ニックがアクセルを踏む。彼はＦＢＩの人質救出チームのメンバーなのだが、非公式に隠密捜査の指示を受けてジャックと行動をともにしている。彼が〝ワシントンＤＣ殺戮事件〟の捜査をしていることを知っているのは、直接指示を出したＦＢＩ長官ただひとりだけだ。ＣＩＡ上層部が事件に関与している可能性が高いため、捜査は絶対に極秘で行なわねばならず、これまでのところＦＢＩが捜査を始めたことは誰にも知られていない。

ニックは表向き休暇中で、謀略の真相を明らかにするまでは本来の仕事には戻るなと命令されている。事件の首謀者を突き止めようとする彼の意欲は、ジャックにも負けないぐらい強い。もちろん勝てはしないが。

ジャックは事件で家族のほぼ全員を奪われた。助かったのは彼と妹のイザベルだけだった。だから死んでも首謀者を見つけ出してやると心に決めていた。

「誰に見つかったんだ？」ニックがさっと視線をサイドミラー、バックミラーへと交互に動かし周囲を確認する。ジャック自身も運転には自信があったが、ニックはＦＢＩで戦闘的運転技術のトレーニングを受けている。

ジャックは苦々しくつぶやいた。「サマー・レディング」

ニックは大きく目を見開き、ちらっとジャックのほうを見た。「サマー・レディング？　あのブロガーか？　『エリア８』の？」

ジャックはただうなずいた。

「ちっ、参ったな」ニックが首を左右に振る。「まずいことになったぞ。レディングは鋭いジャーナリストだ。今日のできごとのすべてを『エリア8』で読むことになるのか？　そうなったら俺たちはおしまいだ」

確かに、おしまいだ。もしサマーが、ジャック・デルヴォーの姿を今日の葬儀で目撃した、という記事をブログに載せれば、事件解決のためにひそかに努力してくれている人たち全員の命が危ない。ジャックだけの問題では済まないのだ。

ＣＩＡ内部に特殊なグループが形成され、彼らが国を裏切る行為を働いていることはわかっていた。〝殺戮事件〟はグループの計画の第一歩にすぎず、これからさらに大規模な攻撃があるとジャックは考えていた。攻撃の日は間近に迫っている。そう思うと、胸の動悸《どうき》が激しくなる。

〝殺戮事件〟の直前、ジャックの耳に不吉な話が飛び込んできた。最初に噂《うわさ》として聞いたのは、四年間勤務していたシンガポールでのことだった。情報源として使っていた男によれば、アメリカ合衆国の国情を不安定にするため、中国政府が秘密の計画を立てているらしい、という話だった。極秘計画はアメリカ国内で高い地位に就いている者たちの手を借りて進行中であり、その中にはＣＩＡの高官も含まれているようだ、と。

そう聞いたとき、ジャックの全身が総毛立った。

計画は何段階かの手順を踏んで実行され、その第一段階が〝ワシントンDC殺戮事件〟だった。第二段階は、アメリカ本土への直接攻撃になるだろうが、情報としてはそこまでしかなかった。いつ頃になるのか、本土と言ってもどのあたりなのかも不明だった。

そのうち、情報源の男が姿を消した。しばらくして現われたときには、シンガポールの死体安置所で水死体となっていた。腐敗が進んでいたため死因の特定に時間がかかったが、男は喉を鋭利な刃物で切り裂かれていた。

ただの噂ではあったが、情報が情報だけに、ジャックは急いで米国に帰り、上司だった秘密工作本部局長、ヒュー・ラウニーに相談した。元々、帰国するつもりではあった。父が家族全員の反対を押し切って、大統領選挙への出馬宣言をすると言い出したからだ。母は、夫が暗殺されるのではないかとほとんどパニック状態だった。噂では、出馬をめぐってデルヴォー夫妻が派手な夫婦喧嘩《げんか》をしたということだった。離婚寸前だと言う者さえいたが、そんなばかばかしい話には、ジャックは取り合わなかった。両親が深く愛し合っているのをよく知っていたから。

父は理想主義者で、自分の理想に近づけるために国を運営したいと考えていた。ジャックが帰国したのはそういう状況のときだった。

ヒューとは公園で会い、録音マイクがないことを何度も確認した。ＣＩＡにいる誰もが信用できなくなっていたからだ。ヒューは内部調査をしてみると約束してくれた。

その夜は、父がバラード・ホテルで出馬宣言をすることになっていた。父の出馬に関してはジャックなりに意見もあったが、それでも父のことは大好きだったし、父のやりたいことならば絶対に応援するつもりだったので、会場では父と一緒に演壇に上がっていた。そこにヒューから電話がかかってきた。

結局、妹のイザベルを除いて、ジャックの愛するすべての人たちがその夜亡くなった。

ニックが鼻にしわを作る。「おい、その臭い、何とかならないのか？」

ジャックはシートベルトを外して、強烈な悪臭を放つ迷彩服の上着を脱いだ。さらに臭いかつらを取る。このかつらは、小便に漬け込んだ迷彩服以上に不快だ。これをかぶっていると頭が痒《かゆ》くて仕方ないし、やたらに重い。かつらの下は自分の手できれいに刈り上げてある。かつらのない自分の顔は戦争捕虜みたいに見える。つけひげもはがす。特殊な接着剤があって、ポストイットみたいに付けたりはがしたりが簡単にできるので、皮膚からはがすときも痛くない。

ニックはまっすぐ前の道路を見ている。ジャックは後部座席に手を伸ばし、スエットの上下を取った。それからビニール袋にホームレス扮装《ふんそう》用の臭い迷彩服を入れ、ぎゅっと上部を強く縛った。その袋をスポーツバッグに押し込む。車の中に満ちていた鼻が曲がりそうな臭気は、千分の一ぐらいになった。

「恩に着るよ」ニックがほっとひと息吐《つ》く。「さて、サマー・レディングだ。どうする気だ？　おまえが誰かを見破ったんだろ？　きっと自分のブログで大々的に書き立てるぞ。何とか止めないと。彼女の口を封じるんだ。おまえのことを書かれては困る。今はまずいぞ。せっかくの捜査が水の泡だ」

「おい、待てよ」ジャックは座席で背筋を伸ばした。「彼女に手を出すことは許さない。ばかなことを言うな」

「まあ、落ち着け」ハンドルを握るニックの手に力が入る。「彼女をどうこうしようなんて言ってないから。まったく、俺を誰だと思ってる？　ＣＩＡじゃあるまいし」

この冗談をジャックはさらっと流した。二、三年前までなら、ＦＢＩの間抜け野郎にこんな言いたいことを言わせてはおかなかった。絶対に。もちろんＣＩＡも完璧《かんぺき》ではないものの、ジャックはＣＩＡ職員であることに誇りも感じていた。少なくとも、職員になってすぐの頃は。やがて年月が経ち、今はどうなのかと問われると……とにかくひどい状況だ。

高官たちの誰かがジャックの情報源の男を殺害させた。その高官たちは〝殺戮事件〟に深く関与し、いたるところに工作員を潜入させ――それがどれぐらいの人数になるのかは、まったくわからない――国家に対する反逆を謀《はか》っている。状況を考えたジャックは反論せず、どさっと座席にもたれかかった。「サマーには手を触れさせないからな」そこのところだけは念押ししておく。「彼女なら、俺のことを記事にはしないさ。彼女は、確実な証拠をそろえた上でブログに書くんだ。だから大丈夫だよ」

そうであってくれと、ジャックは願っていた。

ニックが運転しながら、眉《まゆ》をひそめて何かを考えてから、はっとしてハンドルを叩《たた》いた。「そうか、おまえ、彼女とやったんだな。それでこういうことになったわけだ」

やれやれ。「ああ、もう百万年ぐらい昔の話だがな。今日の葬式には、俺がやったことのある女がたくさん来てた。俺にも昔、そういう時代があったんだ。悪かったな」

「つまり、彼女の体にはおまえのしるしみたいなものでも焼き付けられてるってか？なるほどな。それで他に気づく人間なんて誰もいないのに、彼女にだけはおまえがわかったんだな。だが、それなら、彼女は骨をくわえた犬みたいに、あきらめてはくれないぞ。きっと、すごいセックスだったんだろうな」

ジャックは体を強ばらせた。ニックはいいやつだが、サマーのことをこういうふうに言われて黙ってはいられない。ジャックは真正面からニックをにらみつけた。「今みたいなことを、もう一回でも言ってみろ、おまえの舌を引っこ抜いてやるからな」

完全に本気でそう凄《すご》んでみせた。

ニックは驚いた顔をした。「おいおい、勘弁してくれよ。いや、悪かった。そういう意味で言ったんじゃないんだ。つまりな、彼女はすばらしい女性さ。彼女がローランド上院議員の身辺を慎重に調べたからこそ、住み込みのベビーシッターを虐待していたことが明るみに出たんじゃないか。あれは骨をくわえて放さないテリアみたいだったぞ。そのおかげで、ひどい上院議員が少なくともひとりは減ったんだ。俺は『エリア8』をずっと読んでる。いいブログだよ」ふうっと息を吐いて、ニックがさらに続ける。「つまりな――まあ、そういうのはさておいても、問題は解決してないぞ。大きな問題が残ってる」

ジャックはぐっと歯を食いしばった。

「問題だ。俺たちは問題を抱えたんだ。わかるだろ？　おい、ジャック。何とか言えよ」車は隠れ家に到着し、ニックは家の裏側に面した細い路地へバックで車を進入させた。「どうするつもりだ？　全米でも特に影響力のある政治ジャーナリストが、ジャック・デルヴォーは生きていると知った。このあと始末をどうつけるつもりだ？」

沈黙が続く。

「ジャック」

「俺が直接、彼女と話す」しばらくしてから、ジャックはそう答えた。

2

ジャック・デルヴォーが生きている！

いや、そんなはずはない。彼は死んだのだ。〝ワシントンDC殺戮《さつりく》事件〟で。告別式まで開かれ、輝かしい未来を約束されていたあの少年はもういないのだ、と思って、サマーは泣いた。複雑な心境だった。

彼女はDC郊外のアレクサンドリアにある自宅の前に、かわいらしい黄色のプリウスを停めると、しばらくハンドルを握る手の震えが収まるのを待った。頭の中でいろんなことが目まぐるしく動く。

ジャック・デルヴォーが、生きていた。

普通の人は、いや、まさかそんなはずはない、と深く考えもしないだろう。目の錯覚として片づける。普通の人は、ジャックが六ヶ月前に死んだと信じ込んで、単に見間違えただけだと考える。

つまり、半年前に死んだ男性を見かけたときの、まともな思考回路が導き出す結論は、ああ、あのホームレスはすごくジャック・デルヴォーに似ていたな、となる。だって、ジャックはもう死んだのだから。

ところがサマーの頭はそういうふうには働かない。疑問の余地のない証拠があるから。

証拠とは……彼女の体だった。肉体が、あれはジャックだと頭に訴えたのだ。

二人が関係を持っていたのはほんの一週間ほどだったが、そのあいだ彼女の体は魔法の呪文《じゅもん》か何かでジャックと結びついているかのようだった。自分のすべてが変わったのがわかった。肌の感覚が異なり――妙に敏感で、彼を見るたびに頭のてっぺんからつま先まで熱くほてった。かあっとのぼせて、息が苦しくなった。手足の指先や胸の頂など、体の先端部がくすぐったくなり、脚のあいだがほんわりと温かくなった。彼を見るとぱちっとスイッチが入って、別の体になるみたいだった。そんな体験はあとにも先にも初めてで、彼に捨てられたあと、体がそんなふうに反応したことはなかった。

それなのに今日の午後、ワシントン大聖堂のすぐ外で、電気が走ったような衝撃を感じ、体の芯《しん》から花開いていく感じを味わった。十八歳のあのときに戻ったような感覚だった。

頭より先に、体のほうがジャックを認識した。その事実に、サマーはひどく動揺した。

　さっきは一瞬、ワシントン大聖堂の前で心臓発作でも起こしたのかと思った。帰還兵のホームレスに対する自分の体の反応が何なのかわからなかったからだ。その後……頭のほうもジャックだと認識した。順序としては体への反応――自分に〃オン〃のスイッチがあることをわからせてくれた男性への反応が先だった。その男性はスイッチをどう利用すればいいのかを心得ていた。そのあと、鮮やかな空色の瞳《ひとみ》に気づいたのだ。

　嘘《うそ》みたいな話だが、自分が見たのは本もののジャックだと、サマーは確信していた。しかし――どうしてそんなことに？　可能性として考えられるのは、彼が事件のときの爆発で頭にでも傷を受け、自分が誰なのかもわからなくなっていることだ。脳に損傷を受けて、何があったのか説明できないまま、路上で寝起きするようになったのかもしれない。

　その可能性を考えて、サマーは辛くなった。誰がそんな目に遭っていたとしても悲しいが、ジャック・デルヴォーが……生まれながらにして、幸せで豊かな人生を送り、天寿をまっとうすることが運命づけられていた男性なのに。彼の妹のイザベルもそうだった。ところが事件後、彼女は悲惨なことになった。食のエキスパートとして活躍していたのに、肉親を含む親族全員を失い、自身も瀕死《ひんし》の重傷を負った。彼女は人生をめちゃめちゃにされたのだ。

そこでサマーはふとイザベルのことを思った。あの夏、イザベルは本当に親切にしてくれた。その後疎遠になったが、幼い頃の友人にはよくあることだ。今ではイザベルもどこにいるかわからない。ただ彼女も兄は死んだと思っているはずで、その兄が生きているのなら……。

イザベルに教えてあげなければ。道義的な責任を感じる。ただ間違いないという物的な確証を得なければ、伝えるべきではないとも思う。お兄さまが生きていたわよ、と伝えたあとに間違いだったとわかれば、イザベルに対して非常に残酷な仕打ちをすることになる。

自分の体が反応したから、というのでは、あれが彼だったという確証にはならないだろう。たぶん。

彼女はプリウスの荷物室からスーパーマーケットで買ってきたものを取り出した。今日は何だか疲れた。いろんなことがあり、予想外の事態に直面した。一日の終わりにちゃんとしたものを食べれば、少しは気分も晴れるだろう。ジャックの問題をどう解決するかは、食べ終わってから考えよう。そもそも、街じゅうのいたるところで見かけるホームレスの中から、どうやってさっきの男性を見つけ出せばいいのだろう。

ホームレス保護施設で撮影された映像を見ることから始めよう。〝殺戮事件〟後の経済ショックにより、全財産を失って路頭に迷う人の数が急激に大きくなった。その対処策として新たな保護施設がオープンしていた。

だから保護施設を捜す。そのあとは……。

アパートメントの入り口にたどり着くと、その厳重さにいつもながら安心感を覚える。番号を入力するタイプの電子ロックに加えて、昔ながらの太い棒の渡された閂《かんぬき》があるのだ。ただつまり、手に持っているものは必ず地面に置かなければならないことになる。英国人の友だちは『まるで貞操帯みたいね』と笑った。それでも、安心感には代えられない。

手こずりながらもやっとドアを抜けると、落ち着いた雰囲気の自宅住居内に入った。部屋にはほのかなハーブの香りが漂っている。まさに避難所だ。自分の家に帰って来るとほっとする。小さいけれどきれいに整頓《せいとん》されていて、いい匂《にお》いがする。両親が住んでいたような場所とは正反対だ。両親はゴミ屋敷みたいなところでも、全然気にしていなかった。なぜああも住環境に無関心だったのか、サマーにはまるで見当もつかない。

しかし、自分は両親とは違うのだ。あんなふうにだけは絶対になりたくない。

やれやれ。彼女は首を振りながら、買いもの袋をキッチンのカウンターに置いた。

これから徹夜であれこれ調べものをしなければならないので、しっかり食べて英気を蓄えておこう。それにはまず自分で料理しないと。

電灯をつけながらリビングに向かった彼女は、はっと動きを止めた。

人がいる。非常に大きな体の男性が、リビングでじっと立っている。

どうしよう！　悪夢のような事態が本当に起こったのだ。何重も守りを固めたはずの防犯装置をかいくぐって、侵入してきた男がいる。あれだけの装置を突破するには、それなりの知識が必要で、さらに、どうしてもここに侵入するという意志があったはず。つまり、非常にまずい事態だ。

奥の壁に小さな秘密の金庫があり、そこに弾を装塡《そうてん》した銃を隠してあるのだが、肝心のその壁の前に男が立っている。つまり、銃は月の裏側にあるのと変わらない状態だ。

シルエットで見るかぎり、男は肩幅が広く、非常に大柄だ。頭は剃《そ》り上げてあり、大きな手をぶらんと両側に垂らしている。本棚の上の電灯の光で背後から照らされているので、顔は影になってまったく見えないが、凹凸《おうとつ》のはっきりした顔であることだけはわかる。

顔は見えないが、男に凝視されている気配を感じる。暗闇《くらやみ》で鋭い光線を当てられた感じだ。

護身術のレッスンに通ったことがあるので、普通の男であれば自分の身ぐらい何とか守れるとは思う。ただこんな大男を相手にしては太刀打ちできない。男は、大柄というだけでなく、筋骨隆々としている。巨大な肩の線が、引き締まった腰へとつながり、影だけでも肩の筋肉が盛り上がっているのがわかる。

さあ、どうする？　サマーはどきどきしながら対応策を考えた。長く考える必要はなかった。どうしようもないとわかったからだ。

銃は部屋の奥にある。キッチンにはよく切れるナイフがたくさんあるが、振り向いて男に背を向け、十歩は進まなければキッチンの中へ入れない。つまり、入り口にたどり着く前に、男につかまる。さらによりにもよって今日にかぎって、携帯電話をポケットに入れていなかった。いつもなら手元に電話があるのに、なんとうかつだったのだろう。バッグに入れたままで、そのバッグはキッチン・カウンターにある。

唯一残されたのは大声で叫ぶぐらいだが、このアパートメントは防音に気を配ってあるのがセールスポイントでもあり、さらに喉《のど》が詰まって叫ぶどころか息もできない。金縛りにあって、悲鳴を上げることも逃げることもできないような感覚だ。彼女は深く息を吸ってみたが、喉の奥で凍りついて肺まで届かない。

「サマー」男が太い声で呼びかけてきた。

喉首をつかまれた気がして、彼女は自分の手を喉に置いた。息が苦しい。

この男は私を知っているの？

つまり、狙《ねら》いはこのサマー・レディングというわけだ。たまたま押し入った家が、彼女のアパートメントだったわけではないらしい。

「怖がらなくていい」男がそう言って、一歩前に出た。

この声はどこかで……。

男がもう一歩前に出ると、キッチンの明かりが彼の顔を照らした。

サマーは息をのんだ。

ジャック。

彼女はその場から動けなくなり、どきどきしながら彼を見つめた。

確かにジャックだけど……ジャックじゃない。目の前の男性は、あのきらきらと輝いていた少年とは似ても似つかない。さらに大学一年生の彼女と関係を持ったあとすぐに姿を消した青年とも違う。あのときの彼は、人間という種の最高傑作とも言える芸術品だった。

目の前の男性は大きくて、がっしりしている。サマーが知っていたジャックは、ほっそりと美しい体をしていた。贅肉《ぜいにく》はもちろんなかったが、太い筋肉で覆われてもおらず、いわば水泳選手みたいな体だった。今のジャックはとにかく大きくて、筋肉が分厚く盛り上がっている。ホームレスの格好をしているときはぶかぶかの迷彩服に隠れていたが、現在のぴったりした黒いセーターだとよくわかる。汚らしい垢《あか》だらけのドレッドヘアはなく、頭は必要以上に短く刈り上げてある。脂まみれで伸び放題のひげも消え、割れた顎《あご》もむき出しで、頰《ほお》の筋肉が波打つのが見える。

彼は値踏みをするように、じっとサマーを見ていた。

彼が昔とはすっかり別人のようになっていてよかった、とサマーは思った。昔のままの姿で彼が目の前に現われていたら、駆け寄って抱きついてしまったはずだから。誰だって人なつっこくほほえむ魅力的な少年を抱きしめたいと思う。その少年の無事を知ったら喜びたいものだ。

そして昔のジャックなら、抱きしめ返してくれただろう。おそらく、いちどぎゅっと抱き寄せ、すぐに体を離しただろうが。なぜなら彼は天下のジャック・デルヴォーなのだ。いつまでも抱きしめているようなタイプではない。あの頃の彼はただ親しみやすく、人畜無害な人だった。きっとハエ一匹すら殺さないタイプ。

それに対して現在のジャックはどうだろう？　この大きな手なら、ひょいとひと振りするだけで、サマーの体ごと払いのけられそうだ。彼は人目を避けて、六ヶ月も誰にも見つからないように生きてきた。今ではいたるところに監視カメラがあるので、誰にも見とがめられなかったのは奇跡みたいなものだ。ただ、なぜ彼が人に見つからないようにしていたのか、その理由はわからない。誰もがジャック・デルヴォーは死んだと思い込んでいたが、彼自身がそう思わせたままにしておきたかったのは、非常に複雑な事情があるからだろう。それなのに、サマーが彼を見つけてしまった。そのことについて、彼はどうするつもりなのだろう。

「ハロー、ジャック」まずは挨拶《あいさつ》だ。「ヘクター・ブレイクのお葬式で見かけた気がしたの」言葉から動揺を悟られないようにしなければ。心の中では、がたがた震えている。ただ政治ジャーナリストとしての長年の経験から、感情は顔に出さないようになっていて、それが今役に立っている。

この人が怖い、と本能的にサマーは感じていた。ただその恐怖を彼に知られてはならない。

「ハロー、サマー」彼がまた一歩近づく。

彼女は後退したくなる気持ちをぐっとこらえた。一歩でも下がったら、彼の存在に威圧感を覚えていると白状するようなものだ。実際に威圧されていたのだが、そんなそぶりは見せたくない。彼が目の前に迫る。顔をしっかり見るために、頭を少しのけぞらせて少し距離をとった。昔の面影は確かにあるが、彼がこんなに背が高かったとは思っていなかった。

何のために彼がここに現われたのか、わからないふりをしても意味はない。

「つまり、報道されたことは、ひどく誇張されていたわけね」冗談めかして言う。

彼が大きな手を握り、また開いた。サマーの口がからからに乾く。今のは私を襲うも動かさない。

準備なのだろうか？　まさか。彼はこぶしを握っただけで、体の他の部分はぴくりと
「ああ。君にも察しがついたらしい」瞬きもせずにサマーを見つめてくる。

ごくっと唾《つば》を飲んで、彼女はうなずいた。

「それでだ、そこまでわかった君がこのあとどうするつもりなのかを、俺としては知りたいんだ」低く太い声が無感動に響く。それでも彼はじっとサマーの様子をうかがっている。鷹《たか》が青い目をしていたら、こんなふうに鋭く獲物を見るのだろう。

サマーはまた軽い口調で言った。「あなたが生きてるなんてブログに書いたって、それを信じてくれる人がいるとは思えないわ。おそらく街じゅうにある監視カメラにも姿をとらえられないようにしてきたんでしょ？　あなたの顔なら、いろんなところの顔認証データベースに登録されているはずだもの。死んだことになっていたって、データベースには引っかかるわ」

「ああ。監視カメラはずっと避けてきた」

ワシントンDCには何千、何万という数の監視カメラがある。ずっとDCにいながらカメラにとらえられなかったのなら、彼はよほど機転が利くに違いない。

「そうやって、このアパートメントの防犯システムもくぐり抜けたのね」この建物に入るためには、セキュリティ・ガードが目を光らせている場所を二つ通過し、敷地全

体の監視カメラにとらえられないようにしなければならない。さらに各階にはすべて防犯カメラが設置してある。そのため、ＤＣ全体の監視カメラに写らないようにするより、ここに忍び込むほうが困難な気がしてしまう。

「ここの防犯システムはゴミだな」ジャックはこともなげに言った。

すぐさま、ゴミじゃないわよ！　と反論したくなったが、サマーは怒りの声をのみ込んだ。

彼の言葉の意味を理解したからだ。ここの防犯システム――いいえ、このあたりでは最高レベルなんだから――それをゴミだと言いきるからには、彼は住居への不法侵入に慣れているはず。ここよりも、さらに堅固な防犯システムのある場所にしょっちゅう忍び込んでいるのだ。

「とにかく、俺の話を聞いてくれ」ジャックは凄《すご》みのある声でつぶやくと、また前に出た。

ぎくっとして思わず彼から遠ざかろうとしたサマーは、足を上げたところではっと思い直して、じょうずに回れ右に変えた。斜めを向きながら、頭に浮かんだ最初の言葉を口にする。

「何でもいいけど。今日は朝早くから家を出て、一日いろんなことがあった。あんまり楽しくないことばかりで、夕食もまだだからお腹《なか》も空《す》いてる。話はいっしょに食事をしながらでどう？」

彼の瞳に驚きの色が浮かんだ。本当にびっくりしているらしいが、うなずいて彼女のあとからキッチンに入って来た。キッチンの照明の下で、サマーは初めて彼の姿をじっくりと見ることができた。ああ、だめ。

何てすてきなの。『プリズン・ブレイク』のマイケル・スコフィールドみたいな感じのかっこよさ。少年の頃も、大学生のときもジャックは魅力的で、あれ以上にすてきになれるはずはないと思ったのに。目の前の彼には、一般的に言う〝ハンサム〟なところはない。ブロンドの髪は極端に短く刈り上げてあり、ほんの数ミリぐらいの毛が頭上の電灯できらめくので色が金だとわかるぐらいだ。顔は非常に鋭角的になり、彫りの深さが強調されている。目じりや口周りのしわは、戸外で過ごす時間が長いことを物語る。頬骨は張り出しているが、その下の頬はこけ、実際には三十三歳のはずなのに、もっと年齢が上に見える。どこか遠いところでとらえられたままになっている戦争捕虜みたいだ。

サマーはずっと、ジャックと再会する日を夢みてきた。今では自分は洗練された女性に成長して、仕事でもちゃんと成功しているし、たくさんの男性から言い寄られる。ジャックなんてパーティに明け暮れる日々を続けてきただろうから、きっと贅肉がついているはず。そんな彼に冷たい一瞥《いちべつ》を投げかけて言ってやろう。〝あら、ジャックなの？　すっかり見違えちゃったわ。お久しぶり〟それだけで、彼に対しては何の感情も抱かない。それが理想だった。

　こんなふうになるとは思っていなかった。強い恐怖と、同じぐらい強い魅力を彼に対して感じている。以前の彼とは、違う意味で別人みたいになっているのに。

　ともかく食事の用意を始めよう。サマーは手が震えないように、きびきびと動いた。冷蔵庫や食料庫から食材を取り出す際、視界の隅で彼の姿を確認する。日蝕《にっしょく》のときに太陽を観察するときと同じ感じだ。直接太陽を見たら、瞳を損傷するかもしれないから。

　ジャックが近づいて来ると、サマーの心が乱れる。彼はカウンターにもたれ、彼女の動きを見守っている。彼の体温を感じる。彼の匂いがする。石鹸《せっけん》の匂いだけだ。帰還兵のホームレスとしての外見は完全に脱ぎ捨てたらしい。

　ズッキーニと玉ねぎを手早く切ってフライパンで炒《いた》め、そこにパルメザン・チーズを下ろし入れ、さらに買ってきたばかりの新鮮地鶏卵でふんわりとしたオムレツを作る。ジャックはひと言もしゃべらないが、自分の動きのすべてを彼が見ているのはわかっている。

　ローメイン・レタスを細く切り、蛇口の下でよく洗う。彼への質問は山ほどあるが、今のところは黙っていよう。たずねたら、彼はどんな反応を見せるだろう？　記事にするためのインタビューだとでも思うだろうか。

記事か。大特ダネ、衝撃のスクープ、というやつだ。全米じゅうの注目を集めるのはわかっている。彼女は頭の中で、すでに記事を書き始めていた。

ジャック・デルヴォーは生きていた！〝殺戮事件〟から半年も経った今、その生存を確認。ブログのアクセス数は百万を超えるだろう。すべてのニュースショーが彼女のブログを取り上げ、ひょっとしたらピュリッツアー賞にノミネートされるかも。

ただその前に、ジャックに殺されてしまうかもしれない。

「いいもんだな」かなりしばらくしてから、ジャックがつぶやいた。

「何が？」驚いたサマーは、真正面から彼を見た。彼が怖くて仕方なかったので、正面から向き合うのはこれが初めてだった。あの美しかった少年のイメージに、荒々しく恐ろしい男性のベールをかけてみたが、どうもしっくりこない。目の前の力にあふれて威圧的な男性と過去の彼とが結びつかない。これが現在のジャックなのだ。

じっと見ていると、彼の口元がわずかに緩んだ。ほほえみではないが、表情がほんの少しだけやわらかくなった。

「いいもんだな、て言ったんだ。料理を作ってもらえるのは。この六ヶ月、誰も俺のためにそんなことはしてくれなかったからな。いや実は、あの事件の前から、人に料理を作ってもらったことなんてしばらくなかった」

また現在の彼の別の面がちらりとうかがえた。なるほど、本当にホームレスとして半年過ごしたのだ。だから極限まで疲労がたまっている。実際に路上で寝起きしていたわけではないとしても、見つからないように逃げ回るのは精神的に疲れる。そう考えると、最大の質問が頭に浮かぶ。どうして？　彼が身を隠していた理由を今たずねてみようか？　目の前の男性はあまりに堂々としていて、そばにいるだけでも怖い。ただ、ふくらむ好奇心が恐怖を押しのけていく。

この半年ものあいだ、どうやって誰にも見つからずにいられたのだろう？　ジャックはアメリカでも特に有名な一族の長男だ。そんな彼が、ずっとDCにいたまま隠れていられるものだろうか？　実際に路上で寝起きしていたのか、それとも身なりだけホームレスに見せかけていたのか。そして何よりも、そんなことをした理由が知りたい。ジャック・デルヴォーは死んだ、と世間に思わせておきたかったのはなぜだろう？　ひょっとして、ジャック自身が〝殺戮事件〟に関与していたのだろうか――そう思った瞬間、いや、それはない、と彼女は即座にその考えを打ち消した。

あり得ない。彼女がジャックに関して絶対的な自信をもって断言できるのは、彼が家族を愛していたという事実だ。家族を大切に想う気持ちは、彼の人格の根幹を成している。肉親に怪我を負わせ、死に至らしめる、などという計略に彼がかかわるはずがない。絶対に。ただ、あり得ない。

しかし、家族以外の人なら殺すかもしれない。今目の前にいるジャック・デルヴォーなら、それぐらいのことを平気で実行できるだろう。

サマーは遠回しの質問が嫌いなので、単刀直入にいこう、と食材を刻むナイフの手を止めた。このナイフの先は非常に鋭くてよく研《と》いであるのだが、ジャックは別段気にするふうでもない。その事実に喜んでいいのか、悔しく感じるべきなのかわからないが、危ない刃物は横に置いて、彼女はジャックを正面から見た。

「どうしてなの？　あなたは死んだ、とみんなに思わせたままにしておいた理由が知りたい。この六ヶ月間、ホームレスになっていた理由は何なの？」そう言って、はっと気づいたことがあった。「あなたは死んだと、イザベルまで信じたままなの？　妹に悲しい思いをさせたきり？」

ジャックとイザベル兄妹は特別に仲がよかった。肉親を含む親族全員を失ったと思って悲しみに打ちひしがれるイザベルが、実は兄は生きていて隠れていただけだと知ったら？　彼はそんなむごい仕打ちを妹に強いているのだろうか？

ジャックの顔はぴくりとも動かない。いっさい。学生の頃の彼は、表情の豊かな人だった。ほんの短い時間でも、目まぐるしい感情の変化が彼の顔からは見て取れた。

そういうところは、今はもうまったくない。現在の彼の顔は、大理石の彫像と変わらない。

「今は、妹も知っている」しばらくしてから彼が言った。それ以上の説明は何もなし。つまりイザベルは最近になって兄の生存を知ったということで、再会したときはさぞかし……感動的なシーンだったのだろう。それなのに、ジャックの表情からは、そのときの様子がどうだったのかはまるでうかがい知れない。

「理由は?」繰り返した質問に、サマーの感情があふれていた。「どうして身を隠したの?」

ジャックは何も言わず、ただそこに立ってサマーを見ているだけ。彼の強い眼差しを浴びて、サマーは顔を指で触れられたように感じた。顔の筋肉のすべてをなぞり、真意を探ろうとしているかのようだ。サマーもまっすぐに彼を見つめ返した。この人は、これまで知っていたジャックとは違うのよ、あちこちに細かいしわができて、強い光を放つ青い瞳と、ぎゅっと結んだ口元の別のジャックなの、と自分に言い聞かせる。

ブレイク家の居候だった夏のあいだじゅうずっと、さらにハーバード大学で嵐《あらし》のような短く激しい関係を持った一週間、ジャックが笑顔でいない瞬間というものが、サマーの記憶にはない。ところが今の彼は、これまでいちども笑ったことがなく、今後も笑わずに一生を終える、みたいな顔つきをしている。

「この話を書くのか?」しばらくしてから、彼が言った。

「書くって、何を?」

「記事にして『エリア8』に掲載するのか、と聞いたんだ。俺が生きてるって話だよ」

あら、当然でしょ、と答えたいところだったが、彼女は言葉を控えた。ジャック・デルヴォーが生きていた、という話は大スクープだ。

彼は首をかしげ、彼女の様子をうかがっている。「書かないはずはないよな。特ダネなんだから」

彼女はまだ何も言わなかった。このあとに、でもやめてほしい、と続くのが予想できたからだ。

彼がサマーを見つめる。瞬きもせず、青い瞳をまっすぐに向けて。「でも、考え直してもらいたい。君の記事で、すべての努力が水の泡になる。理由は説明できない。とにかくやめてくれ」

嘘でしょ、とサマーは思った。これではまるで命令だ。すごく大きくて力のありそうな男性からの。現在は隠密捜査をしていると主張する男性は、もはや知り合いでも何でもない。彼が何をするのか、まったく予想ができない。

ごくっと唾を飲む。「やめなければ……どうするつもり?」

彼が大きな両手を上げて、苛立《いらだ》ちを表わす。「おい、君に危害を加えるはずがないだろ。そんなことを心配しなくてもいい。まったく、俺がそんな人間だと思ってたのか、サマー？」

ふううっと息が漏れ、サマーはその瞬間まで息を止めていたことに気がついた。

「私だってばかじゃないわ。何か重大なことが起きているのはわかる。千人あまりもの人たちの命が奪われ、その中には、国民全体の父と呼ばれるべき人、つまり次の大統領も含まれていた——あのテロ攻撃と関係する話なんでしょ？　何がどうなっているのかは知らないけど、非常に深刻な事態に違いない。でなければあなたは半年も身をひそめ、実の妹にすら最近まで死んだと思わせておいたりしないはずだもの」

真っ青の瞳が、さらに強く見つめてくる。「ああ。非常に深刻な事態だ」

「それなら、その事実を知る権利を誰もが持っているはずだわ。そうは思わないの？」これこそが、『エリア8』で彼女が守りとおす絶対的な信念だった。

『エリア8』は政治的に中立な立場を取り、サマー自身もイデオロギーにはとらわれない。唯一守っているのが、権力中枢で何が起こっているのかを知る権利が一般市民にある、という理念だ。国民のためという名目で、いったい何がなされているのかを知る権利が人々にはある。また、まぶしい光の当たるところでは腐敗は起きない、という考え方を彼女は信じている。暗い片隅でも光を当てれば浄化されていく。「これは大ニュースなんだもの。〝殺戮事件〟に関しては、疑問点がたくさんある。私も自分でいろいろ調べてみたんだけど、知れば知るほど納得できないことが多くなるわ」

「君が？　自分で調査した？」ジャックがひげの伸びてきた顎をさする。「じゃあ、こうしよう。君のを見せてくれたら俺のも見せる」

えっ？　ああ、どうしよう。

彼の言葉を一瞬性的な意味に取り違え、サマーの頭の中にみだらな映像が浮かんだ。彼が自分のものをサマーに見せているところ。この大きくてたくましい全身が裸で。幅の広い肩、分厚い胸板、しなやかで長い腿《もも》から脛《すね》、さらにその先のきれいな形の足。

大学生のときに見た彼の裸は、うっとりするぐらいきれいだった。ほっそりして、男性モデルみたい、と思った。今の彼が裸になれば、純粋な男としての力があふれているのだろう。野性的な男らしさがみなぎっているはず。傷痕《きずあと》があって、強そうで、見ているだけでよだれが出そうな体。

かあっと顔がほてり、サマーは自分の体の反応を抑えることができなかった。ジャックにしかこういうことはできない。全身が火の玉みたいになったのは、彼の裸を前に見たことがあるから。あの体をはっきり覚えているし、あの体がめくるめく快楽をもたらしてくれた。

ああ、それだけは彼には知られませんように。

そもそも、彼は岩の塊みたいに憮然《ぶぜん》とした表情で立っているだけなのだ。自分ひとりが性的に興奮したって、どうすることもできない。おまけに彼は、死人のはずなのだから。

しっかりするのよ、サマー。彼女は自分を叱《しか》りつけた。

こういうのは珍しい。彼女は基本的に、徹底的に自分の感情をコントロールするタイプで、厳格に規律を守って調査報道を行なう。ジャーナリストとして守るべきルールをしっかりと決めているのは、自分の報道によって重大な事態を招く可能性があるからだ。ジャックなんかにまたのぼせ上がってはいけない。彼は性的衝動に目覚めさせてくれたものの、そのあと彼女の周辺にいた女の子を片っ端から誘惑し、突然ひと言の挨拶もなく消えてしまった男性だ。

彼がサマーの自宅に押し入った理由はただひとつ。彼が〝殺戮事件〟では死ななかったことを、彼女に報道されたくないからだ。彼の生存は、トップニュースになるのに。彼はサマーを説得するためにやって来た。彼が説得に自分のセックスアピールを利用しないのは、立派だと思う。いつだって彼にはものすごいセックスアピールがあるのに。

ただ……いくぶんではあるが、彼のセックスアピールは少し……薄れたのかも。若さあふれる朗らかな美男子というのが好みのタイプであれば、今の彼にはそう魅力を感じないかもしれない。

ただ、成熟したサマーの目には、さまざまな経験を重ねて力のみなぎるジャックの姿は、十五年前のきらきら輝く少年よりもいっそう魅力的に映る。

彼女はコンロの火を止め、夕食をテーブルに並べた。オムレツ、ナン・ブレッド、サラダ、そして木製のプレートにフランス産のチーズを四種類載せて。

「座って」命令口調で告げる。「食べて」

腰を下ろす彼の口元が片方だけ持ち上がる。「はい、はい。わかりましたよ」

サマーがフォークを手にするまで食事を始めようとしない彼に向かって、彼女はまた命じた。「食べてよ」

彼の食べっぷりを見ていると、本当に路上で生活していたのかと思いたくなるほどだった。本当にあっという間に、何もかもを平らげたのだ。ごく幼い頃から母親に厳しく叩《たた》き込まれた食事マナーのおかげで、食べものをこぼしたり、手でつかんだりはしなかったが、口に入れたらすぐにのみ込んでしまうし、目は皿を見下ろしたまま、彼女の方を見ようともしなかった。

彼がナンの最後のひと切れを使って、オムレツの皿をきれいにすると、サマーは声をかけた。「自家製のアイスクリームがあるの。よければ――」

「ああ」さっと視線を上げて、ジャックが彼女を見る。「頼む」

やれやれ、とため息を吐《つ》きそうになるのをこらえて、サマーは冷凍庫からピーチのアイスクリームを取り出した。これもみるみるうちにジャックの胃袋へ消えた。

彼が小皿をテーブルに置くと、サマーは眉を上げてみせた。彼女自身は、もう三十分前に食事を終えていた。「満足?」

彼は口元をナプキンで拭《ぬぐ》って、ほっと息を吐いた。「大満足。ごちそうさま」

彼女は椅子《いす》にもたれて腕を組み、ジャックを見据えた。「さて、お腹も満足したところで……」

「ああ」ジャックは上品なしぐさで、ナプキンを皿の横に置いた。いろいろ考えて、言葉を選んでいるようだ。

まあ、慎重になるのも当然だろう。これだけの大スクープを記事にしてはいけない理由をサマーに納得させなければならないのだから。同時に、半年も身を隠していたのはなぜかを説明する必要もある。さらに、ヘクター・ブレイクの死の真相も。

彼が話さなければならないことは、たくさんある。

ジャックの下顎だけが、横に動く。

「あなた、ひげはどうしたの?」突然、そんな言葉がどこからともなく現われて、サマーの口から出た。

彼が、ふうっと息を吐く。「そんなことを聞くわけか?　俺が死んでなかったと、半年ぶりにわかったっていうのに、君の質問は、ひげをどうしたか、なのか?」

ああ、もう。何とくだらないことを聞いてしまったものだろう。まあいい、こうなったらついでに聞いてしまおう。「それからドレッドヘアよ。どこに消えたの?」

彼はしばらくサマーを見ていた。「かつらとつけひげだったんだ。外に出るときはそうやって変装する。実はスポーツバッグに入ってる」彼がぐいっと顎をそらして、居間のほうを示す。今まで気づかなかったが、確かにスポーツバッグがあった。彼が現われたせいで注意力が散漫になっていることを、あらためて思い知らされる。

「街のいたるところに監視カメラが設置されているからな。俺の顔は公式な顔認証システムのデータベースからは抹消されているんだが、注意するに越したことはない。かつらの髪がだらんと顔にかかるから、特徴を割り出すための目鼻の距離なんかが計れないはずなんだ。つけひげにしたのには理由があってね。ただひげを伸ばしただけだと、頬や顎の輪郭がごまかせない。つけひげだと、本来の顔の形を隠せるから、認証しにくくなる」

「つまり……顔認証データベースから、あなたの画像データを削除した人がいるわけ?」そんなことが可能なのだろうか? そのためには、安全保障関連の省庁のトップクラスの高官の指示が必要だ。たとえばCIA長官とか、国家安全保障局長とか、そういったクラスの人たち。

ジャックがうなずく。

「こういう……潜入捜査みたいなのは、これが初めてではなさそうね」

無言。そのあと、彼が答える。「実際にこういう形の捜査は初めてだが、ああ、潜入捜査なら前にもしたことがある」

「どこの機関の捜査官なの？」

さらに沈黙。

「機密事項なんだ」あきらめたように息を吐いたあと、彼が言った。「皮肉なもんだな。俺はもう正式には捜査官じゃないんだから。今でも信じられないけど。ま、それを言うなら、俺は死んでるわけだから。ただ採用されたときに任務への忠誠についての誓いの言葉を述べるが、そのとき俺は誓いを絶対に守ると決めた。だから、言うわけにはいかない」

彼の言葉の意味をじっくりと考えてみる。「じゃあ、いいわ。私の考えを話してみるから。巷《ちまた》では、何年か前にあなたは投資銀行家としてかなりの大金を稼ぎ、女の子を追いかけてシンガポールに移ったと噂されていた。でも、今考えてみればそんなことはなかったのね。あなたがどこの職員なのかはわからないけど、そこのトップは、公式のデータベースからあなたの顔を削除できるだけの権限を持っている、つまり情報機関だわ。あなたは分析官には不向きだろうけど、実際の捜査を行なうのは得意でしょ。それに、このアパートメントのセキュリティを突破して私の部屋に侵入できたんだから当然、現場での任務に就く職種のはずよ。言っとくけど、あなたにゴミみたいだと言われたこの建物のセキュリティはかなり厳重なの。それから、身分を偽って外国で隠密作戦に従事していたのなら、FBIじゃない。そういったことを総合すると、あなたはCIAの国家秘密工作本部で工作活動を行なうスパイでしょ、違う？」

ジャックの表情は何も伝えてこないが、否定の言葉もない。

サマーはまじまじと、彼を見た。少年だった頃や大学生だった頃の彼を思い出しながら、現在の彼と比較してみる。昔、サマーは彼のことが好きで好きでたまらなかった。ジャックについて、あらゆることを研究した。〝ジャック・デルヴォー学〟みたいなものがあれば、博士号が取れるぐらいに。その気持ちは、誰にも悟られないようにしていたが、当時は、彼のことをよく理解していたし、今でも人間の本質というものはそう変化しないはずだ、と判断した。

「さっきも言ったけど、あなたはよく考えてから行動に移すタイプじゃないから、分析官向きじゃない。本来頭はよかったのに、知能に磨きをかけようとはしていなかったし。ハーバードに入学できたのだって、おそらく強力な推薦があったからでしょ？しかもスポーツ推薦で、学業が優秀だったわけじゃないはずよ。あなたの学業成績って、ひどいものだったんでしょ。そこから考えると、CIAでも所属は情報分析担当の情報本部じゃないわね。新しい機械が発売されると夢中になる傾向はあるけど、オタクみたいに没頭しないから科学技術本部でもない。当然だけど、あなたが支援本部にいるなんて考えられない。兵站《へいたん》計画だの、補給手段だのにあなたが頭を悩ますはずがないもの。そうなれば、残るは秘密工作本部しかない。投資銀行家をよそおっていたのなら、自由に動けただろうし。つまり、あなたの任務はスパイ活動だったのよ」

そのまま一分近く沈黙が続いた。

やがてジャックは身じろぎすると、ふうっと息を吐いた。「俺の学業成績は、そう悪くはなかったんだぞ」

よし、他の部分はすべて当たりだったのだ。つい笑みがこぼれる。

「あなたの成績がよかったのは、単に教授に魅力を振りまいたからでしょ。両親が亡くなって私が帰国した年の夏のあいだ、あなたが教科書を広げているところなんていちども見かけなかったわ。それに大学に入った年に再会して――」はっと口をつぐみ、顔が赤らむのを何とか止めようとする。交際しているあいだも、と言いかけたのだが、二人の関係は〝交際していた〟と形容していいのか疑問がある上に、その期間は一週間ほどであえなく終わりを告げた。その一週間で、サマーは完全にジャックに夢中になり、世界観が変わるほどのセックスを体験し、そして彼は姿を消した。

違う。交際していたわけではない。

それから、こういうふうに記憶をたどっていくのは危険だ。二人はその週のほとんどをベッドの中で過ごした。ずっとセックスしていたが、その体験は〝違法薬物〟と規定されてもいいぐらい中毒性のあるものだった。

「君、顔が赤いぞ」

「赤くなんかないわよ」ぴしゃりと言い返してから、こういう言い方は子どもじみていると気がついて、サマーは無理に話題を戻した。「それで――私の推理はどうなの？」

「完璧《かんぺき》だ。ただ、現在の俺は、もうＣＩＡ職員ではない」

「そりゃ、そうでしょ。あなたは死んでるんだから。じゃあ、ちょうどいいわ、その話から聞かせて。どうしてあなたは、公式には死んだままでいなければならないのか、教えてもらわないと。あなたについての秘密を別にしても、〝ワシントンＤＣ殺戮事件〟に関しては、謎が多すぎる。よほどの理由がないかぎり、私は記事にするつもりよ。相応の理由があったとしても、そう長いあいだ私を黙らせておくことはできないわ。だから、ちゃんと説明して、私を納得させてちょうだい」

ジャックが深々と息を吸う。彼の胸筋が大きくふくらみ、サマーははっとした。すてき、ついそう思ったあと、いや、だめだ、集中しないと、と自分を叱りつけた。これから大事な話が始まる。たとえほれぼれするような男らしい筋肉が目の前にあっても、そちらに気を取られていてはいけない。もう十八歳の小娘ではないのだ。

たくましい腕で、テーブルの皿をどけると、ジャックは身を乗り出した。「君はどうしてヘクター・ブレイクの葬儀の場にいた？」

彼のほうから先に質問してくるわけ？　まあ、いい。「あら、忘れたの？　私とヘクターは、ちょっとした縁戚《えんせき》でもあったのよ。短いあいだだったけど。でも、本当の目的は、彼の死がすごく怪しいと思ったから。ぷんぷん臭《にお》ったのよ」

表情からは何も読み取れないが、彼は指を曲げて、早く続きを話せよ、とジェスチャーした。

仕方ない、こっちから話そう。「発表では、彼はポトマック川で溺死《できし》したとされていた。でも、詳細がまったく明かされない。ポトマック川のどのあたりだったのか、乗っていた車ごと転落したのか、池の縁で足を滑らせるみたいにして川に落ちたのかも不明。ただ、足を滑らせてポトマック川に落ちるなんて、考えられないわよね。それなら自殺で橋から自分で飛び込んだのか、ひょっとしたら殺人事件で、誰かに川に投げ込まれたのか。それに自動車事故だった場合、どこの橋で運転を誤ったのか。とにかくわからないことだらけ。そして検死報告書も非公開。検死報告書の公開請求をして却下されたのなんて、初めてよ。却下されるにあたって、さすがに『愛国者法』を持ち出されはしなかったけど、適用してもいいんだぞ、みたいなことをそれとなく言われたわ。請求したら即座に却下されたけど、そもそものことを最初にメールで知らせてきたのは検死局長室のアシスタントで、局長本人じゃなかったし、局長は不在で、いつオフィスに戻るかもわかりません、と言われた。ところが、局長の後任は決まっていないとのことだった。そうこうしているうちに、組織改編だとかで今度は検死局そのものがなくなると発表された。ヘクター・ブレイクが死んだ事情はわからないけど、何か尋常ではないことが起きて、その真相を公表できないに違いないの」

ジャックが彼女の目を見る。「ヘクター・ブレイクはオレゴン州ポートランドのウィラミット川で死んだ。俺がそう断言できるのは、俺もその場にいたからだ」

爆弾発言をしながら、彼はこちらの反応を見ていた。彼女は平静をよそおっていたが、iPadに手を伸ばしたくてたまらなかった。これは一世一代の大スクープだ。質問が次々と頭の中に浮かび上がる。〝あなたは何しにポートランドまで行ってたの?〟〝ヘクター・ブレイクはポートランドで何してたの?〟〝具体的にはどういうことだったの?〟

これからすごい話が語られる、とわかったときの感覚は、漁師が釣り糸に鋭い引きを感じて、ものすごい大物を引っかけたことに気づいたときと似ていると思う。サマーもまた今同じような高揚感を覚えていた。すごい大物。つまり重大な話だ。

「そのときのことを説明してちょうだい」彼女は臆《おく》せずに言った。

ジャックは、彼女の落ち着いた態度に満足したかのように、はっきりとうなずいた。

「じゃあ、かいつまんで話そう。イザベルは今、ポートランドに住んでいるんだが、ブレイクのやつがイザベルを拉致《らち》しようとした。俺は三人の友人と一緒に、イザベルを乗せて逃げようとするブレイクの車を追った。あとから聞いた話では、ブレイクは俺の妹をさびれたモーテルに連れて行き、自殺に見せかけて殺すつもりだったらしい。実はイザベルはある情報を握っており、それを電話でブレイクに伝えると、怖くなったあいつはイザベルを消そうとポートランドまで自ら出向いたんだ。拉致される車の中でイザベルが激しく抵抗したもので、車は橋の欄干《らんかん》を突き破って川に落ちた。俺と一緒にいた友人三人は全員が元海軍のＳＥＡＬで、そのうちのひとりが川に飛び込み、イザベルを助けた。ブレイクはそのまま死んだよ」

「かいつまないほうの話はしてくれるの？」彼が話してくれた情報の断片をつなぎ合わせて、全体像を描き出そうとしたのだが、納得するにはまだわからない部分が多すぎる。もっとたくさんの情報がないと、どういう事情でそうなったのかがはっきりしない。ヘクター・ブレイクが拉致事件を起こす？　しかも相手はイザベル？　ジャックの妹は感じのいいきれいな女性で、食に関する才能に恵まれブログも大人気だったが、政治的な活動はいっさいしていない。「いったいなんでまたヘクター・ブレイクがイザベルを拉致しようとしたの？　あなたがポートランドにいた理由は？　今聞いた話だけじゃ、何もわからないわ」

ジャックは刈り上げた頭を撫《な》で下ろす。「どこから話し始めればいいものやら」

「いちばん最初から話して。それしかないでしょ」まったく、まだ言い渋る気かしら。

彼はふっと息を吐いた。「わかったよ。俺は中国人の情報屋を使っていて、こいつは人民解放軍総参謀部61398部隊、技術部ともいわれる部署に籍を置いていた。こいつが、とある情報を俺に流した直後、死体となって発見された」

「61398部隊」サマーは記憶をたどってみた。「サイバー攻撃をしていると言われている部署ね」

「そうだ」ジャックが少し険しい顔になる。「どうしてそんなことを知ってる？」

むっとして激しく言い返そうとしたサマーは、深呼吸して気持ちを落ち着かせてから、口を開いた。「あのねえ、私は現代政治学で修士号を取り、ジャーナリストとして政治専門のブログを持ってるの。国内であれ国外であれ、政治の世界で起きていることには敏感だし、人民解放軍61398部隊のことぐらい、当然知ってるわよ」

ジャックは降参のしるしに、両手のひらを掲げてみせた。「そうむきになるなよ。悪かった、一般市民はこういうことに疎《うと》いものだとばかり思っていたんだ」

「あら、私は一般市民よ。でも疎くはない」

「そうらしいな」ふとジャックの顔に強い感情が浮かんだが、次の瞬間にはもう消えていた。その感情が性的なものであることが、サマーにははっきりとわかった。疑問の余地はない。オーブンの扉を開けて、さっと熱気が噴き出した直後また閉めたのと同じだ。

彼女の全身を熱が駆け抜け、足先へ、そしてまた手の先へと上がっていく。燃え盛る炎の前を歩く感覚だ。

いや、地獄の業火を踏みしめる感覚か。

ジャックに対して性的な衝動を持てば、地獄を味わうことになる。以前もそうだった。サマー・レディングにとって彼とのセックスは人生を揺るがすような大事件だったのに、彼にとってはちょっとしたお楽しみでしかなかったのだ。この広い世界に楽しいことはいっぱいある。彼が、次々と別の楽しみに乗り換えていってもそれは仕方がない。そう悟った瞬間、彼女は立ち直れないほど打ちひしがれた。セックスを体験して、彼こそが自分の運命の相手だと信じ込んだのに。あのときは、白馬に乗った王子さまがやっと自分の目の前に現われた、と思った。ひそかにずっと待ち続けてきた甲斐《かい》があった、彼のほうも私を見つける日を待っていたに違いない、そう考えたものだ。ところが、二人の関係の持つ意味合いが双方で違いすぎた。一週間後、彼は寮でサマーの同室の女の子を誘い、二人が仲よく連れだって出て行く姿をサマーは惨めな思いで見ていた。涙にくれながらベッドに入る夜が何ヶ月も続いた。

要は、こういうのは過去に経験済みだということ。もういい。同じ思いは二度とごめんだ。さて、意識を集中させよう。

彼女はちゃんと彼の話に意識を集中させた。もしかしたら、人生最大のスクープ・ネタになるかもしれないのだ。そのネタもとが自分の家のキッチンに座っている。荒っぽくて凄みがあって、監獄から出てきたばかりみたいな雰囲気を漂わせてはいるが、その剃り上げた頭の中に、超弩級《ちょうどきゅう》のニュースが詰まっている。〝ワシントンDC殺戮事件〟の真相より大きなニュースなんてない。ジャックは一般には知られていない情報を握っている。この話なら、何週間にもわたってブログの記事にできる。そして『エリア8』は、個人発信の政治ブログというよりは、信頼性のあるネット配信のニュースマガジン、という扱いを受けるだろう。

ここは重要なところだ。しっかり耳を傾けよう。

ところが、問題がある。その情報源となる男性自身が、あまりにも魅力的だから、気が散るのだ。仕事に関する集中力には自信のあったサマーだが、情報そのものよりも情報提供者のほうに注意が向いてしまう。集中しなさい、と自分を叱りつけても、向かいの席に座る男性にこうも惹《ひ》きつけられていては無理だ。

一見したところでは、彼はサマーが以前から知るジャックと変わらない。はっとするような鮮やかな海の色の瞳と、まっすぐで高く通った鼻筋、形のいい唇という整った目鼻立ちは同じだ。ところが全身をじっくり眺めると、きらきら輝いて見えた少年の頃のジャックとはまったく異なって見える。青い虹彩《こうさい》の周辺の白目の部分は血走っていて、目の下は殴られたのかと思うほど黒くなっている。学生の頃に比べると体重はかなり増えたようだが、それでも増えた分はすべて筋肉、という感じだし、頬もげっそりこけている。最近、急激に痩《や》せたのかもしれない。昔は、屋外にいることが多くてプラチナ・ブロンドに近い髪を長く伸ばし、後ろで無造作にひとつにまとめていた。今は刈り上げて、ごく数ミリ金色の髪が光に反射するだけ。

手さえも、前とはまったく異なっている。以前は細長い指が上品で、芸術品みたいなきれいな手だったのに、今は、指の長さは変わらないものの、きれいな手とは表現できないし、むろん芸術品でもない。肉体労働の男性に特徴的な、節が高くてたこのいっぱいある手には力がみなぎり、傷痕もたくさんある。

昔のジャックを見た女性は誰しも、まぶしい太陽の下でのデートを夢みた。今の彼は、あえて言うなら、強引に壁に背を押しつけられて体を奪われそう、という感じ。ああ、だめ、だめ。ジャックとセックスを結びつけて考えてはいけない。ましてや、こんな危険な香りのぷんぷん漂ってくる男性と。無理、無理。

彼女は身を乗り出して、まっすぐに彼の目を見た。「そろそろ、あなたが死ななかった理由と、ホームレスの格好で通りを歩き回っていた事情を教えてちょうだい。〝殺戮事件〟で生き残ったと名乗り出なかったのはなぜなの？　死んだことにしておいたわけは？　何もかも聞かせて。それなりの重要な理由があったのなら、あなたのことは記事にしない。でも、長くは待てないわよ。言っとくけど、私のところには、国家の安全保障にかかわる問題だからその記事を掲載するな、と圧力をかけてくる人がいっぱいいるの。実際は、言ってきた本人の立場が危うくなるだけよ。だから、あなたもただ保身を図ろうとしているだけなら、何を言おうと無駄だわ。あなたの利益を守るために私は記事を止めはしない」

ジャックの頰の筋肉が動く。「俺は自分を守ろうとしているんじゃない。断言する。それから、俺だってこの話を公表したくてたまらないんだ。その思いは君以上だろう。ただ、タイミングが悪い。この事件に関与しているやつらは情け容赦がない。〝殺戮事件〟後も、信用できる人たちがたくさん亡くなっている。これ以上、良心の呵責《かしゃく》を覚えたくない」

「ま、いいでしょ。とにかく、説明して。あなたの情報提供者が亡くなったとか言ってたわよね、中国のサイバー攻撃部隊の人」

彼が鋭くうなずく。「そうだ。人民解放軍61398部隊は、中国の普通の権力構造には組み込まれず、独自の指揮系統を持っている。俺の情報屋の話では、その指揮系統のトップにいるチェン・イー将軍が、米軍を無力化させる極秘作戦を指示したらしい。この作戦では、人民解放軍は本隊を投入することなく米軍を制圧できるそうだ。

米国を支配するために必要なのは、軍の付属物みたいな存在の61398部隊だけ。この部署が秘密結社化して計画を練った。この作戦だけで完全にアメリカ政府を支配できなくても、米軍には戦闘力が残っていないようにできるらしい。だからその後、軍事衝突が起きたとしても大規模な戦闘には発展しない。中国軍の本隊がアメリカ本土に攻め込んでくるわけではないから、物理的被害は非常に少なくなる。要は、アメリカ人が気づかないうちに、いつの間にか国が征服されていた、という事態になっているんだ。俺の使っていた情報屋は、内容を暗号化して安全な回線を使いこのことを知らせてきた。計画はいくつかの段階、あるいはステージに分かれているという話だったが、俺たちにもその全体図が何となく見えてきて、もうすぐ第一段階の実行があるかもしれない、と推測したときだった。情報屋が、場所はおそらくワシントンＤＣだ、と知らせるメールを送ってきた直後に消息を絶った。しばらくして黄浦江《こうほこう》に浮かんでいるそいつの死体が発見された」

サマーは、胸が締めつけられるように感じた。ワシントンＤＣ。「〝殺戮事件〟ね」ささやくような声になった。

「そうだ」ジャックはサマーの目を見たまま、少し頭を垂れた。「送信されてきたメールの大部分は破壊されていたが、ワシントンＤＣへの攻撃がごく間近に迫っていることだけは、はっきりとわかった。首都攻撃の対象物として、俺と上司が考えたのは、ホワイトハウス、国防総省、国会議事堂だった。俺たちは関係各省庁に警告の連絡を入れ、その三つの建物と空港ではセキュリティが強化された。俺は元々ＤＣに戻る予定だったから、上司と二人で万全の警戒を怠らないようにしていた」

「あなたは、お父さまが大統領選挙に出馬されるから、帰って来る予定だったのね。もう潜入捜査の仕事はできなくなるもの」

「ああ」ジャックの顔が強ばる。「そのとおりだが、親父が俺のキャリアを台無しにした、と本人には言えなかったよ。俺がＣＩＡ職員だってことは、家族の誰にも知らせていなかったんだ。それでも、大統領になるのが親父の夢だったし、きっと――」

ジャックが声を詰まらせ、ふと視線をそらした。

「きっと、すばらしい大統領になっていらしたわ」サマーはやさしく、彼が言いたかったことを代弁した。

ジャックはうなずくと、呼吸を整えた。とん、とん、とテーブルの上を指で叩き、しばらくしてから言った。「〝殺戮事件〟の首謀者は、ヘクター・ブレイクだったと思う」

「でも……でも、ヘクターだってあの現場にいたのよ。かろうじて逃げ出したけど、命を落としていたかもしれないのに。そもそも、彼はあなたのお父さまを支持していたじゃない。それに、私の調べたところでは、お父さまが選ぶ副大統領候補はヘクター・ブレイクだろう、って話だった」

　実は、アレックス・デルヴォーが自分の副大統領候補にヘクター・ブレイクを選ぶと聞いて、サマーは耳を疑った。ブレイクは誰からも嫌われていたので、そんなばかな、と思ったのだ。ただそれもヘクター・ブレイクと直に接する機会があったDCの事情通のあいだだけの話で、彼のことを個人的に知るすべもない一般の人たちには、評判は悪くなかった。洞察力があり、新しい発想のできる政治家だと考えられ、場合によっては尊敬すらされていた。アレックス・デルヴォーとは幼なじみで、気心が知れているだろうから、と納得する人もいただろう。

　勢いよく身を乗り出したジャックの顔が、険しかった。力のあるオスが怒りに燃えて近づいてきたときの動物的反応として、サマーは思わず体を起こして距離を置きたくなったものの、どうにかテーブルにもたれたままでいた。それでも、心臓が大きな音を立てているのが聞こえる。

「あいつのせいで、俺の肉親、親族のすべてがこの世から抹殺された。さらに千人あまりもの人たちが命を落とし、その後首都は混乱状態に陥った。みんなあいつがくわだてたんだ、ということはわかっているんだが、法廷に提出できる証拠がない」

　なるほど。「あなたの気持ちはわかるわ。本当に。あなたの家族のことは、私も大好きだったから」それにずっと長いあいだ、あなたに恋をしてきた。ただ、その事実は口に出せない。「それでも、ヘクター・ブレイクが〝殺戮事件〟の首謀者だと思うには、何らかの根拠があるわけでしょ。どういう理由でそう考えるようになったわけ？」

「法廷では何の役にも立たない根拠しかない」ジャックの顔が悔しそうだ。「あいつの関与を証明しようと俺はこの半年のあいだ頑張ってきた。ＤＣに留まったのは、全体計画の黒幕は誰なのかを探るためだったが、ブレイクが死んでしまって、手がかりもなくなった」

　昔から、ジャックは行動してから考えるタイプだ。じっくりと分析するのは苦手だったが今も変わっていないようだ。頭の回転が速く、直感的なのはいいが、もう少し順序立てて話してもらわなければ先に進めない。「話を戻しましょ。〝殺戮事件〟後、何が起きたのかを順を追って話してちょうだい。事件のあとしばらくは情報が錯綜《さくそう》して、混乱のきわみにあったの。具体的に、いつ何が起きたのかを時系列で記述した人が誰もいないから。あの現場にいた人間としての、あなたの話を聴きたいわ。何がどうなったのか、話して。宗教がらみの外国人によるテロではなくて、アメリカ人による謀略事件だとあなたが考えるようになった理由は何なの？」

　ジャックが驚きの表情を浮かべた。「アメリカ人が他にもかかわっていた、なんて俺はひと言も口にしていないのに。ヘクター・ブレイクが首謀者だった、と言っただけだぞ」

「あのねえ」世間知らずの小娘扱いされることには慣れている。また、関係を持っていたあいだは、自分の知性を彼に認識してもらう機会はまったくなかった。その一週間、彼には強烈な絶頂感に震える姿を見せ続けていただけだし、そばにいると恥ずかしくてろくに口もきけなかった。「あなたがこれまで話してくれたところから類推すると、あなたは〝殺戮事件〟のようなことが起きるという警告を事前に知らされ、まっすぐ帰国した。アメリカ人が関与していないのであれば、国内で身をひそめる必要もない。でも実際、死んだことにして誰にも見つからないようにしている以上、CIA内に関与している人が何人かいる、と考えているに違いないもの」

彼の顔が引き締まる。「考えている。ヘクター・ブレイクは、CIA内に張りめぐらされたネットワークの支援を受けて事件を起こしたんだ。CIAには俺の人生を捧《ささ》げてきたのに」

CIAの関与という点が、サマーにはどうしても信じられなかった。おとなになってからの彼女は、常に政治の世界とかかわってきた。だから、ちょっとやそっとのことではもう自分は驚かないと思い込んでいた。しかし今回は……ひどくショックだった。何があっても、ショックを受けないと豪語していたのに。

〝ワシントンDC殺戮事件〟はアルデバラン星からやって来た紫色のエイリアンによ

る犯行だった、とでも言われたほうが、すんなり受け入れられていたかもしれない。CIAだなんて……。

それが事実なら、世紀の大スクープなのだが、わくわくするような感覚はどこにもない。そんな現実は、吐きそうになるぐらい不愉快だ。本当にそうだとしたら、一ヶ月シャワーを浴び続け、その後清めた体で人里離れた山の中にでも隠れ、一生誰とも口をきかないと誓いたい。

ジャックは軽く首を振った。思い出したくないことを思い出し、記憶から振り払おうとでもしているみたいだった。「俺の上司は、俺が送ったデータを分析し、こっそりと内部監査を行なった。俺はできるだけ最後までシンガポールに留まったが、父の出馬宣言の前には帰国しなければならなかった。俺が戻ったのは、事件の前日で、ぎりぎりまで戻らなかった俺に対し、母は少々むっとしていた。まあ、本気で怒っていたわけではないが」

彼の顔に悲しそうな笑みが浮かぶ。彼の胸中がサマーには理解できた。メアリー・デルヴォーはジャックを溺愛していた。デルヴォー夫人が長男に対してずっと腹を立てていられるはずはない。絶対に。

「お母さまには何と言ったの？」

彼が肩をすくめたので、その幅の広さを再認識する。「仕事だと。重要な交渉の最中だったんだと説明した」

「実際は？」

彼の口元が引き締まる。「実際は、さっきも説明したとおり、人民解放軍に潜入させていた情報提供者を失ったばかりだった。そのため我々はこの男の足取りをたどる必要があったんだ。俺はこっそり中国に入り、ぎりぎりまで上海にいた。ＣＩＡの専用ジェット機でワシントンＤＣに直接戻ったが、公式記録ではシンガポールのチャンギ空港から極東経由でワシントン・ダレス空港に到着したことになっている」

「つまりあなたは、飛行機から降りるとそのままバラード・ホテルに直行したの？」

「いや、到着後は、上司が手配してくれた隠れ家に向かい、そこでその時点でわかっていた情報を報告した。人民解放軍６１３９８部隊は、ＣＩＡにスパイを送り込んでいると俺の情報屋が断言していたから、通常の指揮系統では動けなかった」

「あなたの上司は信頼できる人なの？」

「絶対の信頼がおける人だ」

それならサマーが心配することはない。ジャックはじっくりと分析するのは得意ではないかもしれないが、本能的に人の本質を見抜く才能を持っている。親族が多く、子どもの頃から人と接する機会もたくさんあったおかげだろう。とにかく、サマーよりは人を見る目がある。

「じゃあ、いいわ。あなたは隠れ家に落ち着いた。そのあと、どうしたの？」

「ＣＩＡの中で、敵のスパイだと考えられる職員をリストアップした。国家に反逆する売国奴さ」

「どういう基準でリストアップしたの？」

「裏切者をあぶり出すときは、昔からだいたいみんな同じことをするんじゃないかな。金の必要なやつさ。さらに今回はイデオロギーも絡む。金について調べるのは簡単だ。俺たちは、突然金回りがよくなり、以前より贅沢《ぜいたく》な生活を送り始めた人間に注目した」

　サマーは眉をひそめて考えた。「そんなにおおっぴらにお金を使うかしら？　あんまり賢いやり方じゃないわね」

「ああ、そうなんだ」ジャックがため息を吐《つ》く。「少しばかり探ってみると、たいていは両親が亡くなって遺産を相続したとか、非常に裕福な相手と結婚したかで、中にはうまく投資して資産を増やしたやつもいた」

「現在の経済情勢を考えれば、うまい投資先なんてあるとは思えないんだけど」『エリア８』の広告収入で少しばかりの貯金がサマーにもあるのだが、これをどこに投資すれば安全なのかがわからない。どこに投資しても全額が消えてしまう可能性があり、どうすることもできないのだ。

「確かにな。ただ俺たちが調べたところでは、給与外の収入にちゃんと説明がつくやつばかりだった。不動産をじょうずに現金化したとか、新規上場が成功した会社の株を保有していたとかな」そこでジャックは、首を横に振りながら、ふっと口元を緩めた。「とある分析官は、五本のポルノ映画に主演し、そのビデオがバカ売れしたらしい」

「ええっ?」サマーはＣＩＡの分析官を頭に思い描いてみた。ポルノ映画に主演できるほどの美女の姿をどうしても想像できない。たいていはおたくっぽい外見——青白い顔に猫背で、根暗な感じだ。ポルノ映画に主演するようなタイプはいない。

「その女性、どれぐらい稼いだの?」はっとして口をつぐみ、言い添えた。「純粋に好奇心を持っただけ」

「女性じゃないんだ」ジャックが彼女の目をのぞき込んで笑う。「稼いだのは百万ドルちょっとだ」

「まあ。私、職業を間違えたかしら」

「いいや」ジャックの大きな手が彼女の手に重ねられる。彼は軽く握ってから、すぐに手を放した。彼女の心臓が、どきっと大きな音を立てる。ばかみたい。「ポルノ映画の業界なんて、ひどいもんだ。泥沼みたいなもんさ」

「あら、ＣＩＡはさぞかしきれいなせせらぎみたいなものなんでしょうね」感じの悪い言葉を返してしまったのは、彼に触れられただけでどきどきしてしまう自分に腹が立っていたからだった。

「一本取られたな」一瞬ジャックはうなだれた。そして顔を上げたときの彼の様子を見てサマーは自分が恥ずかしくなった。いっきに千歳に老け込んだかのように見えたからだ。ジャックは家族を亡くし、地獄のような日々を過ごしてきた。自分の人生のすべてを捧げてきた政府機関が、組織ぐるみで祖国を裏切っていたかもしれないのだ。

「それはさておき」ふうっと息を吐いて、話の続きに備える。話の続きも、ここまで以上にショッキングな内容であるに違いない。ジャックにとっても辛い事実なのだろう。「事件の夜のことを聞かせて。あなたは上司と――えっと、この上司って、秘密工作本部のヒュー・ラウニー局長のことよね？」

ジャックがあきらめの息を漏らす。「秘密工作本部の局長名は、極秘扱いなんだけどな」

サマーは、いいかげんにしてよ、と天井を仰いだ。「ね、ジャック。確かに秘密工作本部については、ＣＩＡのホームページに何の記載もないわよ。でも局員が何人いると思ってるの？　その全員が局長の名前ぐらい知ってるわけよ。そうなれば、秘密でも何でもないわ」

彼がまた重い息を吐く。「ああ、ヒュー・ラウニーだ」

サマーはうなずいた。「〝殺戮事件〟の翌日、心臓麻痺《まひ》で亡くなった人よね」

「ヒューは事件の翌日、殺害されたんだ」ジャックの言葉に怒気がみなぎる。「俺は死体のそばに近寄ることができなかったので、どうやって偽装されたのかはわからない。しかし俺の知るかぎり、ヒューの心臓のどこにも、いっさい問題はなかった」

何たること。ヒュー・ラウニーが殺害されたのなら、大変だ。

「〝ワシントンDC殺戮事件〟で千人もの人が犠牲になった。翌日CIA秘密工作本部の局長が殺害された。CIA、しかも秘密工作本部の局長ともなれば、身辺警護は万全のはずなのに。何だか怖いわね」

彼が鋭い視線を向けてきた。「そうだ。俺が半年ものあいだ身を隠していたのは何のためだと思うんだ？　さて、こんな話を聞いても、君はまだ取材を続ける気か？」

「ええ」本気だった。「〝殺戮事件〟の犯人がこれまでも、これからも罪に問われないと思うと、はらわたが煮えくり返る気分だわ。そのあと数日、DCではひどい生活が続いた」

「停電だな」ジャックがうなずく。「しばらく戦争準備状態《デフコン》2のままだった」

「ええ。でも、話はそれだけではないわ。米国市場から三兆ドルものお金が事件後に消えたのよ。この話はあまり知られていないけど、このときの株価暴落で、名の知られた大企業でも何社かは倒産したわ。その結果、連鎖的に新たな不況が始まった。あなたは身を隠していたから、こういった情報は耳に届かなかったでしょうけど」

「しっかり届いたさ」彼の表情が厳しい。「ホームレスのふりをして身を隠すのなら、実際、今ほど楽なときはないだろうね。かつては中流階級だった人たちが、今じゃ道端で物乞《ものご》いをしているんだ。その数の多さを知れば、君も驚くよ。俺は何度か、ホームレスの一時保護センターで夜を過ごしたことがあるんだが、同じ部屋で寝ていたのは、ごく最近まで教師、看護師、会社員としてきちんと働いていた人ばかりだった。全員が事件後に職を失い、新しい仕事に就けないでいたんだ」

〝ワシントンＤＣ殺戮事件〟の真相究明にサマーがこだわる理由も、まさにそこにあった。事件による犠牲者数はもちろん多かったが、その後、経済的に困窮する人たちがあまりにもたくさん出たからだ。「わかったわ。話を少し戻して。中国にいたあなたの情報屋が危険だと警告してきたわけでしょ？　なのにどうして、のこのこ出馬宣言の会場に出かけて行ったの？」

ジャックがびくっとして、体を起こした。背筋を硬直させ、目をすがめてサマーを見ている。「俺が集会を中止させるべきだった、そういう意味か？　あんな地獄絵図になるとわかっていれば当然、絶対に阻止しようと俺は努力した。しかし、父の大統領選出馬宣言の会場に銃を持った男たちが乱入して、そこにいた者を片っ端から撃ち殺していき、そのあとバラード・ホテルを建物ごと吹っ飛ばすだなんて、本当に夢にも思わなかった。今はもちろん、力ずくででも集会を中止させるよう、父を説得すべきだったと後悔しているがな」

サマーは今の質問をしてしまったことを恥じた。ジャックなら、家族を狙った襲撃計画の可能性がほんのちょっとでもあれば、必ず阻止しようと全力をつくすはず。「ジャック、ごめんなさい」心からの謝罪だった。「どうして今みたいなばかなことをたずねてしまったのかしら。何の考えもなく口にしただけだと思うけど。ええ、当然よね、あなたなら計画がわかった時点で、何とかしようと努力していたはずよね」

彼は、ふっと短く息を吐いたが、まだ疑心に満ちた眼差しを向けてくる。「君は、俺が昔のままだと思っているんだな。女の子の尻《しり》ばかり追いかけ、次はどの女にしよう、どこで酒を飲もうということ以外には何も考えないどうしようもないやつだと。だが、自分にそんな時代があったなんて、俺自身が信じられないぐらいだ」

確かにそうだ。今の彼は、物事を深く考えないプレイボーイというかつての姿からはほど遠い。目つきが違うし、雰囲気が異なる。別人と言ってもいい。「わかったわ。事件の夜のことを教えて」サマーは穏やかな声で言った。

「父と母は、バラード・ホテルに到着する寸前まで言い争っていた。二人が喧嘩《けんか》していたという噂《うわさ》は事実だったんだ。ただ、母は父を失うことを恐れていただけだ。驚くほど、ジョン・F・ケネディ夫妻と似てるだろ」

絆《きずな》の強い、すてきな親族が大勢いるところも。そう思いながら彼女はうなずいた。「でも壇上に立つあなたのお母さまは、うきうきした感じでとてもうれしそうに見えたわ」

　ジャックはふっとかすかな笑みを浮かべた。その顔が悲しそうだった。「母は父にとって、実に忠実な同志だった。父が出馬宣言をすれば、自分は仕事を辞め、父のために懸命に働くつもりだったんだ。俺に言ってたよ――アレックスの気持ちを変えさせたいのはやまやまだけど、あの人の決心が揺るがない以上、何があってもあの人の願いを実現させてみせるわ、って。母はきっと、父の大統領在任中には毎日毎分、どこにいてもにこにこと笑顔を見せ続け、任期が終わったときに、やれやれと大きな安《あん》堵《ど》のため息を吐いていただろう」

　アレックス・デルヴォーの大統領在任中か。サマーは普通の人より、人の死に接した経験が多く、そのため亡くなった人が生きていたらどうなっただろう、というようなことは考えず、ただ前を向いて進むようにしてきた。アレックス・デルヴォーが死んだときも同様に、ただ事実として受け止め、その意味合いを考えたりはしなかった。しかし今初めて、彼が大統領になっていたら、と考えてしまった。彼は傑出した人物だった。正々堂々と闘いながらも無用の衝突はうまく回避できる政治家だった。選挙前の口約束だけではなく、本気で環境保護に取り組もうとしていた。石炭や石油業界関係のロビイストには徹底抗戦していただろう。そして彼の演説に人々は心を動かされ、考えを変えていたはずだ。彼は人の心を揺さぶる演説の才能に恵まれていたのだ。今になってやっと、アレックス・デルヴォーが大統領になれなかった損失の大きさに気づき、サマーはぼう然とした。

「あなたのお父さまなら、すばらしい大統領になっていたでしょうね」静かにそうつぶやいた。

うなずくジャックの目が潤んでいた。「ああ、きっと。この国も今みたいな状況にはなっていなかっただろう。だから〝殺戮事件〟の黒幕を、俺は必ず見つける。命を懸けても探り当ててみせる。俺は父親だけでなく、イザベル以外の家族や親族すべてを亡くした。だが、最大の損失は、自分の国から最高の指導者が奪われたことだ。この国を変えてくれたはずの男をね」

「あの夜のことを」サマーは胸のふさがる思いだったが、彼に先を促した。

彼がうなずく。「ああ、そうだった。あの夜のことだな。俺は時間に遅れ、母からは二十回以上も電話で急《せ》かされた。最後には携帯電話の電源を切ったほどだった。ただ、仕事用の電話は電源を入れたままにしていた。直前まで隠れ家でずっと、ＣＩＡの中で国を裏切る可能性のあるやつをヒューと一緒にリストアップしていたんだ。可能性を否定しきれない人間の多さに愕然《がくぜん》たる思いがしたよ。ぎりぎりまで話し合ってから家を出て、数ブロック先からタクシーに乗った。パーティでは予定が遅れるのはわかっていたから。父は立派な人格者なんだが、時間に関しては少々ルーズなところもあってね」

「出馬宣言のスピーチは午後七時半から始まることになっていたわ」マスコミに発表された資料では、そうなっていた。

「ああ、でも時間はかなり押してたんだ。俺は演壇に上がり、両親と抱き合い、イザベルと双子の弟たちに声をかけた。そのとき電話が鳴った」

「CIA支給の電話のほうよね、私用のじゃなくて」

ジャックがうなずく。「ヒューが渡してくれたほうのだ。鳴ったと言ったが、実際にはバイブレーションを感じたんだ。それで何か重大なことが起きたとわかった。ヒューとはほんのさっきまで一緒にいたわけだし、俺が父の出馬宣言のパーティ会場にいるのもヒューは知っていたから。電話をかけてくるなんて、よほどのことだ」

サマーは体を乗り出して、頬杖《ほおづえ》をついた。「新事実がわかったのね。できるだけ早く、あなたに知らせておかなければならないことが」

「ヒューは新事実を見つけた、それは間違いない。電話を受けても声が聞こえなくて、俺は演壇を下りて宴会場の裏に出た。誰もかれも大声でしゃべっていたし、スピーカーから流れる音楽がすごくやかましくて、大音響には慣れっこの俺の耳でも、電話の声に集中できなかった。声では通じないのがわかったらしく、ヒューは電話を切り、ショートメールを送ってきた」

「内容を覚えている?」

彼の鋭い眼光が、サマーを射抜く。「忘れられるはずがないだろ。メッセージは『そこを出ろ。今すぐ逃げて、隠れるんだ』だった。そのあと、電話は使えなくなった。ただ危険が迫っているとヒューに警告されても、まだ会場内にいる家族をおいて俺ひとり逃げるわけにはいかない。大急ぎで部屋に戻ろうとしたとき、AK‐47の銃声が聞こえた。しかも、かなりたくさんの数だ。大勢の人のいる宴会場で。そして応戦する別の銃声。ヒューから厳しく言われていたので、俺は銃を携行していなかった。それでもとにかく家族のもとへ駆けつけようと必死だった」

サマーは彼の目を見た。鮮やかな青の瞳の周辺で、白目が充血している。「つまり、あなたの目の前で――」小さくつぶやいたが、最後まで言えなかった。

「何もかもが、俺の見ているところで起きた」彼が、ぐっと歯を食いしばる。「全部を目撃したんだ。あいつらは電源を切ったが、ろうそくがあちこちにあって、俺のいたところからは演壇の様子がよく見えた。目出し帽をかぶった男たちが、銃を撃ち続けながら入り口から演壇へと進んで行った。最初に警備員を倒した。誰が雇ったのか知らないが、この警備員てのは、まったくの素人だった。出馬宣言するまではシークレット・サービスが付かないから、父の事務所の誰かが何もわからないまま体裁だけは立派なやつらを雇ったんだろう。侵入してきた男たちには何もできないまま、即座にやられたよ。その後は――ばかばかしいぐらい簡単だった。男たちに抵抗しようとする人間なんて、誰ひとりいなかったんだから」

サマーは息を詰めて話を聞いていた。その場の状況が目の前に見えるようだ。血の臭いまで感じるほどだ。

「みんなが叫び声を上げる中、侵入者たちは殺戮を続けた。動きに無駄はなく、すぐに聴衆を倒す作業は終わり、そのあと演壇の前に立った。俺も駆けつけようとしていたが、間に合わなかった」

演壇。彼の家族がいた場所。肉親だけでなく、叔父、叔母、いとこたち、彼の親族すべてがそこにいた。ああ。

ジャックが頭を垂れる。テーブルを見つめる彼の剃った頭に伸びてきた金髪が見える。その下に整った鼻筋、尖《とが》った頬骨がある。「すべてにかかった時間なんて、ほんの一、二分ほどだった。イザベルの姿は見あたらず、父と母が弟たちをかばおうと、腕を大きく広げて自分の背中を盾にするのが見えた。何の役にも立たなかったが。二人は折り重なるようにして倒れ、肉や骨が血とともにあたりに飛び散った。即死だったよ」

彼はじっと自分の手を見ていた。一見穏やかそうな姿だったが、こめかみで血管が大きく脈打っていた。

それから彼は押し黙ってしまった。かなり時間が経ってから、サマーのほうから声をかけた。「そのあとは？」

「そのあと、建物全体が吹っ飛んだ。後日知ったんだが、爆発物は宴会場を取り囲むようにして仕かけてあったらしい。どうやったらそこまでのことができたのか、いまだに誰も答が出せずにいる」

その答なら、サマーは突き止めた。「ヘクター・ブレイクよ。あいつは名前を出さないようにして、バラード・ホテルの経営を操っていたの。株式保有会社の大部分が、あいつのものだったのよ。パーティの前週に突然、予定になかったメンテナンス工事が行なわれたと証言してくれたホテルの関係者がいた」

ジャックがさっと顔を上げる。「本当に？」

彼女は重々しくうなずいた。ヘクター・ブレイクの犯した罪のひとつだ。「口止めされてたみたいだけど、ウエイターのひとりが話してくれたの。証言はきちんと録音したんだけど、もういちど確認を取ろうとしたら、そのウエイターは行方不明になっていた。問い合わせても行方を知っている人は誰もいなかった。バラード・ホテルは閉鎖されたから、当然ながら従業員は全員職を失った。そのウエイターも故郷のコスタリカに戻ったんじゃないか、と言われたけど、彼がアメリカを出た形跡なんてなかった。私は憶測だけでは記事にしないから、この話は誰にも言っていない。『エリア8』は、二つ以上の証言もしくは証拠がその事実を補強し合わないかぎり、記事にはしない決まりにしているの。そのウエイターから話を聞いたときの録画だけではどうしようもなかったし、その当時は、それが何を意味するのかもわからなかったのよ。最近になってやっと、いろんな疑問がひとつにつながってきたばかりだから」

ジャックの口元が引き締まる。「立ち込める埃《ほこり》の中で意識が戻ったときは、あたりは真っ暗だった。何がどうなったのかわからず、自分は今どこにいるのか、そもそも自分とは誰なのかも自問した。最初は死んで地獄に来たんだ、と思ったよ」彼の口元が片方だけ持ち上がる。「天国に来たとは、これっぽっちも思わなかったな。長いこと戦闘地域にいると、天国なんて考えなくなる。それにあの場所は地獄そのものだった。熱くて、真っ暗で、火薬臭が鼻につき、血や死の臭いもあたりに漂っていた」

そのときのジャックの姿を想像し、サマーの心が痛んだ。暗闇の中でわけがわからず、もうもうと埃の立ち込める中で起き上がることもできずに、悲しみだけを感じているジャック。

「あなた自身は、怪我をしたの？」

「軽い脳震盪《のうしんとう》を起こし、手首の骨を折った。全身に裂傷と打撲傷があり、セメントの粉を大量に吸い込んだ」彼が見下ろす左の手首が、わずかではあるがおかしな形に曲がり、傷痕があることに、今初めてサマーは気づいた。もしかすると、きちんとした医療措置を受けなかったのかもしれない。

その日の彼の様子が、サマーの頭の中で映像として浮かび上がる。肉親を含めた親族がマシンガンで皆殺しにされるところを目撃し、爆発により自分も重傷を負って、命からがらバラード・ホテルから抜け出して真っ暗な夜道を歩くところ。彼女はおそるおそる、彼の手頸《てくび》に触れてみた。ケロイド状の傷痕と硬い筋肉を感じる。

ジャックは息を吐いて、自分の手をその上から重ねてきた。大きな手だった。彼はひどく疲れて見えた。そう言えば彼は、ほんの数日前までポートランドにいて、ヘクター・ブレイクが溺死する現場に立ち会ったと言っていた。

まだまだ知りたいことがある。

ジャックは無言のまま、遠い目をして重ねた手を見下ろしている。

心的外傷がどういうものか、サマーにはわかっている。辛い記憶についても理解している。そういったものは、筋肉に刺さった棘《とげ》みたいに、自然に皮膚の外に出てくるのを待つしかない。彼女も何も言わず、じっと待った。

やがてジャックが、体を動かしたので、彼女はそっとたずねた。「あなたはどうやって現場から立ち去ったの？」

「一帯が停電していて」ジャックの顔が強ばる。「携帯電話もホテルから百メートル以上離れないと使えなかった。外に出ると、混沌《こんとん》とした状態だったよ。明かりと言えば、救急車の赤い回転灯だけだった。台数が多くてね、生存者がもっといると思ったんだろう」

「死体袋の数が足りなくて、フォート・デトリック（陸軍の医学研究施設があり、生物兵器やその防御服の研究もここで行なわれる）から慌てて運んできたのよ」情報屋から仕入れた話だった。怪我人より死人のほうが、圧倒的に多かったのだ。「イザベルの姿は確認できたの？」

彼がうなずく。「ああ。ヒューからのショートメールで、俺自身があの現場から離れなければならないのはわかっていた。だが、イザベルがちゃんと救急車に運び込まれるところを確認するまでは、その場を離れられなかった。俺は全身埃だらけだったから、顔を上げないようにするだけでよかった。監視カメラは動いていなかったし」

彼が目元を親指と人差し指でつまんで、息を吸い込む。「ただ――」声を詰まらせ、一瞬言葉を失う。「ただ、イザベルも死んだのかと一瞬思った。担架《たんか》の上の妹は顔が真っ白で、見たところでは……ぴくりとも身動きしなかったんだ」

家族全員が殺されるところを見たばかりの彼にとって、妹が唯一の生き残りだったわけだ。「あなたの気持ち、お察しするわ」サマー自身には、深い絆で結ばれた家族というものが存在せず、両親は娘にあまり関心がない、気まぐれなヒッピーだった。

家族の存在を意識したのは、デルヴォー家の人たちと出会ったからだ。別々の人格を持ちながらも、ひとつの集合体として息の合ったところを見せる彼らは、一般的な家族よりもみんなが仲良しだった。「でも、イザベルは死んでいなかったのよね」

「ああ、妹は生きていた。ただひどい怪我をしていて、救急隊員が、瞳孔《どうこう》が光に反応しない、と叫ぶのが聞こえた。イザベルがどこの病院に運ばれるのかを確かめ、救急車がその病院に向けて出発するのを見届けてから、俺はその場を去った。これまでの人生の中でも、特に辛い選択だった」

「あなたは、捜査をしなければならなかったものね。何かが起きると知らされ、本当にそのとおり、事件が起きたんだもの」

「そうだ。俺は姿をくらます必要に迫られていた。ただ、死んだはずの人間を捜すやつはいない。妨害電話の圏外に出ると、俺はヒューに電話した。ヒューは、証拠をつかんだ、事件の黒幕の正体はわかったと言うので、隠れ家で落ち合うことになった」

「証拠？」ジャーナリストとしての彼女の本能が、即座に目覚めた。「局長は証拠をつかんだの？　それならどうして――」

「証拠を使って、犯人をつかまえなかったか。理由は、殺されてしまったからだ」ジャックの声が凄みを帯びる。「停電のせいで信号も消えていたから、道路はものすごく混んでいた。結局隠れ家まで暗いＤＣの街を俺は歩いて帰ることになった。四時間かかったよ。家に着いたが、いくら待ってもヒューは来なかった。あとで知ったんだが、バラード・ホテル襲撃からそう時間が経たないうちに殺されたらしい。実際には、俺と電話で話した直後だったようだ。死因は心臓発作ということだったが、そんなはずはない。検死はなし、病理解剖さえされないまま、埋葬された」

サマーもいろいろな噂を拾い集めてきたが、この話は初耳だった。「つまり、他のことはさておき、CIAの局長クラスの高官が殺害されたのに、検死がなかったの？」

「死体が発見されたのは〝殺戮事件〟の二日後だ。ヒューがどこにいるか、なんて誰も気にも留めなかった。警察もFBIも、すべての法執行機関が〝殺戮事件〟のあと片づけで大わらわだった。しかも街は停電中だった。ただ俺は、隠れ家に到着したときにヒューがいないのを知って、最悪の事態を覚悟したよ」

「それであなたも姿を隠そうと決めたのね」

ジャックの顔が強ばり、危険な陰りを帯びる。「俺と隠れ家で会う約束をしていて、ヒューが現われないはずがない。死んだとしか考えられなかった。俺がヒューの愛弟《まな》子だったのは、局内ではみんなが知っていた。だから、バラード・ホテルで命を落としたと思われるのは、俺にとってはありがたかった。生き延びたと知られれば、射撃の的を背中に貼《は》りつけているのも同然だ。俺は工作員として優秀だと自負しているものの、ＣＩＡに組織ぐるみで追われたら勝ち目はない。予算が豊富で人材もそろっている組織から、独りで逃げおおせるのは無理だ。組織に潜り込んだ二重スパイが何人ぐらいいて、どういう地位に就いているのかはわからないが、それでも証拠を偽造して俺を〝殺戮事件〟の実行犯に見せかけるぐらいのことはできるはずだ。そうなれば、有無を言わさず射殺する大義名分はできる」

「半年もばれずにいたなんてすごいわ」

「それも、死んだと思われていたからこそだ。辛かったのは、イザベルのそばについていてやれなかったことだった。所有者をたどれないクレジットカードを何枚も持っていたので、私立探偵を雇って、昏睡《こんすい》状態にあるイザベルを見守るよう病院に送り込んだり、退院してからもアパートメントの周囲を見張らせたりした。あいつがポートランドに引っ越すと決めたときは、やれやれ、と安堵したよ。それからもインターネットをうまく使って、あいつの様子を見守っていた」

そうやって半年間も、退役軍人のホームレスのふりをして、世間から身を隠してきたのだ。そんなことができる男性は、そう多くない。「この半年間で、何かわかったことはあった？」

「ああ」彼の顔が引き締まる。「ヘクター・ブレイクの関与に疑いの余地はない。〝殺戮事件〟後、あいつは巨額の財産を得て、それを海外の銀行口座に隠していた。あらかじめ事件が起きると知っていなければ、とても稼げない金額だ。そこで俺は、ヘクター・ブレイクを監視し続けてきた。ところが事件の記憶を失っていたイザベルが徐々に当日のことを思い出し、彼女にも危険が迫った。実はイザベルはポートランドですばらしい男と出会ってね、元ＳＥＡＬで現在は警備会社に勤めているやつなんだが、この警備会社のＩＴ担当の女性がすごくて、ヘクター・ブレイクが巨額の金を稼いだことを探り当ててくれたんだ。ただ裁判所に提出する証拠にはできないので、自白を録音しようと考えた。イザベルがあいつをポートランドまで呼び出すことになり、俺も先回りしてポートランドであいつが現われるのを待っていた」彼が口を片方だけねじってにやりとする。「イザベルの恋人と、その警備会社の仲間の連中と一緒に、いろいろ手はずを整えた。さらにイザベルの恋人に頼んで、信頼できるＦＢＩの人間を呼び寄せてもらった。ＦＢＩだけには、今回の陰謀にかかわったやつがいないんだ。それは断言できる」

サマーはジャックの表情を探った。「つまり、あなたはヘクター・ブレイクがポートランドにいたところを目撃したわけね。それだけでも、トップニュースになるわ」

「そうだな」感情を交えずにジャックが応じる。「だが、今のところはニュースにはしないでもらいたい。そこで相談だ。君が俺に協力してくれるのなら、事件が解決したときには、俺から何もかも話す。しかし、政府内の誰が敵側の人間なのかを突き止めるのが先だ。事件の裏に気づいたと、君が少しでも匂わせたら、君の命はない。君が死ぬような事態は、俺の良心が許さない。だから俺と協力し、嗅《か》ぎ回っていることを誰にも知られないようにしながら真相に近づこう。政府内にも信頼できる人間はいる。たとえば、ポートランドで一緒に捜査に当たった清廉潔白なＦＢＩ捜査官だ。もちろんＦＢＩの組織全体を巻き込むと目立つが、こいつのおかげである程度はＦＢＩの組織力を利用できる。君も一緒に捜査に加わってもらいたい。チームを組もう、どうだ？」

そう言うと、彼は手を差し出した。指の長い、傷痕がいくつもある大きな手。以前はほっそりと美しいすべすべの肌をした手だったのに。その手が自分を絶頂に押し上げてくれたのに。

サマーはじっと彼の手を見ていた。〝ジャック・デルヴォーとチームを組む〟。学生の頃なら、飛び上がって喜んでいただろう。そんなことになればいいな、とひそかに願っていた。あのまぶしい彼が、自分をパートナーとして選んでくれるなんて。

あれから時間は流れ、前みたいにまぶしくはないけれど同じ男性がチームを組もうと誘ってくれている。ロマンティックな意味でのパートナーではないのは当然わかっている。彼に心を奪われることだけは、今後も絶対にない。二度とあんな想いはしたくない。彼が今回チームを組もうと言っているのは、大事件の捜査に関してであり、その捜査に協力すれば、サマーには超弩級のスクープをものにできるチャンスが転がり込む。

ピュリッツァー賞が獲得できるほどの大ニュース。

そんなニュースを最初に報じられればジャーナリストとして輝かしいキャリアを確立できるが、それにも増してサマーは、自分の国を攻撃した人物をどうしても暴きたかった。ダークネットでは多くの噂がささやかれている。さらにジャックの言うことが真実であれば、アメリカを攻撃したのは、アメリカ人なのだ。ただ金儲《かねもう》けだけの目的で。しかも計画はまだ進行中で、今後もっと恐ろしいことが起きるという。

〝ワシントンDC殺戮事件〟だけでも、国はもう崩壊寸前だ。失業率は大恐慌時代と同じレベルにまで高くなり、社会保障制度は破たんすると噂されている。国全体が疲弊し、士気が下がり、今また攻撃を受ければ、されるがままだ。

この国をこんなふうにしてしまったやつらがいる。策略を練り、自分の祖国をここまでひどい状態にしてしまったやつらが。

サマーは自分の国を愛している。成長過程で、親に連れ回されてひどい国々に滞在した。彼女の両親がどこかに落ち着くのは、そこで安くドラッグが手に入れられるからだった。そんな場所でサマーが目にしたのは、救いのない絶望、混沌、独裁政権だった。十代でアメリカに戻って来たときは、天国に足を踏み入れたと思った。以前よりも豊かな生活ができたからではなく、前にいた国々よりすぐれた国家だと実感できたからだった。もちろん、当時も問題はたくさんあったが、根底にはアメリカ合衆国という国家の理想がきちんと存在していた。人民の、人民による、人民のための国家。空虚な文言だけの理想ではなく、これがアメリカなのだと実感できた。だから、この国に忠誠を誓おうと思い、攻撃を受ければ全力で国を守るために戦う覚悟もできた。

ジャックはまだ手を差し出したまま、サマーの返事を待っている。「決めたか?」

彼女はその手を取った。彼の手の感触にびくっとしてしまいそうになる。以前とあまりにも違っていたから。ごつごつして、たこがいっぱいあって、熱い。

電気に触れたように、エネルギーと熱がサマーの体に伝わってくる。

「決めたわ」ぎゅっと握った手を少し上下させてから、放す。彼との接触がなくなってほっとした。彼に触れたことによる快感はあるが、この取り決めとはいっさい関係ない。彼に触れたからと言って気持ちが左右されることなどあってはならないのだ。絶対に。「手始めに、あなたがこれまでに得た情報を教えてちょうだい」

ジャックの顔が曇る。「残念ながら、今伝えたこと以上には、たいして何もわかっていない。噂や憶測はいっぱいあるんだが。ヘクターが死んだのは、想定外だった。俺たちはあいつをつかまえ、話を聞き出そうとしていたんだ。それを証言として、司法長官と話をするつもりだった。あいつが死体になってしまった以上、この先どこをどう調べればいいのか、手詰まりの状態だ」

「なるほど」サマーが立ち上がると、ジャックも驚いて立ち上がった。「それなら、私とチームを組んだのは正解ね。次に何をすべきか、私にはわかっているんだもの」

「どこを調べるんだ？」

「ヘクター・ブレイクの家よ。鍵《かぎ》を持ってるの」

3

まさか、とジャックは思った。ブレイク邸への無断侵入とは。しかし、どうやら鍵を破って侵入するのではなく、玄関から堂々と入るらしい。

「私と一緒なら、彼の家に涼しい顔をして入れるわけ。でも、家の中の金庫の鍵はないわ。金庫破りの道具とか、あなた持ってる？」サマーがちらっと値踏みするような視線を投げかける。

「金庫を開けるのは得意だ」道具も万全だ。監視装置、消音器のついた拳銃《けんじゅう》――グロック19の他に、サブマシンガンのMP5までスポーツバッグに入れてある。ニック・マンシーノが調達してくれたものだ。もちろん、自前のピッキング用キットもあるし、強力な金庫開錠用オートダイヤラー、それからC‐4プラスティック爆薬も少しある。どれだけの道具をそろえているかをサマーに知らせる必要はない。そうでなくても以前のジャックとはまるで異なる男性を見て、彼女は少々びくついている。

サマー。サマー・レディング。

不思議な顔立ちの女の子は、大学生になる頃には非常に美しい女性に成長していた。ジャックはその姿に目を奪われ、彼女に言い寄った。しかし、当時の彼はいろんな女の子に目を奪われた。ハーバード大学のキャンパスには、きれいな女の子がいっぱいいたのだ。裕福な家庭に育った、健康なアメリカ人のお嬢さんであふれていた。二千ドルかけて歯列矯正《きょうせい》をしてもらい、バレエやテニスのレッスンを小さい頃から受け、健全な食生活を続けてきた少女がアメリカの最高峰の大学に入学してくるのだから。つややかな髪と真っ白な歯の女の子ばかりで、男にとっては夢の楽園みたいなところだった。ジャックはただ手を伸ばしさえすれば、そういう女の子の誰かをつかまえることができた。

サマーはまぶしいぐらいの美しさだったが、他にもそういう女の子はいっぱいいた。そういう女の子の大半は、今……あまり美しいとは言えなくなっている。年齢の重ね方がうまくない女性はいるものだ。もちろん誰もが、美を保つ努力を惜しんではいないだろう。ジムで汗を流し、美容院やエステにお金をかけ、中にはすでに美容整形を何度か繰り返した者もいる。

サマーは違う。今彼の目の前にある美貌《びぼう》は自然のものだ。ただ、少々不機嫌そうなだけ。

まあ、不機嫌になられても仕方ない。大学生のとき処女を奪い、ひと言の別れも告げずに彼女のもとを去った上、彼女と同じ寮にいた女の子、ルームメイトを含めて三人と関係を持った。最近では、ジャック・デルヴォーは死んだと彼女は思っていたに違いない。ところが、死んだはずの人間が突如自宅に侵入してきたのだから……機嫌が悪い、程度で収まってくれたことにむしろ感謝すべきだろう。

「今のは、ヘクターの正式な住まいの話。それとは別に、あいつは豪華なコンドミニアムも誰にも知られないように持ってたのよ。愛人との密会用に使っている――使っていた場所で、ここでドラッグもやってたらしい。少なくとも昔はそうだったって、叔母が話していた。叔母はヘクターを憎んでたから」

この美人には驚かされどおしだ。「そのコンドミニアムって、どこだか知ってるのか？　そこの鍵もあるのかい？」

サマーがほほえむ。「場所ならわかってる。それから建物に入るオートロックのコードも、彼の部屋のドアの電子ロックの番号も知ってるわよ」

「すごい」驚きの連続だ。「どうやって知ったんだ？」

「話せば長いし、不愉快になるけど」彼女が、ふっと息を吐く。「まあ、短く説明するとね、叔母が離婚裁判で有利になるよう、いろいろ証拠を集めていて、それを私に保管してくれと言ってきたの。叔母がコンドミニアムの存在を知っているとは、ヘクターは知らなかったわ。叔母は愛人に圧力をかけて、電子ロックを開錠する番号を聞き出したの」

「その番号が変わってなきゃいいんだが」

ジャックの心配を、サマーが否定した。「少なくとも、ヘクターの住居部分に入るドアに関しては、変更されていないと思う。あいつ、最新技術には疎《うと》い人間だったのよ。それに、コンドミニアムの存在は誰にも知られていないと安心していたわけだし。叔母の話では、そこは彼の名義では登録されていないんですって。よくわからない会社の所有になっているそうよ。いずれにせよ、ブレイク邸かこの秘密のコンドミニアムかのどちらかで、何かが発見できるはず」

ヘクター・ブレイクが人知れず所有していた豪華コンドミニアム。ここに何かの記録が残っているかもしれない。調査するところとして、まさにジャックが望んでいた場所だ。「ブレイクが謀略の一端を担っていたのは間違いない。計画の立案にひと役買い、俺の両親を殺害した。さらには口封じのためにイザベルまで誘拐して殺そうとした。どちらの家にも行ってみよう」

「ええ。私の車で行きましょう。あなたもここまで、車で来たのよね？　死人のはずなのに、車が持てるなんてびっくりだわ」

「死人にどんなことができるかを知れば、もっと驚くぞ。実はぼろぼろのスポーツカーを二台買ったんだ。どちらもシャシーを補強して、エンジンを完璧《かんぺき》にレストアした。

一台はポートランドにあるが、もう一台はここに置いてある。偽の身分証明書を使って購入したが、警官に呼び止められても問題がないように免許証も用意してある。だが、止められたことはないな」

見上げるサマーの眉間《みけん》に縦じわがよる。

「何だ、俺の歯に何か詰まってるか？」

「そうじゃなくて、あなたがかつらとひげをつけたほうがいいのか考えてたの。半年ものあいだ、死んだことにしていたから生き延びてこられたわけでしょ。私のせいであなたが生きていると知られるのは、申しわけないわ」

そう言われると突然、ジャックはかつらとひげをつけるのが嫌になった。元々かつらもひげも嫌いだ。ちくちくするし、圧迫感がある。何より、自分ではない気がする。もちろん、自分とは異なる人物に見せるために変装するわけだが。しかしこうやってサマーと一緒にいて、この建物の警備システムが無効化されているとわかっている今、またホームレスの格好をすると思うと耐えられなかった。特に小便の臭《にお》いを放つ古い軍服は絶対に嫌だ。自分を取り戻したい気分――またジャック・デルヴォーでありたいと思った。サマーに再会して……彼女がこんなに美しく魅力的な女性になっていたと知り、彼の中の男性としての本能がこっそりと表に出てきたのだ。物陰からささっと走り出るゴキブリみたいなものだ。

ただそんな本心を口には出せない。「君の車は駐車場にあるんだろ？　エレベーターでまっすぐ駐車場まで下りられるはずだ」これは前もって調べておいた。

「ええ、だから？　この建物はあっちもこっちも監視カメラだらけよ」

次の言葉は、表現に気を遣う必要がある。「今は監視されてないんだ」そっとそれだけ言ってみた。

彼女が大きく目を見開く。ああ、何てきれいな目なんだ。謎《なぞ》めいた緑の生き生きとした瞳《ひとみ》が、知性のきらめきを放ってまっすぐにこちらを見つめている。彼女の頭の中で、歯車がかちかちと組み合わさる音が聞こえてきそうだ。「この建物全体の監視カメラを全部、機能しないようにしたのね」彼女が驚きの声を上げる。

彼は黙ってうなずいた。

「腹を立てるべきか、すごいと褒めるべきか、悩むところね」

「褒めるほうにしとけよ」思いきって言ってみた。短時間だけカメラのスイッチを切っておくつもりだったのだが、そうするには非常に時間がかかるので、結局、壊してしまった。

彼女は目を見開いたまま、怒るべきか称賛すべきか考えている。やがて、ふっと笑いを漏らした。称賛のほうを選んだようだ。よし。

「私のアパートメントに侵入するときには、壊さないようにしてくれたんでしょうね？」

「ああ」彼女の部屋の防犯システムは、壊さないよう気を遣った。しかし、建物全体の監視カメラは、もうまったく役に立たなくなっている。被害はおそらく二万ドルほどになるだろう。

「やれやれだわ」彼女があきらめたように首を振った。「とにかく、変装に関しては〝完全ホームレス・モード〟にならなくて大丈夫なわけね？　ヘクターの家に着いたらどうするの？」

「そちらの防犯システムも、俺が機能を停止する。自宅も、コンドミニアムのほうも」

彼女の言うところの〝完全ホームレス・モード〟にジャックがなりたくない理由を、彼女はいぶかっているのかもしれないが、それを口には出さなかった。

自分がこれからしようとしていることに実はジャック自身かなり仰天していた。潜入捜査官としては、絶対にやってはいけないことなのだ。ふと、やはりかつらとひげをつけようかとも一瞬思ったが、すぐに考え直した。嫌だ、絶対に。

あんなもの、もう身に着けるものか。

「あなたって、すっかり罪を犯す側の人間になってしまったみたいだわ」コートとバッグを手にしながらサマーが声をかけてくる。

ううむ。確かにそうかもしれない。潜入捜査官と犯罪者の差は紙一重だ。長年CIAの秘密工作本部のエージェントとして働くあいだには、きわどいことも何度かあった。自分の行動が敵から祖国を守るのだと思えばこそ、汚れ仕事も引き受けた。ところがその仕事が敵側を利していただけだと悟ってしまった。

駐車場に下りるエレベーターの中では、サマーは何も言わなかった。別に構わない、とジャックは思った。彼女はまっすぐ前のほうを向き、何かを考え込んでいる。ジャックは少しだけ彼女の後方に立ち、気づかれないように彼女を眺めていた。盗み見するつもりではなかったのだが、いや、サマーはなんとすばらしいおとなの女性になったことか。

ほっそりとしているが、痩《や》せている感じはない。がりがりの女性は嫌いだ。理由は、誰もが飢餓に苦しみ痩せ細っている国々で長く過ごしてきたからだ。モデルみたいに、骨ばかりが目立つ筋張った体の女性には不快感を覚える。どこに肉がついているのかわからないような女性たちは、うつろな顔つきで不幸せそうだし、何より不自然だ。サマーは引き締まって健康そうな体をしている。よく運動もしているのだろう。

そして、すごくセクシーだ。

二十代で驚くほど美しかった女性も、三十代になるとそうではなくなる場合が多い。若いときには神様からの贈り物として、ほとんどの女性は美しさを享受できる。その後は、どういう人生を送るかで見た目が変わってくる。サマーは充実した日々を送ってきたに違いない。彼女の全身に生気がみなぎっている。

社会的に重要な仕事をしているからだ。『エリア8』が六年前にブログとして開設されてからずっと、ジャックも彼女の記事を読んでいる。これまでにくだらない記事は一本もなかった。『エリア8』には、政治的に対立するジャーナリストの意見も紹介される。通常、そういった場合には攻撃的な批判になりがちだが、彼女の場合は常に相手の立場への敬意を示す。そういう態度を貫こうというポリシーなのだろう。

おまけに、彼女自身はものすごく色っぽい。

女性と長らく関係を持っていないから、そんなふうに思ってしまうのか。CIAでの最後の任務のあいだ、セックスはできなかった。そもそも潜入捜査官は危険なものだし、女性のせいで注意力が散漫になれば命取りになる。さらに、自分が危険な目に遭うのなら何とでもできるが、女性をそういう状況に引きずり込むことはできない。自分のせいで女性が狙《ねら》われる可能性もある。

さらにこの半年は、完全に女性とは縁がなかった。小便の臭いのするホームレスを相手にしようと思う女性はいない。人間として扱われることすらめったになかったのに、男性として見なされるはずがない。

つまり、たまっているものがたくさんあるのに、この閉ざされた空間に美しい女性と二人っきりになってしまったわけだ。美しくて仕事にも有能で、間違いなくジャックより頭のいい女性。しかも若い頃ひどい別れ方をした。昔のこととはいえ、彼女のほうは忘れてはいない。だから、彼への警戒心や距離を置こうとする気持ちが、そこここに表われる。昔の恋人を懐かしんでくれている態度ではない。できれば昔話として笑い合いたいところなのだが。

ちくしょう。いったい俺はあの頃、何を考えていたんだろう。何も考えていなかったのだ。サマーはコーンに載ったアイスクリームみたいなものだった。最初はバニラ味。やがて、チョコレート、ストロベリーになり、最後にはダブルファッジ・チョコレートみたいな濃厚な味わいになった。手を伸ばせば、すぐにその味を堪能《たんのう》できた。サマーと一緒にいた一週間は、本当にすばらしかった。彼女がバージンであったと知りショックを受けたが——だいたい十八歳の大学生が処女だなんて、想像もしていなかった——いとおしくてたまらなかった。今になって思うのは、時計の針をあのときに戻せたら、絶対にサマーを放さないのに、ということ。その後、さまざまな経験を積んで、つくづくそう思う。

けれどあのとき、俺はまだ二十一歳だった。女の子を見れば誘ってみたくなったし、いつでもパーティの最中みたいなものだった。

そして9・11同時多発テロが起きた。CIAにスカウトされ、工作員としての二重生活が始まった。

　彼女と過ごしたあの何日間かは、本当に楽しかったな、と思いながら、ふと視線を動かすと、彼女のほっそりした体が目に入った。ぴしっと伸ばした背筋、がっしりした肩と、嘘《うそ》みたいに細いウエスト、そして丸いヒップ。ああ。この場で彼女の体を押さえつけ――

　サマーがくんくんと鼻を動かし、顔をしかめた。少し斜めから彼のほうをにらみつける。「この臭い、何なの?」

「悪いね、ホームレスの一式だ」スポーツバッグを掲げてみせる。「これなしでは、どこにも行けない」

「いいわ。とにかく駐車場に着いたら、トランクに入れてね」

「悪いな、それはできない」肩をすくめる。「常に手の届くところに置いておかなきゃならないんだ。せいぜい後部座席に置いとくぐらいかな。ただ、手を伸ばせばすぐに届く場所じゃないとだめなんだ。小便まみれの上着をかぶり、かつらを頭に載せてひげをつける――この一連の作業に十四秒かかる。すばやく変装できるように、練習して時間を計ったんだ。ホームレスになるには、最低それだけかかる」

「そうなの」彼女の口調がやわらいだ。「きっと変装のおかげで命拾いしてきたんでしょうからね。ヘクターはイザベルみたいに人畜無害な人まで殺そうとしたぐらいだから、あなたが生きていると知れば、きっと殺し屋でも差し向けていたわよね」

ジャックはうなずいた。「まあ俺を殺すのは簡単じゃないだろうが、それでも、ああ、俺がおおっぴらに事件を調べていると知られれば、きっと殺されていたな。交通事故、強盗に遭う、その他不幸な偶然をよそおってね。相手は恐ろしいやつらだから、俺は身をひそめていたんだ」

「そうね」彼女の美しい顔立ちが強ばる。「何の迷いもなく千人あまりもの人たちを殺し、この国を破産寸前の状態まで追い込んだやつらだもの。うかつに相手にしてはいけないわね」

やわらかな、リン、という音とともにエレベーターが止まり、駐車場に通じるドアが開いたが、サマーは踏み出そうとしない。じっと前を見ていたが、ふと横を向いてうっすらひげの生えてきた彼の顎《あご》に手を添えた。その手がやわらかかった。「ジャック、あなたが生きていてくれてうれしいわ」そう言うと外へ歩き出した。

いや、うむ。ちくしょう、何て答えればいいんだ？　つまり、彼女はまだ俺のことを——違う、そうじゃない。ちょっとした言葉を深読みするな。彼女はやさしい人だから、俺が頭を撃ち抜かれなくてよかった、と言ってくれているだけだ。あるいは、崖《がけ》から突き落とされていなくてやれやれだわ、というところだろう。ただ、学生時代の自分の彼女への仕打ちを考えると……彼女自身に頭を撃ち抜かれても文句は言えない。

　彼女はずんずん先を進み、すでに駐車場の真ん中あたりにいた。彼女に追いつかなければ、と彼は少し慌て気味に進んだ。こういうのは本能的な感覚だ。走るのと変わらないスピードで歩く方法はかなり昔に教えられていたので、あっという間に彼女のすぐ後ろに追いついた。

　彼がここにいることは、今のところ誰にも知られていない。ただ、もしジャック・デルヴォーが生きていて、サマー・レディングという女性と一緒にいると敵に知られれば、彼女に危険が及ぶ。その事実を彼は意識し続けていた。彼の胸に不安が大きくのしかかる。自分のせいでサマーの身に何かがあると思うと……ああ。この陰謀を誰が陰で操っているのかはまだわからないが、ＣＩＡと中国政府の両方に大物の黒幕がいる。そのどちらもが、情け容赦のない残忍な人間であり、ためらいもなく人を殺す。生き生きとして美しいサマーがこの世から消されるかもしれない。ぞくっと悪寒を覚えながら彼はサマーに並びかけると、さっと前に出て車の運転席側のドアを開けた。特に、自分が運転しようと思っていたわけではない。

「どうも」彼女はそう言うと、さっさと運転席に座った。「あなたは助手席よ」

　反論したくなるのを、ぐっとこらえる。自分で運転したい。自分が運転すべきだ。

それでもこれは彼女の車だし、彼女の決めたことには従わなければ。一瞬、俺は自分の車で行く、と言いかけたが、ブレイク邸の近所ではあの車は目立つ。

「ああ、もちろん」ぼそっと言うと、助手席側へ回り、座ってから座席をいちばん後ろまで押し下げた。彼女の車は体の大きな人間用に作られたものではないようだ。彼は運転席側の後部座席にスポーツバッグを置いた。そこなら、すぐに手が届く。

「〝キャスタリー・ブレイク〟に到着するのに、時間はどれぐらいかかるかな?」デルヴォー家の子どもたちは森に囲まれたブレイク一族の大邸宅をそう呼んでいた。ちょうど『ゲーム・オブ・スローンズ』の原作『氷と炎の歌』を夢中で読んでいた頃で、彼の屋敷を〝岩の王国〟のラニスター家の居城に見立てていたのだ。権力と金ばかりを追い求めるラニスター一族は、まさにヘクター・ブレイクにぴったりだった。

「ブレイク城? 一時間ぐらいかしら。どうして?」サマーがちらっと横目でジャックを見る。

うう。うなり声を上げたくなる気持ちを隠しきれない。ジャックが運転すれば、三十分で到着できるのに。「いや、何でもない」

「隠密スパイだったか何だか知らないけど、何でもない、なんてごまかさないでちょうだい。私はスピード違反で切符を切られるのなんてまっぴらですからね。ヘクターは死んだの。だから今さら急いだって何も変わらないわ。スピードを出したって、どうなるものでもないでしょ」

いや、キャスタリー・ブレイクに早く到着できる。ジャックはのろのろ運転が大嫌いだ。何でも速ければいいと思っている。しかし、今はスリルを求める気持ちより、全身にちりちりと広がる不安のせいで、スピードを出したい。第六感というのか、何かよくないことが起きそうな気がしてならないので、すばやく移動したいのだ。

このちりちりした感覚は、ハンドルを握る美しい女性に体が反応しているだけなのだろうか？　彼女は真剣な面持ちで、慎重に運転を続けている。別の刺激によるもので、経験を積んだスパイの勘とは違うのかもしれない。

下半身が刺激を求めたことは、しばらくなかったから。

だめだ、何か他のことを考えないと。

「ところで」さりげなく話しかける。「『エリア8』だが」

「ええ」彼女がスムーズにコーナーを曲がる。ずいぶん運転がうまい。そうわかって、ジャックは少しリラックスした。安心して他人に運転をまかせることはめったにないのだが、サマーなら大丈夫そうだ。

彼女のことをもっと知りたい。ものすごくかわいらしいけれどがり勉だった女の子が、魅力的でセクシーなおとなの女性へと成長した。ジャックに対しても堂々とした態度で接してくる。

「ブログの名前は、どうやって付けたんだ？　〝エリア51〟にちなんだのか？」

その質問に、彼女はふっと口元を緩めた。「違うわ。原爆実験施設とか、エイリアンとかもまったく無関係。コルビニアン・ブロードマンという脳神経学者が脳内を組織構造が同じ細胞ごとに色分けした、いわば脳内地図を作ったの。このブロードマン領野でエリア8の区分は、不安や、さらに面白いことに不確実性から生まれる希望、期待といった感情をつかさどるの。私たちは不確実性の時代に生き、そこにはいくらかの希望もあるはずでしょ」

「そこから『エリア8』と名付けたわけか」

「そう」

「そもそも、ブログを始めたきっかけは？　君の専攻はジャーナリズムではなかっただろ」言ったあと、ジャックは考えた。「あれ、専攻してたっけ？」当時関係を持った女子学生の専攻が何だったかなんて、ほとんど関心がなかった。

彼女がさっと意地悪な視線を向けてくる。当時の彼の関心が何だったかを、はっきり思い出したのだ。「あなたと付き合っている当時は、政治学を専攻していたわ。大学院ではさらに現代政治学に絞って勉強したの。両親に連れられて、世界じゅうのひどいところを転々としたものだから、政治の混乱や無秩序が、人々の生活にどんな影響を与えるのか身をもって体験した。政治が混乱すると、人々の生活はめちゃめちゃになり、国の発展は滞る。だから、社会の安定と繁栄に必要なものは何なのか、逆に社会が荒廃し不安定になるとき、何が起こるかを研究したくなった。支配階級の行動に左右されるのは言うまでもないけど、他にも、複雑な要因が絡み合うでしょ？人々が社会に何を求めるかにも大きくかかわる。私はその答を見つけ出すために自分の一生を捧《ささ》げたいと思った。私が社会に要求するものは多いし、どうせなら何を求めているかをはっきりと口にしたいの」

「失望することも多いだろうね」思いがけず、苦々しい意見を返してしまった。近頃の彼は悲観主義で、青臭い理想論を聞くとうんざりしてしまう。多かれ少なかれ、彼の知るほとんどの人が拝金主義で、権力に飢えている。そうでない人々は、どんどん早死にしていく傾向にある。

ハンドルを握る彼女の手に力が入る。「たぶん、私はあなたみたいに高い理想を追い求めていないのね」

そう言われてはぐうの音も出ない。確かに。サマーの幼少期はひどいものだった。彼女の両親はどちらも裕福な名門一族の出身だったのだが、ヒッピーとして世界中を渡り歩き、薬物におぼれ、その間、幼い彼女は両親の気まぐれに付き合わされた。各地を渡り歩いた彼女に安定した暮らしはなく、子どもの頃からかなりおぞましい光景も目にしてきたはずだ。

それにひきかえジャックは、愛情深い家族に囲まれ、安定した生活の中で成長してきた。世の中には本当にひどいことがあるのだと実感したのは、二十代になってからで、それも自分がひどい目に遭ったわけではなかった。彼の情報提供者だったイラク人男性の遺体が、チグリス川に浮かんだのだ。遺体といっても、かなり多くの体の部位は発見されずじまいだった。この男性が生きたまま手足を切断されたと、後日解剖の結果わかった。

ＣＩＡのエージェントだった頃には、ずいぶんむごたらしい場面にも出くわした。残忍としか言いようのないこともたくさんあった。それでも、何があっても自分の味方をしてくれる家族がいるという事実を小さい頃から疑ったことはなく、自分は愛されているという絶対的な自信が盾のように彼を守ってくれていた。サマーはそういう感覚を持たずに生きてきた。

だから彼女に、あんたの言い分なんてくそくらえだわ、と責められたら、反論の余地がない。

「『エリア8』はいつも読んでるよ」事実を告げる。「すばらしいブログだ。書き込みを見ると、購読者層は多岐にわたっているようだね」

「情報を持ち込んでくる人も、多いのよ。いろんな分野から。あちこちで不正がまかりとおっていて、心ならずも『エリア8』は不正告発サイトみたいになってしまった。

私としてはそんなふうにするつもりはなくて、政治的な問題をわかりやすい形で深く掘り下げて考えるサイトにしたかったの。国民全体のために一生懸命に働く名もなき英雄たちを取り上げたり、より暮らしやすい社会にするための新しい考えを話し合ったりする場を提供したかった。ところが、次から次へと腐りきった政治家や、笑顔の陰で他人からお金をまき上げる金融機関の大物についての情報が寄せられた」彼女が信じられない、と首を振る。「結局、ブログ開設のときに考えていたのとは、かなり異なるものになってしまった。それが現在の『エリア8』よ」

ジャックは恥ずかしいぐらい猛烈に、彼女の個人的な暮らしについて知りたくなっていた。彼女に夫はいるのだろうか？　結婚指輪はしていないが、他のアクセサリー類もいっさい身に着けていない。つまり金属アレルギーで指輪をはめていないだけだという可能性はある。疲れた彼女の脚をマッサージしてスープを作ってくれる男性がいるのかも。

きっとろくでもない男に違いない。想像すると、彼女の夫という男性が憎らしくなる。どんな男であろうと、サマーみたいな女性を妻にしたいはず。セクシーで頭がよくて親切で。以前付き合っているときには、すごくユーモアがある女の子だと思った。残念ながら、今日は国を滅ぼそうとするやつは誰なのか、殺人者はどこにいるのか、ということばかりを話していたので、あまり愉快な話をする機会はなかったが。

また、彼女への話のもっていき方には、最大限の注意を払う必要もあった。何せ、一週間彼女とセックスしまくって、その後……まあ、ジャックとしては前へ進んだわけだ。今でもはっきり覚えているのは、寮の彼女の部屋に行ったときのこと。ドアを開けた彼女の顔がうれしそうに輝き、そのあと——

ああ。彼は目頭《めがしら》を指先で押さえた——そのあと、ジャックが迎えに来たのは自分ではなくルームメイトのほうだったと知って、サマーは愕然《がくぜん》としていた。彼女はかわいくて、一緒にいるのが楽しい女の子だった。けれど、ルームメイトのほうもセクシーだったし——だから誘った。

あの頃の自分の思考回路がどうなっていたかなんて、今ではほとんど説明できない。大学のあと、何もかもが変わったのだ。それ以前は子どもの頃の漠然とした思い出と変わらない。とぎれとぎれに映像が記憶に残っているだけ。本当に子どもだった。欲しいものがあったら、何でも手を出してつかんだ。ぴかぴかの新しいものに気を引かれた。それを手に入れたらどうなるか、なんて考えもしなかった。サマーのルームメイトについては、ほとんど覚えていない。付き合ってみるとひどい女だということに気づき、そこでまた寮の同じ階の別の女の子に乗り換えた。

まったく、最低の男だった。

やがて、サマーは特別にすてきな女の子だったのだとわかり、本来ならば、彼女の元に戻るはずだった。ところが、彼の生活は突如として一変した。ＣＩＡからスカウトされ、それまでの気楽な生活は終焉《しゅうえん》を迎えた。

振り返れば、大学生のうちにたくさんの女の子と体の関係を持っておいてよかったのかもしれない。ＣＩＡでエージェントとして働くようになってから、セックスとはかなり縁遠くなってしまった。周囲の女性には基本的に手を出せないので、相手を見つけるのが難しくなった。同僚とそういう関係になるのはまずいし、敵側の人間かもしれない。また、今後スパイとして雇ったり情報源になってもらったりする可能性もある。バーで出会った美人についても、デートに誘う前に徹底した身元調査が必要になる。

何より、潜入捜査官であることを隠さなければならないので、嘘を重ねるのが嫌だった。国益のためなら、敵に嘘をつくのは平気だ。しかし、ごく感じのよいまったく普通の女性に本当のことを言えないのはあまりに辛い。それでも、その女性も外国の情報機関の秘密捜査官であるかもしれないのだ。

二十代のジャックは心も体もＣＩＡに捧げていたが、よくよく考えれば、下半身も国にコントロールされていたわけだ。そうなるまでの性生活は、ひたすら回数重視だったような気がする。

その結果、サマーの心をひどく傷つけた。

ひどい話だ。

こっそり彼女の横顔を見てみる。

実にきれいな人だ。半年間女性と接していなかったせいで、これほどまでに彼女が美しいと思ってしまうだけなのだろうか。女性との接触に飢えているから？　いや、誰でもいい、誰かと一緒にいたい。ポートランドで妹と再会し、彼女の恋人やその仲間たちと親しくなった。みんないいやつだった。ただ、ポートランドにいた数日のほかは、半年間ずっと独りぼっちだった。

だからまあ、そのせいでサマーをきれいだと思ってしまうという傾向はあるだろう……いや、違う。彼女は本当に美人だ。十八歳のときより、さらに美しくなっている。顔立ちが整っているので、おそらく八十歳になってもきれいなのだろうと思う。ジャックの母親もそうだった。五十歳になった母を、父が心から美しいと思っているのをジャックは知っていた。

父、母、弟たち……ああ。家族に会いたくてたまらない。

ジャックはぐいっと顔をそむけて窓の外を見た。心の動きが顔に出ているのではないかと思い、それをサマーに見られたくなかった。彼女は昔から妙に人の気持ちに敏感だったから。彼女が育ってきた環境を考えれば無理もない。どこに行っても外国人という立場だったのに、両親からは何の庇護《ひご》も受けなかった。ずっとよそものだったからこそ、彼女はみんなを観察していた。

それに引き換え、自分はどうだ、と彼は思った。世界一の家族の中で育ったのに、CIAで働くようになってからは、めったに家族と顔を合わせることもなかった。弟たちに会うたびに、ものすごく身長が伸びているのでびっくりした。兄として失格だった。去年のクリスマスは、仕事の状況を報告しなければならなくて、家に帰りさえしなかった。その前の年は帰ったものの、クリスマスイブの夜と翌朝、少し家にいただけで、すぐにヒューと話をするため、オフィスに向かった。そのまま家族に挨拶《あいさつ》もせずにシンガポールに戻った。弟たちは感じよく応対してくれていたが、どことなくよそよそしい雰囲気があった。自分たちのことで頭がいっぱいの年頃の少年たちにとって、兄は退屈な親戚の叔父さんも同然だったのだろう。兄は刺激のないサラリーマン生活を送っていると必要以上に信じ込ませてしまったせいで、二人はジャックに関心を失っていたのだ。

そのあげく、家族のほとんどが命を失った。いったい何のために家族との時間を犠牲にしてきたのだろう。もちろん、家族みんなの暮らしを守るために任務を遂行してきたのだが、実家では、ジャックという長男はいないものとして考えられているように思えた。あるとき短時間だが実家に立ち寄ると、母が乳がんではないかと悩んでいるのを偶然知った。そんなことは誰も教えてくれなかった。弟のうちテディが腕を骨折したときも、たまたまスカイプで父と話しているときにテディが後ろを通って、腕がギプスで固定されているのを見て知った。こういう大事なことを遠く離れた長男に話そうと思う者がいなかったのだ。

そしてこの半年は、完全に誰ともかかわりを持たなかった。そういう意味では、他の人間と一緒に一台の車に乗っているのはうれしい。その人間というのがサマーだから……大喜びだ。彼女のほうではジャックを信用していないかもしれないし、まだ腹を立てているかもしれないが。

彼女の横顔を見ると、意思がはっきりしていそうな、迷いのない表情に気づく。運転がうまいのに、運転を習いたての女の子みたいに、慎重に道路に注意を払っている。ジャックのほうをちらりとも見ようとしない。

ジャックも運転はうまいが、ものすごくスピードを出してしまう。運転しながらいろんなことができる。ずっと彼女を見ながらでも、今の倍ぐらいの速度で運転できる。

ジャックは思う存分彼女の姿を眺めていた。欲望のせいで、ときどきごくっと唾《つば》を飲むのだが、これは彼女に気づかれないようにしている。彼女を見るたびに、その映像を脳裏に焼きつけていく。肌の色、風合い、燃えるように輝く陰りのある赤毛、ほっそりと長い首、ハンドルを握る優雅な指。

「いつまでじろじろ私を見てるの？」サマーがまっすぐ前を見たまま言った。

まいったね、と彼は思った。長年ＣＩＡで優秀なスパイとして働いてきたのに、こっそり女性を見る技術を失ってしまうとは。人と接する機会がなかったからだろう。

「ばれたか。久しぶりだから、懐かしくて」

「そうね」横を見ずに、やさしい声で彼女がつぶやく。「久しぶりだわ」

「君はずいぶん変わった」

　返事はない。

「いいほうに、だよ」老けた、という意味に誤解されては困ると、念のため言い添える。ちくしょう。女性とどういうふうに会話をしたらいいか、すっかり忘れてるじゃないか。こんなことになるなんて、誰が想像できただろう。自分は生まれながらに、女性を惹《ひ》きつける才能に恵まれてきたのだとこれまで思っていたのに、どうもそうではなかったらしい。社会生活というものがなくなると、そういう才能も失うようだ。

「あなたもずいぶん変わったわ」彼女が言った。「悪いほうに」

　なるほど。事実だから仕方ない。老けて見えるし、さまざまな苦労が外見にも顕著に表われている。自分にきらきらと輝いていた学生時代があったことが信じられない。もう前世のことみたいな気がする。実際、あれは別の人生だった。

　ちりん、と軽やかな鈴の音が足元で鳴った。

「メッセージが来た音よ。内容を読み上げてくれない？　携帯電話はバッグの外側のポケットに入ってる」

「ああ、いいよ」最新のメッセージを開こうと携帯電話を取り出した。「山ほど未読のメッセージがあるぞ」

「知ってるわ。内容もわかってるの。最新のメッセージは誰からになってる?」

ザックという名前のやつからだった。ジャックは画面を操作して、内容を読んだ。いったい、どこにいるんだよ? 一刻も早く入れたい。ザック

「内容は?」

彼女の問いかけに、ジャックはとまどいながら答えた。「ザックってやつが、君はいったいどこにいるのかを知りたがってる。一刻も早く、君とやりたいそうだ」

このザックというやつに憎しみを覚えながら、ジャックは横目でサマーの様子をうかがった。こいつはいったい何者で、どうしてこんな下品な言葉でサマーにセックスを求めるのだろう? こいつに会ったら、その場でパンチをくらわしてやる。サマーとの接し方をちゃんと教えてやらないと。「えらくあからさまな言葉遣いをするやつだな。礼儀ってものを知らないのか、こいつは? 俺が殴り飛ばしてやってもいいぞ」

「あなたが私に対する礼儀をとやかく言える立場じゃないと思うけど。あなただって、殴られて当然じゃないの?」

確かに。自分のほうがひどい。「だが、すぐに入れたい、なんてあまりにひどい」サマーはやっとジャックのほうを向いた。かなり長い時間見つめられて、道路を見ないと危ないんじゃないか、と心配になりかけたほどだった。「私の私生活について質問する権利を、あなたはとうの昔に失ったの。でも、まあ、いいわ。答えてあげる。ザックは編集者のひとりで、私が記事をアップする際に彼が目を通すの。ブログは通常、四時間ごとに更新されるから、私の原稿を彼は待っている。編集者として元々新聞社なんかで使っていた編集用語で話すのが好きな人でね、記事をコンピュータにインプットすることをいまだに入稿、つまり原稿を入れる、と表現するの。だからそのメールは、新しい原稿はできているのか、という意味の質問よ。でも私はあなたとこうやって、ヘクター・ブレイクの情報を追っているわけ」

「ブログに……編集者まで使っているのか？」ブログとかニュース専門サイトがどのように運営されているのかについては、漠然とした先入観しかなかったので、編集者がいると聞いて驚いた。夜中にサマーが直接記事をコンピュータに打ち込むんだろう、ぐらいにしか思っていなかったのだ。

サマーがやれやれ、と息を吐く。「あのねえ、『エリア8』は年間百万語を超える分量の記事を発信しているの。編集者がいるのは、当然でしょ。実は二人、編集者として雇っているわ。それから、フリーで記事を提供してくれる記者が二十人、ＩＴ関係のことをまかせているスタッフが四人、さらに、定期的にニュースを送ってくれている人が二百人いるの」

すごい。「ほう」ジャックはぽりぽり、と顎《あご》を引っかいた。一回一緒に車に乗っただけで、ここまで関係をこじらせてしまうとは。「今後は言葉に気をつけるよ。悪かった」

「悪かったと思っているのは、わかったわ。ただし――」事務的な口調で彼女が言葉を続けようとしたときだった。「うわっ!」

ジャックもはっと前を見た。うおっと彼も思った。かなり先のほうだが、前方で炎が上がり、夜空を赤く染めている。突然、遠くで消防車のサイレンが鳴り響き、その音がどんどん近くなる。そして同じサイレンがもうひとつ加わる。

「悪い予感がするな」ジャックはぽつりと言った。

「まさか、そこまではしないでしょ」サマーがちらっとジャックを見る。「すると思う?」

「ためらいもなく人を殺すやつらだぞ。家を燃やすぐらい、何とも思わないさ。おそらく、証拠隠滅のタイミングを見計らっていたんだろう。葬儀が終われば、ヘクター・ブレイクの死と関連づけて考える者もいなくなる。火災の原因については、自然発火とかうまくごまかすはずだ」

車は火災現場に近づいた。現場に急行する消防車が、二人の乗った車の横を通り過ぎる。やがて車が、ブレイク邸の前の通りに入る角に差しかかる。広い道幅の通りには古い楡《にれ》が街路樹としてそびえ、堂々とした邸宅が建ち並んでいる。不動産業者が無計画に開発して豪邸を建てた地区ではなく、本ものの立派な住宅街だ。おそらくほとんどの屋敷は数世代にわたって受け継がれてきたに違いない。

「車を停めろ！」ジャックの声に、サマーは即座にブレーキを踏んで、路肩に車を寄せた。ジャックは後部座席に手を伸ばし、ホームレスの格好になった。小便臭い上着も気にならない。そもそも煙がひどくて、他の悪臭は感じない。

サマーが自分のシートベルトを外している。

「いったい、何するつもりだ」

ジャックの質問に、彼女の手がぴたりと止まった。「あら、あなたと一緒に現場に向かうのよ。火事になっているのがブレイク邸であるのは明らかだし、あなたはその犯罪現場に行こうとしているわけでしょ」

ジャックの脳が、いろんなシナリオを猛スピードで取捨選択していく。サマーと一緒に行くのはまずい。これがどういう事態であるにせよ、この先すぐのところで大きく炎が上がっているのだ。おまけに、これはかなりあくどいやつら――おそらくは売国奴となったアメリカ人か、もしくは外国のテロリストか――による放火だ。あたりはすっかり暗くなってきているし、もうもうと煙が上がって視界が悪く、混乱している。そんな状況では、手がかりを捜すのに精いっぱいで、彼女を守ってやるところまで気が回らない。それから――彼女を危ない目に遭わせたくない。絶対に。

ただ、そんなことは口にできない。

彼には工作員としての経験があり、彼女にはない。彼女の頭の中は、情報を集めることでいっぱいになる。この件に関与している人間がどれほど恐ろしい連中かを、きちんと理解できないまま。そんな人間を現場に連れて行くなど、もってのほかだ。

そうは思いながらも、サマー・レディングという女性の頭のよさは認めざるを得ないとも思う。犬なら〝待て！〟とだけ命じておけば、ここにじっとしていてくれるかもしれないが、自分ひとりで、強く生きている女性に対して、そういう扱いはできない。そもそも彼女がそんな命令に従うはずもない。あれこれと事実を考えあわせ、論理的な結論を導き出そうとするのだが、サマーが怪我をするかもしれないという恐怖は拭《ぬぐ》えない。

長年潜入捜査官として無事に任務を続けてこられたのは、その場その場でのすばやい決断力のおかげだった。かつらをかぶり、その位置を調整し、かつらのネット素材がちくちくと頭皮をこする感覚を不快に感じる。こうしてすっかりホームレスになりきる準備を整えながら、早口で、しかし説得力のある口調で彼女に語りかけた。

「これから現場を偵察してくる」今度は臭いひげをつける。「犯人が現場に残っているとは考えにくい。とっくにここから立ち去っているだろうから、たいして見るものはないだろう。だからすぐ戻る。どれぐらい燃えているのかを調べるだけだ。消防署が燃え残った品を運び出していないか、確認してくる。防犯カメラは壊されているだろうが、近所や通りすがりの人が携帯電話で火事を撮影したかもしれない。君の顔はこのあたりではよく知られているだろうから、俺ひとりで行ってくる。時間はかからない」

彼はスポーツバッグの中から小さなバックパックを取り出すと、サマーに返答する隙《すき》を与えず、そっと車外に出た。

今彼女に言ったことの大部分は、たわ言でしかない。放火したのが誰であれ、火の勢いが強くて証拠が完全に燃え落ちたと確認するために、まだ現場に残っていることはじゅうぶん考えられる。だからこそ、ジャックは現場に行ってみるわけで――一味の誰かをつかまえ、詳しい事情を白状させるつもりでいた。必要ならば首の骨を折るつもりでいたし、膝頭《ひざがしら》を割るとか、指の骨を折るぐらいのことなら、苦もなくする。これは戦争なのだから。

ただ、戦争というものは、兵士の仕事であるべきで、一般人をその巻き添えにしてはいけない。これまでにも肉親や親族のほとんどすべてを敵に奪われた。サマーまで失うつもりはない。

それだけは阻止してみせる。

彼は静かに行動した。影になっている場所を選んで進む。人の注意を引かない歩き方はマスターしている上に、あたりは暗い。さらに炎の勢いが収まらないので、人々は火事に気を取られている。

ジャックにはこのあたりの土地勘があった。家族そろってブレイク邸で夕食をともにしたことがある。もちろんずいぶん昔の話だが、ここは街並みにあまり変化のない場所だ。代々受け継がれてきた財産を慎重に投資し、次の世代にそっくりそのまま遺す。それを繰り返す人たちが住むところだから。

それぞれの境界には、最近になって無断侵入を防ぐための柵《さく》でも設けられているかもしれない、と不安を抱いた。しかし柵はなく、二軒の前庭の芝生を横切って近道ができた。以前の記憶とほとんど変わっていない。変わったのは、木々がさらに大きく茂るようになっただけ。

身を隠すにはちょうどいい。

ブレイク邸の裏門までやって来ると、彼は音を立てないように隣家との境界をぐるりと回ってみた。植えられた草花を踏まないように気をつける。生垣の真横に来ると、あたりに照明はまったくなかった。しかしブレイク邸からの炎があたりをぼんやり照らしている。暗視ゴーグルを持ってきたが、炎のほうに向けるとまぶしすぎて役に立たない。

ただ、他に誰が暗視ゴーグルを持っていたとしてもここでは使えないので、状況としては悪くない。生垣を回り込み、そっと月桂樹《げっけいじゅ》の枝をかきわけて進む。その強い香りのおかげで、一瞬だが煙の臭《にお》いを感じなくなった。

じっとその場に立ち、目を慣れさせる。わざとどこにも焦点を合わさないようにして、パターン認識ができるようにする。脈拍を落ち着かせ、呼吸を整える。元々聴覚の鋭かったジャックは、潜入捜査を数多く経験することで、微妙な音の違いを聞き分けられるようになった。

また煙の臭いに圧倒されそうになる。めらめらと炎が壁を走る。火災が裏側まで広がってきたのだ。サイレンがやかましく、表玄関のほうから消防士の声が大きく聞こえてくる。すばやく消火の準備を整えているところだ。このあたりの屋敷は、それぞれが何百万ドルもの価値がある。当然、この地区を担当する消防士たちは有能で迅速な消火活動ができるはずだ。

怒声、臭い、ぱちぱちと燃える炎の音などは、人目につきたくない者にとっては好都合だ。火災がどうなったかを知りたくて放火犯がこの場にとどまっている場合、自分が誰にも見つからないと過信し、火がよく見える場所に出てきがちだ。

だから……ほら、いたぞ。最初に気づいたのは音だった。そして光がきらめいた。低い声が聞こえるほうを向くと、耳に押しつけられている携帯電話の画面が、光っていた。ばかなやつめ。携帯電話の画面を光らせて、現場に出るとは。

この間抜けが、自分は誰にも見つからないと考えているのは明らかだった。無敵だとでも思っているのだろう。実際、この近くに住む人や、正面玄関側にいる消防士からは、この男の姿は見えない。それでも男には全方位状況認識能力がないばかりか、自分の背後に気をつけることさえ忘れている。

人は炎に魅了される。たいていの人間は、うっとりと炎に見とれてしまう。この男も同じだ。ジャックは男の頭の中を想像した――自分が放火した結果を眺め、我ながらよくやったとでも思っているのだ。確かに、放火としては大成功だ。屋敷全体が今や炎に包まれている。燃えずに残っていたガスが、高温になって爆発燃焼を起こすとまで計算されているので、屋敷が全焼するのは間違いない。炎は急速に屋敷をのみ込んでいく。この分では、火災原因調査官もよほど注意深く調べなければ、放火の証拠を発見できないだろう。

そもそも、放火の痕跡を調べようと思うだろうか？ ヘクター・ブレイクは死んだ。現在は妻もいないし、子どももいない。火災保険会社にとっては打撃だろうが、土地は元妻たちが分け合うことになるだろう。もちろん遺言でもあれば話は異なり、ブレイクの意地の悪さを考えると、飼い猫が遺産を受け取ることになっているのかもしれない。とにかく、火災原因をきちんと調べるように、と要求する者はいない。この屋敷がどうなろうが、誰にとってもどうでもいいことなのだ。ここは彼の死とともに、空き家になっていたのだから。

話していた男が、電話を戦闘用ベストのポケットにしまった。裏側にも炎が広がり、さらに明るくなったため、男が工作員そのものの格好をしているのがわかった。ベストだけでなく、戦闘服のズボンをはき、腿《もも》に銃を吊《つ》るすホルスターをつけている。角度が悪いので、銃の種類まではわからない。アサルトライフルは背中にない。まあ、遠くから人を狙《ねら》って撃つという仕事ではないから、当然ライフルは必要ない。

ともかく、この男がどういう武器を持っていようが構わない。原爆を担いでいようが、こいつをやっつけて話を聞き出してやる、とジャックは心に決めていた。この男は、事件の黒幕とつながりを持っている。その黒幕が彼の家族を殺し、祖国を攻撃し、国外の有力者のために働いているのだ。

あらゆる意味において、反逆罪を犯しているやつらだ。

ジャックは静かに、しかししっかりとした足取りで動いた。足を止めては、また歩き出すのを繰り返す。その際も音は立てていなかったが、物音がしてもあたりがうるさくて何も聞こえないはずだ。腰を低くかがめ、足元を確かめながら進む。この場合、ジャックのほうが有利だ。彼は男の存在に気づいているのに対し、男はあとをつけられているのを知らず、またこのあたりの土地にジャックは詳しい。

その上、ジャックには強い意志がある。彼の全身の細胞すべてが、怒りに燃えていた。これまでの任務は、仕事だという義務感から、特に感情を交えずに遂行してきた。しかしこれは義務ではない。あくまでも個人的な思いがこめられた行動だ。

男はまだ火事を見ていた。それから一分、男が何もせずぼんやりとしているあいだ、ジャックは全神経を相手に集中させた。一分あれば、そっと近づける。

後ろから近づいて、男の首に右腕を回して絞め上げた。男は完全に不意をつかれたようだった。右手を握って、左手で右のこぶしをつかみ、さらに力を入れる。これで頸《けい》動脈をしっかり押さえられる。男はジャックの腕を引っかき、足をばたつかせて抵抗する。しかしジャックの着ている上着はケヴラー繊維が織り込んであるので痛くも痒《かゆ》くもないし、足もブーツに当たるだけなのでどういうことはない。また、たとえ男に怪我を負わされ、あるいは骨を折られたとしても、ジャックには腕の力を緩める気はなかった。

男は首を後ろに引っ張られる不自然な姿勢で地面から持ち上げられ、もがき続けた。ジャックはじっと構えて動かず、ただ腕を強く引いて男の首を絞め上げた。

一分半後、急に男の体から力が抜けた。男は細身なのだが全身筋肉質で、おそらく八〇キロ以上はありそうだ。ジャックはさらに一分半そのまま、ぐったりした男の体を持ち上げていた。その後、そっと芝生の上に寝かせた。

誰かに見られていないかとあたりを見回したが、他に人影はない。

ジャックは男を見下ろした。やっと顔をじっくり見られる。炎が高く上がっているので、じゅうぶん明るい。男の顔には、やわなところはない。無駄な肉はついていないので、頰がこけている。荒れた肌は屋外で過ごす時間が多いことを示し、絶対に同性愛者ではあり得ない感じ。右の頰にナイフによる傷痕がある。

初めて目にする顔だった。

携帯電話を取り出して、写真のシャッターを四度押した――二度は正面から、それに左右の横顔を一枚ずつ。自分の手袋はつけたまま、寝転がる男の右手から手袋を取り去り、指を一本ずつ自分の携帯電話の画面に押しつけて写真を撮る。

身元がわかるような書類は、男のポケットにはなかったが、そんなものがあるとは、ジャックも最初から期待していない。極秘任務を遂行するのに、パスポートや運転免許証を携帯するばかはいないだろう。しかし、男の身に着けている装備は、かなり興味深いものだった。耳に小さなプラグがはめてあり、それがブルーツースでごく小型のタブレット端末に接続している。

男の持っていた銃はグロック20だとわかったが、特に意味はない。推定三億丁の拳銃がアメリカ国内に存在し、グロックは中でも特に人気がある。男がいちばん使い慣れている銃なのだろう――他には特別な装備はない。何かトラブルが起きるとは想像していなかっただろうから、当然だ。

トラブルのほうが、彼を追いかけてきたわけだ。

ジャックは携帯電話とグロックと、戦闘用ベストのポケットでプラスティック・バッグに入れて別にしてあった弾倉《マガジン》を三つ、さらにくるぶしのホルダーに入れてあった小ぶりのナイフを奪った。最後に調べたポケットにはUSBメモリが入れてあった。

ポートランドにいるイザベルの友人で、ITの天才であるフェリシティが、携帯電話、タブレット端末、そしてこのUSBメモリを徹底的に調べてくれるだろう。

そろそろ行かないと。そう思いながら、ジャックはさらにもう数秒その場に立ったまま、意識なく地面に転がる男を見ていた。手を握ったり開いたりして、気持ちを落ち着かせる。実は、この意識を失った男を殺したい衝動と懸命に闘っていたのだ。この男は悪者であり、この男よりさらに悪いやつらに雇われている。その黒幕は、彼の家族を殺したような大規模な事件をこれからまた起こそうとくわだてている。

こんな男を生かしておく必要はない。一刻も早く地上から消し去るべきだ。すでに意識を失っているが、ひょっとしたら、絞め上げる腕の強さを間違えたかもしれない。悪かったな。そういうこともあるよ。

しかし、死体があると騒ぎが大きくなる。捜査本部も置かれる。証拠は残さないように気をつけたが、どんな場合も百パーセントということはない。もしかしたら、体の皮膚のほんの一部分を落としたかもしれない。するとＤＮＡが調べられる。殺人容疑で指名手配されるようなことだけは避けたい。ジャックは潜入捜査をこれからもまだ続けなければならないし、全米のあらゆる法執行機関は国への攻撃に備えてもらいたい。こんなくだらない男の殺人事件に煩《わずら》わされている暇はないのだ。

だから、やめておこう。こいつを血まみれになるまで殴り飛ばしたら気は晴れるだろうが、このまま芝生の上に意識のないままほうっておこう。代わりに、男の携行品をすっかり持っていけばいい。

この男にもボスがいるだろうから、しどろもどろに言いわけをしなければならなくなるはずだ。無警戒でいたところを正体不明の敵に襲われました、まったく抵抗できず、手に入れるはずだった情報も奪われました、と説明するしかないだろう。

そうすれば、ボスがジャックに代わってこの男を殺すかもしれない。よし、それはいい。

ジャックは、用件のみの短いメッセージとともに写真と指紋をニックに送った。

携帯と、ＵＳＢと、武器を奪った。この野郎の身元を調べろ。

ＦＢＩのデータベースにかけ、さらにフェリシティの能力が加われば、この男が何者かはすぐにわかる。運がよければ、誰に雇われているかも明らかになる。

ジャックは燃え盛る炎の明るさで時計を見た。車をあとにしてそろそろ三十分経つ。サマーが心配しているだろう。彼は屋敷に背を向け、彼女の車へと急いだ。

＊＊＊

マーカス・スプリンガーはテレビ画面を見て、満足していた。実際、観賞する価値のある光景だった。美しく古い建物が炎に包まれ、その火が夜空に映える。まぶしい紅蓮《ぐれん》の炎が、アンティークのレンガ塀と抜群のコントラストを作る。うーむ、きれいだ。

画面に美人レポーターが登場した。とびきりの美貌《びぼう》に見事な曲線。外はかなり冷え込んでいるのに、レポーターは半袖《はんそで》のワンピース姿で、胸の谷間がかなりあらわになっている。

ふむ、若いから新陳代謝がいいわけだな。寒さを感じないのだろう。まあ、顔色が青くても分厚い化粧で隠せるし。アーモンド形の黒っぽい大きな瞳、男を誘うような分厚い唇には真っ赤な口紅を塗っている。マニキュアも同じ色の赤だ。少し興奮気味で、かすかに乳首の形が確認できる。

『プリンス・ジョージ郡からルチア・アルメイダがお伝えします。こちらは歴史ある豪邸が建ち並ぶことで有名な地域ですが、その中の邸宅のひとつが、炎に包まれているところです』彼女が振り向き、横顔が映る。『私の背後で炎を上げているのは、本日ワシントン大聖堂で葬儀が執り行われた亡きヘクター・ブレイク氏の住居でした』

葬儀の場面が映し出される。おっ、これは自分の姿じゃないか、とマーカスは思った。弔辞を述べるためにマイクの前に立ったところだ。ブレイクについての嘘八百を実にもっともらしく告げている。よし、カメラ写りはいいぞ。ただ、わずかに肥満傾向がうかがえるか。コックにはソースを控えめにしろと伝えるよう妻に言っておこう。

画面はまたラテン系の美人レポーターと燃え盛る屋敷に戻る。レポーターは炎を背にして立っているので、『ハンガー・ゲーム』の映画のポスターみたいな構図だ。どう頑張っても主演の女優の名前が覚えられないのだが、レポーター自身、あの女優によく似ている。

『消防士の話では、火の回りが早く、おそらく屋敷全体が完全に焼け落ちるだろうとのことです。この邸宅が建てられたのは一八一四年で、ブレイク家としては、ヘクター・ブレイク氏の曾《そう》祖父の代、十九世紀末に手に入れています。豪華な屋敷として、何度も雑誌に取り上げられたこともある、有名な建物です。ヘクター・ブレイク氏は、何度か結婚していますが、子どもはありませんでした。地元警察の方に話をうかがうことができたのですが、火災の原因については、まだ特定できていないとのことです。今のところ放火の可能性は否定できないものの、建物自体が古く、使われている材木の多くが非常にもろくなり、また乾燥もしていたそうです』レポーターが少し位置をずらしたので、彼女の顔の一部が炎に照らされたが、全体的には影になって暗い。『今わかっている範囲では、自然に発火したようだ、という証言が多いとのことです。明朝までには、保安官事務所から何らかの声明が発表される予定です。ニュースウェブから、ルチア・アルメイダがお伝えしました』

他のニュース専門チャンネルもチェックしてみたが、どのチャンネルも取り立てて情報をつかんでいるわけではなかった。まだ鎮火しておらず、燃焼するものがなくなるまで燃え続けるようだ。あとには何も残らない。その後、火災原因の調査に入れるのは温度がじゅうぶん下がってからだし、調べると言っても灰の山があるだけだ。

キーンという男を荒っぽい仕事に使っているのだが、彼の手下がうまく火をつけたようだ。放火だったとわかることはないだろうが、最悪の場合でも、それがスプリンガーと結びつくことはない。これで安心だ、と彼は思った。これで——

そのとき、彼の携帯電話が鳴った。着信音でキーンからだとわかる。「ああ」スプリンガーは愛想よく電話に出た。「ちょうど火事の様子をニュースで見ていてね。すばらしい」ウィスキーを口に含んだが、キーンの応答が即座に返らないので、不審に思った。

　彼の顔から笑みが消える。上体を倒してクリスタルのウィスキー・グラスをコーヒーテーブルに置いたが、ふう、とあきらめたように息を吐いて、銀のコースターをその下に敷いた。このテーブルにグラスの底の丸い痕でもつけようものなら、妻にどれだけ責められることか。「何だ」大声になる。「用件を」

「えっと、ですね。ご覧になっているとおり、ブレイク邸は間もなく完全に焼け落ちます。放火だったという証拠は、まず見つからないだろうと、実際に火をつけた私の手下が断言しています。もちろん、科学鑑識班から火災原因調査の専門家がやって来れば、何かを見つけるかもしれませんが、そこまでの調査を要求する遺族はいないと、あなたがおっしゃって――」

「ああ、そうだ」話の先が見えない。スプリンガーは衛星電話を耳に強く押し当てた。この会話は暗号化されていて、音波が二万マイル上空の衛星に送られ、また地上に戻る。そのため若干の音の遅れがあり、音声も少しだけエコーがかかる。たいした問題ではないのだが、今日は妙に気にかかる。「何が言いたい？」

　沈黙。

「言いたいのは」キーンの言葉の端々から、この話をしたくないという気持ちが伝わってくる。「その手下の男は、ブレイク邸の裏庭で意識を失っていたところを見つかってしまったということです」

スプリンガーの全身を電気のようなショックが駆け抜ける。常に自分の心の内を悟られないよう気をつけているのだが、今回の知らせはショックだった。彼は無言でキーンの次の言葉を待った。もっと悪いニュースがあるはずだ。思ったとおり――

「誰かに首を絞め上げられて、気を失ったらしいんです。まずいことに、私の手下は戦闘服の上下を身に着け、その下にはタイベック・スーツを着ていたんです。もちろん、何の痕跡も残さないよう用心したからなんですが、警察関係の人間がそういう服装の人間を見れば、犯罪をたくらんでいたに違いないと考えます。さらに暗視ゴーグル、銃、タブレット端末や携帯電話が消えていました。今は警察に身柄を拘留されています」

思わず、しゅっと鋭い息を吐いてしまった。急激にストレスを受けたための反応だ。キーンにも聞こえてしまっただろう。

「私の手下が口を割ることはありません。私が保証します」一瞬の沈黙。「あなたが助けてくれるのはわかっているはずですから」

この発言にこめられた意味は大きい。スプリンガーさん、あんたは俺の手下を拘置所から出してくれるんですかい、そういう質問だ。ばかばかしい、そんなことをするはずがないだろう？　キーンの部下が間抜けだからと言って、どうしてこの私が手を差し伸べてやらねばならない？　こんな形で警察に拘留されるとは、ろくでもないやつに決まっている。そもそも、その前に、正体不明のやつに襲われているわけだ。そいつは頭も切れるから人目につかないように動き回ることができ、身体能力も高いから戦闘に慣れたキーンの部下をやっつけて意識を失わせた。そいつの有能性は認めよう。だがキーンの部下は経験を積んだ工作員のはず。

キーンの部下を警察の手にゆだねて、どうなるかを見物するのは楽しそうだ。しかしそれでは実に非生産的な結果を招く。これまでキーンは懸命に働き、忠誠をつくしてきてくれた。ここはスプリンガーのほうが、その忠誠にこたえる場面だ。さらに、スプリンガーがどれほど強大な力を持っているかを見せつける機会でもある。

キーンは兵士として使える男だが、残忍だ。今回のことは、ボスの思いやりと度量を推し量るテストみたいに考えるだろう。うちのボスは肝っ玉がでかいんだぜ、と自慢したいのだ。

となれば、スプリンガーとしては拘留中の間抜けな工作員を助け出す手段を考え出す必要がある。ＣＩＡの秘密工作部門担当の副長官であるのは事実だし、国家の安全保障にかかわるという名目なら、ほぼどんなことでもできる。当然、キーンの部下を無条件で釈放させることも可能だ。

ただそういう行為は、人々の注目を集める。何か重大なことが起きていると思われてしまう上に、記録にも残る。キーンの部下は指紋を取られただろうが、キーンが部下として採用するのは全員元軍人なので、政府のデータベースに残っているその男の指紋と簡単に照合できるはずだ。

だからまったく口を割らなかったとしても身元はわかり、男があの場にいた目的についてたくさんの人が疑問に思う。

こういったあれこれをスプリンガーが考えていると、キーンがまた話し始めた。

「話はそれだけじゃないんです」さらなる衝撃。

まだ他にもあるのか？　キーンの部下のひとりが襲われて意識を失い、携帯電話とタブレット端末を正体不明の誰かに奪われた。これだけでもじゅうぶん大きな脅威だ。もっと悪い話なんてものが存在し得るのか？

「何だ？」今度はスプリンガーもあからさまに冷たい調子で問いかけた。キーンがどぎまぎしているのが、その声からも感じ取れる。あたりまえだ。スプリンガーは、親しみやすさのレベルを一段階上げてみた。文明人のマナーから外れたことをしない、まともな社会人、という態度を取ってみる。ただ実際はかなり危険な火遊びをしているし、最終的に計画は成功すると信じてはいても、絶対ということはこの世にはない。

世界の歴史を変える大事件が起きようとしているのだ。第二次世界大戦と同じぐらいの大きな意味を持つ事件が。計画実現のあかつきには、世界情勢はまったく今とは異なるものになっている。第二次世界大戦は四年がかりで、民間人もあわせると数千万人もの人々の命を奪い、世界をがれきだらけにした。現在の文明社会はその犠牲の上に成り立っている。今回の計画はサイバー戦争であり、被害者数は最小限に留まる。

この計画は現代社会の戦争で、必要な兵士の数も非常に少ない。銃弾の代わりに、情報を利用するのだ。次の世代にまで影響を及ぼす原子爆弾をわざわざ使う必要はない。そんなものは要らない。実際のところ、この計画の終了段階になっても、アメリカが戦争中だったと気づかないアメリカ人がたくさん存在する可能性はじゅうぶんある。たいていの人たちは、以前と同じ生活を続けるだけだ。変わるのは支配階級だけだから。

計画はもう半分ぐらいのところまで来た。だから、予定にない事件が起きれば、非常に危険なことになる。もしかしたら、計画そのものを破たんに追いやるかもしれない。

スプリンガーはキーンの説明を待った。ところがキーンは口で説明する代わりに、写真を送ってきた。画面を見ても、最初は何なのかがスプリンガーには理解できなかった。全体が暗く、光源は空を染めている火災から得られるだけ。どうやら、ブレイク邸の火事現場から一ブロックのところのようだ。人影か――車のすぐそばに人が立っている。小型のハイブリッド車で、高級住宅街のきれいに手入れされた芝生の前に停められているると、場違いに見える。写真が何枚も次々と送られてきて、それを見ているうちに、スプリンガーはどんどん落ち着かない気分にとらわれた。恐怖感と言ってもいい。ＣＩＡ副長官ともあろう人間が、恐怖を覚えることはないはずなのだが、みぞおちで胸騒ぎが大きくなっていく。

人影は、女性だった。連続写真として見ていくと、その女性は車のドアを閉め、車の前へと移動する。曲がり角まで歩いて、目の上に手のひらをかざす。炎を上げる邸宅がまぶしくて、もっとしっかり見るために目元を影にしているのか。そして女性がカメラのほうを向いた。顔がはっきりと見えて、スプリンガーは息をのんだ。

サマー・レディング。

『エリア８』のサマー・レディングだ。有名な——スプリンガーの周辺では悪名高いと呼ばれている政治ブログのオーナー経営者であり、主筆・主幹でもある。そんな女が、ヘクター・ブレイクの屋敷を焼きつくす炎の前で、いったい何をしている？　写真が撮られた時刻を見ると、まだ火事がニュースになるかならないか、という頃だ。つまり、消防車のあとを追いかけて来たわけではないようだ。この火事が起きるという情報をどこかで得ていたのだろうか？　そのはずだ。そうでなければ、こんなにすぐに現場にやって来ることは不可能だ。だが、どうやって情報を入手した？　キーンの手下を襲ったやつと、この女は関係があるに違いない。きっとヘクター・

ブレイクについて調べていたのだろう。そして、どこかで何らかの情報を得た。

こういう女にうろつかれると困る。今すぐこいつの口を封じなければ、そのうち調べ上げた内容を『エリア8』で報じられてしまう。何を知っているかはわからないが、とにかく知りすぎたことは確かだ。この女と一緒に火災現場に来たやつが、キーンの手下が放火したと証言すれば、そこからスプリンガーへと捜査の手が伸びるかもしれない。そしてそのいきさつのすべてが『エリア8』で報じられる。

まずい。止めないと。今すぐに。

「これはサマー・レディングだ」スプリンガーはキーンに女の正体を告げる。「どこに住んでいるのかを探り出し、始末しろ。今すぐに」

するとスプリンガーの大好きな言葉が返ってきた。

「おまかせください」

4

サマーはすっかり待ちくたびれていた。いくら待っても、ジャックは戻って来ない。時計を見ると、ジャックが夕闇《ゆうやみ》に消えてからまだ二十分しか経っていないのだが、これはきっと時計が壊れているのだ。感覚的には何時間も経った気がする。

彼の動きの滑らかさには驚いた。彼は大柄で、車の中ではほとんどのスペースを占領している感じだったのに、歩道に飛び出した次の瞬間には、もう姿が見えなくなっていた。

つまり、彼はCIA秘密工作本部でも、非常に優秀なフィールド・エージェント、つまりスパイだったわけだ。有能だったからこそ、過去十年以上にわたって潜入工作員として過ごし、その正体を誰にも知られずにこれたのだ。サマーのアパートメントの防犯システムを無効化できたのもうなずける。

では、すぐれた工作員である彼の仕事にどうしてこんなに時間がかかるのだろう？

炎は夜空を赤々と照らす。ブレイク邸の木材がぴしっ、ぱしっと音を立てて崩れていくのが聞こえる。

ブレイク邸そのものに楽しい思い出はないけれど、ひどく傷ついていた時期に、二ヶ月間住んだ場所ではあった。アメリカに戻って最初の二ヶ月だった。それまでずっと外国で暮らしていた彼女が、両親の死の直後に過ごした二ヶ月だ。バネッサ叔母とヘクターに親切なことをしてもらった記憶はまったくないし、温かく迎え入れてもらったわけでもなかったが、自分専用のきれいな部屋をあてがわれ、新しい服ももらった。バネッサ叔母さんのおさがりで、十二歳の女の子が着ると滑稽《こっけい》だったけれど、それまでに着ていたどんな服よりもすてきだった。そして、突然、デルヴォー一族が目の前に現われた。

ブレイク邸で寝泊まりするより、デルヴォー家に泊めてもらうことのほうが多くなった。デルヴォー家の誰に対しても、幸せな思い出がある。中でも特にうれしかったのは、ジャックに会えたことだった。彼を目にするだけで幸せだった。

それでも、ブレイク邸のこともちゃんと覚えている。重厚なアンティーク家具、生地の厚いカーテン、ふかふかの絨毯《じゅうたん》。巨大なキッチンと設備の整ったバスルーム。最初はシャワーの出し方がわからなくて、流しで濡《ぬ》らしたスポンジを使って体を洗っていた。そのうちメイドがお湯の栓と水の栓を両方ひねって適温を出せばいい、と教えてくれた。ブレイク城での初シャワーには、たっぷり一時間もかけた。

屋敷にあるすべてが高級品だった。まだ何が高価なのかもわからない少女でも、置かれているものすべてが上質であることは感じ取れた。そんな大切なものが、何もかも燃えてしまう。

この感情をどう処理すればいいのかわからなかった。〝私に親切にしてくれなかった叔母さんが、かつて住んでいた家が燃え上がっている〟というのは、なかなか複雑な感情であり、その気持ちの持って行き場がないのだ。わかっているのは、妙に落ち着かない気分になっていて、何だか悲しい、ということだけ。それに認めるのは悔しいけれど、ジャックと一緒にいることで動揺しているのも確かだ。彼の体を近くに感じるたびに、全身が熱くなるのも困ったものだ。

ああ、もう！　過去のことなんてすっかり頭の片隅に追いやったつもりだったのに、彼との思い出がまた思考をつかさどる脳の中枢部分にどんと居座る。いろんな記憶が次々に出てきて、彼女の気持ちを乱していく。

ジャックったら、何をしているの？　もしかして、このまま戻って来ないとか？　何も言わずにどこかに消える、というのは、彼の得意技だし。以前はサマーを含めて、たくさんの女の子が、それで辛い思いをした。今回はどうなのだろう？　調査のあと、現在彼が隠れ家としている場所が、ここからはそう遠くないと気づいたのだろうか？　サマーを待たせていることも忘れて、そのまま隠れ家に帰ったのかもしれない。

あの夜とまったく同じ。デートの約束をしていたサマーは、彼が現われるのをひたすら待ち続けた。

だめ、切り替えよう。こんなのはサマー・レディングらしくない。これはただの記事のネタ集めのはず。人生最大のスクープになる。仕事にかけては、彼女はすばらしい忍耐力を発揮できる。とある記事のとき——この記事で賞を獲った——来る日も来る日も、情報元のファイルを徹底的に調べていった。無関係に思えたファイルで関連性が言及されていた事実を見つけ出し、そこからさらに辛抱強く全体像をつなぎ合わせた。そうやってまとめ上げた記事は、とある国のアメリカ大使が不適切な金銭のやり取りにかかわっている上、コカイン中毒であることを暴くものだった。

ものごとの解決を焦ったことはない。いちども。

ところが今、焦燥感にとらわれ、じっとしていられない。

どうしてこんなに時間がかかるの？

空全体が炎に照らされている。木々の向こうで高く上がるようになった炎の先端まで見える。映画のワンシーンみたいだ。まぶしい赤、朱色、黄色、色合いの異なる炎が、屋敷をのみ込み、炎の先端から黒い煤《すす》が舞い上がる。

もういちど時計を見てみる。ジャックはもう帰って来ないつもりなのだ。はっきりした。全身がストレスで疲れきっている。彼女はハンドルをつかんで、座席をぐっと後ろに引いた。無駄だと知りつつ、体を伸ばせば少しはリラックスできるかと思ったのだが、やはり効果はなかった。

妙に暑くるしい。一ブロック離れているので、炎の熱を感じるはずはない。緊張のせいで、体が暑く感じるのだ。

何だか、ばかみたい。彼女はそう思ってドアを開け、車の横に立った。すぐに気分がよくなった。煙がこちらに流れてきて、臭《にお》いも強いのだが、それでも車内よりはいい。彼女は車の横で、大気から情報を得ようとするかのように、くんくんと臭いを嗅《か》いだ。

しかし記者は、目で見て、頭で考えて、知りたい情報を手に入れる。嗅覚《きゆうかく》で何かを察知できるわけではない。彼女はドアを力強く閉めると、通りの角まで歩いた。ブレイク邸のほうを見ると、二十年近く前の記憶と変わらぬ光景が広がっていた。堂々とした屋敷によく手入れされた庭がある邸宅が並ぶ。美しい家々の住人たちのほとんどは、通りに出てきている。パジャマ姿の人もいる。なるほど、この通りに住む人たちの平均年齢は、今ではおそらく八十代なのだろう。二十年近く前は、おせっかいで元気な、定年を迎えようかという年齢の金持ちばかりだったが、今の彼らはよぼよぼの老人だ。

角から数軒先のあたりから、大騒ぎになっている。消防士たちが鎮火しようと、果敢に奮闘している。きびきびと統率のとれた動きで、炎の音に負けないよう大声で命令が飛び交う。無駄のない動きはバレリーナにも通じるところがある。違いとしては、消防士には勇敢さが必要なことぐらいか。

炎に照らされる消防士たちの顔を見ているうちに、ボーンと大きな音がした。その場にいる全員がはっと動きを止めた。火柱がまっすぐ、星に届くほど高く上がる。近くの人たちは体を寄せ合い、ブレイク邸から離れる。

消防士たちの動きがさらに慌ただしくなった。

ガスの本管が爆発したのだ。もう全焼は免れない。家は跡形もなく燃え落ちるだけだ。

急にサマーは、歳を取った気がした。何だか悲しい。ブレイク邸の焼失により、自分の青春もなくなった気がする。少女時代にほんのわずかの時間を過ごしただけの場所、場所そのものには楽しい思い出もないけれど、それでも、思い出であることには違いない。そんな何もかもが、すっかり灰になるのだ。

彼女は車を停めたところに戻り、運転席に座って時計を見た。

すると助手席側のドアが開き、また閉じ、気がつくとジャックがそこにいた。車内に煙の臭いが充満する。サマーはあ然とした。どうしてこんなに体の大きな人が、何の物音も立てずに動けるのだろう。

「ずいぶん遅かったのね」

彼は不思議そうな顔でサマーを見たが、すぐに変わった形の携帯電話を出して、番号を押し始めた。「おう、ニック」電話の向こうで、男性らしい太い声が応答する。「メッセージを送ったんだが、届いたか？　ああ、そうだ。放火であるのは間違いない。実は犯人が……まだ現場にいたもので――」彼がぐっと眉間《みけん》にしわを作る。「あたりまえだろ、まだ生きてるよ。意識はないがな。おい、待てよ、俺を何だと思ってる？　ああ、わかったよ、とにかくそいつの指紋を送ったから。正面、左右の横顔の写真も一緒にな。そいつの携帯も取り上げておいた。調べなきゃならない情報がいっぱいあって、俺たち、忙しくなるぞ。まあ、実際に忙しくなるのはフェリシティだがな。放火犯は消防士に見つけられるはずだから、ＣＩＡに引き渡される前に、ＦＢＩが男の身柄を確保しておいてもらいたい。ＣＩＡに連行されたら、男を追跡するのは不可能だ。やっと探り当てた解決の糸口なんだから、頼むぞ。男の身元については、わかり次第知らせてくれ」その後ニックという男性の話に、ジャックは注意深く耳を傾けていた。どういう内容なのか、サマーには聞こえなかった。電話の向こうで、太い男性の声が何かを言っているのはわかるのだが、言葉までは聞き取れない。するとジャックがさっと彼女のほうを向いたので、彼女は驚いて、背筋を伸ばした。「そうだ、俺はサマーと一緒にいる。『エリア８』のサマー・レディングだ。ブログで記事を発信するのは、当面控えると言ってくれた。俺たちが証拠固めをするまで待ってくれるんだ。調査にも手を貸してくれる。ああ、また連絡する。とにかく、放火犯の身柄を確保して、口を割らせるんだ。そのためにできることは、何だってしろ。ああ、わかった。じゃあ」

彼は電話をしながら、かつらもつけひげも取り去った。

「さて」サマーのほうに向き直り、手招きするように指を曲げる。「待たせるなよ」

ああ、また変な想像をしてしまう。セックスとは無関係な言葉なのに、サマーの体が、純粋に性的な誘いだと勘違いして反応する。全身に熱が広がっていく。焦《じ》らすどころか、彼が望むなら今すぐ自分のすべてを差し出したい。少なくとも体は完全に。頭は――さほど熱狂しているわけではない。ただ、ジャックと再会して以来、すべての決定は体のほうが担当しているように思える。

彼女はしっかりハンドルを握ると車を出し、前を見たまま応じた。「ええ、すぐにヘクターのコンドミニアムに向かうわ。そこに行こうっていう意味でしょ？　あいつはその場所をギャルソニールって呼んでたのよ」

彼がやれやれ、と首を振る。「独身者の城、ってわけか」

サマーは驚いて彼のほうを見た。「昔受けたフランス語のレッスンが役立ってよかったわね。お母さまがどうしても必要だとおっしゃったから、あなた、渋々フランス語のレッスンに通っていたでしょ」

「あのレッスンで学んだことなんて、何の役にも立っていない」ジャックが反論する。「フランス語はコートジボワールで暮らしてるときに覚えたんだ。しばらく住んでたから」

まただ。ジャックの二面性が見て取れる。一方のジャックはもう一方の彼とは、まったく異なっている。サマーがブレイク邸に引き取られていた短い期間、彼はフランス語のレッスンを受けたくないと言い張って、周囲の人たちを困らせていた。フランス人の女性講師の口の周りの毛がすごく濃いからと不平を言って。実際その女性のことを彼は大嫌いだった。彼女を徹底的に避け、結果としてフランス語も勉強しなくなった。当時の彼が夢中になっていたのはアーチェリーで、次に音楽、そして女の子だった。フランス語が入り込む余地はなかった。

ところが十数年のときを経た現在のジャックは、厳しい態度で任務に臨み、自分のすべきことに集中し、疑いもなく自在にフランス語を操れる。ＣＩＡのスパイの中でも、外国での潜入捜査任務をこなすエリート・エージェントは、きわめてすぐれた言語能力を有すると、どこかで読んだこともある。

ジャックはまだ、奇妙な携帯電話をいじっている。「何を考えてる？」彼女のほうを見もせず、突然彼がたずねた。

「何？」

「君の頭の中が猛スピードで回転する音が聞こえる気がする。何を知りたい？」

「昔のことを思い出してただけ。フランス語は絶対必要だからってあなたのお母さまがおっしゃって、レッスンに通わされていたでしょ？」

彼の顔が強ばる。「マダム・ベタンクールか。最悪のババアだったな。口の周りにひげが生えてた」

「毛深かった話は聞いたわ。あなたから。何度も」

「しかも、意地の悪いやつだった」

「そうなの？」

彼がうなずくが、サマーの問いに応じてと言うよりは、自分で納得している感じだ。

「恵まれない家庭の子たちが俺たちのレッスンに参加することになった。フランスから移住してきて、ソフトウェア開発で大金持ちになったビジネスマンが設けた奨学金を利用できたんだ。中には非常に優秀な生徒もいたし、みんな一生懸命に勉強していた。しかし、その生徒たちのすべてをベタンクールは否定するんだ。何をやっても、だめだと言われていたよ。ところがフランス語がまったくできなかったこの俺は、何の努力もしていないのに褒められるんだ。何やかやと理由をつけて、宿題をしてこなかったときにも理解を示す。理由は、俺がアレックス・デルヴォーの息子だからだ。

そういう人間は大嫌いだ」

なるほど。サマーの頭の中で、ものごとを見る角度が少し変わった。でんと陣取っていた障害物の位置がずれ、空になった場所に新しい考え方が広がっていく。

「で、何が見つけられると思うんだ?」

彼女はまだ、若い日のジャックを違った目で見る作業に没頭している最中だった。

「は?」

彼は携帯電話をいじる手を止め、彼女のほうを向いた。「手がかりだよ。叔母さんから何かを聞いたんだろ?」

「ああ」頭をすっきりさせようと、首を左右に振る。「ええ。聞いたのはあの夏よ。初めて……帰って来たとき」

ハンドルに置いた彼女の手に、彼が自分の手を重ね、そっと握ってくれた。「ご両親を亡くしてすぐだな」彼の口調がやさしかった。

両親を失った夏。

なんだか急に、サマーの胸にこみ上げてくるものがあった。彼女の中の何か――どこかにひびが入り、堅い殻の内側からどっと感情があふれ出す。

自分の長所は情緒が不安定にならないところだと彼女は自負していた。元々両親の育て方に問題があったのは、きちんと認識している。父も母も薬物依存者で、身勝手で、いつまでもおとなになれない不幸な人たちだった。だから自分たちの娘を終わりのない旅に連れ回した。世界中を旅したのは、とにかくハイになりたかったからだ。

それでもサマーは、まだ思春期が始まる前に帰国できたため、多くの人たちに助けてもらうことができた。そのありがたさはじゅうぶんわかっている。帰国とともに学校の寮に入り、校長先生の慈愛に育《はぐく》まれて成長した。校長先生はいつも、穏やかな様子でどんな話でも聞いてくれた。今から思えば、あの時間が心理セラピーの役割を果たしたのだ。

勉強がよくできた彼女を、誰もが応援してくれた。大学では三人の恩師とも言うべき先生と出会った。ひとりの先生が次の恩師を紹介してくれ、さらに新たなチャンスへと導いてくれた。インターンシップですばらしい体験をして、よい上司に恵まれ、望む職にはいつも最高の評価で推薦してもらえた。

あの夏、彼女の人生が変わった。親に構ってもらえない不幸な少女ではなくなったのだ。

そのはずだった。ところが今、十二歳の自分の姿が次々に頭に浮かぶ。そのときの気分に陥っている。常によそ者だという感覚が拭《ぬぐ》えず、どうしていいかわからなくて、さびしくて怖い。

今また、あのときと同じ感情の中にいる。しまい込んでいた記憶が、鋭い破片となって、彼女を突き刺す。どんどんとあふれ出る記憶の断片は、彼女をずたずたに裂いていく。突然涙がこぼれて、彼女は驚いた。どうしよう。ぽたぽたととめどなく流れ落ちていく。ああ、だめ。

どうすることもできず、ただ記憶が映像となって彼女を攻撃する。もう何年も、いや何十年も忘れていたことまで。コスタリカのとある集落のあばら家で、何も食べるものがなく、どこに行ったのか両親の姿も見えず、ひとりで座っているところ。

彼女は三日三晩、電気の通っていないその家でじっと動かずにいた。両親が生きているのかどうかさえわからなかった。やがて両親が笑いながらふらふらとした足取りで帰って来て、普通に、ハーイ、と声をかけてきた。二人はそのまま寝室に入ると、突っ伏して寝た。

カトマンズでは、母が脚のあいだから出血し始めた。父がどこにいるのか、サマーはまったく知らず、母に何があったのかもわからなかった。あとになって、母が流産したことを理解したが、そのときは母が氷みたいな真っ白な顔色になっているという認識しかなかった。脚のあいだからの出血はおびただしい量だった。

サマーは外に出て、近所の人に助けを求めた。そのとき目にした現地の人たちの顔が忘れられない——ああ、また頭のおかしいアメリカ人たちが、何かをやらかしたんだ。今度はいったい何だろう?

両親が娘の誕生日を完全に忘れていたときもあった。十歳になったときだった。サマーは自分でパンケーキを焼き、その真ん中にろうそくを立て、ひとりで『ハッピー・バースデイ』を歌った。

ぼろぼろのフェリーで、地中海の島に渡ろうとしたときのことも。船に火災が発生し、両親は先を争って甲板に駆け上がった。完全に忘れ去られた彼女がふと陸地を見ると、桟橋には助け出されて赤十字の毛布を巻きつけた両親の姿があった。

泣き声を出さないように、サマーは唇を噛《か》んだ。アメリカに帰国した当時は、人からの同情の視線に対して過敏になっており、少しでも、かわいそうに、という気持ちを感じ取ると、激しくその人を拒絶した。同情の声をかけられる前に、ぴしゃりとはねつけた。

同情は求めたことはない。これまでいちども。

だから、今も同情されたいとは思わない。

私なら大丈夫よ、と彼女は思った。何ともないんだから。

なのになぜ、こんなに涙がこぼれるのだろう?

また新たな涙が頬《ほお》を伝い落ち、これ以上涙をこぼさないようにと、彼女は目を大きく見開いた。ああ、もう!

どうして涙が出るの?

まっすぐ前を見たまま、視界の片隅にジャックをとらえる。彼は何かを考えながら、手にしたタブレット端末に夢中になっている。指で画面を叩《たた》いては、次の画面に移動する。

ああ、よかった。彼に見られていない。こんなおかしな状態を見られたら、恥ずかしくて仕方ない。彼女は車を路肩に寄せ、懸命に落ち着こうとした。一瞬、動揺はしたが、完全に平静を失ったわけではない。どうにか頑張って、また冷静沈着なところを見せなければ。

そのうち涙が渇き、胸のつかえも少しは収まって、普通に呼吸ができるようになった。記憶の海に溺《おぼ》れそうになっただけ。もう息が吸えるし、大丈夫だ。

まだぼんやりしている彼女に、ジャックが腕を伸ばした。大きな手が彼女の肩をぎゅっとつかむ。

だめ、やめて。また涙が出てしまう。

彼女はびくっと体を強ばらせた。なすすべもなく記憶の波にのみ込まれるのを覚悟したのだ。冷たい海で溺れているように、皮膚が冷たい。ところが、ジャックに触れられているところに温かみを感じる。そこから熱が全身に広がっていく。昔ながらのハチミツ入りの温湿布みたいに、体がやさしく温められる。

二人とも無言だった。サマーは何も話すことができなかったから、ジャックはタブレット端末に夢中だから。彼は反対の手で画面に触れて端末を操作している。けれど実際は、彼が自分を見ていたのがサマーにはわかっていた。突然、張り詰めていた糸が切れるように取り乱して、わけもなく泣き出してしまった姿を見られていたのだ。

彼の手には癒《いや》しの力がある。心に鋭く突き刺さっていた痛みが徐々に薄れ、サマーは自分を落ち着かせることができた。そんな心の内が伝わったのか、やがてジャックは手を下ろし、何ごともなかったかのような顔をした。

何の説明もせずに、彼女は再び車を走らせ、そのまま運転を続けた。運転に集中していると、さらに穏やかな気分になってきた。もう大丈夫。ジャックは険しい顔でタブレット端末を見ているし、彼女は他のことを考えずに、街の中心部へと向かった。

彼がナビを見て、行く先を確認している。「つまり、ヘクター・ブレイクが愛人との密会用に使っていた場所ってのは、市内なんだな？　まだ遠いのか」

あたりは都会の街並みへと変わっていた。緑豊かな郊外の雰囲気だったのが、この付近に来ると都会の直線的な建造物が目立つ。次々とおしゃれなビルの前を通り過ぎる。「ここからあと二ブロックよ。ずっと昔に叔母と一緒に来て以来、このあたりには足を踏み入れていないの。あの場所がまだヘクターの所有のままなのかどうかも、断言はできないわ。だって、もう五十六歳だったから、愛人との密会場所なんて必要なかったかも」

「ま、世間にはびっくりするような話がごろごろしてるよ」ジャックはそれだけ言うと、やっと顔を上げて彼女を見た。大丈夫か、なんていうくだらない質問をしないでいてくれて、やれやれだ。それに私なら大丈夫、と彼女は思った。どうにか。「番地まで覚えているのなら、現在の所有者が調べられるけど」

「今?」びっくりしたが、サマーは正確な住所を伝えた。「あなたはそんなことまで、今ここで調べられるの?」

「そうだ、と言って、君に尊敬されたいところだけどね」彼が情けなさそうな笑みを浮かべる。「実際は調べるのは俺じゃない。調べてくれる人が他にいるんだ」

「ニック?」

「違う。あいつは今FBI本部で、必要な情報すべてを追っている。捜査していることをあまりいろんなやつに知られたくないからな。現在は俺と、ニックと長官の三人だけで調べている」

何とまあ。「長官って、FBIの? 自ら捜査に乗り出すほど、長官はこの事件を深刻に受け止めているわけね?」

ジャックが眉をひそめる。「米国本土に最大規模の被害をもたらしたテロが、アメリカ政府の高官によって実行されていたかもしれないんだぞ。深刻に受け止めるのも当然だろ。だから、ああ、ＦＢＩ長官が捜査にあたっている。実のところ、ヒューが亡くなってから、ＣＩＡには誰ひとり信頼できる人間がいなくなった。だから正式な捜査をＦＢＩにまかせ、ニックと長官が個人的に捜査にあたってくれることになってほっとしている。そうすべきだったんだ」

「ＣＩＡの売りって、人を信用するなってことじゃなかった？」サマーは少し皮肉を言ってみた。

そう言われると、ジャックが顔を上げた。「それは違う。ＣＩＡにも、本当に国のためを思って行動する職員がいる。そういった人たちは男女を問わず、自分の命を犠牲にしてでも、国を守ろうとする。ＣＩＡ旧庁舎に星の形が刻まれているんだが、それは国のために命を落とした職員を表わしているんだ」

サマーは軽く頭を下げた。「ごめんなさい」

「いいんだ、構わないさ。今回の事件の黒幕が誰であるかは別にして、ＣＩＡ内部に深くかかわっている者がいるのは事実だ。それが誰かがわからない上に、平気で殺人を犯すやつらだから、捜査にかかわる人間を少なくしておきたいんだ」

「それじゃ、誰が所有者を調べてくれるの？」

「イザベルの友だちなんだ。フェリシティという女性で、ポートランドにいる。ま、いわゆるコンピュータの天才だ」

「そうなの？　それは好都合ね」

「すごい才能でね。君にも会わせたいよ。彼女がコンピュータを叩くと、できないことはまずないね。実は彼女の父親はノーベル賞受賞者なんだ」

「へえ」何となく、ほんの少しだけど、嫉妬《しっと》がサマーの心で頭をもたげる。嫉妬だとは気づかないぐらいのほのかに暗い感情が彼女の心に広がっていく。このフェリシティという女性のことを、ジャックは自慢げに語る。親しみを感じているのは口ぶりからも明らかだ。仕方ない。コンピュータの天才でノーベル賞受賞者の娘に、サマーが勝てるはずはないのだ。ＩＴに関しては、じゅうぶんな知識はあるつもりだが、天才と言われるほどではない。そして父親ときたら……比較にもならない。

だから嫉妬するなんて――いや、嫉妬とも呼べないぐらい小さな、ほのぐらい感情を持つこと自体、ばかげている。そもそも――

「彼女の恋人がまた、いいやつでね」ジャックは軽い調子で話を続ける。「元海軍で、ＳＥＡＬだったんだ。衛生兵でもあった。ポートランドで出会った連中は全員、すごくいいやつばっかりだった――お、すごいぞ。さすがはフェリシティだ。最高だね」

タブレット端末の画面に何かが現われた。「これがその密会場所に関する情報だ。所有は会社名義になってるな」彼が書類を何ページか先に進める。「持ち株会社だな。ああ、ＤＡＣか」

「ダック？　『ドクター・フー』に出てくる怪人？」

　彼が笑顔を向けた。あ、だめ。えくぼが見える。鋭い男性的な顔にひどく不釣り合いな、正真正銘のえくぼ。見とれている場合ではないが、つい気を取られてしまう。

「違うんだ、ダーリン」ゆったりとした口調で彼が説明する。「『ドクター・フー』に出てくる怪人は〝ダレク〟で、ＤＡＣとは分散自立型組織の略だ。こういう会社は基本的には社員なしで成立する」

「最近は幽霊会社をそう呼ぶようになったの？　分散自立型組織？」

　彼の顔からえくぼが消えた。「本来のＤＡＣは、運営に非常に厳しい決まりがあるんだが、基本的には特定のソフトウェアを使って、本来社員が行なうべき仕事を独立してすばやくこなすんだ。しかし、この会社は表向きＤＡＣとして運営されているだけだ。フェリシティのおかげで、もっと本質的なところまで調べがついた」彼が画面をタップする。「リンクを君にも送っておくが、フェリシティは最終的なオーナーを突き止めた。名前は――」

「それもどっかの会社でしょ。そうやって固定資産税を払わないようにしているのね」見覚えのある建物が目に入ってきた。通りにはいくつか、以前に叔母と一緒にここに来てから建てられた新しいビルもある。「つまり、ヘクターはかなり以前から悪事に手を染めていたわけね」

「当たりだ。ところで……俺のナビの指示では、そろそろこのあたりで……車を停めたほうがよさそうなんだが」

サマーはハンドルを切って道端に停車した。

ジャックはまだ端末を見ている。指で画面を拡大するので、サマーも彼が何を調べているのかのぞき込んだ。地図だろうか、直線が見え、あちこちが矢印で示されている。彼はスポーツバッグの中にあるバックパックを探り、ペンシル型の懐中電灯みたいな黒塗りの細い棒を取り出した。「さあ、行こうか」そう言って彼女を見る。「何だ？」

サマーはたいしたことはない、という感じで、目の前で手のひらを振った。「あなた、そのままでいいの――ホームレスにならなくても？」

「言っただろ、かつらがちくちくするんだ」バッグパックからチューリップ帽と野球帽を引っ張り出す。「特に帽子をかぶると、痒《かゆ》くてたまらない。君もかぶれよ」チューリップ帽をサマーに渡し、自分は野球帽をかぶる。「この帽子はどちらも、ＬＥＤ光線を出す。光を受けると防犯カメラは目つぶしをくらった状態になる。この近くでどこに防犯カメラがあるのか、今調べていたんだ。カメラの場所はすべてわかったから、あとはこの帽子をカメラに向けて、画面を真っ白にすればいいだけだ」

「私のアパートメントに侵入するときも、そうやったの？」

ジャックはにっこりしただけで何も言わず車から降りた。小さな車なので、体の大きな男性なら、乗り降りに手こずるはずなのだが、彼はすんなりと外に出る。折り曲げた体を苦もなく広げ、背筋を伸ばし、バックパックを肩にかけると、運転席側に来た。差し伸べられた彼の大きな手に、サマーは自分の手を預けた。男性に助けられて車を降りるなんて、本当に久しぶりだった。

彼はそのまま手を握っている。

このあたりは、本来のブレイク邸よりずっとトレンディな地域だ。堂々たる邸宅はないが、非常に設備の整ったコンドミニアムがたくさんある。おそらく、外交官や世界じゅうを旅するビジネスマンが利用するのだろう。ブレイクの部屋がある建物を頭に思い描いてみた――いかにも高級コンドミニアム、といった感じだが、まったく何の特徴もない外観で記憶に残らず、ホテルだと言われれば、そうかと思う。ただ、何か隠しごとをしたい場合は、ホテルより好都合だろう。

「誰かに監視されていると思う?」サマーはあたりを見回したが、人影どころか野良犬もいない。

「それはないと思うけど、用心するに越したことはないからな」彼がサマーの目を見る。「衛星写真を見たんだが、このあたりの建物はすべて機密情報として画像にブロックがかかっている。ヘクター・ブレイクのコンドミニアムまで、どこに監視カメラがあるのか調べておいた。いちばんカメラの少ない道を行く。もし行先を間違ったら教えてくれ」

サマーはあ然とした。「フェリシティっていう人は、衛星画像にハッキングまでできるの？」

彼の口の一方の端が少し持ち上がる。「できる、簡単にな。ただ、それを言うなら、俺もできる」

「今回のことにかたがついたら、あなたを雇いたいわ」あまり考えもせず、サマーはそう口走っていた。

彼の体が強ばった。「あなただって、CIAに戻る気はないんでしょ？」

しばらく返事がないので答えてもらえないのかな、と思ったとき、彼が口を開いた。「ああ。どういう結着がつくにせよ、俺がCIAに戻ることはない。FBI長官とニックと俺の三人で、この陰謀は止めてみせるが、ことの重大性を考えると、CIA内部をきれいに整理するには、何十年もかかるはずだ。そのプロセスに、俺は職員としてかかわりたくない」

そんなのは、辛すぎる——口にしなくても彼の気持ちは伝わってきた。彼が人生を捧《ささ》げたはずのCIAは、修復不可能なほど腐りきってしまった。考えてみればこの半年で、彼は家族のほぼすべてだけでなく、人生の意義も失ったのだ。

ジャックはつないだままの手を上げ、人差し指の背で彼女の頬を撫《な》でた。「俺にも文才があれば、今すぐにでも君の下で働きたい」そこでまた手を下ろす。「しかし、俺が身につけた技術は、家屋への不法侵入ぐらいだからな。さ、行こうか。俺が前を攻めるが、それでいいか？」

「前を攻める？」

「先頭に立つ、ってことだ」

「ああ、ええ。もちろん。あなたが先に行って。私の記憶が正しければ、ヘクターのコンドミニアムは、ブロックの真ん中にあったはずよ。奥まったところに建っているから、通りも見えないの」

「つまり通りからも建物は見えないわけだ。うまく考えたもんだ」

実にうまく考えてある。若いときにバネッサ叔母に連れられて来たときは、あまりに奥まった場所にあって、感じ悪いところだな、と思った。何度も連れて来られたが、今思えば叔母は離婚訴訟において有利になるよう、サマーを証人にしたかったのだ。結果的にヘクターは、叔母にはかなりの金額を支払ったので、訴訟合戦になる前に二人の離婚は成立した。

夫が自分を裏切っていたという明白な証拠を手に入れた叔母は、悲しそうな様子はいっさい見せず、ただ怒りに燃えていた。その理由をサマーはいぶかったが、それについても今考えると、二人の結婚はただ経済的な結びつきであり、ヘクター・ブレイクの妻の座を失うことによる社会的地位の損失が、叔母には悔しかっただけなのだ。

離婚が成立する寸前には、それもどうでもよくなっていたようだが。

そもそもサマーの周辺では、まともな結婚生活を続けているカップルはほとんどいなかった。デルヴォー夫妻と出会って初めて、結婚して幸せな男女を現実に見た。アレックスとメアリーはお互いが相手に夢中で、言葉の端々から二人が愛し合っている事実がはっきりと伝わってきた。そんな両親を持つイザベルやジャックを羨《うらや》ましいとさえ思わなかった。年月を経ても愛し合っている夫婦というのは非常に珍しくて、嫉妬心すらわかなかったのだ。ユニコーンや妖精《ようせい》を羨ましいと思わないのと同じだ。

通りに植えられた樹木はずいぶん大きくなっていた。手入れが行き届き、葉先も整えられてはいるが、灌木《かんぼく》の枝は頭の高さほどにもなってよく茂り、緑の迷路でも歩いている気分だ。この一角に住む人たち、特に通りに面していない建物の住民は、プライバシーを第一に考えるようだ。

肌寒い夜だったが、大気にはどことなく春の気配が漂う。そこはかとなく、いろんなものが外に飛び出そうとうごめいている感じ。春の息吹のせいか、昔の感情も心の奥からわき上がってくる。辛い冬を越したんだ、新たな陽射しを楽しもう、といったところか。

灌木には葉が生い茂り、果実を結ぶ種類の木には蕾《つぼみ》も見える。もうすぐこの固い蕾もほころぶのだろう。寒いのに春の匂いを感じる。サマーのいちばん好きな季節がやって来るのだ。

通り過ぎるマグノリアの木に体が触れ、突然甘い香りに包まれる。

前を行くジャックが足を止めたので、彼女はすぐに彼の背後に立った。彼が交通整理の警官みたいに、大きな手を開いたまま掲げる。

「こぶしを上げるほうがいいんじゃないの？」彼女はひそひそ声でたずねた。

ジャックは振り向くと、不思議そうな顔を向けてくる。

「兵隊さんがジャングルを偵察するときはそうするわよ。映画で観たもの。戦闘の人がこぶしを上げるの、すると全員が止まる」

「ジャングルっていうほど、木々が生い茂ってるわけじゃないからな」彼は非常に低い声でつぶやいた。なるほど、ひそひそ声は遠くまで響くのだ。サマーも何かで読んだ覚えがあった。「それに君は兵士でもないしね。えっと、地図によれば、ヘクター・ブレイク所有のコンドミニアムは、その角を曲がって右側になってるが、記憶どおりか？」

彼女は記憶をたどって、付近の様子を思い描いてみた。「曲がって右側に正面入り口があった。でも建物の横側にもあまり使われていない通用口があったわ。その開錠番号も覚えてるわよ、変更されていなければ、の話だけど」

ジャックはうなずくと上着の襟を立て、顎《あご》の線を隠した。さらにマフラーを取ってサマーの首に巻きつけ、彼女の口元を覆う。彼女の顔で見えるのは、目だけになった。

ジャックは彼女の手を取ると、ぐっと自分のほうへ引き寄せた。彼女はびくっとして、前にのめりそうになった。ああ。電気が走ったみたい。ジャックの体が電源とつながっているわけではないのに。電気を感じたのはサマーだけであり、〝手をつなぐ〟という行為が彼女にどういう影響を与えたかに、彼はまったく気づいていない。ばかみたい。知られたら恥ずかしくて死んでしまう。

彼の手はすごく大きくて、温かい。木に触れているみたいに安心感を得られる。

実際、彼が身構えるまで、危険だという意識さえなかった。薄暗くて気味が悪いだけ。灌木の迷路の中、生い茂る葉を抜けて、死んだ男の家に侵入するのだから。しかもその死んだ男は、過去十五年で最大規模のテロ事件を起こした犯人であり、おそらくさらに恐ろしい事件を計画中の黒幕ともつながっているのだ。

そう考えて少しは怖くなったが、ジャックの手に触れた瞬間、不安は消えた。ふっと一瞬のうちに。恐怖感のあったところには、温かみと大きな安心感が広がっていく。考えればおかしな話だ。今の世の中に安心していい場所なんてないのだから。彼女は小さい頃から、ここなら大丈夫だと気を緩めないように自分を戒めてきた。実際に、安全な場所にはいたことがなかった。おとなになって政治ジャーナリストになると、どんな命もふとしたことで簡単に失われるという事実を再認識させられた。つまり、大丈夫だという安心感は、ただの幻想でしかない。

でも、すてきな感覚ではある。

ジャックと並んで歩いていると、絶対的な安心感を得られる。天気のいい日に公園をそぞろ歩く感覚だ。彼が本当はどういう人物なのかはさておき、彼は見るからに肉体的に頑強であり、ものすごく敏捷《びんしょう》だ。絶えずささっと視線を動かし、くまなくあたりを警戒している。いつ攻撃を受けても対応できるような歩き方で、筋肉が盛り上がり、戦闘態勢が整っている。彼がちらっと後ろを振り返ったとき、上着の下に何かを隠し持っているのか、ぼんやりと輪郭が見えた。おそらく銃だろう。武装しているのだ。いつ銃を身に着けたのだろう？　制服姿でないときの軍人を見たことは何度かあるのだが、普通はショルダーホルスターに銃を入れていた。

彼は右側を歩いて彼女の左手をつかんでいるが、それも偶然ではなく、銃を撃つほうの右手を空けておくためだろう。

サマー自身、護身術のレッスンを受講したことはあるし、暴漢に襲われておとなしく殴られるままでいるような女性ではないと思うものの、ジャックなら誰に襲われても撃退してくれそうだ。彼女自身が敵を追い払う必要はない。それは覚えておかなければ。

私有地はレンガ舗装がされていて、ところどころに割れたレンガが瓦礫《がれき》となって転がっている。サマーは象の行進みたいな音を立てて歩いているのに、ジャックの足音は聞こえない。よく見ると、彼はつま先を先に地面につけ、かかとでうまく地面を蹴《け》っている。サマーもその歩き方をまねてみた。彼よりはまだうるさいが、さっきと比べればはるかに静かになった。

「あれよ！」サマーは大声を上げないように気をつけながら、前方を指した。「このまま行けば正面入り口で、右に曲がると通用口に出る」

目の前の建物には、はっきり見覚えがある。十階建てで建築後すでに二十年以上経っているはずなのに、いまだにモダンでおしゃれだ。金持ちの男性が浮気する場所を提供する目的で造られたのだとしたら、実によくできた設計だ。人目につかず、けばけばしくなく、首都のど真ん中にあるのに周囲から隔絶された雰囲気がある。もしかしたら、そういう目的のコンドミニアムを専門にする設計事務所みたいなものがどこかにあるのかもしれない。不倫男のための、粋でおしゃれな第二の住居。

二人は通用口へと進んだ。こちら側に来るとさらに人目につかなくなることを知って、サマーは感嘆した。灌木が植えられている目的は、はっきりとプライバシーを守るためだ。暖かくなれば、みんなが密会を楽しむようになるのだろうか。

ドアは大きく、すりガラスなので、ぼんやりと明かりが確認できるだけ。インターホンの上には住所番号が書いてあるものの、建物名などは入っていない。

彼女はキーパッドに手を伸ばし、覚えている番号でまだ鍵が開くかを試そうとした。ジャックがさっと彼女の手をつかむ。またどきっとして、彼女の全身を熱が駆け抜ける。体が反応してしまうのだから仕方ない。「指の背を使って関節の部分で番号を打ち込むんだ。指紋を残すのはまずい」

なるほど。映画などではそういうシーンを何度も見たことがあったのに、彼に言われるまで考えもしなかった。

彼女は人差し指を曲げて第二関節のところで番号を押した。４１５１９４７。

「七桁のランダムな数字を、いまだに覚えているのか？」ジャックは信じられないと首を振っている。「昨日のことすら忘れてしまう人がいるのに」

「叔母から聞いたのよ。ここの管理人が野球ファンで、ジャッキー・ロビンソンが初めて大リーグでプレイした日付に設定したんですって。一九四七年四月十五日よ」叔母は憎々しげに説明していたものだ。人種の壁の一部が崩壊した記念日も、彼女にはめでたい日とは思えなかったのだろう。

ジャックとサマーはドアが開くのを待ったが、何も起きない。

「ま、当然と言えば当然よね。そこまで幸運に恵まれることはないわ」しばらく待ってからサマーは口を開いた。「きっと管理人が新しくなって、その人はテニスが好きなのかも。さて、どうすれば――」

ジャックが電子機器のコードのようなものを取り出し、インターホンとキーパッドでつなぎ始めたので、サマーは言葉を失った。キーパッドの上に表示された数字が回転し、端から順にひとつずつ止まっていく。やがて数字すべてが止まり、ドアがかしゃっと音を立てて開いた。

「あら、すごい機械ね」

ジャックがドアの上部を押さえて、あたりを慎重に確認してから彼女を先に通す。

「コード番号が七桁から十一桁に変わったんだ。開くのが一万倍難しくなった」

「でも、三秒しかかからなかったわよ」彼女はだいたいの時間を計っていたのだ。

ちらっと屈託のない笑顔を見せた彼は、昔のジャックそのままだった。すべての女性をとりこにする、プレイボーイ。「これが俺の仕事だからな。何であれ、隙《すき》を見つけて忍び込む」

私の心にも、そうやって忍び込むのね。

ふとそう思ったサマーは、ああ、だめだ、と目の前のことに集中し、建物に入った。上品なロビーには誰もいなかった。ここは高級コンドミニアムなのに、コンシェルジェとか受付の人間がいない。当然だ。人目を避ける密会の場なのだから。清潔でぴかぴかに磨き上げられていて、人の温もりを感じさせない場所。ジャックがボタンを押すと、すでにエレベーターは一階にあったらしく、すぐにドアが開いた。内部はサマーが覚えていたとおり――木とまぶしく輝く真鍮《しんちゅう》だった。ジャックが階数ボタンの上で指を曲げて彼女を見る。

「三階よ」

三階に着くと、ジャックが腕を前に出して、エレベーターを出ようとする彼女を制止した。周囲を確認してから、出るようにと無言で合図する。右へ折れ、もういちど右。そこで止まった。覚えていた部屋はここだ。

３１７号室。

キーパッドがあったので、彼女は叔母に覚えさせられた番号を指の背を使って押した。７２７３５。驚いたことに、まだこの番号が使われていたようだ。ヘクター・ブレイクはここなら完全にプライバシーが確保されていると信じていたらしい。自宅のドアの番号をいちども変えなかったのだ。

かちっと電子錠が解除される音を聞いて、ジャックは背中に手を伸ばし、銃を構えた。サマーは驚いて彼の顔を見上げた。この中に入るには危険がともない、銃を用意しておくべきだと彼は考えたのだ。彼はサマーに見向きもせず、緊張した面持ちで前を見ている。

銃を構えたジャックが先に、その後ろからサマーが部屋に足を踏み入れた。まだ開いたままのドアから入る廊下の照明以外に、室内には明かりがない。「ここにいるんだ」ジャックが低い声で告げたので、彼女はぴたりと立ち止まった。こういうことにかけては、プロである彼の言うことに従うべきだ。

彼が姿を消したあと、何の物音も聞こえなくなった。いっさい何も。彼は室内を調べているのだろうが、まるで音を立てずに行動しているようだ。何も聞こえない状態が続いたあと、突然目の前に彼が姿を現わした。もう手には銃を持っていない。

「これを」魔法のバックパックから、ジャックがラテックスの手袋を取り出す。「カーテンを引くから、これをつけておいてくれ」

サマーが手袋をつけているあいだに、リビングと寝室のカーテンが閉められるのがわかった。ただ、あいかわらずジャックは何の物音も立てない。キッチンの窓はブラインドになっていた。彼女がジャックを呼ぼうとしたら、プラスティックの板がかたかたと鳴るのが聞こえた。ブラインドも閉められたのだ。

ジャックは玄関ホールに戻って来ると、ドアを閉め明かりをつけた。

「よし。調査の開始だ。ただし、痕跡は何も残さない。髪の毛や、DNA判定にかけられるどんなものもだめだ。いいな?」

サマーはうなずいた。もちろんだ。ヘクター・ブレイクは死んだし、わかっているかぎりでは、彼には親戚《しんせき》はいないし、遺族としては元妻たちが何人か残されただけだ。

元妻たちにはいっさいの遺産を渡さないと遺言書に記されている可能性も高い。ただ彼に計画を指示していた黒幕がこの場所の存在に気づき、確認しに来るかもしれない——そう思うと体がぶるっと震える。〝ワシントンDC殺戮事件〟の黒幕に命を狙われるようなことだけは、避けたい。情け容赦もない悪人なのだから。

「ええ、よくわかった」

ジャックが彼女の肩に手を置く。「よし。まずは室内を歩いてみよう。君の記憶と違っているところがないか、確認する。改装してるとか、そういうのを丁寧に調べ出そう。その後、俺が調べる。部屋の中を探す際には、系統だったやり方っていうのがあるんだ。それでいいか？」

サマーはまたうなずき、ホールからリビングへと向かった。すると記憶の波が猛烈な勢いで押し寄せてきた。バネッサ叔母はここで愛人の存在を明確に示す証拠が見つかるたびに、不機嫌になっていった。やがて愛人が複数存在するのもわかった。叔母とサマーは慎重に、ここに来た痕跡を残さないように行動したが、叔母はありとあらゆる品を写真に収めていた。後日、写真は証拠として弁護士に渡した。

「さ、どうだ？」ジャックがたずねた。

集中するのよ、と彼女は自分に言い聞かせた。ジャックは別に、サマーの感情的な反応に興味があるわけではない。彼は情報を必要としている。いわゆる使える知識《インテル》というやつだ。十代の女の子の感傷的な記憶など不要だ。そう思い直して、彼女はもっと慎重に部屋を見た。

「家具が新しくなってる。以前にあったソファと肘掛《ひじか》け椅子《いす》は、クリーム色で背が弧を描いていた。ただ、デザイン的にはそう変わっていないわね。ガラスだったコーヒーテーブルも、今は木材と竹だけど、サイズはまったく同じだし、昔とぴったり同じ場所に置いてある」

サマーはゆっくりと部屋の中を進んだ。空気の臭いを確認してみる。こもった感じの冷たい空気だ。以前に叔母と数回一緒にここに来たときは、人が出入りしている気配があったし、女性の存在をはっきりと感じさせられた。ポプリやいい匂いのろうそくがあった。

「私の見たところ、プロのインテリアデザイナーを雇って改装しているわね。ただ、基本的なところは何も変わっていない。ただ時代遅れにならないように、流行の家具にした、って感じ。家具の置き場所は、みんな同じよ」

「壁の絵画は?」ジャックが確認する。

「一緒ね」すぐに答えた。考えるまでもない。目の前の光景は、記憶の中の部屋の壁とまったく同じだ。「ただし、これは前にはなかったわ」海を描いた水彩画にそっと触れてみる。

「ウィンスロウ・ホーマーの作品みたいだな」

「そうね。投資目的で買ったのかしら」

ヘクター・ブレイクが絵画に興味を持っていたとは、いちども耳にしたことがない。彼の関心は、もっぱら金儲《かねもう》けに向けられていた。

ジャックが部屋をぐるっと見回す。「ここにも寝室にも、結構埃《ほこり》が積もってるな。何週間も前から、この部屋には誰も入っていない。清掃業者との契約はないんだ。つまり、俺たちがここにいても見つかる心配は少ない」

そう言われてみると、いたるところに埃が積もっている。これほど贅沢《ぜいたく》に調度された部屋がこういう状態になっているところを見ることは珍しいので、不思議な気分だ。ヘクターはおそらく、定期的な掃除サービスを使うのではなく、ここを使うときだけ業者に清掃を頼んでいたのだろう。

どさっという音がしたので振り向くと、ジャックが肘掛け椅子をひっくり返していた。ラテックス手袋をはめた手で丹念に表面をなぞり、徹底的に調べている。調べ終わると、次の椅子に移る。

「ソファも調べるんでしょ？　手伝おうか？」新しいソファは木の枠組みで、大きくてどっしりしている。

「大丈夫だ」ソファに置かれた三つのクッションを脇《わき》に置いて、ジャックがソファを丁寧に調べ始める。「それより、寝室のほうを調べてきてほしいんだ。何か目につくものがあったら教えてくれ」

「いいわよ」正直なところ、ジャックと同じ部屋にいたい気分ではあった。死んだ人の部屋に忍び込むというのは、どうも気味の悪いものだ。少女時代、中国のチベット自治区にしばらくいたことがあって、そこでバディという同じ年頃の女の子と友だちになった。地元の人たちは、頭のいかれた薬物中毒のアメリカ人とはいっさいかかわらないようにしていたのだが、おとなたちの気づかないところで、サマーとバディはとても仲良しになった。バディは浅黒い肌のとびきりかわいい子で、透視能力を持っていた。主に場所にとりついている霊などが見えるのだ。呪《のろ》われていると言われる場所では強い反応を示し、特定の建物の前を通り過ぎる際には、ぶるぶる震えることもあった。あるとき街はずれの建物に入ろうとしたサマーを、真っ青な顔をしたバディが必死で建物から引き離した。後日、その建物は一九五四年の中国政府による虐殺現場であるとわかった。その集落の男性全員が集められそこで殺されたのだ。

〝ゲク、シェー〟バディは低い声でつぶやいていた。悪霊という意味で、地縛霊みたいなものがいる場所に行くと、いつもそう言うのだ。

バディがこの部屋に来たら、顔から血の気を失っているだろう。ここには間違いなくゲクやらシェーやらがいる。よどんで重い空気が死を感じさせる。非常に高価だが人の温もりを感じさせない家具が、その印象を強くする。

寝室も居間と同じような雰囲気だった。空気に死が満ちている。サマーは中に入りたくなくて、敷居の前でためらっていた。

ばかばかしい。彼女は自分を叱《しか》りつけた。自分はジャーナリストであり、真実を求めて働く記者は、危険と隣り合わせの生活を送る。ひと気のない寝室なんて、危険なうちには入らない。

足を踏み入れると、そこは大きな部屋だった。不思議な形をした部屋で、左側にだけ奥が広がりL字型になっている。その部分がちょっとした書斎のようにしてあり、アクリル製の机と椅子が置かれている。見たところでは、特に不審な印象は受けない。ドアに面した壁には造りつけの書棚があり、本もある。

棚の埃を調べたあと、本の背表紙を見ていく。ほとんどが法律書で、多くは国際法に関するものだ。ヘクター・ブレイクは元々、国際法を専門にする弁護士だったのだ。評判も高かったようだ。本は何冊ごとかに分類され、そのあいだには装飾品が置かれている。ガラス球、銀の皿、小ぶりの銅像だ。

リビングでまた、どさっと音がした。

本の並び方や装飾品の置き方が、どことなく変だ。このコンドミニアム全体が人の温もりというものを欠いているのだが、別の見方をすれば、きれいなところではある。

インテリアデザイナーが来て、高級ホテルでよく見かけるような部屋に仕上げ、そしてそれっきりになった感じ。今はあちこち埃だらけだが、元は完璧《かんぺき》な部屋だ。

趣味のいい家具が、趣味よく配置されている。それならば、書棚の本もインテリアデザイナーが純粋に美的センスによって並べたはずなのだが……。ヘクターが読書家だったという記憶はまったくない。

書籍は分厚く、値段も高そうで、おしゃれな革の背表紙にタイトルが金箔《きんぱく》で押された稀覯本《きこうぼん》みたいなものもある。

明らかに、人に自慢するための本だ。

本の上部を見ると、思ったとおり埃だらけだった。

やはり、おかしい。インテリアデザイナーがこういう並べ方をするとは思えない。とすれば、ヘクターが本を読んだあと、前とは異なる場所に戻したということになるが、本が実際に読まれた形跡はまったくない。

どさっ。ジャックは一生懸命調べているようだ。彼を真似て、自分も徹底的に調べてみようとサマーは思った。引き出しを全部開け、マットレスも見てみよう。アクリル机の上にラップトップ・パソコンがあるので、あれも調べよう。そう思ったのだが、彼女はその場から動けなくなった。

サマーはバランスが取れていないのが妙に気になるたちで、左右対称でないと落ち着かない気分になる。上から四番目の右側の棚が、本でぎゅうぎゅうになっている。他の棚には非常に余裕があるので、そこだけが窮屈な感じなのだ。

ためらうことなく、彼女は右側の本を左に移動した。すると棚の奥に小さなキーパッドがあった。なるほど、だから左右のバランスがおかしかったのだ。改装が終わったあとでヘクターがこっそり作らせた金庫でもあるのだろう。そして本を置いてキーパッドを隠したのだ。

とにかく、興味深い展開になった。部屋が妙なL字型なのもこれで説明がつく。壁の後ろにスペースがあるのだ。

昔のドアの開錠コードと同じかもしれない。とにかく試してみよう。そう考えたサマーは番号を打ち込んだ。何の変化もない。まあ、当然よね、と思った。まさか――大きく、かしゃっと音が響き、壁に隙間ができた。中をのぞこうとしたが、真っ暗で何も見えない。

「ねえ、ジャック」

できるだけ平静な声を出そうとしたのだが、すぐさま現われたジャックは大きくて黒い銃を手にしていた。彼女は隙間を指さした。

「開けるな」彼の声の鋭さに、サマーはさっと手を引いた。

ジャックはすぐに手の届く書棚の上に銃を置き、魔法のバックパックから何やら長い細いマイクみたいなものを取り出した。先端が少し平べったくなり、反対側はタブレット端末につながっている。伸ばして使えるようで、彼は三十センチぐらいコードを引き出した。そして先端の平べったいところを隙間の向こうに入れ、じっとタブレット端末の画面を見ている。

何をしているのかサマーがたずねる前に、彼が説明してくれた。「罠《わな》が仕かけてあるかもしれないからな」そう言って端末を軽くたたく。「この装置で電子機器や爆発物、さらにバイオ兵器が仕かけられているかを調べられる」

サマーは目を丸くした。「バイオ兵器？　天然痘《とう》ウィルスなんかが仕かけられているの？」

「他にはリシンとか炭そ菌とか」ジャックはうなずくと、ぽん、と端末を叩く。「しかし、ここには何も仕かけられていないようだ。不愉快なのは、よどんだ空気だけだな」

「じゃあ、開いてもいい？　中を見てみる？」

「ああ。見てみよう」ジャックは慎重にセンサーをバックパックにしまい、銃をズボンのウエストにはさんだ。彼が書棚全体を押すと、電灯が自動的にともった。

中に入ったサマーはあ然とした。「何なの、これ」

5

キーンはDC郊外のアレクサンドリアにあるサマー・レディングのアパートメントの外で彼女の帰宅を待った。防犯カメラを調べてみたのだが、すべてが故障中だった。比較的管理のしっかりしたアパートメントなので、珍しいなと思った。

キーンは珍しいことが嫌いだ。通常とは異なる事態は危険の前兆とも言える。しかしカメラが本当に故障しただけなのかどうかを確かめる方法がなかったので、まあ気にすることもないか、と自分に言い聞かせた。通常の任務であれば下調べをする時間もきちんとある。だから建物の管理システムにハッキングして不確定要素を排除しておく。ひょっとしたら定期点検で使えなくなっているだけかもしれないし、セキュリティ会社のサーバーに問題があったのかもしれない。ただ、今回は調べようがない。

脅威は今すぐ取り除いておくよう、スプリンガーからはっきりと言い渡されているからだ。

しかし、彼の頭には、防犯カメラのことがこびりついていた。別の工作員が同じようにここに来て、防犯カメラを使えなくしてしまった可能性も捨てきれないからだ。そうなれば、事情は複雑になり、複雑な事情というのは常に始末が悪い。

キーンはこれまで、工作活動の任務に失敗したことがなかった。CIAの秘密工作本部をクビになったのも、任務の失敗によるものではない。局長のヒュー・ラウニーが愚かだったせいだ。キーンの任務のやり方が、局長に嫌われたのだ。その結果、免職処分になった。年金の権利も失った。二十年間、CIAのために身を粉にして働いてきたのに、一般市民を巻き添えにしたというだけの理由で。ゴミみたいなやつらを、ゴミと同じように捨て去ることのどこが悪い。

三日以内にオフィスを去るようにと言われた、その三日目、マーカス・スプリンガーがキーンのオフィスのドアを叩《たた》き、そこから人生の展望が開けた。上司からの評価がどうだと言うのだ？　現在のキーンはCIA時代の十倍稼ぎ、与えられた仕事をきちんとこなしていくかぎり、これからもどんどん収入は増えていく見込みだ。スプリンガーの部下として働くのはいいものだ。気前よく給料をはずんでくれるし、目的遂行のためにどういう手段を取ろうが、とやかく言ってこない。とにかく、仕事をやり遂げればそれでいいのだ。

だから、スプリンガーに命じられれば、指示どおりに実行する。

キーンの理解するところでは、このレディングという女はスプリンガーにとって厄介で仕方ない存在らしい。もしかしたら、スプリンガーに関する記事を自分のブログで発表するのかも。

問題が大きくならないうちに、その芽を摘み取っておくという考え方には、キーンも賛成だ。

だから、いいだろう。防犯カメラがなければ、間違いなく仕事は楽になるのだから。

彼はレディングの住まいの前まで行くとしゃがみ込み、赤外線センサーで部屋の様子をうかがった。この装置は、壁の向こうでも人の存在を感知できる。センサーを丹念にあちこちに向け、接続画面で室内を調べる。やがて室内には、一定の体温を持つ生物はいないことがわかった。猫さえいない。

ドアの鍵《かぎ》はきちんとしたものだったが、彼が開錠に手間取るほどではない。CIA秘密工作本部でのトレーニングがこういうときに役立つ。またスプリンガーは定期的に最新式の錠の開け方の講習を、世界でも有数のハッカーを招いて実施する。おかげで、キーンばかりか部下たち全員が、最新機器でも比較的簡単に開けられる。

ただ銀行の大金庫は別だ。一般的なものならすばやく開錠できるキーンでも、銀行の大金庫となると、少々時間が必要だ。

四分もかからず、レディングという女の住居の玄関ドアを開けることができた。すぐに中に入ってドアを閉める。ここで選択肢は二つ。ターゲットの帰宅を待つか、罠《わな》を仕かけておくか、だ。もう遅い時間だ。女は遅めの食事にでも出かけているか、映画を観に行ったか。ボーイフレンドのところに泊まるつもりかもしれない。その場合は、待つだけ無駄になる。

キーンは日頃から、時間は有効に活用にするべきだと考えている。次から次へと任務が続きずっと働きづめだったし、ここでジャーナリストの女を待ち伏せして時間を浪費したくはない。

他のやり方でいこう。

持ってきた荷物の中から、そうっと慎重に特殊な作業キットを取り出す。銃を向けられても怖くはないし、ナイフで襲われてもたいていの男なら素手で打ち負かす自信はある。そんなキーンでも、このキットだけはぞっとする。自分を襲うものの正体が見えないからだ。見えない敵を相手にすると思うと、どうしようもなく恐ろしい。ああ、女がすぐに帰って来てくれればいいのに。一撃で女の首の骨を折り、事故で階段から落ちたように見せかける。それなら何の問題もなくできる。だが、この特殊キットは……。

ああ。

手が震える気がする。この代物を扱う際に、手元を狂わせては絶対にいけない。あっという間に、自分が死んでしまう。銃弾よりも確実に死ぬ。さらに銃弾なら瞬間的な痛みで済むが、これは苦しみのたうち回って死ぬ。

キーンはさらに五分待った。レディングという女が帰って来ますように。そうすれば、昔ながらのやり方でけりをつけられるのに。しかし結局、女は戻らなかった。どこかで誰かとセックスしているのだろう。

まあ、いい。彼は荷物の中を見た。必要なものは小さなキットにしてあらかじめ用意してある。彼はこわごわキットを手にした。装置はけっしてひとりでに起動せず、人の手で意図的にスイッチを入れなければならない。そう説明はされていた。それでも彼は、装置をすぐに壊れる繊細なクリスタルのように慎重に扱った。

触れるとふたが開き、液体が入った細長い容器が現われた。

サリンだ。青酸の八十一倍の毒性を持つ。仕事がらキーンは、これまでに人の死ぬ現場にも多く立ち会った。言い方を変えれば、人を殺すことが彼の仕事であり、別にそのことに何の不満もない。ただし、目の前の化学物質は恐ろしい。死に方が悲惨なのだ。サリンに接触してから十分以内に大量のアトロピンを投与しなければ、確実に死ぬ。

キーンは密閉容器を慎重にセットした。ドアノブを回して玄関を入って来た人間にごく少量、ほんの一ミリリットル強の液体が、直接触れるように。化学的に不安定な物質で簡単に気化するため、大量のガスが発生して被害が広がると困る。何人被害に遭おうが気にはならないが、注目を集めたくはない。

特殊キットを設置し終わると、キーンはほっと息を吐いた。

よし、これで問題は解決した。

満足した彼は、急ぎ足で建物から出た。

＊＊＊

秘密のドアを押し開けながら、ジャックは片方の腕を横に出して、サマーが前に出るのを止めた。電気をつけると、ここがどういう部屋なのかがすぐにわかり、銃をズボンに戻した。興味深い場所だが、危険ではない。

いや、ヘクター・ブレイクが存命のあいだにここに来ていたら、やはり危険ではあっただろう。ブレイクは自分の性的嗜好《しこう》を他人に知られたくなかっただろうし、サマーはジャーナリストだ。しかし今はもう彼は故人となり、死人が生前どういうセックスをしていたか気にする者はいない。

その性生活が……特殊なものであったとしても。

サマーがショックを受けて息をのむ音が聞こえて、彼は振り向いた。美しい緑の瞳《ひとみ》が大きく見開かれ、かわいらしい口がまん丸に開いている。タフなジャーナリストに見られようと頑張っているのはわかるが、彼女のことは子どもの頃から知っている。初めて会ったときの彼女は、心の中がそのまま顔に出る少女だった。黙っていても、彼女の気持ちは顔に書いてあるのも同然だった。

もちろん、それから彼女もタフなおとなの女性へと成長した。政治ジャーナリストである以上、政治の世界の腐敗やら不正行為やらも見てきただろう。そんなことぐらいでは、感情は顔に出さないようになったはずだ。

しかし、SM用の鞭《むち》やら乳首の締め具やら肛門《こうもん》への張り型などを前に、平気な顔は作れなかったようだ。

ジャックは部屋の奥へと入って行った。

「この部屋、すごく……大きいのね」サマーが小声で口にする。

「そうだな。隣の住居全体がこの部屋になってるんじゃないかな。ブレイクはおそらく、最初から二住居を同時に購入していたんだろう」二人は、隣の住居のリビング・ダイニングとして使われていたであろう広々としたスペースに進んだ。本来であれば食事や憩いの空間のはずが、ブレイクはここをセックスの場所に変えていたのだ。

部屋にあるものすべてが、凝った造りで、しかも購入して日も浅いように見える。ここにある道具類だけで、ざっと五十万ドルはかかっていそうだ。

「嘘《うそ》みたい」ジャックもサマーと同じ感想を持った。軽く五十人は入れるぐらい広い。

サマーは部屋の真ん中に来て、ぐるりと全体を見回した。「でも、ここの器具のほとんどは、何に使うものだか、見当もつかないわ。たとえばこれ――」彼女が指差したのは、天井からぶら下がる非常に手の込んだ編み込みの紐《ひも》だった。

「緊縛用のロープだな。これで縛ってぶら下げられると身動きできなくなる」

サマーが顔をしかめた。「あら、嫌だ。そういうのは願い下げね、私は。こっちのは？」アンティークのクルミ材のビリヤード台を利用した美しい箱で、ガラスの天板が載せられている。箱に並べられているものが何か、彼女が上体を倒してのぞき込んだ。

ジャックも一緒にのぞき込み、そこにあるさまざまなアイテムを説明した。「ここにあるのはみんな、肛門に入れるプラグだ。いろんな形が、いろんなサイズで用意してあり、素材も何種類もある」

サマーがさっと振り向いたので、彼女の赤褐色の髪がジャックの顔を撫《な》でた。「でも、この素材ってガラスみたいに見えるわよ」

「そのとおり。ガラスでできているんだ」

「それって、危なくないの？　だって……中で割れたら大変じゃない」

ジャックはその可能性を考えたことがなかった。「割れないようにできてるんだと思うけど、万一割れたら……おお、痛そうだ」

何かに集中しているときのサマーは本当にかわいい。何かパズルを渡されて、絶対解こうと心に決めているみたいだ。「あれは?」

その用途も、彼には答えることができた。「あれも肛門用のプラグだが、馬の毛が付けてある」

「何のために?」

「プラグが入ると、馬の毛がお尻《しり》からポニーテイルみたいに出て、床を引きずる。そうやって、お馬さんごっこをするんだ」

これは想像でしかなかった。実際にそんな現場にいあわせたことはない。そういう趣味はないのだ。

しかし、彼女は疑いの色をたたえて、斜めにジャックを見る。「どうしてそんなことを知ってるわけ? あなたにも変態趣味があるの?」

ジャックは真面目な顔を崩さないようにしたが、結構大変だった。「違う。俺には変態趣味はない。俺の趣味は、昔ながらの快楽の追求だ。君だって覚えているだろ?」

二人は鼻がくっつきそうな距離に立って、目を見合わせていた。サマーが高校生の女の子みたいに顔を真っ赤に染めた。おとなでここまで赤くなる女性はいない。

なるほど、彼女はしっかり覚えているわけだ。

彼女は赤面してしまった事実をなかったことにしたいのか、眉《まゆ》をひそめて話を続ける。「それじゃあ、どうして知識が豊富なのよ？　こういう――」手を広げて大きな部屋全体を示す。あちこちにボンデージ用の道具、ＳＭ用の鞭やパドル、締めつけ金具などが堂々と置かれている。「――こういうものに関して」

「バンコクにいたとき、機密情報の提供者がいた。話をする場所としてＳＭクラブを選び、いつもそこで会っていた。そういう場所は、非常に口が堅いから。俺たちは個室を頼んだが、そこなら誰にも見られずに済む。個室に向かうときいつも、いろいろな……おもちゃを見たんだ。なかなか興味深い器具がいっぱいあった」

「うまい言いわけね」彼女の口ぶりが辛らつだ。

二人ともまったく動かず、ただ顔がくっつきそうな距離でじっと立っていた。

ジャックは、彼女の目を見ながら、ほんの少しだけ距離を詰めた。彼女は動かない。まばたきもしない。息も殺しているようだ。

「問題は」彼は部屋じゅうに並べられたセックス用の器具を見回しながら、静かに語りかけた。非常に高価そうなそれらの器具がきれいに整頓《せいとん》されている様子は、まるでマルキ・ド・サドの映画製作現場のようだった。そのあとまた彼女のほうに視線を戻す。「こういうセックスは、感覚よりも筋書きを重んじることなんだ。何から何まで、すべての行動に台本があるみたいで、感覚的に反応する余地はない。こういうものに憧《あこが》れる人たちの妄想を、そのまま実現させただけで、相手が誰だろうと、どうだっていいんだよ。たいていの場合、相手をきちんと見ていないんだ。こういうことをする人たちは、理解していないんだ……」顔を少し彼女に近づける。「ものごとの本質を」さらに近く。「目の前に大切なものがあるのに」

そこで彼は、唇を重ねた。唇の表面が触れ合っただけ。サマーの頭を抱えて顔の位置を固定し、むさぼるようにキスしたかったけれど、腕はだらんと下げていた。

俺には変な趣味はない。ボンデージだとかのSM的なおぞましいものに興味を引かれたこともない。それでもこの部屋はセックスをするためだけに作られた部屋であり、おとなのおもちゃを見ているうちに、サマーと体を重ねたいという欲望が刺激されてしまった。当然だ。彼女に性的な興奮をかき立てられない男なんて、死体同然だ。さらに学生時代に彼女と一緒に過ごした一週間足らずの日々を彼の体が覚えている。

彼女が処女だったと知ると、ジャックは彼女に荒っぽいまねはしないでおこうと、特別に慎重になった。そっと触れ、やさしいため息が聞こえるのを待った。前戯に時間をかけ、彼女の準備ができるまで、ものすごく興奮するまで我慢した。自分が持っているセックスに関する技巧のかぎりを使って、彼女に快楽を与えた。当時の彼女はとても恥ずかしがり屋で、常におどおどしていた。セックスに関するすべてが、彼女にとっては新しい世界への一歩となった。

しかし、現在の彼女はおとなの女性だ。自立した強い女性で、彼女のほうからも欲しいものを求めてくるはず。恥ずかしいからと、受け身のままではいないだろう。彼女は自信に満ち、自分の行動に責任を持てる。そんな彼女を、ジャックは求めている。彼女が欲しくて、頭がどうにかなりそうだ。

セックスだけを目的として造られた部屋に二人きりでいるうちに、彼女を激しく奪いたいという欲望がふくらんでいく。彼女の中に自分のものを納め、荒っぽく、めちゃめちゃに動いてみたい。そんなふうに感じて、脚のあいだが鉄棒みたいに硬くなってしまった。冬用の長めの上着で助かった。

彼女の口は温かく、やわらかい。けれど、じっと動かない。

だめだ。サインを見誤ったのか？　今のサマー——頭のいいおとなの女性から欲望の気配が感じ取れたと思ったのだが。

考えてみれば無理もない。何年も前に彼女とセックスして、その後すぐに姿を消したのだから。

彼は唇を重ねたまま、そっと口の形を変えてみた。唇はけっして押しつけない。目を開けて彼女がどんな顔をしているのか確認したほうがいいと、理屈では思うのだが、実際にはできなかった。唇の触れ合いがあまりに気持ちよくて、目を開けて彼女が何も感じていなさそうに見えたらショックだろうと思ったのだ。もしかしたら、不快そうな表情がそこにあるかもしれない。

そこで彼は体を離した。

そのつもりだった。

ジャックはこれまで、自分が求められていないと感じれば、無理をすることはなかった。絶対に。今後もしないつもりだ。しかし、目を閉じて自分の鼻を彼女の肌にくっつけていさえいれば、彼女の肌の匂《にお》いと唇のやわらかさに酔いしれていてもいい気になってしまう。いや、いけないのだろうか。

やはり、だめだろう。

そう考えて、彼はわずかに頭を上げた。ほんの少し顔が離れると――ああ、口の中に感じる彼女の熱い吐息。彼女のほうから、体を近づけてくる。

よし！　ジャックは歓声を上げたい気分だった。興奮しているのは自分だけではなかったのだ。彼女のほうは彼の百分の一ぐらいしか興奮していないのかもしれないけれど、それでも何かを感じているのは間違いない。彼は体を引き寄せ、ゆっくりと手を上げていった。

彼女の髪を撫でたのだが、ちょっとした違和感があった。もちろん手袋をしているせいで、記憶にあるふんわりと温かな彼女の赤毛の感触を感じ取れないからだろうが、どうもしっくりこない。彼女がもっと興奮してくれると期待していたのに。その違和感の意味合いをきちんと考えるべきだったのだが、そのとき彼の頭から思考能力が消えた。彼女がキスを返してきたからだ。大きく開けられた彼女の口に舌を差し入れると、そこはやわらかくて温かだった。だから、ちょっとした違和感なんて、どういう問題ではなかった。

ジャックは彼女のうなじを支えて顔をのけぞらせ、自分は頭を下げた。これでたっぷりと彼女の口を味わえる。うーん。最高の味だ。

そもそも、最後に女性とキスしたのは、いつのことだろう？　まったく記憶にない。自分の口がやわらかな唇に触れたのも、いつ以来だか。他の人の吐息を顔に感じるのも、女性を抱きしめるのも、本当に久しぶりだ。女性という魔法の存在をすっかり忘れていた。女性の肌が甘く香ると思い出してみればよかった。

今腕の中にいるのは、ただの女性ではない。これはサマーなのだ。何年も昔、かわいくていとおしかった、あのサマーだ。現在は、彼女の発するニュースを必ず読むようになっていた。そのせいで、彼女の心がどう動くかもわかっている気になってしまう。記事を読んでいると彼女の思考をたどれるし、身近にいるように錯覚するからだ。

さらにこのサマーは、輝く赤褐色の髪と、くすんだ緑の瞳と、細身だがしっかりとした凹凸《おうとつ》のある体の線を持っている。こんな女性がいたら、どんな男だって目を奪われる。そして彼女の口は、天国で出されるデザートみたいな味がする。その天国に行くことを許されるのは、長年地獄で暮らしてきた自分だけだと思える。

ジャックは長年戦争準備状態《デフコン》レベル４で暮らしてきた。つまり、攻撃への警戒態勢を万全にしてきたわけだが、過去六ヶ月間は、十五分以内で応戦態勢を整えられるレベル３に上げていた。

四六時中命の危険を覚悟し、全神経を研ぎ澄まして外の世界の様子や危険度合いに気を配っていた。どこに危険が待ち受けているかわからず、この半年は毎朝起きるたびに、今日が人生最後の日になるのかもしれないと覚悟した。道を歩くと絶えず不穏な気配を感じて背筋がぞくっとし、すべての感覚を総動員して周囲の状況を読み取る。けれどここでは、鞭やその他の、人を物理的にも精神的にも痛めつける器具に囲まれているのに、すべての感覚は自分の内側へと集中していく。今この瞬間、意識できるのは自分の口に触れる彼女の唇の感触だけ。

そして半年間押さえ込んでいた性的な欲望がいっきに噴き上がる。ここしばらくはセックスのことなんて頭になかった。性的に興奮するだけでも危険な状態になるからだ。ところが今、欲望が大きなうねりを上げ、怒濤《どとう》のように押し寄せる。痛みを感じるために作られたこの秘密の部屋で。実際、ジャックも痛みを感じている。脚のあいだのものが、爆発しそうなのだ。いや、全身が性器になったみたいな気がする。

正体を隠し、人の目につかないように暮らしてきた時間が長すぎた。孤独で誰ともかかわらず、自分が男性であることも忘れてしまっていた。他の人のことを考えず、女性という存在があることを忘れていた。しかし今、思い出した。はっきりと。

二人は体を密着させて立っていた。サマーは小さくてやわらかな手で彼の肩にしがみついている。まっすぐ立っていられないから、何かにすがっているようだ。

そして彼も何かすがりつくものが必要だった。少しサマーを押して、彼女のヒップがテーブルで支えられるところまで前進する。これで脚のあいだでいきり立つものが、彼女の腹部にぴたりと押さえつけられて、彼はほっとした。まずは、ほんのわずかだが痛みのような感覚がやわらいですごく気持ちよかったからだが、もうひとつの理由として膝《ひざ》に力が入らずへなへなと崩れ落ちそうなので、支えがあるとありがたかったからだ。サマーのお腹《なか》にいきり立つそれを押しつけ、硬い胸板をやわらかな乳房にこすりつけ、唇を重ねていると――ああ。これならいい。

キスがいっそう濃密になり、彼女の強い興奮が伝わってきた。口を合わせたまままた少し顔を斜めにしてみたが、今度は自分の唇で彼女に口を開けるように促す必要はない。彼女のほうから舌を絡めてくる。舌の感触を確かめたとき、彼のものは強烈な刺激を受けてふくれ上がった。全身の血液が一滴残らず脚のあいだに集中していくような気がする。これ以上硬くなりようがないとわかっているのに、それでもなお硬くなっていく。

ジャックはなおも強く体を押しつけた。冷たく厳しい現実社会に独りでいて、やっと温かくてやわらかな場所を見つけた感じだった。深く息を吸うと、彼女の匂いが体に満ちていく。ああ、すばらしい。

すばらしい、と思う感情が、肉欲と闘う。この二つは完全に異なるものだ。感情は積極性に欠け、何時間でもこのままでいようとする。まぶしい陽射しの芝生の上で、キスを続ける感覚だ。キスに没頭して、時間の概念を忘れてしまう。その結果、どこのゴールを目指すわけでもなく、ただ曲がりくねった花の咲き乱れる小道をずっと歩く感じが続く。

肉欲は違う。まったく異なる。もっと鋭く強烈な性質を持ち、明確なゴールに向かって直線的に進むものだ。少なくとも彼の持つ肉体的な欲望の行き先ははっきりしている。サマーの中に入りたいのだ。肉欲の象徴をその場所へまっすぐ突き立てたい。彼女の肉に包まれたい。今は、勃起《ぼっき》した部分が脈打っている。普段より速いリズムで。

肉欲が優勢になりつつある。ジャックは彼女の頭を後ろからつかんで固定して、むさぼるようにキスした。唇を舐《な》め、ときどき先端をそっと嚙《か》んでは放す。

もう一方の手はコートに覆われた背中からヒップへと下りていく。持ち上げるようにして、彼女の腹部を強く自分に押し当てる。互いの服の生地が何層にもなっているが、彼女も勃起を感じているはず。その硬さに驚いたのか、彼女がびくっと動いた。

おそらく何枚もの服越しに、熱も伝わっているはずだ。彼自身が火の上に置かれているように感じている。今にも爆発炎上しそうだ。

ジャックは彼女の体をさらに持ち上げ、肛門プラグが並べられた箱の上に彼女を横たえようとした。その図を想像して、彼の興奮はさらに高まる。もちろんそういう道具を使うのは嫌いだし、使う気もまったくないのだが。ところがそのとき彼女が体を固くして、ふっと顔をそむけた。

彼は目を開けて彼女の顔を見た。キスのせいで唇がはれぼったくなり、頰《ほお》が濃いバラ色に染まっている。こんなきれいな色を見るのは初めてだと思った。普段ならきちんととかしつけられている髪が乱れ、赤褐色の毛が顔に張りついている。

自分の得意技をひとつ挙げるとすれば――ひとつでなければ、新しい工作員の採用や任務遂行やどんなひどい場所にでも地元の人間として溶け込める能力なども挙げられるが――女性が本当に興奮しているかどうかを見きわめられることだ。そして目の前の顔はまさしくその興奮した女性のものだった。瞳孔《どうこう》が広がり、頸《けい》動脈が大きく波打ち、口を開けて酸素をたくさん取り込もうとしている。彼女は今すぐにでもセックスに応じられる状態で、当然のことながらジャックの準備もできていた。

彼は顔を下げてまたキスしようとしたのだが、彼女は顔をそむける。もういちど彼女の顔を見たとき、すべては終わったと悟った。

彼女は完全に心を閉ざしてしまった。人形のように無表情な顔になっている。見下ろして表情を読み取ろうとしたのだが、まったく何もわからない。

さっきの彼女は、もうそこにはいない。もう明日という日がないかのように、夢中で彼にキスしてくれた美しい女性はどこへともなく消え、あとにはただきれいだがマネキン人形のような女性が残されていた。

サマーは彼の胸を押した。その押し方がどれだけ軽いものであっても、そこにこめられたメッセージは明白だ——さっさと、どいてちょうだい。

ジャックは後ろに下がろうと、足を引いた。しかし、彼女から離れるのは辛かった。こんなに大きく勃起した記憶はない。体が離れたくないと訴える。これは何ヶ月も——いや、実際は何年も——禁欲生活を送って来たからだろうか？　女性にノーと言われることはめったにないが、皆無というわけでもない。だから拒否されたら、あっさり引き下がる。ところが今、彼の体は脳からの命令に従おうとしない。

膝に力が入らず、手は彼女を放そうとしない。いちばんの問題は、勃起したものが今の状態から冷たい社会に戻されるのを嫌がっていることだ。行き場を失った興奮を、どうすればいいのだろう。彼女の中に入れないのなら、せめて彼女の体に押しつけられたままにしておいてくれと訴える。

そうこうしているうちに、サマーのほうがすっと横に体を滑らせ、テーブルとジャックにはさまれた状態を脱してしまった。彼から数歩離れた場所に立ち、髪の乱れを整え、何ごともなかったような顔をしている。

「ふん」冷たく笑い声を漏らした彼女だが、その目がまったく笑っていなかった。

「何も変わっていないのね。あなたはやっぱり、昔のままのジャックなんだわ」

何もかもが変わったんだ、彼はそう言い返したかった。俺も昔とは違う。まったくの別人になったんだ。

しかし、反論したところで何になる？　サマーの立場でものごとを見れば、ジャックは別れの言葉もなしに自分を捨て、十年近く経ってから突然現われ、また肉体関係を求める男でしかない。

遠い昔に君を捨てたジャックはもうこの世にはいないんだよ、と言ったところで意味はない。サマーはおとなの女性に成長した。だからこそ現在のジャックは欲望を抱いた。以前の彼は、体にそこそこの凹凸があり、ものすごいブスでなければ、どんな女性でも相手にした。そんな少年と現在の彼は別人なのだが、説明しても無駄だ。

仕方ない、何も弁解しないでおこうと決めた彼は、震える手で顔を撫で下ろした。手がぶるぶる動くところを彼女に見られたくなかった。幸いにも、彼女は顔をそむけていて、彼に見向きもしない。

彼女は謝罪の言葉を待っているのかもしれないが、ジャックは謝る気など毛頭なかった。

「この場所全部を収めておこう」

サマーがくるりと振り向き、髪が顔の周りで円を描いた。「収めておく？」

「写真に、だよ」ジャックは携帯電話を取り出した。「この場所の写真を撮り、動画撮影もしておこう」

彼女はしばらくのあいだ、ジャックの顔をじっと見ていた。長年の秘密工作本部でのエージェント生活によって、現在の心境を隠せるようになっていればいいが、と彼は痛切に思った。そのとき感じていたのは、どうしようもないほどの孤独だった。そして、この女性との絆《きずな》が欲しいという、憧れにも似た切望。さらに肉欲はかろうじて押さえ込んでいるだけ。

長年の訓練のたまものだろう、サマーは黙って自分の携帯電話を出し、部屋のあちこちを見た。「こっちの壁二面は、私に任せて」北側と西側の壁を示す。「あなたは残りの二面の写真を撮って。その後二人で、写し忘れたところがないか、確認しましょ」

言いたいことはいっぱいあったが、ジャックはうなずくと、すべての思いをのみ込んだ。

その後は、早かった。部屋には隠し場所らしいところはなかった。考えれば当然だ。

このおぞましい部屋そのものが、世間の目からは触れないように隠されていたのだから。

ジャックは写真だけではなく、動画も撮影した。壁全体が犯罪現場でもあるかのように、徹底的に。

ブレイクはある意味完璧《かんぺき》主義者とでも言おうか——ありとあらゆるおとなのおもちゃがあり、ジャックでも聞いたことのないような器具までそろっていた。『理想の家』みたいなインテリア雑誌が〝SMの館〟特集でも組めば真っ先に取り上げてもらえそうだ。

頭がおかしいとしか思えないが、興味深いことも確かだった。ただ捜査情報という観点からは、得るものは何もなかった。

ジャックとサマーはほぼ同時に写真を撮り終え、ブレイクのSMルームをあとにして寝室に戻った。書棚をそっと押して元の位置に戻し、かちっと音がするのを確かめる。

「さて」彼はサマーのほうを見た。彼女の顔は完全に落ち着いていて、郵便配達か銀行の担当者を見るときみたいな視線を彼に返してくる。すなわち、まったく関心がない、無関係な他人、という目だ。

一瞬、ジャックはむっとした。キスしたとき、互いに強く惹《ひ》かれ合う感覚があった。

それを否定することはできないはず。カエルの王子なみに、やたらとたくさんの女性とキスした経験があるからそれぐらいはわかる。サマーだって、絶対に感じていたはずなのに。ちくしょう、何もなかったふりをして済まそうったって、そうはいかないぞ。高い壁を張りめぐらしたつもりだろうが、絶対にその壁を打ち壊してみせる――そう心に決めた。ただ、今はまずい。タイミングを考えなければ。ごく近いうちに、何とかする。

元のリビングに戻ると、サマーもついてきた。「どこかに金庫があるはずなんだ。ここはブレイクにとって隠れ家だったわけだから、当然現金だとかそういうものを置いているだろう。一緒に何か手がかりになる情報があればいいなと思っている。金庫があるとすれば、どこだと思う?」

サマーが眉間《みけん》を寄せて考え込む。そしてコンドミニアム全体を注意深く観察しながら、ゆっくり歩き始めた。ジャックは何も言わず、見守った。歩いているうちに、ふと、ふとしたきっかけで昔の記憶がよみがえるかもしれない。あるいはその場にそぐわないものがあると気づくかも。彼女は頭がいい女性だ。邪魔をしないでおこう。

「寝室がもうひとつあるの」彼女が別の部屋へと消える。ジャックはそちらのほうへ体を向けた。ヘクター・ブレイクのことは、じゅうぶんわかっているつもりだった。デルヴォー家の子どもたちは、彼のことを〝ヘクターおじさん〟と呼んでいたのだ。

そのおじさんがデルヴォー一族を皆殺しにした。

激しい憤《いきどお》りがこみ上げてきた。地底でマグマが爆発して、熱く重い溶岩が噴き上げられるみたいな感じだった。あまりにも高温なので、抑えようとすると危険だ。この六ヶ月間、ずっと家族の死を悼んできた。ブレイクの関与を疑ってはいたが、それがはっきりしたのはごく最近のことだ。ブレイクはさらに上司のヒューまで殺した。ブレイクはもう死んでしまったが、亡くなった家族やヒューが天国から正当な裁きを求めている。いつか、いつかきっと、真相を世間に知らしめるときが来る。そのときは必ず――

「ジャック」隣の部屋からサマーの声がした。「こっちに来て」

警戒態勢で彼女がいる部屋に急いで入り、中を見回した。別段、危険はなさそうだ。ただ、何か手がかりになりそうなものもない。

「何が見える?」サマーが質問してきた。

「見えるのは」真剣に考える。「特大サイズのベッドだ。他には――そうだな、考えてみよう。〝SMの城〟はもう見たからヘクターが悪趣味なセックスが好きだったのはわかっている。ベッドの両脇《わき》にテーブルがあるが、真鍮《しんちゅう》のスタンドのついた電灯が載っているだけ。引き出しのある大きなタンスは――君がもう引き出しの中まで調べたんだろ?」

サマーがうなずいた。

「わかった。大きなタンスは中に興味を引かれるものはなかった。他にはウォークインクロゼットがある」クロゼットのドアを開けると、灰色のスーツが色調の濃いものから明るいものまでずらりと吊《つ》るしてあり、『フィフティ・シェイズ・オブ・グレイ』の一場面に入り込んだ錯覚を味わった。まったく同じワイシャツが三十枚以上、さらにはカジュアルな感じのジャケットやカラフルなスポーツシャツもある。左側の棚には色ごとにセーターが置かれている。おいおい、いったい誰がこんなふうに整理するんだ、とジャックは思った。右側は靴の棚で、最低五十足はある。

綿密に、クロゼットの壁を隅から隅までとんとん叩いてみたが、手が痛くなっただけだった。

クロゼットから出て、頭から埃《ほこり》を払う。「中には何もない」

「私も、何も見つけられなかったわ」

あたりまえの返答に少し苛《いら》ついたが、何も言わなかった。わかってるんなら、壁を叩いても無駄だって、教えてくれればいいだろうが。

「他に目についたものはない？」サマーがなおもたずねる。

これは引っかけクイズみたいなものなのか？

「うーん……ここには書棚もない。まあベッドに連れ込むだけの相手なら、博識ぶりをひけらかす必要を感じなかったんだろ。カーペットはトルコ製。アンティークかな。きっと高いだろう」

「じゃあ、壁には？」

彼は顔を上げて四方を見回した。「リトグラフが数点。インテリアデザイナーが持ってきたものだろうな。あとは栄光の軌跡だ——異なる大統領と一緒の写真が三枚、他にハーバード大学の総長、ＦＢＩ長官とＣＩＡ長官それぞれ、ノーベル賞受賞者二人、こういう人たちと一緒に写真に収まるのは名誉なことだ」

「他には？」

「大きな油彩画が一枚。人物画だ」

「誰を描いたものかしら」

「バネッサおばさんだ」はっとジャックも気がついた。サマーはまっすぐ彼を見つめ、「バネッサおばさんのことを、ヘクターは——」

「憎んでいた」ジャックは壁に駆け寄り、大きくて重たい額に入った油彩の肖像画を押し上げた。

そのつもりだったのだが、額《がく》はびくとも動かない。

「額の下側に沿って、手を動かしてみて」

サマーに言われたとおりにすると、ジャックの手が何かに触れた。小さなレバーだ。

その突起を左から右へ動かすと、留め具が外れたのがわかった。レバーを押すと、額が壁から数センチ前に出た。額は左側が蝶番《ちょうつがい》で壁に取り付けられた扉になっていて、右側が開いた。

そこに――やはりキーパッドがあった。

「まただわ。でももうキーパッドなんかこわくないわよね。あなたの魔法の機械を使えばいいんだもの。そうでしょ?」

ジャックは返事をせず、ただバックパックを部屋に持ち込んだ。床に置いて別のものを取り出す。「使える器具は二つある。こっちの簡単なほうを先に試してみよう。電気を消してくれないか?」

サマーは天井灯を消し、小さな明かりだけにした。あたりが暗くなると、ジャックは紫外線ライトをキーパッドに照らしてみた。よし、簡単なほうだけで用は足りるようだ。

「すごい」のぞき込んだサマーが声を上げる。「これなら、私でもわかるわ。番号は2、4、6、7の数字の組み合わせね」

「可能性としては、4-6-2-7だろうな」深く考えることもなく、ジャックはその順序で番号を打ち込んだ。ブレイクはこのコンドミニアムのセキュリティについて、安心しきっていたらしい。ここが調べられるとは思ってもいなかったらしく、専門家が設置したものでないのは明らかだった。「指紋の残り具合が異なるからなんだ。通常、人は最初の数字を打ち込むときにいちばん力を入れがちで、最後になるとあまり強く押さない」

かちゃりと音を立てて、金庫のドアが開いた。

「ライトを照らしてもわからなければ、電子錠のロック解除器を使うつもりだった。ここに入るときに使ったやつさ。あれでも四秒で開錠できただろうけど」

「私のアパートメントでも、その機械を使ったのね」

ジャックは金庫の内部に手を入れて、中身を出し始めた。「当たりだ」

「もっとちゃんとした防犯システムが必要だったんだわ」

「そう言っただろ」

「それはともかく、何があるの？」

「まずは、金だ」ジャックは百ドル札の札束を次々に自分のバックパックに入れ始めた。金庫の中を見て、大体の金額を見積もる。「おそらく現金で十万ドル以上はあるな」

「まあ」ジャックを見ていたサマーが、手を重ねて彼を止めた。「何してるのよ？」

ジャックが顔を上げる。「言っとくが、ヘクター・ブレイクには子どもがいないし、元妻たちは全員とんでもない性格で、なおかつ金にはまったく困っていない。さらに俺は肉親を含む親族のほぼ全員をこいつの指示で殺された。他にも千人あまりもの人たちがこいつの加担した謀略の一部として犠牲になった。この金は、ブレイクを背後で操っていた黒幕を見つけ出すために、有効活用させてもらう。でないと、また同じような攻撃が起きる。どうしてだ？　君はこの金が欲しいのか？」

サマーは緑の瞳を大きく見開き、彼の背中に手を置いた。「まさか、とんでもない！　でも、それって、汚れたお金なのよ」

「ああ、汚れきっているから、正しい行ないのために使ってきれいにしてやらないとな」彼は札束を詰め終わると、バックパックの容量を増やすため横のファスナーを開けて、スペースに余裕を作った。「金よりもいいものもあったぞ。ＵＳＢメモリが、えっと……三本あるな。フェリシティをこれ以上忙しくさせるのは少々気が引けるが、仕方ない。全部彼女に調べてもらおう。さらに――」取り出したのはパスポートだった。アメリカ合衆国のものが四つ、フランスと英国で発行されたＥＵのワイン色のものそれぞれひとつずつ。銀箔《ぎんぱく》で王冠が印刷されたオーストラリアのもの。ニュージーランドのパスポートは特徴的で、中央に国章とマオリ語のニュージーランド・パスポートという文言が銀で印刷され、右側には葉っぱの文様が縦に並ぶ。明るい青はフィジー共和国のパスポートだ。最後にもっとも興味深いパスポートが出てきた。えんじ色の中華人民共和国パスポートだった。

ジャックにそのパスポートを見せられたサマーは、受け取ると写真のあるページを開いてみた。まぎれもなく、ヘクター・ブレイク本人の写真だった。

「これだけで反逆罪の証拠になるわ」サマーが興奮ぎみにつぶやく。「中国に逃亡するつもりだったのかしら？　偽の中国パスポートなんて、何のために必要なの？」

「中国なら犯罪者引き渡し協定がないからな。英連邦の国々とかフィジーも逃亡しやすい。ブレイクには事件の前後に稼いだ十億ドルもの金がある――あったから」

サマーが驚きのあまり、鼻をふくらませた。青い顔に怒りをにじませている。彼女の全身から、うねりのように憤りが伝わってくる。怒りで身動きすらできなくなっているようだ。

無理もない。ヘクター・ブレイクはテロリストであり、あらゆる意味で国家を裏切った男だった。ジャックは何があってもブレイクの犯罪のすべてを白日のもとにさらすつもりでいた。

「私に書かせて」サマーが冷たく言った。「私はこのことを記事にしたい。ヘクターと一緒に事件にかかわった全員をやっつけたい。ヘクターの悪事のすべてを世の中に伝え、どういう方法で国を裏切ったのか、細部にわたるまで何もかも暴きたい。悪いやつらを攻撃することによって、ジャーナリストとしての名声を確立したいの」

ジャックはうなじの毛が逆立つように思った。サマーは頭がよく、根性がある。ヒッピーだった両親に世界中を連れ回されたせいで、初等教育を満足に受けていなかったにもかかわらず、ハーバード大学の学費も全額奨学金でまかなった。現在『エリア8』は政治ブログとしては非常に有名だが、それもすべて独力で達成した。すぐれた頭脳と、いったんこうと決めたら貫く意志の強さを持つ彼女なら、今回の悪事を公にすると宣言したかぎりは、必ず実行に移すだろう。骨をくわえたら放さない犬みたいなものだから。

一方、この謀略にかかわる者たちは悪の権化みたいなやつらで、情け容赦がないこともジャックは知っている。アメリカ合衆国次期大統領になっていたはずの彼の父親を暗殺し、千人あまりもの無実の人たちを殺しただけでは飽き足りず、ＣＩＡ秘密工作本部の局長を殺害した。計画実行のためにサマーを殺すことぐらい、何とも思わないはずだ。

謀略の全容はまだわからないが、とにかくとほうもなく大きな計画で、非常に大きな権力を握る冷酷な人間が中心にいる。サマーがそういうやつらに狙《ねら》われると思うと、ぞっとして全身の肌が粟立《あわだ》つ。胸が苦しくなって、冷や汗がどっと噴き出す。

連中はハエを潰《つぶ》すぐらいの感覚で、サマーを抹殺するだろう。気の毒だとか、申しわけないだとかの感情をいっさい持たずに。銃弾は安価で、女性を撃ち殺す男もまた安い値段で入手できる。スナイパーが引き金を引くと、放たれた銃弾は彼女の頭を撃ち抜く。凶器のライフル銃は丁寧に分解されてウレタンフォームのキャリーケースに収められる。

銃にも銃弾にも製造会社の刻印などはなく、スナイパーのDNAも残されていない。サマーは壊れた人形のように道路に倒れる。無意味な暴力の犠牲者がまたひとり増えただけ。こうやって死ぬ人は一年間に何人もいるのだ。

美しい女性が撃たれて道路に倒れる。脳みそや血や骨が周辺に飛び散っている。そんなことは許さない、とジャックは思った。彼女と再会したからには、もう彼女を失うわけにはいかない。そのことに突然彼は気づいた。

おとなになってからずっと、彼は国のために自分のすべてを捧《ささ》げてきた。家族のほぼ全員を殺され、半年間人に知られないように、暗い穴の中に閉じこもるような生活を送った。他人との触れ合いを遮断し、完全に孤独だった。そんなとき、サマーと再会した。

彼女のおかげで、生きている実感を得た。長いあいだ冷たい石の地面に埋められていたけれど、生き返った気がするのだ。彼女がまた自分に命を吹き込んでくれた。

だから、誰も彼女に指一本触れさせない。

しかし、彼女に対して頭ごなしにだめだ、と言うのはまずい。これは本当に危ない話だから、真実を暴くだなんてとんでもない、と言ったところで、彼女が耳を貸すはずはないし、そもそも、彼女が決めることにジャックがとやかく言う権利はないのだ。もちろん、自分の命令に彼女が従ってくれるのであればうれしいけれど。彼女がブレイクや陰謀の黒幕に近づかないでいてくれるのなら、何をしてくれても構わない。ただこの件に関しては、近づくな、と命令する権利を持ちたいところだ。

今は懸命にこらえて、黙っていよう。ただ、口を閉じておくにはホチキスでがちゃんと留めておかなければならない気がする。

「う、あの、どうなのかな。つまり、証拠の確認が取れ次第、ニックに教えてもらうようにするよ。だから、何の心配も要らない。いずれ君は、このことを記事にできるさ。何と言っても――」突然唇が乾燥して、彼は唇を舐めた。十年近くの日々をCIAエージェントとして嘘をつき続けてきた。国のために。そんな彼が、クッキーをつまみ食いしようとしたところを見つかった子どもみたいに、しどろもどろになっている。何とか言い逃れをしなければ。「何と言っても、特ダネだからな。わかってる――」

口ごもるたびに、サマーが目を大きく見開く。彼女は腕組みをして、口を一直線に結んでいる。これからジャックが何を言おうが、徹底抗戦の構えだ。

「ジャック・デルヴォー」鼻孔をふくらませている。ああ、もう。怒った彼女のかわいいこと。白い肌がうっすらとバラ色に染まり、くすんだ緑の瞳がきらきらと輝く。

いや、そんなことを考えている場合ではない。きちんと事実を並べて、反論に備えておかなければ。この話を記事にすれば死刑宣告が出されたのも同然だ。しかも、すぐに執行されるだろう。ところがジャックは、彼女の体温が上がって発せられる空気の匂いを深々と吸い込み、うれしくなっていた。彼女の目が輝き、彼女の唇はほんのつい さっき、自分の唇に触れていたんだな、と思う。

だめだ。問題に集中しろ、この間抜け。彼は自分を叱《しか》り飛ばした。しかし彼の思考は、勝手に体から脱走してしまっていた。

そこで笑顔で懐柔しようとした。「はい。僕の名前はジャック・デルヴォーです。でも呼び捨てにしないでください」子どもの頃、何か悪さをして母に叱られるとき、いつもこう答えていた。

「冗談で済まそうったって、そうはいかないわよ。真剣な話をしてるんだから」

彼はうなずいた。確かに真剣な話だ。だからこそ彼女はこの話を記事にしてはならない。せめて事件が解決し、悪党どもが全員監獄に入るまでは。いや、それでもなお……。

「あなたの顔」

「俺の顔がどうした?」無邪気な表情をしてみせたが、よくわかっていた。三十年以上生きてきたのだから、純真には見えないはずだ。年齢以上に、醜いものを目にした経験がある。読書を趣味として、お年寄りが困っていたら必ず手を貸すような好青年だったわけでもない。

「情報を隠そうとする人は、みんなそういう顔をするの。仕事をしていると、そういう顔を毎日嫌というほど見るわ。言っとくけど、そういう顔をされて引き下がっていたのでは、私の仕事はできないの。これでも私は、ジャーナリストとしていちおうの評価を得ている。それも、私に知られたくないことがある人の秘密を暴いてきたからこそよ」

ああ。彼女は、俺が秘密を隠しておこうとしていると考えて、むきになっているのか？　違う。まったく。彼女を無事でいさせたいだけなのに。

ジャックの顔から、笑みは完全に消えていた。「相手は非常に危険なやつらなんだ。それは君もわかってるよな？　おれはただ、君に命の危険が及ばないようにしておきたいだけだ」

サマーが前に出る。もう少しで触れそうなほど近くまで。いいぞ。どんどん近づいてくれ。ジャックはそう思ったものの、彼女がまたキスしようと近づいてきたのではないのは明らかだ。さっきのキスは本当にすばらしかったが、今の彼女はただ純粋にジャックに詰め寄っただけ。彼のパーソナル・スペースに侵入して、彼を不安にさせるのが目的だ。

にこりともせず、真剣そのもの、完全に事務的な表情だ。「世の中の多くの人たちが知るべきだと思う情報があれば、私はその話を必ず記事にしてきた。逃げたことなんていちどもない。今だって絶対に逃げる気はない。だから私のことを心配しているなんて嘘はやめてちょうだい。あなたの本心は――」

ジャックは唇を重ねていた。キスせずにはいられなかったのだ。ただ、非常に間違った行為であるのはわかっていた。彼女の体を引き寄せ唇を近づけながらも、これはまずいぞ、と自分を叱っていた。それでもさっきと同じように、魔法が二人を包んだ。きっとすばらしいだろうと思っていたとおり、夢のようなキスだった。女性に飢えていたからではないとはっきりわかる。他の女性とのキスならこんなふうには感じない。求めていたのは、この女性の唇だったのだ。腕に抱くとしっくりする感じの、やわらかな唇の、温かな女性。

サマーは彼の腕を振りほどいて体を離すと、思いきり彼の頬を引っぱたいた。横っ面《つら》をまともに。完璧な平手打ち、さらに形式だけではなく、ものすごい力がこめられていて、彼の頬に燃えるような痛みが広がっていった。

拷問を受けた経験は、過去にいちどだけある。八時間痛めつけられたあと、ヒューが送った支援部隊が救出してくれた。拷問にはいっさいの感情のやり取りがなく、ジャックには何の後遺症も残らなかった。

今こうやって頬を叩かれると……痛い。サマーが自分に対してひどく怒っている様子を見るのが辛いのだ。彼女が怒るのは、当然だ。女性を黙らせる目的でキスをするのは間違っている。ジャックもそれぐらいのことは知っている。長らく女性と接してこなかったので、扱い方がわからなくなっていたようだ。特にこの半年間は、女性はまるで宇宙から来た異生物みたいな存在だった。それでも、間違いだということぐらい、知っている。

問題は、どうしようもなくキスしたくなって自分を抑えられなかったことだ。今この瞬間も、またキスできないかと考えている。後悔していないのに、ごめんなさい、とは言いづらい。キスして悪かった、なんて言えるわけがない。〝殺戮《さつりく》事件〟以降、最高のできごとだったのだから。

ただ仲直りするには、こちらから折れるしかない。サマーの目は怒りに満ちているが、その底に冷たさを感じる。怒りよりもそのほうが怖い。

あとさきを考えずに行動してしまったからこうなった。長年ＣＩＡで最高のエージェント、超一流のスパイと呼ばれたこの自分、ジャック・デルヴォーが、衝動的な行動に走ってしまうとは。

今になって考えてみれば、ただ彼女の口をふさぐ目的でキスした男がこれまでにも大勢いた可能性がある。男性社会で頑張る女性には起こりがちなことだ。男というのはセックスのことしか考えない身勝手なものだから。振り返れば、ジャック自身がそういう男のひとりだった。

悪いとはまったく思っていなかったものの、謝罪の言葉を口にしようとしたとき、電話が鳴った。ああ、助かった。

呼び出し音は『シナーマン』、ニックが自分で設定した着メロだ。

ジャックは人差し指を立てると、彼女が、ぐっと言葉をのみ込む。ちょっと待ってくれと口の動きで伝えてから、死刑執行寸前に無罪を言い渡されたみたいな熱心さで通話ボタンを押す。

「よう、ニック、何だ?」

「今、どこにいる?」

通常ならニックは、よう、うまいことやってるか、みたいな軽い口調で応じてくる。そのため重々しい彼の言葉に、ジャックははっとして背筋を伸ばした。ちらっとサマーのほうを見る。どんな悪い知らせにせよ、サマーとは関係ないはず。彼女は目の前にいて、こっちをにらみつけているのだから。

しかし、サマーが関係しているのは勘でわかった。

「俺――というかフェリシティが、サマーの自宅周辺に監視システムを設置した。フェリシティはサマーの大ファンなんで、サマーに危険が及ぶかもしれないと知って急いでやってくれたんだ。サマーのアパートメントのある建物の通りの向かいにある監視カメラをチェックしていたフェリシティが、これを見つけた――」

「何なの？」サマーがたずねる。「何の話？」

ジャックは厳しい表情で画面を彼女に向け、通話もスピーカフォンにした。サマーが怪訝《けげん》そうに画面をのぞき込む。緑の多い住宅街の夜の風景。路上駐車の古い車が一台。これはジャックの車だ。

「何なのこれ？　いったい――」

そう言ったところで、彼女にもわかったようだ。これが自分のアパートメントのある建物で、映し出されているのは防犯カメラからの映像。動きはない。特に不審なところは見えない。

「これだ！」ジャックはそう言って、映像のタイムスタンプをチェックした。約三十分前。画面のある部分を拡大して、サマーに見せる。

サマーは身を乗り出して見ているが、まだわからないらしい。「何なの？」

ジャックは画面を止めて、もういちど再生した。「君の部屋のブラインドに映る人の頭の影だ」そこで彼女の目を見る。「誰かが君の部屋にいたんだよ、サマー」

彼女の顔からさっと血の気が引く。「侵入者がいたってこと？」驚いたのだろう、彼女は小さな声でつぶやく。

「そう、侵入者だ。俺じゃないから、こいつは君に悪いことをしようと思って侵入したに違いない」今度は電話に声をかける。「フェリシティに礼を言っておいてくれ。よく見つけてくれた」見事な働きだ。

「実は、話には続きがあって」ニックの声に深刻さが増す。「俺が個人的にも信頼できる捜査官が二人、この建物の近くにいたので、調べに行ってくれと頼んだんだ。サマーの記事の内容が誰かの逆鱗《げきりん》に触れたのかもしれない、ぐらいに思っていた。うまくいけば指紋やＤＮＡでも採取でき、そこから身元がわかれば逮捕できる。まあ、捜査手順としては、それでいいと」

つまり、実際はもっと悪いことがわかったわけだ。「で？」

「今回のことは人に知られたくないから、口の堅いやつを選んだ。だから話が漏れる心配はない。まあ、つまり二人とも優秀な捜査官なので、彼女のアパートメントに入る際も非常に慎重に行動した。するとドアに特殊な仕かけがあるのがわかった」

恐怖でジャックの全身が凍りついていく。喉《のど》がからからになる。「爆弾が仕かけてあったのか？」

「いや」ニックの答に、ほっと安心して体の力が抜ける気がした。「もっとたちの悪いものだ」

サマーの顔から完全に色が消えた。ぎゅっと握ったこぶしの関節が白い。「爆弾よりも悪いものって?」

画面から動画が消え、ニックの顔が現われた。眉をひそめた表情から緊張が伝わる。

「仕かけを詳しく調べてみて……生物兵器で用いられるものだとわかった。中身として考えられたのは、サリン、リシン、炭そ菌、ボツリヌス菌――」

サマーはごくっと唾《つば》を飲んだ。細く白い首が波打つ。「それで――何なのかわかったの?」

「サリンだ」ニックが告げた。「ドアを開いたら特殊キットの容器が壊れ、中のサリンが部屋に入った者の皮膚に付着するようになっていた。短時間で確実に死んでいただろう。サリンは死に方もむごいんだ。現在、処理のために建物全体に防護服のない人の退去命令が出ている」

「決まりだな」ジャックは問答無用、という口調で言いきった。彼にとってはもうはっきりしたことだ。このままDCで捜査を続けることはできない。サマーをここには置いておけないし、彼女から一瞬でも目を離すつもりはない。つまり、もう終わりだ。「これからサマーを俺の隠れ家に連れて行く。明日二人で一緒にポートランドに飛ぶから、ASIの社用ジェットを手配するように伝えてくれ」

サンフランシスコ郊外、ミッション地区

その建物は理想的だった。元々ラテン系の中流階級が多く住んでいたミッション地区は、ＩＴバブルの前後に若い起業家たちが住みつくようになり、さらには近年、芸術家たちにまで人気が出て、住民の人種や社会階層もさまざまだ。その家はちょうど急速に高級化する街並みと旧住民との境界にあり、ＩＴ関連の会社も多い。そのため技術者崩れで仕事もしないでぶらぶらしている青年たちが四人、一軒家をシェアして住んでいても不審に思われる心配はない。

四人は酒とドラッグを片手に、ＩＴ技術を駆使して仕事に励んだ。外見的には建物はぼろぼろで、築年数の古さのため安く売りに出されている。年内、遅くとも来年じゅうには、ここはＩＴ関係の大会社の手に落ちるだろう。寿命のつきかけた老犬の死を待つみたいに、必然的なことだ。

書類上は、四人の青年が家賃を支払っていることになっているが、実際に賃料を負担しているのはとある架空会社で、他にも二軒、この近くの家を約半年間、借りている。よほど暇なら、調べていくうちに、最終的に架空会社を所有しているのが中国人民解放軍であるとわかるだろうが、そこまで手間暇かけて調べようというやつはいない。もしいたとしても、調査が完了する頃には、カリフォルニア州のほとんどは人民

解放軍のものになっているはずだ。

四人の青年は、目立たない行動に終始した。屋根にはエアコンの室外機に見せかけた衛星アップリンクを設置しているが、これは唯一の弱点ともなる。この近所でエアコンを取りつけている家は他にないからだ。ただ街並みはどんどん変わるし、気づく者はいないだろう。

屋外に太いケーブルを伝わせて、インターネット接続は強化してある。

これは主任務を遂行するためだ。

現在は、任務後の期間のための準備も整えた。建物の地下から、他に二つの家がトンネルでつながれ、新品の強力な発電機が用意されている。電力供給がストップしても、この家は数ヶ月以上も電力に困らない。窓にはすべて特殊フィルムが貼《は》られ、外から中の様子はいっさいわからない。そのうち、このあたり一帯は夜になってもまったく明かりがともらなくなるが、この家でだけこうこうと電灯が輝いていれば、非常に目立つ。フィルムのおかげで、明かりも漏れずに済む。この家にだけは電力があると知られる心配もない。

三軒の家は四階建てで、チームは中央の建物の二階部分で仕事をしている。四人の若者は、ここで仕事をし、食べ、寝る。他のフロアや他の建物はさまざまな物資でいっぱいだ。床から天井までぎっしりと詰め込んである物資のおかげで、二十年はこの建物内で暮らしていける。

もちろん、二十年も必要でないのは言うまでもないが、足りないよりは、多すぎるほうがいい。

発電機やさまざまな物資は、夜の闇《やみ》にまぎれてこっそりと運び込まれた。家の裏側に面した細い路地にバンを乗り入れ、荷物を積み下ろしたのだ。物資は、架空の人物名で発行された正規のクレジットカードを使って購入された。半径百マイル内のいろんな店舗で、金額が大きくなりすぎて怪しまれないぐらいの量を少しずつ買いためた。

四人のうち二人は米国で教育を受けているので、米国人としてもじゅうぶん通用する。全員、地元のカフェや飲食店に頻繁に顔を出し、なじみの客として見覚えてもらうようにしている。二十代で定職にも就かず、破れたジーンズとTシャツだけでぶらぶらしている者は、このあたりに大勢いる。四人のひとりは〝冷静に行動しよう。落ち着いてハッキングすればいいだけ〟と書かれたTシャツをわざと着てカフェに出向いた。それを見た店員が、にやっと笑うのも計算の上だ。

準備期間がやっと終わった。物資は豊富にある。電力会社に記録される電力使用量は、平均的なレベルだ。異常に電気を使う家として、注目されることはない。実は電力会社から供給される電力は、電灯とTVやオーディオ機器にしか使用していない。残りは、地下にある怪物のような大容量発電機が供給してくれる。

まっすぐな黒髪を肩まで伸ばし、ダフト・パンクのTシャツを着ている細身でハンサムなリーダーは、暗号化されたメッセージを安全が確保されたアップリンクに送信するところだ。このアップリンク用衛星はサンフランシスコの真上にあり、上海近郊の安全な受信施設に直接ダウンリンクされる。これならアメリカの国土安全保障省でも盗み見することはできない。

チェン・イー将軍がメッセージを読むところが、リーダーの頭に思い浮かぶ。将軍のオフィスは上海空港の近く東国地区《プドン》の何の変哲もないビルの十二階にある。このすばらしい計画は、すべて将軍のアイデアから始まった。地球上にある最強の国家を一発の銃弾を撃つこともなく、奪い取る計画だ。〝ワシントンDC殺戮事件〟後、何兆ドルもの金がアメリカ市場から吸い上げられ、その資金を使って計画を実行する。

物理的な交戦はあり得ないことぐらい、チェン・イー将軍は承知していた。アメリカには百五十万人もの現役兵士がいて、戦車の数は八千、軍用機は一万四千機、二十隻《せき》の航空母艦、潜水艦も七十隻ある。これらが年間八億ドルの軍事費で維持されている。

宝の山の前に巨大で力のあるドラゴンが立ちはだかる、それがアメリカ合衆国なのだ。

天高くそびえる要塞《ようさい》が正門前に築かれ、その壁を打ち砕くことなどとうていできそうもない。

ところが背後に回ると、門は大きく開かれたままだった。

こちらの準備は整っている。

リーダーは、ミッション地区にたむろする典型的なIT技術者崩れの若者に見えるのだが、実はチェン・イー将軍自らがこの任務のリーダーとして選んだ中国人民解放軍の将校だ。サンフランシスコでは、ジェイソン・リーと名乗っている。昔のブルース・リーの映画の大ファンだからだ。中国系アメリカ人の三世として違和感なくアメリカ社会に溶け込んでいる。

彼の本名はツァン・ウェイで、十二歳のときコンピュータに関する非凡な才能をチェン・イーに認められ、英才教育を受けた。

ツァン・ウェイは自分の能力に自信を持ち、自分がリーダーを務めるチームがすることによって世界がどうなるのかもしっかりと認識している。計画はすばらしい。こうする必要がある。

彼は椅子に座って、衛星アップリンクを開いた。開くのはこれが初めてだった。

任務の準備が完了。チェン・イー将軍に直接メッセージを送る。

返信が即座に届いた。

すばらしい。すべてが予定どおりだな。

6

サマーはその場に凍りついて、身動きできなくなった。呼吸も満足にできない。

誰かが自分の家に恐ろしい罠《わな》を仕かけた。ジャックがいなければ、今頃は瀕死《ひんし》の状態だった。『エリア8』でも以前に、化学兵器を特集したことがあり、サリンについてはある程度の知識がある。むごい死に方をするのも知っている。

サリンは体の神経伝達を麻痺《まひ》させる。曝露《ばくろ》して数十秒と経たないうちに、アセチルコリンの分解を阻害し、自分の思うように体が動かせなくなるだけでなく、内臓神経系統も混乱する。サリンは液体でも気化しても、無味無臭なので、サマーはいったい何が起きたのかわからないままになる。

すぐに全身に症状が出始める。鼻水や涙が流れ、嘔吐《おうと》する。大腸と膀胱《ぼうこう》が緩む。体が勝手に反応するので、どうすることもできない。救急車を呼ぼうとしても、そのエネルギーはないだろうし、そもそも救急車が到着しても助かるわけではない。

救急隊員が駆けつけたときには、すでに死んでいるだろう。自分の嘔吐物、大便、尿にまみれて。

極秘資料にあったサリン毒で死んだ人の写真を見たこともある。その死者に自分の顔をあてはめてみると——気が遠くなりかけた。自分もあんなふうに苦痛から逃れようと手足をねじ曲げて死ぬのか……。

「サマー!」

肩を強く揺すられた。

はっとして現実に戻ると、ジャックが彼女の肩をつかんで、揺さぶっていた。

「サマー、しっかりしろ!」彼が体をかがめて顔を近づける。心配そうに眉《まゆ》をひそめた彼の顔が、自分の顔と同じ高さにあった。「大丈夫か?」

サマーは彼を見た。骨の髄まで冷たくなったように感じた。大丈夫よ、と言おうとしたのだが、実際は大丈夫ではない。サリンで殺されるところだったと知って、大丈夫でいられるはずはないのだ。

「とにかくここを出よう」ジャックが何を言っているのかも、ほとんど理解できなかった。彼がどこかへ消え、さらに寒くなったようにサマーは感じた。彼の大きな体がすぐそばにあれば、いくらかは温もりが伝わってくる。彼がいなくなると熱が奪われ、凍《こご》えてしまいそうだ。

ずっと遠いところから聞こえてきたかのようなかすかな音がして、彼が何かを捜しているのがわかった。何を捜しているのかは見当もつかない。サマー自身はまるで身動きできず、音のするほうを向くこともできない。首が回せないのだ。床に釘《くぎ》づけになり、必死で激しい震えを抑えようとしている。目の前で星がちらつくが、しっかり前を見ていなければ。

大きくて温かなものが肩に回され、彼女は反射的にそこに手を伸ばした。つかまると震えが少し収まった。

ジャックが戻って来たのだ。ほっとするような温かみをまた感じ、サマーは視線を上げて彼の顔を見た。彼は眉をひそめていた。強ばった顔で、彼女を心配しているのだ。彼はフェルトの中折れ帽をかぶっていた。黒くてつばが広い。「ハニー、君は今ショック状態にある。ショックを受けて当然だ。だが、ここに長居するわけにはいかない。USBメモリとブレイクのパソコンを手に入れたから、そろそろ行こう。君は自宅には帰れない。だから俺と一緒に来るんだ」

彼の言葉がサマーの頭を素通りしていったが、最後だけは理解できた――俺と一緒に来るんだ。

ええ、もちろん。自分が床でもだえ苦しんだあげく、助けを呼ぶことさえできずに独りでむごたらしく死んでゆく姿を想像してしまったからには、ジャックのそばにくっついていたい。北極でかがり火に当たるみたいなものだ。実はむごたらしい死に方の他にも、気がかりなことがひとつあった。これは想像ではなく、現実の問題だった。サマーは孤独なのだ。

サリン・ガスに曝露した場合、できるなら救急車を呼ぶ。しかし他に助けを求められる人がいるのだろうか？　助けてくれと電話をかけるほど仲のいい友だちはいないし、当然恋人もいない。自分のことを大切に想い、無事で幸せに暮らすことを願ってくれる男性。

『エリア８』は主としてフリーランスの人たちをスタッフとして使っている。編集者は――仕事上の付き合いはあるが、プライベートではどんな暮らしをしているのかほとんど知らない。それに彼らはあくまでもジャーナリストであり、言葉の遣い方や文章にはうるさいが、緊急時に助けを求めてもどうにかしてくれる相手ではない。

自分は独りぼっちで死ぬのだ、と彼女は思った。誰にも看取られることなく。さよならを言う人さえ、考えつかなかった。

何だかぞっとする。

「あとで泣きわめいてもいいから、とにかく今はしっかりしてくれ」ジャックが彼女の両腕を持ち上げ、分厚いコートを肩に置いた。子どもに戻って服を着させてもらっているみたいだ。ジャックが来るときに襟に巻いたスカーフの代わりに、大きくてやわらかな生地のマフラーで首を覆ってくれた。そのマフラーで彼女の顔の下半分も隠す。最後に大きな茶色の帽子が彼女の頭に置かれた。つばの大きなフェルトの帽子だ。少々ぶかぶかだったが、そのおかげで目元までしっかり隠れる。

サマーはジャックに意識を集中させた。二人でワルツを踊っているみたいにじっと彼の目を見る。見つめていないと、めまいがして気が遠くなりそうなのだ。空のような透きとおるブルーの瞳《ひとみ》だけを見ているうちに少し落ち着いてきて、いくらか周囲の状況もわかるようになった。彼も服装を変えている。厚手のオーバーコートは濃紺で、こんなものを見るのは初めてだ。さらに大判のスカーフとフェルトの中折れ帽。

「ブレイクのクロゼットから、拝借したんだ。入るところは見られていないはずだが、断言はできない。映像でとらえられたとしても、出て行くときに違う服装をしていればわからない」

サマーはうなずいた。コートは暖かく、さらにジャックの大きな体がすぐそばにあるので、骨身にしみるような寒さを追い払えそうだ。しかし、まだ胸がつかえてうまく声が出せない。

「ハニー、本当にここを出ないと」

彼女はぎこちなくうなずいた。自分の体なのに、思うように動かせない。

ジャックが体を倒して、唇に軽く口づけをした。その瞬間熱を感じて、温もりが体に広がっていった。白雪姫が王子さまにキスされたときみたい。彼はプリンス・チャーミングとはまったく違うけれど。それでも、彼女は生き返った気分だった。

「わかった」そうつぶやいた。

「よし、いい子だ」

二人は急ぎ足で外に出た。ジャックの腕が背中に添えられて、サマーはコートやシャツ越しにも彼の体温を感じた。彼は顔を近寄せて、耳元でささやく。「下を向いたまま歩いて。帽子のつばで顔を隠すんだ」

彼女は足元を見ていた。顔を上げないようにと注意される必要もない。まだショック状態から抜けきっていないので足元をきちんと見ていないと危なかった。自分を引っ張り上げていた糸がぶつっと切られたように思えてならない。意識して一歩ずつ踏み出さないと、足がもつれてしまう。壁にぶつかるかもしれない。

ジャックが横で支えてくれるのがありがたかった。片方の肩にバックパックをさげ、その反対側の腕をサマーの体に回している。彼がしっかりと支えてくれるから、つまずくことも壁にぶつかることもない。

サマーは頭の中の暗い片隅で、ジャックが歩幅を彼女に合わせて小さくしてくれている――足取りがぴったり同じなのだ――にもかかわらず、かなり速く歩いていることをぼんやり認識した。頭をすっぽり覆う霧の中でも、二人が階段を下りて通用口のドアへと進んでいるのがわかる。階段では彼女の足音しか聞こえなかった。彼のほうがはるかに大きいし、当然体重もあるはずなのに、彼は音もなく階段を下りる。

やがて建物の外に出ると、二人は夜の大気に包まれた。息苦しくてサマーは音を立てて空気を吸い込んだ。ここまで来てやっと、きちんと息ができる気がした。

大きな手が首の後ろに添えられた。温かな手が頭を下げろと促す。

「大きく吸って」ジャックに命じられるまま、彼女は息を吸った。

大きく一回、そして二回。

「気分はよくなったか？」

「ええ」まだ息を吸いながら言う。「よくなったわ」

「よし、では」彼はサマーの腕を取り、慎重にあたりを見回す。「では出発だ。俺の家に着いたら、好きなだけ取り乱したらいい」

取り乱す。ああ。そうだ。ヘクターの秘密のアパートメントで、取り乱すところだった。現在いる世界が根底から足元でぽっかりと口を開け、底のない割れ目に落ちていく感じだった。ショック状態で、重度のトラウマを負った人みたいに、ぼう然としていた。

「ごめんなさい」自分が情けなくて、彼女はぼそっとつぶやいた。

「落ち込んでいる君を鞭《むち》で打つみたいで申しわけないが」周囲の状況を確認するため足を止めたジャックが、ふとサマーを見た。眉間《みけん》に深いしわを寄せる。「おい、サマー。君はたった今、誰かがサリンで自分を殺そうとしているのを知ったばかりなんだぞ。サリンに曝露するとどうなるか、知ってるのか？」

「ええ」ささやくような声になる。「知ってる」

「それなら、ショックを受けてぼう然とするのは普通だ。そう思わないか？」

彼女はぼんやりとうなずいた。

「あとで、好きなだけ取り乱したらいいからな。ぼんやりして、反応しなくなっても構わない。だが、今はここから立ち去らなきゃならない」ジャックの瞳が暗がりで光ったように思えた。「いいな？」

彼女はまたうなずいた。

「よし、いい子だ」ジャックは軽くほほえむと、またあの心臓が止まりそうなキスをしてくれた。キスされると体の中から温まる気がする。「さ、行こう」

すぐに通りに出ると、ジャックは帽子のつばの下からささっと左右を確認した。彼女の車の前を通り越し、そのまま通りをどんどんと進んで行く。

「ねえ、ジャック」サマーは歩を緩めようとした。「私の車はあそこ、今通り過ぎたわ」

その通りにはベンツやレクサス、ＢＭＷなど高級車ばかりが停められていて、プリウスは彼女のものだけだった。それなのに、どうしてわからなかったのだろう？

　ジャックはすぐには答えずそのまま進み、大きな高級セダン車のところまで歩くと、満足げに、うむ、とつぶやいた。サマーには見覚えのない車だったが、彼は足を止めてバックパックから何かを取り出している。あ然と見守る彼女をよそに、彼は前部と後部、両方のナンバープレートを取り外し、高級セダンのプレートを近くの黒い大型のSUVに取りつけた。その後、SUVのプレートを彼女のプリウスのところに持って行って取りつけ、今度はプリウスのプレートを高級セダンにつけた。

「敵は君の車を捜しているに違いない。今の段階では、道路交通カメラでナンバープレートを検索して、君の車の番号を見つけ出そうとしているだけのはずだ。今君のプリウスにつけた番号は、知られていないから」そこで黒のSUVを示す。「俺があの車を運転する。君は自分の車で俺のあとをついて来てくれ。俺が車を停めたら、すぐ後ろに君も停めるんだ。君の車はここから遠いところに乗り捨て、そのあとはSUVで一緒に行く」

「どうやってあのSUVのドアを開けるの？　鍵《かぎ》なんてないのに」サマーの反論に、彼はただ無言で見返すだけだった。

「あ、ああ」

　警備のしっかりした彼女のアパートメントに簡単に侵入できるのだから、車の鍵を開けるぐらい彼にとっては何でもないのだろう。

サマーが自分の車のエンジンをかけたときには、ジャックはすでにSUVの運転席に座っていた。巨大なSUVは、プリウスの前で彼女の準備が整うのを待っている。彼女は車を走らせ、SUVを追った。

車は十一番通りの橋を渡って、南へ向かう。やがて郊外の中古車センターの前でジャックは車を停めた。サマーも続いて車を停める。

そのあたりはDC近郊でもあまり治安のいいところではなく、街灯もほとんどが壊されていた。下層階級の人たちが、かろうじてまともな暮らしを送ろうと頑張っているような地域で、あと四ブロック南に行けば、普通の人間は足を踏み入れられない場所になる。

サマーがドアを開ける前に、ジャックは車から降り、すぐに運転席側のドアに横に来た。「車に鍵はかけるな」彼女が降りるとき、彼が声をかけた。

「えっ？」サマーはうらぶれた周囲の環境を示した。「鍵をかけておかないと、夜のあいだに何もかもすっかり取られてしまうわ」

「それが狙《ねら》いだ」ジャックがまっすぐに彼女を見る。「大変残念だとは思うが、このかわいらしい車は、もうあきらめてくれ。ここに鍵をかけずに車を置いておけば、二十四時間以内にありとあらゆる部品がはぎ取られるか、まあ、誰かがドライブを楽しんだあと、どこかの原っぱにでも乗り捨てる。車を捨てるにはいちばんいい方法だ。

それなら敵に見つけられる恐れもない」

「ああ」サマーは本能的に車のフェンダーに手を伸ばし、やさしく撫《な》でた。ため息が出る。「車のローンを払い終わったばかりなのよ」

ジャックが彼女の首に腕を巻きつけて引き寄せ、頬《ほお》にキスした。「かわいそうに」

しかし、計画を変えるほどにはかわいそうだとは思っていないらしい。

私の車が……。お気に入りの車だった。いちども故障したことがなく、何のトラブルも起こさなかった。絶対に。忠実にサマーのために働く姿は、古くから仕える騎士のようだった。そんな律儀な家来を見捨てるとは。この車が迎えるであろう最期は、死よりも辛いものだ。おそらく部品を売り払うためにばらばらにされるだろう。あるいは野原に捨てられてぼろぼろの錆《さび》だらけの塊になるか。

「サマー」ジャックがSUVのほうに首をかしげる。

もう行かないと。

「はい、はい」最後にもういちどフェンダーに触れて別れの挨拶《あいさつ》をしてから、ジャックを追ってSUVに向かった。家を失い、今また車もなくした。これまでの人生の名残と言えるのは、この肩幅の広い男性だけ。彼が自分のために盗んだ車の助手席のドアを開けて、待っている。

ジャックが確認できるかぎりでは、二人の乗ったSUVが尾行されている痕跡《こんせき》はなかった。追跡したければすればいい。だがこの車は二人とは無関係だし、ナンバープレートもまた違う車のものをつけてある。二人がこの車に乗っているとわかるはずがない。さらに車にはティントガラスが入れてあり、実際ジャックがこの車を選んだ理由もそのためだったのだが、暗くて中が見えないのだ。

隠れ家の裏手は覆いのついた路地になっていて、ジャックはそこに車を停めようと思っていた。そうすれば上空からドローンで調べられてもわからないし、衛星で撮影されてもごまかせる。隠れ家の周囲には防犯カメラや監視装置のようなものは、いっさいない。その点に関しては、しっかり調べてある。ただ隠れ家に一刻も早く到着したいので、家から離れたところには駐車しないつもりだ。しかし、今は警官に停止を命じられないために、制限速度ぎりぎりで車を走らせるしかない。盗んだ車に違うナンバープレートがついているので、言い逃れはできない。

＊＊＊

道はよく知っており、何も考えなくても体が反応している。絶えずバックミラーをチェックし、すぐ後ろにいる車を警戒し、追跡されていればすぐにわかるようにしていた。そういうことは、深く考えなくてもできる。

彼の注意はすべてサマーに向けられていた。あまりにも静かすぎる上、顔色が蒼《あお》すぎて気になる。

動きがぎこちないが、これはひどいショック状態にある人特有のものだ。ブレイクのコンドミニアムを出るときも、彼女は何度かつまずいた。普段はしなやかな動きのサマーにしては、非常に珍しいことだった。

街灯はところどころ壊れているが、それでも彼女の肌が氷みたいに白いのはわかる。死人の顔色だ。本来は口紅を塗らなくてもつややかなバラ色をしている唇まで、今は白くなっている。疲労困憊《こんぱい》と言おうか、何日も飲まず食わずで過ごした人みたいだ。活力の源みたいなものが吸い取られ、抜け殻だけが残った感じ。

いや、実際に彼女は活力の源となるものを吸い取られたのだ。自宅が何者かに侵入された。自分の生活が蹂躙《じゅうりん》されたわけで、肉体的に襲われたのと変わらないぐらい根本的なトラウマとなる。まだ彼女には話していないし、できるかぎり話さないでおこうと決めているのだが――彼女の自宅というものは、基本的にはもう存在しない。住む人の趣味のよさを感じさせるきれいなアパートメントだった。水彩画やみずみずしい鉢植えがたくさん飾られ、本やＣＤもいっぱいあったのに、それらはすべて、もう彼女の手元には戻らないだろう。ＦＢＩの化学・生物・放射性・核物質処理班がアパートメントの内外に汚染がないかを分子レベルまで調べる。また仕かけられた罠が他にもないか徹底的な確認が行なわれ、それが完了するまでは誰も建物に立ち入れない。何より、わずかでもサリンが漏れた可能性を排除できないので、ジャックの心境としては、サマーをあのアパートメントに帰したくない。とにかく、あの部屋にあった彼女の持ちものは、カーテンやソファの表面やシーツにいたるまで密閉容器に入れられてFBIの研究所で分析される。元の形で戻ってくることは、まずない。ニックやFBIの長官からも、捜査が終わるまで彼女を巻き込まないようにしろと言われるはずだ。捜査が終わるのは来月か、来年かもわからない。もしかしたら永遠に解決しないかもしれない。

おまけにあの車。彼女は愛車も失ってしまった。

ジャックは彼女のほうに手を伸ばした。彼女は膝《ひざ》の上で固くこぶしを作っていたが、その上からぎゅっと握りしめる。彼女の手は冷たく、乾いていた。じっと握っていると、やがて彼女の手にも温もりが戻ってきた。現在、ジャックが彼女にしてやれることはほとんどない。自分の家でくつろがせてやればいいのだが、彼自身にも自宅というものが現在はない。せめて彼女が必要とするものを、できるだけ与えてやりたい。

「災難だったな」静かにつぶやいた。不幸な事故に遭った人に対するように、穏やかに声をかける。

彼女からの反応はない。彼女のきれいな横顔は青白く動かない。

ジャックはそのまま、暗い夜道に車を走らせ続けた。風の強い夜だった。いちばん距離の短いルートだと、麻薬密売などが横行している街路を通過することになるので、彼は周辺の車も警戒していた。ただ彼のレーダーに引っかかるような不審な動きは見られなかった。

隠れ家からおよそ二十分のところまで来たとき、やっとサマーが口を開いた。

「さっきは取り乱してごめんなさい」

「動揺するのがあたりまえだ。自分の家に恐ろしい化学兵器が仕かけられたと知ったんだから」

サマーがため息を吐《つ》く。「そういうことじゃなくて――」そこでぴたりと口を閉ざした。

「どういうことなんだ?」ジャックは先を促した。道路は広くなり、車の影もほとんど見あたらない。そこで彼女のほうに顔を向けて、正面から見つめた。少しはショックから回復したように見える。悲しそうで怖がってはいるが、虚脱状態ではない。

彼女が首を振る。「何でもないの」

ジャックは車のスピードを落とした。「今は非常に深刻な事態だ。君は何かを言いかけた。つまり何でもないはずがない。さあ、言ってくれ」

「それって、脅し?」彼女の顔にはかなげな笑みが浮かぶ。笑みは彼女の悲しみをかえって強調してしまったが、それでも彼女が努力しているということがジャックにはうれしかった。「言わないと、おまえを痛めつけてやるぞ、とか?」

いやはや。

「違う」ジャックは彼女の片手を持ち上げて、自分の口元へと近づけた。もう氷みたいに冷たくはない。臣下から女王に忠誠を示すときのようなキスをした。「俺が君を傷つけることは絶対にない。それだけはわかっておいてもらいたい。俺たち二人が生き残れるよう、俺は最善をつくす。できるかぎりのことを今だってしている。だから、疑問が残るのは嫌なんだ。思ったことは何でも言ってもらわないと。ちょっとした気がかりは、あとで致命的な問題に発展する場合がある。だから、頼む。心からお願いします。どうか言いかけた内容を最後まで言ってください」

「汚い手を使うのね」彼女は笑いながら文句を言った。今度はもう少し本ものの笑顔らしく見えた。「私の人のよさにつけ込むなんて」

「使える手は何だって使う」

「やれやれ。実際、何の関係もないことなのよ――」彼女が手を左右に動かして否定のジェスチャーをする。「今、起きている事件とは。さっき、ヘクターの秘密の愛の巣にいたとき、自分のアパートメントにサリンが仕かけられたと聞いて、子どもの頃の強烈な思い出がよみがえったの。ひどい状況がフラッシュバックとして目の前に浮かんだ。それだけのことよ」

サマーは子どもの頃、本当に辛い目に遭った。そのことはジャックも知っていた。ヘクター・ブレイクの妻だったバネッサにサマーが引き取られたとき、彼の両親の会話を耳にしたのだ。ブレイク夫妻も当時は互いを罵《ののし》り合うことに忙しく、遠縁の少女のことなどまったく眼中になかった。そこで心やさしいジャックの両親は、できるだけ彼女を守ってやろうと、デルヴォー家に頻繁に招いた。

「話してくれないか？」彼は穏やかな口調で言った。「話せば、他の記憶も戻ってくるかもしれない。これからどういうことが起きるか予測がつかないし、何かのきっかけで他の悪い記憶が呼び覚まされる場合だってある。だから、何がきっかけで何を思い出したのかを知っておきたい。君がショックで動けなくなるような事態に備えておかなきゃならないんだ」

彼女はあきらめたように息を漏らすと、しばらくうなだれていた。膝で両手を組み、ぎゅっと絡めた指に力を入れてから、手をほどいた。

話す気になったようだ。話したいのだ。彼女の身ぶりから伝わってくる。ゆっくり時間をかけて話せばいいと、ジャックは思った。

「じゃあ」しばらくしてからサマーが話し出した。まっすぐ前を向いて、ジャックのほうを見ないようにしている。ひどい内容に違いない。彼女は人の目をしっかり見て話すタイプの人間なので、あまりよくない兆候だ。「私が八歳のとき、私たち家族はコロンビアのカルテヘナの近くに住んでいた。殺伐《さつばつ》とした地区でね、ドラッグ・カルテルの私兵が町の境界を囲み、密売人がうようよしているようなところ。でも、だからこそ、うちの両親はそこにいたかったんでしょうね。ドラッグが安く手に入るから。二人ともしょっちゅうハイになってたわ。ときには私を何日もほったらかして、帰って来なかった。あるとき、いつものように私は独り家に残されていて――両親がどこに行ってたのか、いまだに見当もつかない。私は何かで食あたりを起こしたの。ひどい食中毒でほとんど丸二日間――たぶん二日だと思う。実際にどれぐらい時間が経ったのか、はっきり覚えていないの――私は吐き続け、下痢《げり》し続けた。上からも下からも、とにかく体から出せるものは全部出したわ。

二日二晩、目も開けていられないような激痛に、体を丸めたままだった。全身、自分が出した吐しゃ物や汚物まみれで、どうか私を死なせてください、と神様に祈った。あとにも先にも、寝込んだのはそれっきりよ。ただそのときは、私はこのままカルテヘナで独りさびしく死んでいくんだな、と覚悟した。こんなみすぼらしいところで誰にも知られずに死ぬなんて、嫌だと思った」彼女がまた手元を見つめ、長いまつ毛が下を向く。震える手を固く握るので、関節が白く見えた。「ヘクターのコンドミニアムで思い出したのは、そのこと。全身に痛みを覚えながら、独りで死んでいく自分の姿を思い描いたの」

ジャックは唾《つば》を飲み、その他に感情を表わさないように顔を強ばらせた。どんな気持ちも見せてはいけない。小さな女の子が死にかけるほど体調を悪くしているのに、独りほうっておかれたことを考えると、猛烈な憤《いきどお》りがわき、無責任な薬物中毒の彼女の両親に殺意さえ覚える。なんと無責任な親だろう。

ジャックが覚えている自分が八歳のときの記憶は、家族そろってカリフォルニアのディズニーランドに行ったことだ。双子の弟たちはまだ生まれていなかったので、長期休暇を取った両親とイザベルと四人で夏休みを楽しんだ。本当に、夢のような時間だった。そのときのことを思い出すと、今でも顔がほころぶ。ジャックはみんなに愛され、守られて幼少期を過ごした。おとなになるまでずっと、幸せのシャボン玉の中で生活していたようなもので、愛情深い両親は、常に彼が幸せでいられるよう、気を配ってくれていた。

だから子どもの頃は、みんなが自分と同じように暮らしているものだとばかり思い込んでいた。また八歳では、そうでない子どももいるということ自体、理解できなかっただろう。

彼が世の中の仕組みというものがわかり、この世にはどうしようもない人間があふれていて、そういうやつらが他人を傷つけたり社会を混乱させたりするのだ、と理解できるようになったのは、じゅうぶん成長してからだった。そして、そういう悪党と闘うための厳しい訓練を受けるようになった。

サマーとは違う。彼女は、誰も助けてくれない、けれどあらゆる困難が次々と襲ってくる、自分にはまったく味方がいない、といった感覚を持って、まだ八歳だった時期を過ごした。外国で独りぼっち、このまま死ぬかもしれない、という強烈な体験は記憶に深く刻まれてしまう。その後の人生を方向づけてしまうほどの意味を持つ。

その体験がフラッシュバックとしてよみがえった理由を、完全に理解できた。

サマーは少女の頃の想像を絶する体験によって、逆境を生き延びるすべを学んだ女性だ。その女性の命が、今狙われている。

敵の正体が――おそらくＣＩＡ副長官はその中のひとりだろう――誰にせよ、サマーには指一本触れさせない。絶対に。彼女のそばにぴったりと寄り添い、考えられるかぎり安全な場所へ避難させる。

その後、ニックをはじめとするＦＢＩのメンバー、ＡＳＩのチームと一緒に、反撃を開始する。

「ずいぶん大変な目に遭ったんだな。気の毒に」静かに告げると、彼女がうなずいた。

隠れ家がもうすぐのところまで来て、ジャックは追跡されていないことを確認するため、近所を何周か回った。これは普段からやっていることで、全方位、三ブロックの通りすべてを走ってみるのだ。家のある通りは、二度走った。よし、尾行はない。

「着いたぞ」急ハンドルを切ってごく細い引き込み道路に入ると、家の裏側に面した路地に出る。裏門の近くにはキャンバス地の覆いがかけてある。

「ああ、よかった」サマーが足元からショルダーバッグを拾った。その動作も滑らかになっているし、手も震えていない。「同じ通りを何度も走るから、道に迷ったのかと思ったわ」

迷う？　ジャックが道に迷うことはない。これまでいちども。ただ、彼女が自分にほほえみかけてくれるのを見て、否定するような言葉は返さなかった。本ものの笑顔だった。彼女はからかっているのだ。彼はプレイボーイの口調で応じた。長年こういう口調で話したことはなかったのだが。「行き先なら、俺はいつだって知ってるさ。そこのところは、安心してくれればいい。さて、ちょっと待ってくれ」

大きな車の周りを急いで助手席側に行き、ドアを開ける。乗るときの彼女は、足元がふらついていた。今はしっかりしているように見えるが……それでも手を差し伸べて、自分の手で彼女を地面に下ろしたい。そうしたい気持ちが非常に強くなった。彼女の体に触れたいのだ。いろんな意味で。彼女がもうぶるぶる震えていないか、足元がしっかりしているかを確かめたい。助けてほしかったら、俺はいつでもここにいるぞ、と彼女を安心させたい。そのためにいちばん基本的な方法は、実際に体を接触させればいい。ただ他にも理由はある。彼女の体に触れたくてたまらないのだ。

だめだ、今はやめろ。ジャックは自分を厳しくたしなめた。性欲のままに行動してはいけないことぐらい、大昔に学んだ。学生の頃の彼の行動は、すべて肉体的な欲望に基づいていた。しかし、そんな時代はとうに終わった。だから今になって——人生最大の危険な仕事の最中、感情に流されたら取り返しのつかない事態になるのがわかっていながら、さらにはサマーもいつ襲われるかわからない状況にあるのに、欲望に突き動かされるのは、非常に問題だ。

こんな状態になってしまったことは、ジャックにとっても驚きだった。彼はヒューが率いる工作本部の中でトップのエージェントだった。理由は、彼がどんなときでもレーザーのように鋭く集中できるからだった。彼が愛する人たち、つまり家族は遠いところにいて、安全に暮らしている、そう思うと任務に集中できた。家族と一緒に暮らしているエージェントたちは、いったいどうやって任務をこなすのか、彼にはとても想像できなかった。

今、彼らの気持ちが少しわかった気がする。こういうのは嫌だ。大切に思う人の無事を気遣いながら、任務を遂行するのは辛い。気が散って仕方ない。ものすごく。

できるだけ早く車から降りよう。今はとにかくサマーの口と、手に触れる彼女の体の感触のことばかり考えてしまうから。腕に抱いた彼女のすばらしい記憶で頭がいっぱいで、通りのあちこちに設置された監視カメラの前を通り過ぎたかどうかが考えられない。この車が監視対象にはなっていないのはわかっているが、それでもできるだけ顔を上げないほうがいい。そうすれば、ブレイクの中折れ帽で顔がほとんど隠れる。サマーの顔も判別されないようにしなければ。

彼女をベッドに誘いたい気持ちと闘いながら、自分たちの痕跡を隠す――それがこれほどストレスのかかる状況だとは考えつかなかった。彼女がそばにいると他のことが考えられないが、彼女のそばからは絶対に離れたくない。ボルトカッターでも持ってこなければ切り離せないように、彼女をぴったりと自分にくっつけておいて、どこにも行かせないようにしたい。

まずい状況だ。

ジャックは助手席側のドアを開けて、そのとき悟った。何とまあ巨大なＳＵＶを拝借してしまったものだろう。彼が座席から脚を出せば、問題なくブーツが地面に届く。しかしサマーははるかに背が低い。座ったまま大きく移動し、飛び降りなければならない。

まあ、いい。そういうときのための方法なら用意してある。

「体を倒すんだ」命令口調で言った。

路地の入り口にある街灯のうち、三つは壊しておいた。このあたりは、街灯がつかなくなったからといって、すぐに修繕される地域ではない。明かりがついているのは一基だけだが、車の中の彼女の姿はじゅうぶん見える。青白い卵形の顔に、くすんだ緑の瞳が不思議な光を放っている。彼女がかすかにほほえみかけてきた。怖くてたまらないのに、懸命に大丈夫なふりをしている勇敢な人は、みんなこういう顔をする。

その顔を見て、ジャックの心臓が、どきっと大きな音を立てた。

彼女が体を倒し、二人の顔が数センチのところまで近づく。細いウエストをぎゅっと引き寄せ、地面に下ろす。抱えているあいだ、彼女の足が地面に着いたら、すぐに手を放すんだぞ、と彼は自分に言い聞かせ続けた。

世界が動きを止めたように思えた。木々の枝を揺らして吹きすさんでいた風がやむ。実際はどうかはわからないが、この路地には風が吹き込んでこない。満月が建物の屋根の上に見え、あたりを銀色に輝かせる。魔法がかかった瞬間だった。

ジャックは完全に状況認識を失い、サマーの他には、何も意識できなくなっていた。まだ彼女の腰に手を添えたまま、ただ立っている。聞こえるのは、自分の心臓の音だけ。

目に入るものも限られてきた。彼女も同じようだ。まぶたが重くなり、顔を下げると彼女が背伸びをして顔を近づけてきた。そのとき、かたん、と背後で音が聞こえ、彼ははっとした。ここがどこで、どうして二人はこの場所にいるのかを思い出したのだ。

ここはジャックの隠れ家の裏門の前で、一緒にいるサマーは、偶然彼と一緒にいたおかげで、命拾いをしたばかり。地上で考えられ得るもっともむごい死に方で命を落とすところだった。だから、くだらないことばかり考えていないで、さっさと家の中に入らなければならない。敵は深慮遠謀をくわだて、多くの人たちの命を奪ってきた。今さら彼女ひとりを殺すぐらい、何とも思っていないはず。彼女を狙うのはそういう連中なのだ。さらにジャック自身も生きていると知られれば狙われる。ただ彼は、こういう状況でも生き残れるような厳しい訓練を積んできた。サマーは何の訓練も受けていない。彼女の身を守る要塞《ようさい》の役目を果たせるのは、彼だけなのだ。

なのに外に突っ立って、本当にキスしようと考えるなんて、救いがたい大ばか者だ。いや、でもキスしたらすごく気持ちいいだろうな……ああ、だめだ、何を考えている？

また、かたん、と音がして、ジャックは彼女の肘《ひじ》を引いて、歩き出した。

「野良犬かしら」サマーはジャックと歩調を合わせる。よし、いいぞ。

「うーん」ジャックが言葉を濁したのは、この周囲の環境を考えると、おそらくはネズミだろうと思ったからだった。ただ、そういうことを教える必要はない。とにかく、気持ちを引き締め、できるだけ早く家の中に入る必要がある。外見的にはぼろぼろの門扉が見えてきた。実際はチタンの芯《しん》が入ったスチールでできた頑丈な扉だ。ジャックは指紋認証用のキーパッドに指を置くと、すぐに門扉を押して家の裏庭に入った。扉を元の位置に戻すと、かしゃっと音を立てて自動的にロックがかかったのがわかる。機械はきちんと機能している。

家の勝手口のドアも、見かけよりはるかに頑丈にできている。ここでも親指の指紋認証でキーパッドが機能し、さらに暗証番号を入力するとドアが開いた。

裏庭は狭いが、いたるところにセンサーが設置されている。目立たないようにしてあるが、赤外線センサー、モーション・センサー、オーディオ・センサーと、温度、動き、音の三つの方法で侵入を感知できる。そのため、家の境界としては、普通のレンガ塀が積み上げてあるだけだ。ボタンひとつで路地を覆っているキャンバス地が延びてきて裏庭の部分をすっかり隠す。覆いには砂地に見せかけた精巧なプリントを施してあるので、ドローンや衛星で狙われていると感じれば、ボタンを押せばいいだけだ。上空からは裏庭には砂地があるだけのようにしか見えない。

この隠れ家は、ヒューが手配してくれた。隠れ家としては非常にうまくできている。さすがはヒューだな、と思うと、元上司を失った痛みが、ふとジャックの胸を突き刺した。敵は、家族だけでなくもうひとりの父のように慕っていた男性もジャックから奪ったのだ。

いいだろう。この俺はやられないからな。それに、何があってもサマーには手を触れさせせない。

中に入るとジャックは、サマーがヘクター・ブレイクのコートを脱ぎ、マフラーを取るのに手を貸した。コートは重く、マフラーは長くて何重にも巻きつけてあった。彼自身もコートを脱ぎ、玄関ホールの服掛けに脱いだものをみんな吊《つ》るした。

母親が整理整頓《せいとん》に厳しかったので、きれいにしておくのは彼の習慣になっていたが、何より狭い隠れ家をイタチの巣みたいにして暮らすと思うと耐えられなかった。この半年、ここにじっとしていなければならない時間は長く、きれいにしておかなければ頭がおかしくなっていただろう。

いや、今はじゅうぶんおかしくなっているようだが。

とにかく、居心地は悪くない。もちろんサマーのアパートメントみたいに趣味はよくないし、見なかったことにしている部分というのもあることはあるが。

「いいところじゃないの」振り向いたサマーが言った。声にも驚きがにじんでいる。

「どういうところだと思ってたんだ？　男子寮みたいなとこか？」

彼女が懸命に笑みを見せようとする。「まあ、そこまでひどいとは思ってなかったけど、映画や小説では〝隠れ家〟なんていうところには、ファストフードやピザの箱が積み上げられ、空のビール瓶が散乱していて、動物園みたいな臭いがするって描かれているでしょ」彼女が鼻をひくひくさせる。「動物園の臭いはしないわね。実際、何の臭いもしない」

ジャックは肩をすくめた。「まあな。住むところぐらいは快適にしておきたいと思ってるんだ」

サマーの目にはこの家はどう映るのだろうと、ジャックは考えた。

ざっと見渡せば、家の中の様子はすっかりわかる。ちょっとした炊事コーナーのあるリビングには食事用の丸いテーブルが置かれている。ドアはあと二つしかなく、開いているほうのドアは寝室――やれやれ、出かけるときにベッドメイクをしておいてよかった――もうひとつ閉まったドアの向こうはバスルームだ。

実家の大邸宅を思うと、悲しくさえなる。デルヴォー家の敷地面積は八千平米を軽く超え、緑の丘陵地帯に二百年前に建てられた屋敷には広々とした空間があった。彼の母は屋敷の維持管理には非常に気を遣い、いつもぴかぴかできれいだった。彼はそんな家に住むのがあたりまえだと思っていた。大学に入って実家を離れ、初めて帰省したとき、屋敷の美しさにやっと気づいた。ここはいつも、こんなにきれいだったんだと、驚いた。

そんな家も〝殺戮事件〟でなくなってしまった。そう、ヘクター・ブレイクに奪われたものが、まだあったわけだ。

「何か食べるか？」ジャックはサマーに声をかけた。

サマーはびっくりして彼を見つめる。「あなたが料理するの？」

彼女の表情がおかしくて、ジャックはふっと口元を緩めた。「ロケットを飛ばそうって言ってるんじゃないんだから。能力的に、それは無理だな。ただ正直に言うと、俺が作るんじゃない。近所にすごくおいしいデリカテッセンがあって、偶然、特大サンドイッチを四つもそこで買っておいたんだ。ライ麦パンにパストラミ・ソーセージをはさんだやつで、電子レンジで温めればいいだけだ。冷蔵庫にはビールもある。どうだ？」

「うわあ、おいしそう」彼女が勢いよく答える。「ええ、お腹《なか》ぺこぺこなの」

「危険な目に遭うと、空腹を覚えるんだ」彼は、丸いダイニング・テーブルの前に彼女を座らせ、朝に食べたベーグルのパンかすをきれいにしておいてよかった、と思った。マックスの店のパストラミ入りライ麦パンのサンドイッチは、本当においしい。食べたら彼女も驚くだろう。彼は巨大なサンドイッチを二つ取り出すとトレーに載せて電子レンジに入れた。温めているあいだに、皿を二枚、グラスとナプキンを二つずつ、それにサマーがもし使いたいと思ったときのために、ナイフとフォークも一セット用意した。ジャックとしては、ナイフやフォークを使うのは、マックスが精魂込めて作ったサンドイッチに対する冒とくだと考えている。

電子レンジが、チン、と音を立てたので、湯気の上がるトレーを取り出して、巨大なサンドイッチをサマー用と自分用にそれぞれ取り分けた。残りの二つは、最初のを食べ終わってから、チンするつもりだ。

「すごーい」巨大なサンドイッチを見たサマーが視線を上げた。薄くスライスしたパストラミから熱々《あつあつ》の肉汁がしたたり落ちている。「おいしそう。それに、ものすごく大きいのね」

ジャックはナプキンで自分用のサンドイッチをくるみ、パンから飛び出したパストラミを鼻先まで運んで目を閉じた。うーん、いつもながらおいしそうな匂いだ。「さ、かぶりつけよ」

サマーもナプキンを使ってサンドイッチを手に取ると、大きく口を開いてかぶりついた。肉汁がぴゅっと飛び出して、彼女の顎《あご》を伝い落ちる。彼女が笑い出した。

ジャックはテーブル越しに肉汁を拭《ふ》き取ってあげた。「うまいだろ?」

口いっぱいに頬ばっていた彼女は、うなずき、しばらくしてからのみ込んだ。「最高ね」

彼はあっという間に二つ目のサンドイッチをたいらげたが、サマーもほぼ同時に食べ終えてしまった。

「ピクルスもあるぞ」ジャックはディルで漬け込んだきゅうりのピクルスをサマーの

口の前に差し出した。彼女がぱくっとピクルスを食べる。

理由はわからないが、彼女に食事を与えるという行為が、ジャックには妙にうれしかった。自分のアパートメントに人がいると知ったときからずっと、彼女はショックに見舞われ続けた。ジャックが彼女の目の前にまた現われた瞬間からこれまで、彼女は自宅と車を失い、当面は仕事もできない。彼女が仕事を続ければ、理不尽ながらも彼女とジャックの両方に危険が迫る。二人は行方を知られないように身を隠す逃亡者であり、その生活がどれだけ続くのかわからない。〝殺戮事件〟後、ジャックは六ヶ月間調査を続けたが、ここまで進展はほとんどない。

彼女も半年ぐらいは元の生活に戻れないだろう。いや、もっと長いかも。もしかしたら永遠に戻れないことだってあり得る。つまり、彼女が積み上げてきた人生というものが、今日で終わった可能性もじゅうぶんある。

サマーにとって、ジャック・デルヴォーという男は、痛みと損失の代名詞だ。そういうあれこれを考えたとき、彼女が自分の出したものを食べてくれるとすごくいいことをした気分になる。気持ちが慰められる。それに食事によって彼女の顔に赤みが戻り、少しほころんだ表情になるのがうれしい。元々彼女は深刻な顔つきの女性なのだが、彼女が笑うと周辺がぱっと明るくなる。彼女の笑顔を見ていたい。もっと頻繁に。

「もっと食べろよ」そう言ってピクルスをまた彼女の口の前に差し出す。

　彼女が大きく口を開けてピクルスを頬ばるのを見ているうちに、ジャックの下半身がズボンの中で頭をもたげる。なまめかしく唇が動き、きゅうりが口の中へ消えていく。

　彼が反応していることを、サマーは感じているのだろうか？　彼の下半身は大気中に何らかの信号をまき散らしているようにも思える。彼女は、ごくんとピクルスの塊をのみ込んで、口をあんぐりと開けたまま彼を見つめた。

「あなた、興奮しているのね」質問ではなく、断定されてしまった。

　ちらちらと股間《こかん》を見ていたジャックも、そう言われて顔を上げた。その部分はテーブルで隠れているはずなのに、どうして彼女は気づいたのだろう？　ここまで断言されるとは、彼のおでこにスイッチでもついていて、ぽっと赤くともったに違いない。どうやって彼女が知ったのかはさておき、とにかくもう知られてしまった。嘘をついても意味はない。

「ああ」彼の声がかすれる。「すごく、興奮してる」

「あなた、ヘクターのコンドミニアムでも、興奮してたわ」

　彼はうなずいて肯定した。否定しても仕方ない。空気の流れとかで伝わったのだろうか？

何より、こんな話を持ち出して、サマーはどうするつもりなのだろう？　こんな状況で性的に興奮したことを指摘して、だからあなたは最低の男だ、とでも非難し始める気だろうか？

命を狙われて逃げている女性を前にして、あなたはセックスのことしか考えられないの？——そう糾弾《きゅうだん》するのだ。

何も変わっていないのね。あなたはやっぱり、昔のままのジャックなんだわ。さっきそう言われた。しかし実際のジャックは大きく変わったのだ。恐ろしい敵から逃げようとしている最中に勃起《ぼっき》し、セックスのことを考えてしまう、というのは、最近の彼らしい行動ではない。まったく異なる。まあ確かに、ブレイクのコンドミニアムでは短時間なら身の危険はないだろうと感じていたし、この隠れ家が安全であることもわかっている。路上とか他の人がいる場所で、勃起したものをどうにかするつもりはなかった。しかし今、脚のあいだのものは信じられないぐらい、大きく硬くなっている。

その部分だけ青春時代に戻ったかのようだ。あの頃は頭脳ではなく、脚のあいだのものが彼の行動を決めていた。

彼女はこんな男と一緒にいて居心地が悪いだろうか？　自分は女性を困らせるセクハラ男なのだろうか？　そもそも脚のあいだのものは、強硬に満足させてくれと訴えてくるだろうか？

謝罪しておこうと、彼は口を開いたが、彼女がこともなげに言った。

「いいわ」

開いていた口を閉じるとき、かちん、と音がした気がした。今のは聞き間違いだろうか？

「いいわ？」確認しておかなければ。何が、いいわ、なのだろう？　まさか——

サマーが立ち上がって、顎で寝室を示した。「私、全身が強ばっていて、まだ完全に恐怖から抜けきれないの。セックスすれば、気持ちがほぐれると考えてね、それで、昔あなたとセックスしたとき、すごくよかったのを思い出したわけ。ああいうのをしてみれば、さっきの恐怖を振り払えるわ」彼女はジャックの目を探っている。「でも、条件があるわ。これはただのセックスで、他にはまったく何の意味もないの。セックスしたからって、あなたに期待することはないし、あなたにも何も期待してもらいたくない。私たちは二人でこの大事件に巻き込まれてしまった。いずれ私は、事件について何もかも記事にするつもりよ。それまで、ちょっとぐらい一緒に楽しんだっていいじゃない。それだけのことよ」

ジャックはその場に突っ立ったまま、まるで身動きできなかった。どういう返事をすればいいのか、さっぱりわからない。昔の愚かで怖いもの知らずのジャックなら、よし、とガッツポーズでもしていただろう。あとくされのないセックス、というのは十代の少年たちすべての夢だ。ベッドなんか要らない、草むらに寝転がって、何もかも忘れて没頭したいところだ。

しかし、今のジャックはそんな少年ではない。彼女の言うとおりのセックスなんてあり得ないのははっきりわかっている。感情を切り離して肉体だけの歓びを求めることはできない。サマーと肉体関係を持ち、何ごともなかったように彼女のもとを去るなんてことはできない。絶対に。

相手を選ばずにセックスしていたのは、ずいぶん昔の話だ。相手の女性に対していとおしむ感情をまったく持たずにセックスをするのは、嘘っぽく思える。飢え死にしそうなときに、紙に描いた食べものを口に入れるのと同じだ。ホルモン過多で、女性とみれば相手構わず誘っていた昔とは違う。きちんと頭脳が機能している人間なのだから。性器が何もかもを決定し、全身の他の部分はその決定に従うだけではない。

ジャックはサマーに好意を持っている。好意以上だ。心のどこかにサマーの形をした穴があって、彼女がすっぽりとその穴を埋めてくれる。それがわかって、自分でも驚いた。彼女は美しく、魅力的で、勇敢で、頭がいい。彼が求めていたのは、まさにこういう女性だったのだ。彼女に痒《かゆ》いところができて、そこをジャックが掻《か》いてあげられるからと言って、今後育てていかなければならない二人の関係を台無しにしたくない。

そういうのは、断る。

自分はそんな低俗な男ではないし、彼女だって同じだ。サマーとセックスしたくてたまらないのは事実だが、セックスの他にも彼女と一緒にしたいことがいっぱいあるのだ。

俺はそういう男じゃないから、と断るつもりで口を開いたジャックだったが、口から飛び出した言葉は言おうとしていたこととはまったく違っていた。「おう、いいね。じゃ、ベッドに行こう」

7

　夜中の一時にキーンに起こされたマーカス・スプリンガーはかなり不機嫌だった。妻が風邪ぎみで体調が悪く、ゆっくり眠らせてやりたかったのだ。

　携帯電話の呼び出し音をすぐに無音にしたが、不快感を隠そうともしなかった。

「ああ」冷たく言いながら、プラダの室内履きがその辺にないかと足でベッドの周囲を探る。ああ、あった。立ち上がると、眠る妻の肩をシルクの上掛けでやさしく包み、それから廊下へと出た。「何かあったのか？」

「ターゲットが戻って来るのを待っていたんですが、最終的に部屋に仕かけを残しておくことにしました。ターゲットの帰宅時に作動するようにして」

「作動したのか？」

　一瞬、キーンの返答に間があった。「女の部屋の前と、建物の正面玄関にカメラを設置しました。うまく隠してありますので、存在は公にはなりません。女は戻って来ませんでした。さらに……」

す」

「さらに？」スプリンガーのみぞおちに冷たいものが広がる。

「どうしてかはわからないのですが、ＦＢＩが何かを嗅《か》ぎつけたらしいんです。化学兵器処理班が、今部屋を調べています。タブレット端末で、その様子を見ているんです」

もうあと少しなのに。計画の完了を間近に控え、スプリンガーは強烈なメッセージを出しておきたかった。私たちの邪魔をするんじゃない。私たちはおまえより力があるんだ。おまえなんか、すぐに潰《つぶ》してやる。

「レディングという女はどうなった？」

「姿が見あたりません。どこにもいないんです」

「地下にもぐったんだな」

「はい、そのようです」

スプリンガーは考えてみた。このレディングというやつは、優秀なジャーナリストだ。しかし所詮《しょせん》女だし、頼る者もいないはず。ブログも共同経営者がいるわけではなく、ひとりだけの自営業。ビジネスとしては堅実なようだが、彼女の力だけで成り立っている。インターネットをベースにしたビジネスは、みんなそうだ。彼女を孤立させれば、すぐに潰せるだろう。まずは、脅しをかけるところから始めよう。怯《おび》えさせて、精神的にダメージを与えるのだ。

「自宅アパートメントを吹き飛ばせ。事故に見せかける必要はない。女がどこに隠れたにしても、こちらは地獄の業火で何でも焼きつくせるというところを思い知らせるんだ」

「了解しました」キーンにためらいはない。

「その後、女の仕事場のほうも吹き飛ばしておこう」

「お言葉ですが、『エリア8』にはオフィスというものがありません。女が住んでいるこのアパートメントが仕事場になっているはずです」

「なおのこと、好都合だ。私的な住居と仕事用の場所をいちどに奪えるわけだからな」

「はい、そうなります」

「他に『エリア8』にかかわっている人間は？」

電話の向こうから、何かを叩《たた》く音が聞こえた。すぐにまたキーンが電話口に戻る。

「編集者として、二人の名前がありました。他にもいますが、そいつらはフリーの記者みたいです」

「その二人を消せ。住所はわかるか？」

また沈黙。「どちらもDC近郊です。私が始末しておきます。時間はかかりません」

「よし。死体は見つからないようにしておくんだ。失踪《しっそう》したように見せかけろ。そうすればレディングのやつは不安になり、冷静さを失う」話をする者さえいなくなったと、女に思わせなければならない。彼女を追い詰め、どこにも隠れることさえできないと感じさせる。ジャーナリストという職業柄、女は人を押しのけてでも前に出るのに慣れている。隠れているのは苦手なはず。女はこちらの追跡をどれぐらいかわしていられるだろう？「レディングの問題解決に全力をつくせ。他のことはあと回しでいい。DCの街すべての監視カメラを確認し、クレジットカードの使用記録を調べろ。女が通常出入りする場所もチェックするんだ。追い詰めて、必ず殺せ。わかったな？」

「はい、わかりました」キーンはそう答えると電話を切った。

スプリンガーには、ありとあらゆる情報へのアクセス権がある。キーンに命じてレディングを捜索させても誰に知られる恐れもない。永遠に調査を続けられる。ただし、永遠という時間は必要ない。あと三日。三日だけあれば、アメリカは圧倒的な混沌《こんとん》に包まれる。

そうなれば、サマー・レディングという女がいたことさえ誰も思い出さないだろう。

＊　＊　＊

自分が何をしようとしているのか、サマーはちゃんと理解していた。これからめくるめくセックスをして、何もかも忘れるのだ。相手は、体をとろけさせてくれる男性。彼なら間違いない。もちろん、誤った記憶がインプットされていれば話は違うが。あの当時、サマーにはセックスの経験がなかったので、正しく判断できなかった可能性はある。

ただ、あれからあとも、ジャックが与えてくれたような快楽を感じさせてくれる男性はいなかった。

そして、あんなひどい捨てられ方をしたこともない。あのあとサマーは慎重になり、自分を捨てるような男とは付き合わないようにした。ああいう経験はもうごめんだと思った。別れるときは自分から、気配りを忘れず、できるだけ相手を傷つけないようにした。

今彼女が求めているのは、体が燃え上がるようなセックスだ。今日目にしたたくさんの破壊行為を記憶から消し去るには、快楽に身を焦がすしかない。それを確実に与えてくれる男性は目の前にいる彼だけ。世界じゅう探しても他にはいない。そしてズボンの前が大きくふくれ上がっているところから判断すると、彼のほうもすっかり準備は整って、その気になっているようだ。なのにどうして、二人ともためらっているのだろう？

ひとつわかっているのは、彼女自身、セックスのあとのごたごたを嫌がっていること。ジャックに求めているのは、ベッドで快楽を与えてくれることだけ。快楽を体験すればきっとまた元気が出てくるはず。終わったあとに静かに抱き合い、今後について話し合うのは嫌だ。

そういうのは最初のときに、たっぷりやった。その後、彼はこつ然と姿を消した。失恋した彼女は打ちひしがれた。

今度はそんなことにはならない。昔とはまったく異なる女性になったから。以前のようなナイーブな女の子ではなく、何があろうとまったく動じない。傷つくことなんて、本当にない。これからもずっと彼と一緒にいたい、なんて思わない。ただ、今この瞬間だけ、ぴりぴりとした体の緊張をほぐすためにセックスが必要なのだ。

ずっと一緒にいたい男性なんて、存在しない。そういうのは、信じない。彼女の知る男女は常に、相手に飽きているのに一緒にいるか、とりあえず一緒にいるか、あるいは何かの目的があってその日まで一緒にいるか、という関係だった。例外はジャックの両親だけだ。アレックスとメアリー夫妻は、本もののカップルだった。互いに愛し合い、人生をともに歩む男女だった。だが、それは特殊な例だろう。見ていて自分も結婚したいな、と思わせてくれるようなカップルには、まったくお目にかからない。

それなら独身生活を楽しめばいい。実際、今の自分はすてきなアパートメントを手に入れ、すばらしい仕事と友人たちに恵まれているのだから。

ただ——アパートメントには戻れないし、『エリア8』の編集作業にも気を遣わなければならないだろう。突然どこか別のところから、何ごともなかった顔でニュースを発信するわけにはいかない。それに、自分を狙《ねら》う恐ろしい敵は、自分の友人たちのところにも目を光らせるだろうから、連絡の際は慎重にならざるを得ない。

つまり、同じように敵から姿を隠しているもうひとりの人物、すなわちジャックとしか、自由に話もできないことになる。

サマーがあれこれ考える中、当のジャックはただそこに立って、彼女を見ていた。

「それで？」彼女の様子をうかがいながら、首をかしげてたずねる。

「それでって、何が？」この青い瞳《ひとみ》、レーザーのように鋭い光線を放ち……こちらの何もかもを見とおしているような、頭も心もすべて理解しているような眼差しだ。

「俺たちはこれからセックスする。それに関しては、何の問題もない。しかしどうも基本的なルールみたいなものがあるらしい。何か期待するのはなし、終わったあと末長く幸せにってのもなし。キスするのはＯＫなのか？　それともただ、性器を結合させるだけなのか？」

激しい怒りがこみ上げてきて、サマーは身構えた。「あなたって、どうしてそんなひどいことを言うの？」

ジャックが指を一本立て、その手を伸ばしてそっと彼女の頬《ほお》を撫《な》でた。そのまま顎《あご》へ指を下ろし、首、うなじからシャツの中を探る。

ぞくっとする快感が彼女の体を駆け抜ける。

「俺が言ったんじゃない、ハニー、君が言ったんだ。俺のほうは、昔ながらのちゃんとしたセックスをしたいと思ってる。キスして、顔を見つめ合い、セックスのあとは抱き合ってゆっくり時間を過ごす。あれはだめ、これもいけない、と言い出したのは君だぞ」

こちらの言葉を逆手に取って、反論する気だ。サマーは悔しくて歯ぎしりしそうだった。「セックスそのものについては、何のルールも設けるつもりはないわ。私が決めておきたいのは――」深く息を吸い、少しずつずっと息をとぎれさせないように吐く。ヨガのレッスンで習った、ストレスへの対処法だ。「感情的な領域よ。期待はしないでおきたいし、セックスしたからって、そのあと何らかの関係に発展するわけじゃない。それは明言したわ。あなたの得意技だから、この点については大丈夫なはずよ。確か、体の関係を持ったら、すぐに姿を消すのよね？」

ジャックの表情が急に険しくなった。その変化に、サマーは目を奪われた。彼女をからかっているときの彼は、これからセックスするぞという意欲が顔に表われ、十歳は若く見えた。何人もの女の子に声をかけ、女の子を楽しませ、いつの間にか彼女たちの前から消える、若い頃の彼に戻ったみたいだった。女の子たちはまぶしい太陽の下で快楽に目がくらみ、もっとこの快楽が続けばいいのに、と思いながら、道に迷う。今のジャックは……そんな能天気な人間ではない。別人だ。

現実の厳しさを知り、きちんと目の前の仕事に集中するひと。それでもやはりセクシーではあるが、男らしさがあふれている、という感じで、誘惑されている感じはない。

「待てよ」彼の指はまだシャツの中に入ったままだが、万一彼女が逃げようとした場合に、つかまえておこうとしているだけのようだ。「ひとつ、はっきりさせておこうじゃないか。君のきれいな顔の上にある複雑な頭の中を、どんな考えが飛び交っているのかは知らない。言いわけを作っておきたいのなら、好きなだけ作ればいい。しかし、あのベッドで――」彼が顎を寝室のほうに向ける。「セックスしたら、俺たちは離れられなくなる。君が逃げようとしても無理だし、俺も君から離れるつもりはない。絶対に。距離を置こう、なんて考えるだけ無駄だ。ブレイクのコンドミニアムを出るとき、君はショックを受け、俺の言うことなんて何も頭には入らない状態だった。あのときに決めたんだ。俺は君と一緒にいる。それから俺たちは明日、ここを出る。俺が思いつくいちばん危険の少ない場所、俺たちを守ってくれるチームのいるところ、ポートランドに向かう」

サマーは愕然《がくぜん》とした。「今、何て？」

「明日、俺たちはオレゴン州ポートランドに向けて出発する。前に言っただろ、妹の恋人が元海軍でSEALだったって。そいつはとある警備会社の社員なんだが、その会社は元SEALの将校が設立して、社員のほとんども元SEALだ。地球一かっこいい会社で、超一流のやつばかりだ。実際、もし今回のことが無事解決して生き残ることができたら、俺もその会社に雇ってもらおうと思っている。あらゆる意味において、最高の会社なんだ。とにかく、ポートランドでは約束できることが二つある。まず、俺に何があろうと、君は生き残る。この会社のみんなで、君の身の安全を守ってくれる。俺ももちろん、最善を尽くす。だから鼻をかんだティッシュペーパーみたいに、君が俺のことを棄《す》てようとしたって、俺は別に構わない。俺はただ君のそばから離れないから。ぴったり、べったり、君にくっついている」

サマーは彼の話を理解するため頭の中を整理しようとした。ほんのさっきまで、ジャックと濃密なセックスをして燃え上がることばかりで彼女の頭はいっぱいだった。ところが、その後も彼がそばにいるとなると、それにどう対処していいのかわからない。彼のそばにべったりくっついているなんて……。そこで、彼の話の中で唯一、もっともらしい疑問をぶつけられる点にすがることにした。「ポートランドに行くって、どうやって？　空港は敵が目を光らせているはずだわ」

「ああ。ＡＳＩ社、その警備会社が社用ジェット機を手配してくれることになった。だから俺たちが西海岸に飛んだという記録は残らない。ポートランドの空港でも同様だ。それから監視カメラには写らないよう、俺が気を配る」

「で、でも――」サマーの頭の中で、いろいろなことがぐるぐると回る。寝室のドアの向こうにぼんやりベッドが見えた。あの暗いベッドでジャックとセックスする、という考えが頭の中心に存在している。ただ、ブラックホールが周囲の光を吸収するように、その考えが他の論理や説明まで打ち消してしまうのだ。「でも、私には仕事があるのよ。『エリア8』による収入で生活している人たちだっているわ」

ジャックが重く息を吐いた。表情が悲しみに陰る。黙って自分のほうを見つめる彼の顔を見て、サマーの頭の一部が機能し始めた。彼はサマーのうなじに手を添え頬にキスする。そして向き合うと額をくっつけた。一瞬彼女は、これからセックスが始まるのかと思った。

彼の顔をすぐ近くに感じる。彼は額を合わせて、考えていることを直接サマーに伝えようとしているみたいだ。これはセックスの一部ではない。聖体拝領みたいな荘厳さをともなった、魂による交信だ。

「ハニー」彼は顔を上げ、言葉を切った。サマーの視界には彼の真っ青な瞳しかない。その瞳が深い悲しみをたたえている。

「何なの？」肉親を含めた親族全員を失い、敬愛する上司を殺され、さらに半年間、誰にも存在を知られないように身をひそめなければならなかった彼には、もう悲しむことなど残っていないように思えたのに、今また、新たな悲しみに包まれている。いったい何があって、これほど悲しんでいるのだろう。

「サマー、どう言えばいいか、言葉が見つからない。でも、誰かが君に伝えなければならないから、僕が言う。『エリア8』というブログは、もう存在しない」

　全身に電気ショックを与えられたかのように、サマーはびくっと反応した。硬直して背中を伸ばし、ジャックから離れる。

「どういうこと、『エリア8』はもう存在しないって？　意味がわからないわ。今日、記事を掲載できないのはわかってる。たぶん、今週じゅうは無理かな、とも思ってたわ。でも……存在しない？」

『エリア8』は彼女にとって、我が子と同じだ。何年にも及ぶ努力で、やっとここまでにした。その間、仕事にだけ心血を注ぎ、必死にがんばってきたのに。そもそも、一夜にしてその存在が消えるはずがない。

　ジャックがサマーを胸に引き寄せると、彼女は鼻がぶつからないよう反射的に横を向いた。そのため、耳がぴったりと彼の心臓の上に来た。「こう考えてくれないか。どういう理由があったかはともかく、敵は君をこのままにしておくと危険だと感じている。計画に支障をきたす何らかの情報を、君につかまれたと、やつらは考えたんだ。さらに君の意見は、きわめて影響力が大きい。アメリカでそこそこ重要な仕事に就いている者なら誰でも、『エリア8』を購読している。君の発信する記事は全国ネットのメディアに取り上げられ、共同配信もされるし、何百万という他のブロガーがシェアする。つまり君が取り上げたニュースは、またたく間に全世界に拡散するんだ。敵もそれがわかっている。話はそこで終わらない。君が記事を掲載すれば、すなわち君は生きていて、ますます真相に近づいていることを意味する。君が命を狙われていることはもうはっきりしているが、ブログで発信すれば、君がどこにいるかを突き止められる可能性が高くなる。きわめて危険だ。今のところ、君は消息不明だ。現在、君がどういうなったかを知っている者はいない。敵からすれば、君はサリンを吸い込んで死んだか、あるいは非常に重篤な状態にあるかのどちらかだ。敵は君の生死もわからないんだ。俺としては、今後もそうしておきたい」

彼は少し体を離すと、じっと彼女を見ていた。彼の表情が険しい。

今言われたことのうち、ほんの少ししかサマーには理解できなかった。ただ『エリア8』が消滅するのだということだけしか考えられない。自分が誕生させたもの。これこそ自分の生れてきた意義だと実感できたもの。

ジャックの表情が変わった。厳しい顔から、少し別の感情が混じる。「ああ、ハニー」彼がまたサマーを抱きしめる。片方の腕を肩に、もう一方をウエストに巻きつけ、強く引き寄せる。「残念だ」彼が低くつぶやいた。

サマーには彼が必要だった。寒い。外気のせいではなく、体の奥の深いところからまた冷えてきた。芯《しん》から凍《こご》えそうだ。骨まで冷気を感じている。彼女はジャックにしがみついた。今この世界で、自分を温めてくれるのは、彼しかいないように思った。

壁が傾き、天井が動く。ジャックが彼女を抱きかかえ、寝室まで運んでくれているのだ。彼女は体の向きを変え、彼の首元に顔を埋めた。家は完全な静寂に包まれている。誰かが、しーっと合図をして、世界中がそれに従っているような感じ。外からの音は聞こえず、ただそこに二人がいるだけ。二人の息遣い――彼の落ち着いた呼吸とサマーの荒い息が響く。今にもわっと泣き出してしまいそうで、彼女は必死にこらえていた。

私は泣かないんだから、とサマーは自分に言い聞かせた。泣いた記憶なんてない。子どもの頃、どんなに涙を流しても何にもならないと学んだから。髪や瞳の色が決まっているのと同じように、泣かないことが彼女という人間を形づくっている。

今も泣いてはいない。泣き方を知らないから、どうやって泣けばいいのかもわからない。目から液体がこぼれるが、それだけのことだ。目の前に汚れていそうだけれど、嫌な臭《にお》いはしない彼のシャツがあり、サマーはそのシャツで目からこぼれる液体を拭《ぬぐ》った。寝室に入ると、彼がそっと床に下ろしてくれた。彼女は顔をそむけたままにしていたが、彼のほうも無理に自分のほうへ向けようとはしなかった。

寝室は他の部屋と同じように、これといった装飾がなく、すてきな部屋だとは言えないものの清潔だった。

また体が震える。サマーは熱源を必要としていた。手近にある熱源はジャックで、燃え上がるようなセックスをすれば体が温まり、彼なら自分の体に火をつけてくれるのもわかっている。冷たさがどんどん体じゅうに広がっていく。体は吹雪《ふぶき》の中で長時間突っ立っていたみたいに硬直していたが、彼女は思いきって彼に抱きついてみた。うんと伸びあがって彼の首に腕を絡め、キスする。彼の唇を狙ったつもりが、外れてしまった。

彼の背が非常に高いからだ。大学のときは、ここまで身長はなかった。伸び上がらなければキスできなかったような記憶はあるが、つま先立ちをしなければならないほどではなかった。まあ、いい。届かないのなら……伸び上がろう。

結局、彼の口を狙ったキスは、頰の隅にぶつかるだけになった。めくるめくキスを願っていたのに、口を開けて舌を絡めるエロティックなキスを。濃密に。そういうキスを求めているのだ。

彼女は口を開くと、貪欲《どんよく》に彼の唇を求めた。すると、ああ、これでいい。彼も口を開いてくれた。こういうキスがしたかったのだ。口が熱を感じ、体に広がっていく。もっと欲しい。もっと熱くなりたい。この熱を肌にも感じたい。彼の胸板で乳房を熱くしてもらいたい。彼の体重をどっしりと感じたい。彼のものが自分の体の奥で激しく動くところを意識したい。体と体がこすれ合うことでさらなる熱を生み出し、その熱波で絶頂に押し上げられたい。意識を失うぐらい、強烈なクライマックスを迎えたい。

彼ならそんな絶頂感を与えてくれる。昔もそうだった。

サマーは一切の言葉を発することなく、ただ腕をジャックの首に巻きつけ、キスに没頭した。全身に広がる熱でとろけそうだ。

二の腕の内側で、さらに乳房に、彼の筋肉を感じる。彼は昔から筋肉質の体つきだったが、今感じるのは少年らしさの残る筋肉ではなく、おとなの男性らしい、太く、硬く、盛り上がった筋肉だ。すてき。このたくましさや熱を、直接肌に感じたい。そう思った彼女は、腕を下ろしてブラウスを脱いだ。その間《かん》、彼と触れ合う部分がなくなり、痛みを覚えるほど辛かった。背中に手を回してブラのホックを外さなければ。

自分の胸の豊かさがもどかしい。ブラなしで過ごせるぐらいの大きさだったら、こんな手間は必要なかったのに。それに、今日のブラがラ・ペルラのものでなかったことが腹立たしい。あのブラならフロントホックだし、シルクで薄いレースがセクシーなのに。今日にかぎってシンプルな白のスポーツブラだなんて。おしゃれな要素は皆無だし、ホックも背中だ。

厄介なホックがどうしても外れようとしなくて、彼女は喉《のど》の奥でうなった。ああ、もう。

う、ぐぐ、という声に、ジャックが顔を上げ、彼女を見た。自分の手で彼女の手を止めて、背中に置かせる。「いいから、じっとして。急ぐ必要はないんだ」

「あるわ。急ぐのよ」

それを聞いて、ジャックがふっと含み笑いのような声を漏らした。彼に笑われたと思うと、サマーは落ち着かない気分になった。そして腹が立ってきた。自分の都合のいいペースを勝手に作るくせに、私にはそんなことを言うわけ？　私は体の芯が冷えていて、痛みを感じているの。今すぐ、熱くなる必要があるんだから。セックスしたい。もう待てない。裸になってベッドに転がり、覆いかぶさった彼のものに体を貫かれる――この瞬間その状態になれるボタンでもあれば、迷わずボタンを押す。

ゆっくりと服を脱がされ、優しく触れられ、前戯に入るだなんて、そんなプロセスを彼女は求めていない。足がきちんと床についているのかどうかも不確かで、今にも崩れてしまいそうだから。今すぐ性行為を始めないと。このまますぐに。

ジャックが彼女の腕を脇《わき》へ戻し、彼女の首筋に顔を埋める。彼の唇と舌が首を何度も上下に動く。どういう感覚がそこにあるのか、彼にしか発見できなかった性感帯を刺激され、彼女の全身の毛がさっと立ち上がる。

下ろした手首をひとまとめにしてジャックにつかまれたので、サマーは腕を動かせなくなった。彼女はいまいましいブラのホックを攻撃するために、こっそり手を上げようとした。しかし、手が動かない。彼女の動きに対し、ジャックはただ前より少し腕が触れる面積を大きくしただけで、力を使ったわけではないのに。力を使う必要が、彼にはないのだ。強くてたくましい彼の腕の重みをかけられただけで、彼女は手を動かせなくなる。

「放してよ」身動きの取れない状態にされることがサマーは嫌いで、そのことをジャックはよく知っているはずなのに。「手が動かせないでしょ！」

「いいから、じっとして」また同じことを彼が言った。「君のブラは、俺が外したいんだ。やらせてくれないか？」

何だか苛々して、サマーは重心を左右に入れ替えた。この感情をどう説明すればいいのか……形容する言葉がない。体の内側からふくれ上がって、表面の皮膚がこらえきれずにはちきれてしまいそうな感覚。むず痒《かゆ》いような、でもどこが痒いのかわからない感じ。体をひねってジャックの唇から離れる。まだ彼の唇は彼女の首にくっつけられたまま上下に動いていて、キスされた場所が燃えるように熱い。

もう欲望をあおられる必要はない。熱い吐息ややさしい愛撫《あいぶ》は要らない。何も考えたくない。ただ感じたい。彼が自分の上に乗っている重みを、自分の中に入っている彼のものを、今すぐ。

「だめか？」彼は軽く肌に歯を立てた。痛くはないが、はっとした。「俺が君のブラを外すのではだめなのか？」

「大急ぎで外してくれるのなら」いろんな思いをこらえながら、サマーはそう口にした。「そのあと、さらに急いで、あなたも裸になってちょうだい」

「おい、おい」ジャックはいつもより低音で、ものうげに言う。ああ、もう。「どうしてそう急ぐのかなあ。理由が知りたいものだ」

歯を強く食いしばったので、奥歯が割れるのではないかとサマーは思った。「セックスをすることに関しては、合意したわ。でもあなたの寝室で何時間も過ごすなんてことに、私は同意していない」

「これもセックスの一部さ」ジャックにまた、首筋に歯を立てられ、サマーはぞくっとした。全身がぶるっと震える。肌には鳥肌が立っている。月明かりだけしかないけれど、彼にも見えるはず。「ここから始まっているんだ」

「まだ始まってないわよ」大声を上げて不満を爆発させたかった。彼の手はサマーの背後にあるが、触れてはいない。ブラを外すのはどうすればいいのか、わからないようなふりをしている。ブラ外しコンテストとかがあれば、オリンピック級の腕前のはずなのに。

「性行為とはどういうものか、私が何を求めているか、あなたにはちゃんとわかっている——」

文句を言い終える前にブラが外れ、むき出しの乳房が彼の胸板に触れた。彼はTシャツを着ていたが、硬い筋肉の盛り上がりがわかる。彼の胸板が乳房をこすると、筋肉の割れ目までがはっきりとわかる。もっと触れ合いたくて、彼女のほうも体を揺って胸の愛撫を返した。彼の温かさにもっと触れたくてたまらなかった。

彼女の求めていたセックスは、こういうものではない。ただ、これもセックスの一部だという彼の言葉は正しい。ジャックがTシャツを脱ぎ、彼女をきつく抱きしめたので、いっそう強くそう思う。彼の胸の鼓動が直接乳房に伝わる。肌と肌が密着する感覚は本当に気持ちいい。体の前面から全身に熱が広がる。彼の胸毛は昔より濃くなっていた。二十歳を過ぎたばかりの彼の胸板には、かわいらしくVの字に毛が並んでいるだけだったが、現在は両胸をびっしりと埋めつくす濃い毛が、おへそのほうへ、さらにそのままズボンの緩いウエストの下まで伸びて隠れる。

そのズボンに目をやると、巨大なまでに勃起《ぼっき》したものが彼女の腹部を押していた。硬い胸毛にこすられた乳房の先端が尖《とが》ってくる。脚のあいだが燃えるように熱い。彼が腰を突き出す。彼女の体の奥が呼応するように、びくっと収縮する。

クライマックスへのプレリュードだ。裸で抱き合うだけで、こんなに感じる。まだ二人ともズボンをはいたままなのに、サマーの体は今にも絶頂を迎えてしまいそうになっている。

こんなのはおかしい。そして、最高だ。

さまざまな問題が、うんと遠くにあるように思える。今はこの体の中で起きている奇蹟《きせき》しか考えられない。頭上には鮮やかでまぶしい青空があり、遠く地平線に黒く不吉な雲が見えている感じ。全身が歓びで音楽を奏でようとしているときに、そんな遠いところのことを心配なんてしていられない。

ああ、もっとしょっちゅうセックスしていればよかった。こんな魔法の感覚を忘れてしまっていたなんて、どうかしていた。全身のすべての神経が燃え上がるみたいな気がする。この高揚感を遠ざけていたという事実が、信じられない。

ジャックはまだ彼女の首へのキスを続けている。彼の歯や舌を肌に感じるたびに、彼女の体を火花が駆け抜ける。首の筋肉に力が入らず、ぐねぐねして頭を支えておけない。膝《ひざ》から崩れ落ちそうだ。もう立っていられない、と感じた彼女は、早くベッドに移動しましょう、と口を開いたが、そのとき彼がズボンのファスナーを下ろし、下着ごといっきにズボンを引き下げた。

ああ、例のぎこちない瞬間が来た。そうだった、こういう気恥ずかしさを感じる瞬間があるから、セックスする気になれなかったのかもしれない。どこかで動きを中断しなければならず――服を脱いで、その服を脇にどけておき、立ったままの状態で靴や、場合によってはブーツを脱ぐ、そういうのを流れるような動きで進めるのはなかなか難しい――その際のぎこちない雰囲気が嫌だから、デートのあと一緒にベッドにたどり着けないままに終わるのだろう。

ぎこちなさと、気恥ずかしさのせいだ。

ところが、ジャックはぎこちなく動きを止めることなく、そのせいで恥ずかしく感じる時間もなかった。魔法の杖《つえ》でもあったのか、彼にかかると何でもスムーズなのだ。おそらく彼の魔法のペニスと関係あるのだろう。彼は約二秒間サマーの首から口を離し、かがみ込んだだけだった。すると、じゃーん、魔法のようにサマーは彼の腕に裸で抱えられていた。何がどうなったのか、彼も裸だった。

すべてがスムーズで、恥ずかしくもない。

彼のすべてが、サマーの興奮をあおる。あり得ないぐらい幅の広い肩、たくましい筋肉を包むのは滑らかな肌……。

滑らかではない部分があった。

指先で彼の背中を撫でていると、ふと傷痕《きずあと》に手が触れた。ああ、彼は大きな怪我をしたことがあるようだ。肋骨《ろっこつ》のところに盛り上がった線があった。こんなふうに太くケロイド状の傷痕を残すのは……。

彼女ははっと体を起こし、彼の顔を見つめた。

表情が険しく、彼の気持ちが遠ざかるのがわかった。「気になるのか？」

「傷痕のこと？　まさか、いえ、そうね。実際は気になるわ。ここまでひどい痕になるぐらいなら、傷を負ったときにはずいぶん痛かっただろうな、と思って」二人のあいだに実際に距離ができていた。そのため薄暗がりの中でも胸にも傷痕があるのがわかった。ひとつは背中のケロイド状の傷痕を作ったものが、ここから射出したらしい痕。もうひとつは、大きく盛り上がった傷が長い線になり、線に垂直にホチキスの針のような痕がある。子どもの頃、開発途上国にいたときに目にした傷痕だ。その後はこんな傷痕を見たことがない。まともな治療を受ければ、今どきこんな痕は残らないものだ。

戦闘地域で応急手当を受けたに違いない。

心にも体にもいっさい何の傷痕を持たないジャック少年は、もう存在しないことを改めて実感する。そう思うと、悲しかった。ジャックは幸せいっぱいのまぶしい少年だった。辛い目に遭ったことなどなくて、将来も苦労するはずがない、この少年は恵まれた星の下に生まれてきたと誰もが信じていたのに。

今のジャックは傷痕だらけで、陰りを帯び、タフな男性だ。戦場にも行ったらしい。彼は大きな肩を片方だけすくめ、ちょっとだけ口元を緩めた。「気にならないのなら、さっきの瞬間に戻ってもいいか？」

ええ、ぜひ。彼女の体は、彼の言葉を聞いただけでまた燃え上がった。ジャックに傷痕があると知って気持ちが沈んだが、それはこの傷を受けたとき、彼がどれほど痛い思いをしたかを考えたからだった。今の彼は精力を放ち興奮状態だ。それがわかって彼女も同様に強く興奮した。悲しみや辛さは過去のものとして、目の前から消える。ちょうど朝霧が晴れていくようなものだ。霧が晴れたあとには、強烈な熱と皮膚にちりちりと感じる電気が広がる。ずきん、ずきんと乳房がうずき、脚のあいだが熱く濡《ぬ》れる。

「よし、いい子だ」ジャックがまた首筋に顔を埋め、耳の後ろを舐《な》めながらつぶやく。

サマーは自分の息が荒くなっているのを感じた。

「何も言っていないけど」反論は弱々しく、声がかすれる。

「言葉を使わなくても、君の体が語ってくれるぞ。俺の知りたいこと、みーんな教えてくれるんだ」

ああ、すてき。ジャックはベッドではやわらかな南部訛《なま》りで話す。サウスカロライナ出身の彼の母メアリー譲りだ。故デルヴォー夫人は、ハチミツたっぷり、といった感じの甘い、母音を曖昧《あいまい》に延ばす発音で話していた。母親への愛情が強いため、彼の本質の部分にこの話し方が深く根差し、ふとしたはずみで訛りが出るのだろう。とにかく、この訛りを聞くと、サマーの体はとろけそうになる。

昔も今も。彼女の秘密の部分は彼を求めて勝手に収縮を始めた。

「私の体は、何て言っているの?」サマーは少しだけ首をかしげた。肩のいちばん端のところが、特別に感じやすいので、そこにキスしてほしかったからだ。ほら、と彼女は心でつぶやいた。そこよ。

「どこにキスしてほしいかを、僕に伝えている」ジャックの口が首から顔へと移動し、顎のところを軽く噛《か》む。電気ショックを受けたかのように、サマーの体がびくっと反応する。

「どこにキスしてほしいかを、僕に訴えている」ジャックは唇を重ねて、舌で彼女の口の輪郭をなぞり、口を開かせる。すると片方の手が彼女の背中から前へと回り、下へ、どんどん下へと動いていく。何も言わずに、その手だけで、脚を開けと彼がサマーに命令する。あ、ああ。彼の手が大切なところに。金色に輝く野の草の穂が揺れる感じ。強すぎず、じゅうぶんに刺激もある。あっ……彼の指が蕾《つぼみ》の部分を探り当てた。そこをこすってから、熱の源となる彼女の体の中心部へと向かう。彼女の体が、入ってきた彼の指を締めつける。下半身すべてが強烈な快感の渦に引き込まれる。

彼女はキスしたままの口を開いて、苦しい息を吸った。

「よし、いい子だ」彼がつぶやく。

「ジャック」

「ダーリン」サマーのあえぎに、彼が同じような切迫感をみなぎらせて応じる。

そのとき、彼女の喉の奥のほうで音が鳴り、ぐごっ、という音が響いた。まさかこんな音を漏らしてしまうなんて。

ジャックが、くすっと笑う。

笑う? つまり、彼は自分をきちんとコントロールしているということだ。サマーのほうは、わき上がる欲望をどうすることもできずにいるのに。ひとりだけ涼しい顔をしているなんて、ずるい。二人が互いに同じ状態でいなければ。

彼女はジャックの頭の後ろに手を当てて、ぐっと自分のほうに引き寄せ、猛然とキスした。舌を差し入れ、彼の下唇を噛む。腰を押しつけたまま円を描くように動かしてみると、彼のものがいっそう大きくなった。

ジャックも喉の奥からくぐもった音を漏らすと、ベッドに向かった。一歩、二歩、三歩。サマーも彼の動きについて行く。ダンスしているみたいだった。彼女の膝の裏側がベッドにぶつかり、その後、背中がマットレスに当たる。その上からジャックが覆いかぶさる。どっしりした重さが、とても気持ちいい。この間《かん》も、彼はずっと唇を重ねたまま。彼女の腕は彼の首に巻きつけられたままだった。

「脚を開いて」ささやく彼の声がかすれて聞こえる。

ええ、今すぐに。彼女は急いで腿《もも》を広げた。二人は同じぐらい強い切迫感に駆られて、互いを求め合っていた。呼吸するのと同じぐらい、彼が必要だった。彼の大きな手が彼女の脚のあいだへ滑り下り、さっきと同じように円を描きながら愛撫していく。すべての快感の源となる、蕾の部分をこする。

これまで関係を持った男性の中には、性行為が得意でない者もいた。この部分での愛撫の際、力まかせにこすられてただ痛いだけだったときもある。そういう男性は女性の体というものを理解していない。触れ方が正しくなければ、何の意味もないのだ。ちょうどいい強さの力が必要で、女性が痛みを覚えてはいけない。

ジャックは女性の体を理解している。大きくて力のある手は表面にたこができて皮膚が硬くなっているのだが、触れ方は涙が出そうになるぐらい繊細だ。彼の指が円を描いているうちに、サマーの腿に力が入って震え始めた。ああ、絶頂に達してしまう。まだ愛撫されているだけなのに。

熱く、重く大きくなった彼のものを腿に感じる。彼の愛撫だけでサマーの体が強烈な反応を示してしまうと、彼のものがいっそう大きくなるのがわかる。

私をこんなに強く興奮させられるのは、ジャックだけ。何年も昔の、あの体験のとき以来だ。あのときのジャックは、彼女の体を歓びで満たしてくれた。今のジャックは、彼女の体を熱でいっぱいにする。その熱が背骨を駆け上り、また駆け下り、そのたびに背中にちくちくと刺激を覚える。そして脚のあいだに、どんどん熱が蓄えられていく。

サマーはヒップを突き上げた。その意味がジャックにはすぐに通じる。彼は教科書を読むように、女性の体を理解しているから。彼は顔を上げて、彼女を見下ろした。二人の顔が近い。彼の息遣いを彼女の肌が感じ取る。

以前、体を重ねるときのジャックは、とてもうれしそうだった。きれいな顔に、満足そうな笑みを浮かべていた。今の彼の顔には笑みはない。眉《まゆ》をひそめて真剣な眼差しで彼女の目を見ている。彼が腰を揺すり始める。やがて二人の呼吸がぴったり合い、彼の指が彼女の体の入り口を開く。サマーはそこへ入ろうとする彼のものの先端の大きさを感じた。それに、溶けた鉄のように熱い。二人がつながろうとしている場所が爆発してしまいそうな気がする。

サマーは開いた手のひらを彼のヒップに置き、押した。何も言えず、吐く息も肺に残っていない。喉が苦しくて、声が出ない。しかし、手で押すだけでじゅうぶんだった。彼が自分の顔を見ながら、慎重にゆっくりと自分の中に入ってくる。すると彼のヒップにぎゅっと力がこもり、その動きが彼女の手に伝わる。

彼が自分の体を満たしていくあいだ、彼の視線にも熱がこもる。彼の眼差しの強さに耐えられず、サマーは目を閉じた。それに自分の中に入っている彼のもののことに集中したい。やっとひとつになれたのだ。

こんなに熱くて、こんなに……自然に感じる。故郷に帰ってきたような、長いあいだ求めていたのに手に入らなくて悲しかったものが、やっと手に入ったような感覚だった。彼女は膝を上げ、両脚をしっかりと彼の胴に巻きつけた。上半身はずっと彼の首にしがみついたまま、彼とつながっている実感を味わう。欠けていたパズルの一片が、やっと正しい場所に落ち着いたようなこの瞬間を大切にしたい。これまでの自分は、半分死んでいたようなものだった。そんな状態から、また生命の輝きを謳歌《おうか》できるようになったのだ。

ジャックがそろそろと腰を引き、また突き出す。そのたびに至福の歓びが彼女の全身を駆け抜ける。ああ、この感覚を味わいたかったのだ。彼とこうしたかった。本当に。そう思っていると涙がわいてきて、彼女は狼狽《ろうばい》した。しかし、下半身も強烈に反応したため、涙を見られずに済んだ。絶頂感に突き上げられたのだ。クライマックスに涙を流すのは、きわめて普通だ。

これならセックスを楽しんだだけだというふりができる。本当はまた、ジャック・デルヴォーに完全に心を奪われてしまったのだけれど。

8

ジャックは温かな女性の体を求めて、上掛けの下でもごもごと動いたのだが、手に触れるのは冷たいシーツの感覚だけだった。温かで、最高の女性の体がそこにあると思っていたのに。すばらしくて、温かな女性が。ひと晩じゅう愛し合った女性の。

昨夜、彼女と抱き合っていると、また自分は生きているという実感が戻ってきた。家族を失った記憶や、誰からも死んだと見なされて独りぼっちだった半年間の辛くさびしい生活が、遠くどこかにかすんでいた。ここしばらくはずっと、都会のごみの一部でしかなかったのだ。

サマーはかなり前にベッドから出たのか、温もりの名残さえない。そのときキッチンで物音がした。なるほど。

ＣＩＡの優秀なエージェントであり、高度な訓練を受け、幾多の実地経験を踏んできた俺には、現在の彼女の居場所ぐらいすぐにわかるぞ、とジャックは思った。

ごろりと転がってベッドから下りると、ジャックはすぐに歩き出した。彼女に会いたくて、彼女を抱きしめたくてたまらず、寝室の真ん中あたりまで進んだところで、はっと気づいた。彼は全裸で、彼女に会いたい気持ちが体の中心部から高く突き出したもので見事に表わされている。

これは隠しておいたほうがよさそうだ。隠したくはないし、このままキッチンまで行って彼女をこの手につかまえたい。まあ、一緒にコーヒーの入ったカップも手にして――できればそうまずくないコーヒーならありがたいが――彼女を抱き上げベッドに戻ってきたい。彼女をその気にさせるのに、時間はかからないはず。昨夜、サマーの体については、隅々まで学んだから。航空機のパイロットはフライト前にチェックリストを確認するが、ジャックの頭の中にはサマーに関するチェックリストができ上がっている。確認の上、二人で飛び立とう。

首にキス、口、もういちど首。乳房は両方。だが、同時に攻めてはいけない。彼女の脚のあいだを手で愛撫《あいぶ》。

それで彼女はすっかり興奮する。またベッドに戻って、今日じゅうベッドで過ごせるなら、きっとそうする。ああ。

女性とベッドをともにしたのは、実にものすごく久しぶりだった。さらに、サマーほどうぶでやわらかくて、すべてを差し出してくれる女性なんて、本当に長いあいだ会ったこともなかった。いつそういう女性と関係を持ったかさえ、思い出せない。たぶん、他にはいなかったのだろう。

そうだ、サマーのような女性とは、会ったことがない。

圧倒的な孤独感に包まれていたジャックが、彼女と一緒にいることで思い出した他の人とつながっているんだ、という感覚は、言葉にできないぐらいすばらしいものだった。この半年、家族を亡くした悲しみに暮れ、どうすればいいのかもわからなかった。このわびしい隠れ家で眠る毎夜、心臓の鈍い鼓動だけが自分が生きている証《あかし》だった。昼間は亡くなった人たちを悼み、何らかの手がかりを見つけようと自分を叱咤《しった》激励して捜査のために外に出た。けれど見つかる危険を冒してまで出かけて、残り少ない資金を削って捜査してもなお、わかったことはほとんどなかった。来る日も来る日も、そんな昼と夜を過ごした。

妹のイザベルにも兄は死んだと思わせておく必要があり、そのことがいちばん辛かった。しかし、イザベルは心の中がすべて顔に出てしまうたちなので、いっさい連絡は取れなかった。兄が生きていると知れば、イザベルは何も知らないふりはできないのだ。

だからこの半年は、本当に辛く厳しかった。

そして昨夜、六ヶ月ぶりに生き返った気分になった。昨夜体験したことを、これからもずっと続けていきたくなった。今すぐにでも。そしてずっと先も。将来的には、もっと頻繁に。ああ、そうしよう。

部屋にひとつしかない椅子《いす》に置いてあったパジャマのズボンをはきながら、あまり時間の余裕はないな、と彼は思った。ズボンの股間《こかん》の部分を嗅《か》いでみる。きちんと洗濯はしているのだが、最近は少し怠けていた。うむ、大丈夫そうだ。これなら悪臭テストに合格だ。

何時になるかはわからないが、今日じゅうにASIの社用ジェットが迎えに来るので、ひと目につかないよう気を配りながら、飛行場に行かなければならない。そのときまでに準備をしておくとすれば、あまり時間はないが、うまくすれば軽く一回ぐらいはできるかも……どうだろう？

普段のジャックは、大急ぎでセックスすることはない。たっぷり時間をかけ、その機会のすべてを楽しみたいタイプなのだ。これから先、その機会はたくさんある。サマーにはこの先ずっとそばにいてもらうし――いや正確には、彼自身がサマーから離れるつもりはないし、今後いくらでも楽しむことはできるはず。

しかし、ひとたび彼女の味を知ってしまうと、またもういちど、もっとたくさん、ただちに味わいたくなる。悲しく不毛な日々を過ごしたつけがきているのか、少しでいいから今すぐ楽しみたい。何としても彼女を説き伏せ、欲望を解き放させてもらおう。

「おう」キッチンの入り口で足を止めたジャックは、流しでカップを洗っているサマーの後ろ姿に声をかけた。安もののコーヒーの匂《にお》いがそのあたりに漂っている。カウンターには別のカップにコーヒーが用意してあった。彼女は今すぐにでも外に出られるぐらいきちんと服を着ている。「コーヒーをいれてくれたんだな。ありがとう」さて、俺がコーヒーを飲み終わったら、またベッドに戻って、いいことをしよう。喉元《のどもと》までその言葉が出かかったとき、サマーが振り向いた。おっと、これはまずい。

彼の下半身が、いっきにしょぼんとしなだれた。

彼女は、セックスの話を持ち出せるような顔をしていなかった。美しいが冷たい表情を保ち、心の内はまったく読み取れない。くすんだ緑の瞳《ひとみ》に何かを訴えても、針葉樹に話しかけるのと似たようなものだろう。

ジャックの頭の中には彼女と一緒にベッドに戻ることしかなく、その先どうするか、ということまで考えていなかった。「う、あの」頭脳が無駄に回転し続ける。「朝食用の食べものがあまりなくて、申しわけない」そう言って、ぽりぽりと頭の後ろを引っかいた。

「食べるものなんて、いっさいないわよ」サマーの返事が冷たい。「あったのは、ひたすらまずいコーヒーだけ。とにかく、あなたの分もいれておいたわ」彼女がカウンターを示した。そこにあるのは、コーヒーとは名ばかりの飲みものであることぐらい、ジャックにはわかっている。

サマーは体を硬直させて立っていた。その全身で、あなたなんてどこかに消え失せて、と訴えているように思える。

こういう場合の対処法は何とおりもある。ジャックとしては、たとえばすぐそこのデリカテッセンでベーグルでも買ってこようか、と言ってみればいい。ホームレスの扮装《ふんそう》をしなければならないし、デリカテッセンはすぐそこではなくて、四ブロックも歩かなければならないが、まあ走って行けば十分もかからないだろう。

落ち着いた低い声で、今日これからの予定をやさしく説明してもいい。これからポートランドに行く話をしながら、彼女に触れる。ジャックに触れられることに、彼女が慣れてくれればいいのだ。

対処法はいっぱい頭に浮かんだが、ジャックはそのどれも実行しなかった。彼女が体を固くして冷たい態度でいるので、うろたえてしまったのだ。慎重に距離を置かねばならないのに、彼はついキッチンへずかずかと入り、彼女を自分の胸に引き寄せ、嵐《あらし》の中で身構えるかのようにぎゅっと抱きしめた。

サマーにあんな顔をされるのは耐えられない。あんな表情をされたままでいるのが、ただ嫌だ。彼女の中にはいったとき、ほほえみながらこちらを見上げてくれたあのサマーを取り戻したい。あれこそが、自分にとってのサマーのあるべき姿だ。荒々しいキスをして、彼にしがみついてきた女性、もう自分はこの世に独りぼっちではないのだ、と思わせてくれた人。

抱きしめても、彼女は体を固くしてその場に立ったままだった。意地の張り合いなら、ジャックも負けない。意地でも彼女を抱きしめ続ける。必要とあれば、永遠にでも。せめてこの冷たさがなくなるまで、硬直した体がやわらかくなるまで。

彼はサマーの首筋に顔を埋めた。彼女に抱き返してもらいたい。笑顔で見つめてもらいたい。彼が大切に思う人は世界中にイザベルとサマーしかいない。サマーを失うわけにはいかない。

ジャックは彼女の首にキスした。「俺から離れるな」顔を埋めているので、声がくぐもる。「そんなの、俺には耐えられない」

サマーの腕がそろそろと上がり、彼の背中に置かれる。よし、ダーリン。俺につかまってろ。俺のほうは、君につかまって離れないからな。

淡い朝の光の中で、二人は抱き合いながら、ゆっくりと体を揺すった。「昨夜はすばらしかった」言わなくても伝わっているとは思ったが、念のために言葉にしておこう。彼女の返事を待ったのだが、何の言葉も返ってこない。プライドが傷ついたが、それでもきちんと確認しておこう。「君にとっても、すばらしい体験だったか?」

顔は見えないが、彼女がほほえんだのがわかった。「ジャック、それ、本気でたずねてるの？」

首に顔を埋めたままうなずく。そしてキスした。使える手段は何でも使おうと思った。「ちゃんと言葉にして聞きたい」

サマーがため息を吐いた。疲れた感じの声だったが、体の感じが徐々に変わってきている。女性の体が何を訴えているか、ジャックにはよくわかるのだ。昔は、どんな些細《ささい》なサインも見逃さなかった。今はそこまで完璧《かんぺき》に理解できるわけではないが、それでもだいたいのことはわかる。

サマーはもう背中を硬直させていないし、強ばっていた筋肉も緩んでいる。

「よかったわよ」彼女は今、やれやれ、という表情をしているはずだ。

「よかったわ、どころじゃないだろ」彼女の肩を額でぐいっと押す。

またため息が聞こえる。「わかったわよ。よかった以上だった。さ、満足した？」

「まあな」ジャックは体を起こし、彼女の顔をまっすぐに見た。かわいい顔だった。頬《ほお》にも少し赤みが戻っている。まだ不機嫌そうだが、仮面をかぶったような無表情で冷たい顔をされるよりはずっといい。「二人で一緒にもう一回ベッドに戻るためなら何だってする、と言いたいところだが、そろそろ出発の準備をしないとな」

彼女がうっすらと笑みを浮かべた。「あなたって本当に、セックスのことしか考えていないのね。昔からずっとそうだわ」

猛然と反論したい気持ちを、ジャックは何とか抑えた。「今回のこともそういうふうに考えているのか?」指を立てて、二人を交互に示す。「俺がただ性欲にまかせてやっただけ、やりたいだけやるつもり、そういうふうにしか思っていないのか?」わざとあからさまな表現を使ったのは、傷ついた胸の内を隠したかったからだった。彼女にそんなふうに言われると、本当に辛い。

ところが彼女はまた無表情になった。ああ、これがいちばん傷つく。「そうね、ええ。あなたは機会があれば、いつだって私をベッドに連れ込むつもりだと思ってるわ。だって大学のルームメイトの話では――」そこではっとした彼女は、顔を横に向けた。ああ、そうだったのか。サマーのルームメイトのことなんて、すっかり忘れていた。茶色の髪を長く伸ばした女の子だった。名前さえ思い出せない。ただ、その女の子を誘いに行ったとき、寮の部屋の入り口でぼう然としたサマーの顔ははっきり覚えている。ジャックのデート相手が彼女ではなくルームメイトのほうだと知って彼女の顔から表情が消えた。

ジャックはまっすぐにサマーの目を見た。「あのとき、君を傷つけたことは謝る。すまなかった。言葉にできないぐらい、悪かったと思っている。ただ、あのときのジャックはもういないんだ、ということだけはわかってほしい。あのときのジャックは、どうしようもないやつだった。あんなやつはもうこの世から消えてなくなったんだ。あのときのあいつが何を考えていたのか、今ではわからない。おそらく、何も考えていなかったんだろう。とにかく、脳がきちんと機能していなかったんだな。だが、今君の目の前にいるジャックは――」彼はどん、と胸を叩《たた》いて、自分を示した。力が入りすぎて痛かったが、罰を受けたい気分だったのでちょうどいいと思った。「ちゃんと頭を使って考え、心で相手の気持ちを推し量っている。この新しいジャックは、思い出せないぐらい長期間、セックスとは縁のない生活を送ってきた。この半年は無論、セキュリティ上の理由でセックスできなかったが、その前もかなり長期間、誰とも関係を持っていない。大切に想う女性がいなかったからだ。昨夜セックスしたのは、君のことを大切に想っているからだ。今も、君をいとおしく感じている。この感情は本ものもので、昨夜俺たちがしたことも嘘《うそ》や偽りではない。だから君と離れる気はない。君をどこにも行かせるつもりはないからな」

ジャックが熱弁をふるうあいだ、サマーはあ然とした顔で彼を見ていた。ジャックは彼女の両肩をつかみ、軽く揺さぶってみた。「俺が言ったこと、理解したか？」

彼女はおずおずとうなずいた。

男女の付き合いの駆け引きという意味合いからは、今の宣言はきわめてまずい戦略だ。こんなに早い段階で、手の内をすっかりさらしてしまった。手札をすべてテーブルに並べて見せたようなものだ。普通、そんなことはしない。手札は一枚ずつ、相手が一枚見せたら、またこっちも一枚、といったやり方で、然るべきタイミングを見計らって出すものだ。

そんな駆け引きなんか、どうだっていいと彼は思った。

ＣＩＡに採用されてからの十年近く、ずっと自分の正体を誰にも知られないようにして生きてきた。正体を隠すために、無表情をよそおい続けた。そのための訓練も受けた。厳しい訓練だったが任務のためには必要だったので耐え抜いた。本性を隠すということこそ、潜入捜査官の仕事の真髄であり、また彼が得意とするものでもあった。

秘密工作本部所属のエージェントとしてキャリアを積む間、本来の自分というものを人に見せる機会などないのではないか、と思うときさえあった。

だが、機会はあったのだ。こういう形で。

ジャックは自分のすべてをすっかりサマーにさらけ出した。ちょっと立ち位置をずらして、彼女に自分の全身がよく見えるようにする。顔からつま先まで、ひょっとしてまだチャンスはあるかも、と期待を持ち続ける少しだけ大きくなった分身も。

自分の感情をすべて彼女に見てもらいたい。彼女と再会するまで、どうしようもないぐらい孤独だった。もちろんこの悪夢の半年は完全に独りぼっちだったが、その前からさびしくて元気が出ず、自分はいったいどうなってしまったのだと悩んでいた。

サマーと再会し、何かがぱちっと正しい場所に収まった感じがする。心の内側から明るくなった。自分が本当の意味でサマーを忘れた日などなかった、という事実にも気がついた。こんなに大切なものをみすみす棄ててしまうなんて、若さのせいにしても愚かだった。自分が何を失ったかも理解していなかったのだ。

今は、わかる。

「俺を見てくれ」サマーに語りかける。「真剣に、ちゃんと見るんだ。今の俺がどういう男かを見てくれ。昔の俺がどうだったかという理由で、今の俺を判断しないでほしい」

自分の言葉を、サマーは完璧に理解している、ジャックはそう感じた。考えてみれば、昔から彼女はいつも自分のことを正確に理解してくれていた。何かを話す際、細かい説明をしなくてもいいのだ。言外の意味まで彼女が完全に把握してくれているのが、わかったから。本来言葉のセンスがよくて、だからこそジャーナリストという職業を選んだのかもしれない。微妙なニュアンスを敏感に感じ取れるのだ。ひどい体験を強いられた子ども時代に、ちょっとした変化に対する感度を研ぎ澄ましていたからかもしれない。その感度の波長がジャックと同じなのだろう。とにかく、サマーはジャックの意図をきちんと理解できるのだ。

「あなたを見てるんだけど」彼の瞳をのぞき込みながら、彼女が言った。

「今度は学生時代とは違う。俺は君をおいてはどこにも行かない。もっと正確に言えば、俺はきみにべったりと貼《は》りついて離れないつもりだ。どこに行くにも俺がついてくるから、君はうんざりするだろうな」

「私の命を狙《ねら》う人たちがいるからでしょ」彼女が無感動につぶやく。

「まあ、それもある。だが、ＣＩＡにいるあいだには、警護任務にあたることだって多かった。今回はそういうのとは違うんだ。君は命を狙われていて、俺はそばで君の安全を守る。君が今回の事件を無事に乗り越えられるよう、俺は最善をつくす。実際に、無事に乗り切れるさ。君の命を奪う前に、俺を殺さなきゃならないんだからな。しかし、そういうことよりも俺の気持ちの問題なんだ。最終的には、死ぬべきやつが死に、監獄につながれるべきやつが監獄に入る。そのあとでも、俺は君のそばから離れない。ぴったりとくっついている。俺たちのあいだには、昨夜、絆《きずな》ができたんだ」

「そうね、私たちはセックスしたわ」サマーはなおも感情をこめずに言った。

「あれはセックスじゃない」

やっと彼女が笑顔になった。「セックスだったように思ったけど」

「いや、つまり……ああ、もちろんセックスしたさ。けど――」舌がもつれて、すらすらと言葉が出ない。自分が何を言いたいかはわかっているのに、どういう順序で話せばいいのかがわからない。もしかしたら、ふさわしい言葉が見つからないのかもしれない。どんな単語もしっくりこない。自分が言おうとしていることは……重みのある内容だ。そう、きちんと話そうと思うと足がすくみ、覚悟を決めなければならない。しどろもどろになりませんように、と祈りながら、また口を開いた瞬間に、電話が鳴った。ジョーからだった。妹の恋人、ジョー・ハリスだ。ジャックがこうして妹の身を心配せずに国の反対側にいられるのも、妹のそばにはジョーがいるからだ。熱烈な愛情をイザベルに注ぐジョーなら、自らの命に代えても彼女を守ってくれるはず。実際、ごく最近も妹の命を救ってくれたのだ。

「おう」ほんの気持ちだけサマーから離れて、ジャックは電話に出た。

ジャックとサマーは非常に重要な話をしようとしているところだったのだが、中断させられるのは逆にありがたかった。もう少し時間が欲しい。いろんなことを頭の中で整理して、それからサマーに話をしよう、と思った。

「ASIの社用ジェットはあと一時間でレーガン空港に到着する。サマーと一緒に見とがめられないように空港まで来てほしい。できそうか?」

「ああ、もちろん」ジャックはもう荷造りのために寝室に戻り始めていた。「必ず行くから」

「自家用機専用ターミナルに向かってくれ。すぐに飛行機の機体番号とパイロットの携帯電話番号をテキストメッセージで送る。いいか、誰にも見つからないようにな」

「おい、俺を誰だと思ってるんだよ」

「すまん、すまん。イザベルが後ろでうるさく言うもんで。もう、じっとしていられないらしくて。あんたら二人に万一何かあれば、俺には地獄の生活が待ってるよ。だから、何もないようにしてくれよな」

「ふん、もう女の尻《しり》に敷かれてるわけか」ちょっとからかってみた。「で、どんな気分だ？」

「最高だね。うれしくて仕方ないよ。まあ、彼女の作ってくれる料理さえあれば、どんなことだって耐えられるだろうけど。あんたらが飛行機に乗った頃に、また連絡する。俺はサマー・レディングとは会ったことがないけど、俺の周辺にはサマーのファンがいっぱいいる。みんな彼女をジャーナリストとして尊敬しているんだ。だから、彼女の自宅のことは、すごく気の毒に思ってる」

「そうだな」ジャックは急いでジーンズを手に取りながら言った。「サリンだなんて、しゃれにもならないよな」

「いや、爆発物のことだ」

「おい」ジャックはぴたりと動きを止めた。ちらっと顔を上げると、後ろをついて来たサマーと目が合った。何かが起きたことを、彼女にも悟られてしまった。「サマーの自宅って、どういう意味だ？」

「しまった」ジョーが自分を罵《ののし》る。「まさか、聞いてなかったのか？　ニックから連絡が行ったとばかり思ってたんだが」

「ちくしょう」普段のジャックなら考えられないことを、昨夜してしまった。携帯電話の呼び出し音量を下げておいたのだ。真夜中の電話で、サマーを起こしたくなかったからだが、ジャック自身もセックスのあとエネルギーを使い果たして、ほとんど昏《こん》睡《すい》に近い眠りに落ちた。それで電話に気づかなかったのだ。弁解の余地のないミスだ。「電話に出なかったんだ。すぐにニックに連絡するが、具体的にどうなったんだ？」

サマーがすぐそばに来て、彼の腕に手を置く。彼はその手の上に、自分の手を重ねて彼女の目を見た。

「午前四時頃、サマーのアパートメントが吹き飛ばされた。爆発物の種類やなんかは、ニックから聞けばいいが、今わかっているところでは、ＲＰＧランチャー弾が撃ち込まれたらしい。建物はなくなり、現場はベイルートみたいになってるぞ。ニックが画像を送ってくれたんだ」

「ああ」サマーが彼の腕にすがりつき、目を大きく見開いて顔を見つめてくる。「とにかく、飛行機に乗ったらまた連絡する」ジョーにそう言うと、電話を切った。

大変なことになった。よし、できるだけ早くサマーをＡＳＩの社用ジェットに乗せよう。そのまま彼女をポートランドに置いておく。ジャックがこれまで出会った中でも最もタフな男たちに囲まれていれば大丈夫だ。それに彼らの妻や恋人たちは非常にフレンドリーだし。危険が去るまで、そうしておかなければ。

「何があったの？」彼女の声が震える。「私のアパートメントがどうしたって？」

「なくなったんだ。爆破された」厳しい現実はきちんと伝えなければならない。みるみる彼女の顔から血の気が引いていく。「気の毒に」彼女の手を自分の両手で包み、しっかりと握る。ショックのあまり、彼女の全身が震えている。自宅に不法侵入されてサリンを仕かけられ、コロンビアにいた子ども時代の体験を思い出した。異国で独りぼっちにされた幼い子が食中毒にかかり、死にかけたのだ、さぞ怖かっただろう。その記憶がよみがえり、彼女は精神的に疲れ果てていた。それから時間をおかず、またこんなことになったのだ。「詳しいことはまだ調査中だが、現実にわかっていることは――君の自宅は建物ごとなくなった」

「なくなった」強ばった顔で、彼女がぽつんとつぶやいた。ああ。またこの顔だ。途方に暮れ、ぼう然としている。短時間に何度までなら人間は精神的な打撃に耐えられるか、というテストみたいなものだ。「何もかもが。調査記録も一緒に。でもよかったわ、全部クラウドに保存してあるから。これから――」

「これから俺たちはポートランドに行く」ジャックはきっぱりとした口調で告げた。「ポートランドなら、君も安全だ」

「でも『エリア8』が……『エリア8』はどうなるの？　これでおしまいになるわけ？」

「当面、休刊する必要がある。それがどういう意味を持つかは、俺にもわかっている。本当に。だが、とにかく君は姿をくらましておかなきゃならない。昨日も言っただろ？　こんなことをしたやつらが君の命を狙っているのは確かで、もう手段を選ばなくなってきている。何度も言うようだが、君を殺すためなら何だってするやつらなんだ」

「私は殺される」低く平板な口調で彼女が言った。「今日、死んでいてもおかしくなかった」

「だめだ」ジャックはサマーを抱き寄せ、彼女の体を揺さぶった。「そんなことを言うな。考えるのもいけない。気持ちをしっかり持てよ。これから地下にもぐるんだから。そのうち時期が来れば、すべてのことを記事にして世間に公表すればいい。『ウォーターゲート事件』にも負けない大スクープだぞ。その記事ならピュリッツアー賞を獲得できる。きっとだ。俺が保証する」

「ピュリッツアー賞」体を離すと、彼女がほほえもうとしているのがわかった。笑顔には似ても似つかない表情だったし、彼女がほほえむような精神状態にないのは明らかだったが、それでも彼女の努力に感謝したい気分だった。

「そう、ピュリッツァー賞だ」確約するようにうなずく。「だが、まずはここを出ないとな」

「待って」

一刻の猶予もないことをジャックの五感が知っていた。早く行かないと、と焦る気持ちでうずうずしている。しかしそれでもサマーの呼びかけには足を止めた。

彼女は何かを考えているようだ。「うちのスタッフに連絡を取ってくれる人はいない？　常勤スタッフの二人が、無事かどうかを知りたいの。もちろん私が生きていると知らせるわけにはいかないでしょうけど」

「名前を教えてくれ。飛行機に乗ってすぐ、ニックに調べさせる」

「ザック・バローズとマーシー・トンプソンよ。二人ともDC近郊に住んでいる。忘れないように、メモを取ってちょうだい」

「忘れる心配はない」それについては、断言できる。かつてのジャックなら、十八のランダムな数字からなるパスワードを覚えていた。そういうのに慣れているので、二人の名前を記憶しておくぐらい、何でもない。「さあ、行こうか」

サマーはコートの上にヘクター・ブレイクのオーバーを重ね、顔の下半分を隠そうとスカーフを巻き始めた。

「それはもういい」ジャックはフルフェイスのヘルメットを二つ持ってきた。「こっちのほうがいいだろ?」

サマーがびっくりしている。「でも、そんなものをかぶったら、車の運転ができないでしょ」

ジャックはヘルメットをかぶり、バイザーを下ろした。目元もすっかり見えなくなった。こもった声が聞こえる。「車で行くんじゃない。SUVより速いものがあるんだ」

＊＊＊

キーンは手にした新聞を置き、コーヒーショップの窓際に座るザック・バローズのほうを見た。これで二度目だ。頭の片側だけ剃《そ》り上げ、反対を長く伸ばすという流行の髪型のその若者は、周囲の状況にはいっさい注意を払わない。自分のノートパソコンとだけ会話をしている。どうやら簡単な仕事になりそうだ。

キーンはコーヒーショップの面した道路の反対側のベンチに座っていた。用心して、指紋を残さないようにした。新聞も持ち去るつもりだ。彼は携帯電話を取り出すと、熱心に画面を見た。近頃ではみんな携帯電話で本を読むので、読書に夢中になっているように見せかけるのは難しくない。コーヒーショップの中でも客たちは誰もが自分のことだけに頭がいっぱいで、周囲を見回す者はいない。店には監視カメラが設置されておらず、つまり強盗に襲われる心配もないほどたいした売り上げがないわけだ。

非常に好都合だ。

バローズがやっとパソコンを閉じ、立ち上がった。あまり動作のすばやいタイプではなさそうだ。キーンは安心して、バローズがかなり先に進んでから尾行を開始した。

立ち上がる際に野球帽をかぶったが、これはつばから赤外線が出るようになっていて、街中にある監視カメラには、キーンの顔が写らない。顔のあたりが白くぼやけるのだ。

目標のバーンズは自宅に向かって歩いて行く。このあたりでは街路樹が大きくなりすぎ、根が歩道の舗装を突き破っている。通りにある三軒に一軒は空き家だ。バローズはここから六ブロック先、袋小路になった通りのいちばん奥にある古い家の地下を借りて住んでいる。前もってちゃんと調べておいた。

一般の人間というのは、実に無防備に日々を過ごすもので、その不用心さを知ると、いつもキーンは驚いてしまう。キーンなら、六ブロックも尾行されたら、必ず気づく。知らずにあとをつけられるなんて、あり得ない。こういうのは、厳しい訓練を受けた兵士にだけ備わる特別な感覚なのだろうか？　一般人が気にも留めない何らかの兆候を、無意識に感じ取るのかもしれない。何にせよ、彼が一般人に狙いをつけて尾行するとき、その一般人は『獲物』と大きく書かれた看板を掲げて歩いているように思える。

急ぐ必要はないので、キーンはかなり距離を置いたままあとをつけた。そして彼の自宅がある袋小路に入ったところで、いっきに追いついた。対監視訓練で培われた技術により、急いでいるように見せないまま速く歩くことができる。上体をまっすぐに起こしたまま歩幅を大きくし、腕の振りを小さいままにしておく。速度は五割増しになるのだが、そのことに気づくのは特殊部隊などで訓練を受けた兵士や工作員だけだ。

バローズが自宅の玄関にあと十歩のところで、キーンは追いついた。顔を伏せたまま友人のように若者の腕をつかむ。昔からの友だちが連れ立っている感じだ。

「やあ、ザック」さりげない笑顔で声をかける。

バローズは顔を上げ、おや、と考え込む。まだ何の不安も感じていない。キーンが若者と同年代であれば、バローズは考え込みさえしなかっただろう。どこかのバーとか仕事先とかで出会った仲間のひとりだと思ったはずだ。こういう若者は顔が広い。ただキーンはどう見てもバローズとは年代が異なるため、疑問を感じたのだ。

「やあ」警戒感を漂わせながらも、バローズが応じた。こっそりと自分の腕をつかむ手を振りほどこうとしている。ばかめ。こんな細い腕で、俺の手を振りほどけるはずがないだろうが、とキーンは思った。彼の人差し指と親指が作る円にバローズの腕がすっぽりと収まる。さらに触感でバローズの腕にはまったく筋肉がないのもわかる。やわらかくて鍛えたことのない腕だ。キーンの握力は九十キロ近くあり、この若者が彼の手を振りほどける可能性は、このまま飛び上がって月に行くのと同じぐらいのものだ。

「久しぶりだな、元気か?」愛想よく言う。バローズの右腕を左手でつかみ、右手で注射器を取り出す。針を若者の二の腕に突き刺し、五ミリグラムのケタミンを体内に注入した。これだけの量を注射されると、意識が朦朧《もうろう》とする。よくクラブなどで〝幽体離脱〟と呼ばれるケタミンでハイになった状態だ。

バローズはその場に崩れ落ちかけたが、キーンはつかんでいた腕を引き寄せて、若者が自分の右側に来るようにした。こんな細い体なら簡単に抱き上げることもできる。二人の姿を見かける人の目には、仲のいい友人同士が兄と弟のように肩を組んでいるように映るだろう。都合のいいことに、バローズは鍵束《かぎたば》を上着の右側ポケットに入れていて、キーンはするりと手を伸ばしてその鍵を手にした。滑らかな動きで、怪しまれるようなところはまったくない。門を抜けて、地下に降りる狭いコンクリートの外階段へと若者を誘導する。

アパートメントは狭く、かなり散らかっていた。軍隊経験でキーンは整理整頓《せいとん》が身についている。自分の住まいをここまで乱雑な状態にしたら、腕立て伏せ百五十回の罰を受けるところだ。まあこのひ弱な男には、腕立て伏せなど無理だろうが。

中に入るとすぐ、キーンはバローズを床に転がし、ラテックス手袋をつけた。死体を放置するのにふさわしい場所はないかと、室内を物色する。よし、ここがいい。キッチンの横に、ちょっとした貯蔵庫みたいな場所があった。完璧だ。

準備はすべて整えてきた。バックパックには漂白剤の入ったスプレーボトル、折りたたんだ死体袋がある。小さな町の死体安置所から盗んできたのだ。

また玄関ドアのところに戻り、手袋をした手でバローズの口を覆い、反対の手で鼻をつまむ。呼吸がまったくできなくなったはずだが、若者は自律神経が機能しないほど完全に意識を失っているため、足をばたつかせることさえしなかった。三分その状態で待つと、バローズはぴくりとも動かなくなり、死に絶えた。ありがたいことに、嘔吐《おうと》もなく肛門《こうもん》も緩まなかった。あれはちょっとあと片づけに苦労する。

バローズは体が小さいので、死体袋にもうまく納まった。若者の上半身に漂白剤をたっぷりスプレーしたあと、袋の口を締めて貯蔵庫に入れた。バックパックからチューブを取り出す。新規に開発された機能性分子接着剤で、コンクリートよりも強い接着性を持つ。ドア枠に塗ってドアを閉め、そのあと鍵穴をその接着剤で埋める。

ドアを開けようと思えば、斧《おの》で叩き割らなければならないはずだ。

地下のアパートメントには路地に面した裏口があり、キーンはその裏口を使って路地へ出た。さあ、これから少々時間をかけて、いっさい追跡できないようにあちこちに寄り道をしよう。

これでひとりは片づけた。あとひとりだ。

9

巨大な黒のオートバイに目を丸くしたサマーは、顔を上げてジャックを見た。まさにモンスター・マシンだ。ただ、ジャックの顔はヘルメットのバイザーに隠れてまるで見えない。色がついているので、その下にどういう顔があるのかまったくわからないのだ。道行く人には、ジャックは『スリーピー・ホロウ』に出てくる首なし騎士に見えるのかもしれない。「これに乗って空港まで行くの?」

彼がうなずいた。「バイクに乗ったことはあるか?」

「こんなに大きいのは初めて。十一歳のときインドのバンガロール近くの村に住んでいたんだけど、買いものに行くのにバイクを使っていたの」

十一歳の女の子がどうしてスクーターで買いものに行かなければならなかったかを説明する必要はなかった。ジャックにはわかっているのだ。彼女の両親がドラッグでハイになった状態でスクーターに乗れば、間違いなく交通事故で死んでいた。さらにサマーが十一歳になった頃には、一日のほとんどの時間を二人ともハイになった状態で過ごしていた。

ただ、パタパタと音を立てて走るスクーターで丘を下りて混沌《こんとん》とした市街に出たあと、ハンドルの両側に買いもの袋をぶら下げて危なっかしくバランスを取りながら村へ戻る時間は、数少ない楽しい思い出のひとつだった。何度かそうやって買いものに出ると、道沿いの農家の人たちがサマーのことを覚え、通るといつも手を振ってくれるようになった。走っているあいだ、彼女は自由を感じた。自分を束縛するものは何もないのだと思えた。

目の前にあるモンスター・マシンは、サマーにひとなつこい笑みを向けてはこないし、自由を約束してもくれない。うなり声を上げ、さわると怪我をするぞ、と威嚇してくる。

ジャックが彼女にもヘルメットを渡し、頭にかぶせてフィット感を調整してくれた。バイザーから覗《のぞ》くと思いのほかよく見える。だがこれをかぶっていれば、自分が誰かはわからないだろう。そのあと彼に勧められるままショルダーバッグの紐《ひも》に肩を通すと、彼が背中で固定してくれた。

「守ってもらいたいことが二つある。しっかり俺につかまること、俺が倒れるのと同じ方向に体を倒すこと。いいな？」

「しっかりつかまって、あなたと同じ方向に倒れる」復唱してミラー・タイプのバイザーに向かってうなずく。

　ジャックはスタンドからバイクを押して前に出し、裏庭の木塀に立てかけた。その上にはキャンバス地の覆いがかけてある。

「さ、乗ってくれ」ジャックの顔が向けられると、エイリアンみたいな目元が少し薄気味悪かった。彼が差し伸べる手につかまり、サマーはバイクにまたがった。彼女の脚では地面に届かなかったが、彼はちゃんと足をつけている。彼女はフットレストに足を置き、引き締まった彼の腰に腕を回した。彼が息を吸うたびに、彼女の腕が引っ張られる。そのままほんのしばらく、二人はじっとしていた。彼がエンジンをふかすと、大きなエネルギーが腿《もも》に伝わってくる。低い、どっどっというエンジン音に、セックスを連想させられる。エイリアンのヘルメットが彼女のほうを向く。「つかまってろよ！」

　彼女はジャックにしがみついた。バイクは舗装した路面に進み、そのあと通りへ出て行く。バイクは市街地では速度を落とし、高速道路に入るとスピードを上げ、車の流れをぬってすいすいと走る。ジャックはかなりの飛ばし屋らしい。

　そうっと目を開けてスピードメーターをのぞいてみると、時速百十マイルを示していたので、そのあとはまた固く目を閉じ、頭を彼の背中に預けてただしっかりと彼につかまっていた。目に見えるものに頼らず、ただ体の感じるまま彼の動きにできるだけ合わせてバランスを取る。

少し速度が落ちたので、また目を開けると、バイクはポトマック川にかかるウッドロウ・ウィルソン橋を渡るところだった。橋の上は風が強いので、あおられないように少し速度を緩めたのだろう。何ごともなく橋を渡りきると、バイクはまた速度を上げた。このまま東に進めば、サマーのアパートメントのあったほうに向かう。

ただ、その建物はもうない。彼女はジャックの背中に預けていた頭を持ち上げ、振り向いて東のほうを見た。あそこに自分の家があったのに、という思いが募る。彼女の所有するものすべてが、あのアパートメントにあった。幼い頃にひっきりなしに引っ越していたため、最小限のものしか持たない暮らしが身についてしまった。だから、彼女が所有するものはたいして多くない。それでも、やはり愛着のあるものはある。自分で修理して磨き上げたシェイカーの衣装タンス。ブログの登録者数が十万を超えたときに、自分へのご褒美として買ったきれいなリモージュのティーセット。大学のときの友人が描いた水彩画が二枚。美術品としての価値が高いものではないが、非常に気に入っている絵だった。そして服。

つまり、アパートメントにあったもののほとんどは買い替えることが可能で、いちばん大切な所有物、つまり調査ファイルはクラウドで保管してあるので問題はない。ただ、自分のすべてはこんなにも簡単に消し去ることができるのだと思うと、何だか悲しい。過去はすっかりなくなり……未来には明るい展望がない。真《ま》っ暗闇《くらやみ》と言うべきか。

アメリカに帰国したときから、サマーは自分自身でしっかり目標を立て、ゴールに向かって突き進んできた。ダービー女子学園という全寮制の学校に入り、次はこの授業を受け、このコースを履修し――と自分の立てた計画どおりに、一歩ずつ課題をクリアしていった。ところが今、将来がまったく見えない。ぬかるんだ道を夜中に歩く気分だ。

過去は消え、未来が見えない。とすれば、何が残されているのだろう？

するとハンドルバーに置かれていたジャックの手が、お腹《なか》にあった彼女の手を包み、励ますようにぎゅっと握った。

彼は分厚いライダー用のグラブをつけていて、直接彼を肌で感じることはできないのだが、急にサマーの気分が晴れた。妙なものだな、と彼女は思った。

今後どうなるのかはわからないが、独りぼっちになることはない。こうやってバイクに二人で乗っているのと同じように、いつも一緒にいてくれる人がいる。

空港への進入路が見えてきたな、と思ったらジャックがいきなりバイクを大きく傾けて、すぐ前の細い道路に入った。出発ロビーに通じる道路ではないので不思議に思っていると、やがてその横道から空港の一部らしいところに出た。彼女が空港のこの部分に入ったことはいちどもない。バイクはそのまま舗装された路面を走り、駐機中の飛行機を二機通り過ぎて滑走路の横に入った。やっとジャックがバイクを停めたのは、小さなジェット機の前で、客室からはタラップが下ろされていた。

ジャックがバイクのエンジンを切ると、突然あたりは静かになった。サマーはそっとバイクから降りたが、立ったとたん足元がぐらついた。まだモンスター・マシンに乗っているみたいな感じで、脚に力が入らない。ジャックがしっかり手をつないでくれたので、ちゃんと立つことができた。ヘルメットを取ろうとすると、彼が何も言わずに彼女の手を押さえ、首を振った。タラップを上がるようにとジェスチャーする。

ジャックがヘルメットを脱いだのは、実際にジェット機の客室に入り、ドアから離れてからだった。すぐにサマーのヘルメットも取り去ってくれる。ジェット機の窓にはすべてブラインドが下ろされていて、室内はやわらかな照明に満ちていた。

非常に真剣な面持ちの男性が二人、コクピットから出て来た。半袖《はんそで》のユニフォームみたいなシャツを着て、そのシャツの襟には翼のマークが入っている。年長のほうのパイロットがジャックの手を握った。「デルヴォー捜査官、あなたが死んだという噂《うわさ》がデマだったとわかり、うれしいです」

もうひとりのパイロットもジャックと握手してから、サマーに手を差し出す。「こんにちは」パイロットが声をそろえて言った。二人とも自己紹介はいっさいしないし、彼女の名前もまったく口にしない。

年長のほうのパイロットがジャックに声をかけた。「今日は、ヴァージニア州レストンにお住いのホイットモアご夫妻をお迎えにあがったことになっています。あなたの存在はどんな文書にもいっさい記載されません。ニックからの伝言で、バイクは誰かに取りに来させるとのことです。どこか安全なところに保管しておくそうです。本日、飛行時間は六時間で、現地時間の午後二時に到着します。機内のギャレーには、コーヒー、冷たい飲みもの、サンドイッチ、チーズの盛り合わせなどが用意してあります。機内からＡＳＩ社の誰に連絡を取る場合でも、フェリシティが信号を完璧《かんぺき》に暗号化したのでご安心を。では、どうぞくつろいでください。あと十分で離陸します」

指を二本立てて軽く敬礼してから、サマーのほうを向く。「失礼します」

彼女が会釈すると、パイロット二人はまたコクピットへと消えた。ジャックが彼女の肘《ひじ》に手を添え、座席へと案内する。「機内にはちょっとしたオフィスもあるんだ。あの分厚いドアの向こうだよ。とりあえずは座席に着いて、離陸に備えよう」

ドアの向こうには、確かにオフィスが見えた。上質のものがそろえてある感じだが、贅沢《ぜいたく》ではない。実際に仕事をするための機能的な場所であり、リッチなビジネスマンの虚栄心を満足させるために見栄えだけ立派に作ったものではない。座席部分は通路の両側にビジネスクラスのサイズの席が二つずつ二列、つまり全部で八席ある。残りのスペースは会議室の縮小版という感じで、丸テーブルを囲むように椅子《いす》が四脚ある。壁際に作りつけられた棚にはノートパソコンやタブレット端末がたくさん用意されており、また電源用のコンセントもあちこちにある。

呼び出し音が鳴り、機長の声がスピーカーから聞こえた。「ただいまから離陸します」

ジャックは座席を示してたずねた。「さあ。通路側がいいか、窓際か?」

「窓際に座るわ」ここでの人生はもうこれで終わりかもしれない。それならば、しっかりと見ておきたい。席に座ると、ジャックがシートベルトを締めてくれた。まるで十歳の女の子みたいに扱われているが、サマーは何も言わなかった。ジャックはどうも、彼女の世話をするのが楽しいらしいのだ。彼女が快適に過ごせるよう、あれこれと気を配るのがうれしいようだ。どうしてそんなことが楽しいのか、彼女にはさっぱりわからなかったが、しかし、まあいい。世話を焼いてもらおう。子どもの頃から、あれこれと世話を焼かれたことなどなかったし。

スパークリング・ウォーターの入ったグラスをサマーに渡し、ジャックが通路側の席に着いた。「水じゃなくて、シャンパンにしてもいいんだぞ。冷蔵庫にボトルがあった」

彼女は首を振った。「午前中はシャンパンを飲まない、って決めてるの」笑顔で水を飲むと空のグラスを彼に返す。「ありがとう」

飛行機は滑走路へと進み、いちばん端で停まって離陸許可が出るのを待つ。しばらくしてから飛行機が加速を始めると、ジャックは手を伸ばしてサマーの手を強く握った。

窓の外の景色を見ていた彼女は、ふっと笑顔になった。「まさか、あなた飛行機が怖いんじゃないでしょうね？」

「怖くない。世界中いたるところで、今にも壊れそうなおんぼろの飛行機に何万回も乗り、パイロットは酒に酔って酩酊《めいてい》しているか、ドラッグでハイになっているか、あるいはその両方かということだってあった。今乗っているのはガルフストリーム・ジェットでパイロットは二人とも空軍出身だ。だから、怖いことなんて何もない。ただ君の手を握っていたかったんだ」

飛行機がぐんぐん加速し、やがてふわりと空中に浮き上がるまで、二人はしっかり手をつないだままだった。

サマーは元々飛行機が好きだった。空中に浮かび、束縛されない感覚が楽しいから。ところが最近では飛行機に乗っているあいだは、ずっと仕事をしているだけだった。常に締め切りに追われていたからだ。この飛行中も仕事をするつもりだった。ただその前に少し頭の中を整理しておこう。機内にはノートパソコンも用意してあるから、考えがまとまれば仕事を始められる。調べものを始めてもいい。今回は締め切りがないのだ。いつまでに仕上げなければならないという制約は、いっさいない。『エリア8』そのものがないのだから。

飛行機がオレゴン州に向けて機首を西に定める際、機体が少し傾いた。眼下に緑豊かなヴァージニア州の郊外の風景が広がる。ワシントンDCはもう見えなくなりつつあった。強大な権力が構築されたところ、新たな権力を求めて多くの人たちがうごめく場所が、どんどん遠くなる。

その権力構造の一部をなすアメリカ人が、この国を破滅に導く陰謀に加担している可能性がきわめて高いことがわかってきた。少なくとも〝ワシントンDC殺戮《さつりく》事件〟に政府中枢にいる人間がかかわったことは事実だ。

アメリカという国を憎悪する外国人に比べ、こういう人間ははるかに陰湿で危険だし、彼らのしていることほどひどい裏切り行為はない。味方だと思っていた者たちが敵だったのだ。そんなことをしようと思う人の気持ちが、サマーにはまったく理解できない。強力な誘惑、つまり金と権力を得たかったのだろうが、それらは祖国を裏切ってまで欲しいものだろうか？　おそらくは。ジャーナリストという職業柄、彼女は金と権力のためなら何でもする人たちをたくさん見てきた。

〝ワシントンDC殺戮事件〟では、多くの人たちの命が失われた。ハエを叩《たた》き落とすみたいに、ほんの短時間のうちに。今、サマーの人生も終わった。ただ心臓が動いているだけだ。遠くに消えていくDCの街並みを見ていると、自分はすべてを失ったのだと改めて思う。アパートメントはその象徴だ。あとかたもなく消えたのだから。自宅も仕事も、どちらももう彼女にはない。

ザックとマーシーには心配をかけてしまう。自分のアパートメントが爆発物で吹き飛ばされたニュースは、間もなく一般のニュースでも報じられるだろう。ザックとマーシーがそのことを知れば、何とかサマーと連絡を取ろうとするはず。ところがサマーの携帯電話は、ジャックがウッドロウ・ウィルソン橋から投げ棄《す》てた。電話がつながらなくて、二人ともパニック状態になるだろうが、こちらから連絡を取って安心させることはできない。

着実に紡いでいたはずの人生という糸が、完全にこんがらがってしまい、どこをどう引っ張ってもほどくことができない。

これまでの人生は消えた。邪悪な心を持つ者たちによって葬り去られたわけだが、これからの人生はどうなるのだろう。今は、昔の人生の燃え残りがある廃墟《はいきょ》にぼう然と立ちつくしている感じだ。

「なあ」ジャックがつないでいた手をほどいて、窓の外を見ていた彼女の顔を彼のほうに向けさせる。「大丈夫だから」

「大丈夫なんかじゃないわ」彼女は悲しい笑みを浮かべた。「でも、慰めを言ってくれただけでもうれしい」

彼の顔が厳しく、真剣になる。「一緒に敵をやっつけよう。これから何が起きるかはわからないが、犯人をつかまえる。敵はアメリカ人なんだ。自分たちの国を破滅に導く陰謀をくわだてたやつらは、必ずつかまえなければ。そして反逆罪で裁判にかけるんだ。ＦＢＩ長官が秘密裏に特別チームを組織した。それに俺たちにはＡＳＩ社の連中もついている。こんなに心強いことはない」

サマーは彼の手に自分の手を重ね、ぎゅっと力を入れた。「そのＡＳＩ社だけど、どういう会社なの？　この飛行機は、ＡＳＩの社用ジェットだと言ってたわよね」

「そうだ」彼の顔がこころもち明るくなる。ＡＳＩ社のことを考えるだけでも、気分が晴れるらしい。「基本的には警備会社で、創業者は元ＳＥＡＬ、スタッフもほぼ全員がＳＥＡＬ出身者だ。俺がＣＩＡの秘密工作本部のエージェントだった頃、ＳＥＡＬのことを〝蛇食い《スネーク・イーター》〟のやつらめ、なんてジョークにしてたし、俺たちのほうがＳＥＡＬより能力は上だ、なんて口では言ったりもしたが、実際のところ、ＳＥＡＬほどすべてにずば抜けた能力を持つやつらはいないんだ。まあ、スパイ活動については俺たちも負けてはいないし、見かけのよさでは絶対に勝っているよな、みたいな話はしていたけどね。ＡＳＩ社の経営者は元海軍中佐ジョン・ハンティントン氏とシニア・チーフのダグラス・コワルスキ氏。ジョンがSEALの部隊長でシニア・チーフがその副長だった。当時、彼らが指揮する部隊の作戦遂行能力の高さは有名だった。二人が経営する会社も同じだよ。一般的には有名じゃないが、知る人ぞ知るといった感じで、引き受けた仕事は必ずやり遂げる。大々的に宣伝しているわけじゃないが、これまで請け負った仕事の評判がすごくいいため仕事の依頼はひっきりなしにあり、対応に困るぐらいなんだ。さらに最近、サイバースペースでのセキュリティを担当する部門のトップとして天才IT技術者を雇った。フェリシティ・ワードだ。彼女の名前は、これまでにも何度も話に出てきているだろ？　彼女は元々、フリーランスでFBIの仕事をしていた」

「すばらしい会社みたいね」羨《うらや》ましく思う気持ちが、つい声ににじみそうになる。『エリア8』だって、小さいながらにいい会社だったのだ。みんながきちんと仕事をしていたし、各界のトップの人たちと協力し、その際にはいい関係を築き上げてきた。サマー自身、一生懸命働き、未来に向けて大きな希望を抱いていた。けれどあらゆる希望が消えてしまった。

「実際、いい会社なんだ」ジャックはサマーを正面から見るため、座ったまま体の向きを変えた。幅の広い肩がサマーの視界をさえぎる。背中には機体の内壁があるので、彼の大きな体がすぐ目の前にあると、本来ならば圧迫感を覚えるものだ。ところが、そんな感覚はまるでない。逆に彼の体に守られている感じ、繭《まゆ》の中のような不思議な空間ができている。二人で狭い秘密の場所に入って、内緒話をするときの感じだ。

「俺の妹の婚約者、ジョー・ハリスもごく最近ASIで働き始めた。さっき、電話で話していたのがそいつさ。ジョーは戦地で体を吹き飛ばされ、瀕死《ひんし》の重傷を負ったんだが、強い意志の力でリハビリをして、今は元気になった」

サマーは笑顔を見せた。「イザベル、よかったわね。その婚約者は、きっとすてきな人なんでしょうね。イザベルは幸せな人生を送って当然だもの」ジャックと同様、イザベルも〝殺戮事件〟ですべてを失った。残された家族は兄だけ、先祖代々の大邸宅も、莫大《ばくだい》な資産も――何もかも。

「ジョーか？　最高の男だな、あいつは。あいつにまかせておけば、イザベルは絶対無事さ。あいつが自分の命を懸けても俺の妹を守ってくれる。それにSEALを殺すのは難しいからな。実はイザベルはごく最近、ジョーに命を救われたんだ。ほら、ヘクターに誘拐されかけたときのことさ。詳しいことはいずれまた教えてやるけど、すごい話だぞ」

「必ず何もかも話してね。約束したんだから。『エリア8』を再開したときには、ウェブで記事として配信するつもりよ」

「ウェブと言わず、本を書けばいい。分厚い本にできるぐらいの内容があるはずだ。

そしてその本でピュリッツァー賞を獲得するんだ」

「生きていればね」

ジャックが彼女の手に口づけする。「死なないさ。少なくとも君は死なない。俺の命を懸けても君を守る」

彼の言葉に、サマーは息をのんだ。涙がこぼれそうになり、慌てて話題を変える。

「あら、でもジョー・ハリスっていう人はラッキーよね。おいしい料理を毎日食べられるんだもの」イザベルはシェフとして働いてきたわけではないのだが、料理の腕はプロ並みで、『フードウェイズ』という食に関するブログで有名だった。サマー自身この『フードウェイズ』の大ファンで、欠かさず読んでいたのだが、〝ワシントンDC殺戮事件〟のあと、ブログはまったく更新されていない。

「要は」ジャックが言葉を選んで話す。「今回のことで、世の中にはまともなやつもいることがわかったわけだ。善良な人間が君の味方として存在する。ひどいことばかり続いて、今の君は、もう人生は終わりだ、みたいに思っているかもしれないけれど、元どおりになるよう、俺ができるかぎりのことをする。俺はけっして――」

突然彼が言葉を切り、慌てて口を閉じた。

「あなたはけっして、何なの?」

彼は固く口を閉じたままだ。

「けっして、何をしないつもりなの、ジャック?」

彼はまた手をつないで指をきつく絡め、その手を自分の口元に運んで彼女の手の甲に口づけした。そして、真正面から彼女を見た。

「これまで君に伝えたことは、すべて本心からの言葉だ。誰にも君を傷つけさせない。俺は君のそばをけっして離れない。君が離れようとしたって、どこまでもついて行く」

サマーはびっくりして目を見開いた。冗談として流してしまえるような気の利いた言葉が見つからない。上《うわ》っ面《つら》だけの軽い対応ができない。どんな返事もできない。

プレイボーイの言葉ではなかったから。女の子をからかって遊んでいるのでも、体の関係をほのめかして誘っているのでもない。真面目な男性が真剣な気持ちを堂々と告げた言葉だった。

彼の表情をうかがったが、昔のまぶしい美少年の面影はまったく残っていなかった。そこにあるのは、タフで決意に満ちあふれた男性の顔。その男性が、重大な告白をしたのだ。

今の彼は戦士そのもの。つまりサマーを守る、という宣言をした以上、それが彼の使命となる。それでも、けっしてそばを離れない、というのはどういう意味だろう。サマーが離れようとしても、彼がどこまでもついて来るってこと?

「何て答えればいいのかわからないわ」そっとそう告げた。いつの間にか、二人の顔が近づいていた。互いの鼻先がぶつかりそうなところまで。彼の息が頬《ほお》にかかる。彼の体温を感じる。つないだ手の硬くてごつごつした感触から、彼の強さが伝わる。

「返事なんて要らない。返事が欲しくて言ったわけじゃないから。俺はただ、事実として君に伝えただけだ」気流の関係か、飛行機が少し揺れて、二人の体がさらに近づく。ジャックはそのままじっとしていたが、やがてゆっくりと唇を重ねてきた。サマーは、ほうっと息を吐いてそのキスにおぼれた。恐怖、危機、脅威、そういったすべてがまるで気にならなくなる。ジェット機のエンジン音と同じで、そこにあるのはわかっていても特に意識はしない。危険だからどうだと言うのだろう？　ジャックにキスされて熱くとろけていくことこそが重要なのだ。

世界が消えていく。

そうなることは覚えていた。ジャックとキスするとき、ジャックとのセックスの最中、どこかの魔法の王国に迷い込んだ気分になる。流れる滝、群れを成す動物たち、蝶々《ちょうちょ》が舞い、ユニコーンの住む場所に。永遠に闇が訪れない至福の楽園。

昨夜も燃え上がる炎に圧倒され、外の世界が消えた。

ジャックの体がさらに近寄る。腕を上げるように促され、サマーは彼の首に腕を巻きつけた。すると彼が上から覆いかぶさってきて、座席に押しつけられてしまった。

今回のキスは気軽で楽しいものではなく、大きな爆弾が破裂したみたいな——猛烈な威力で熱を放つ。

終わることのないキスだ。彼が口を離すのは、もっと濃密なキスにしようと顔の向きを調整するときと、ふっと急いで息をするときだけ。彼女のほうは呼吸の必要性を感じていなかった。彼の吐く息をそのまま吸い込めばいいのだ。彼は唇も舌も歯も使ってキスする。自分の体重を利用して体全体を強く押しつけてくるので、彼女は動くことができない。

いつの間に、こんなことになったのだろう?

座席は完全に平らになり、さらに二人の座席のあいだにあった肘掛けも消えている。

「嫌ならノーと言ってくれ」濃密なキスのせいで、答えることができない。ベッド状の座席で仰向けになっていると、ジャックが一瞬頭を上げ、のぞき込むように見つめてきた。強ばった彼の顔で、片方の頬がぴくっと動いた。「君がやりたくないのなら、ここでやめる。でも俺は君が欲しい。君の中に自分を埋めたくてしようがない。俺を抱き寄せてくれる君の腕を感じながら、君の体の奥深いところに入りたい。君の体で俺のものを締め上げてもらいたい。その感覚を意識しながら果てたい。そうじゃないと生きていられない気がする」

言葉で伝える必要はなかった。切迫感のある欲望が、波のように彼の体から伝わってくる。鋼鉄のようになった彼のものを、サマーは自分のお腹に感じた。彼の表情は険しく、痛みに耐えているかのようだ。これは快感を求める楽しいセックスではない。ふざけ合っているうちに、いつの間にか藁《わら》の山に転がってセックスに発展するのとは違うのだ。重大な意味を持つ、真剣で、今しなければならない体の営みだ。

サマーをこんなふうに見つめた男性はこれまでいなかった。彼はサマーとのセックスを必要としているのだ。生きていくためには、彼女の存在が必要であるかのように。彼女もこれまで、数は少ないが何人かの男性と関係を持ったことがあった。けれど、セックスの際にこんな眼差しで自分を見つめてはこなかった。彼らは一日を楽しい気分で終わらせようとしていただけで、重大な任務のような真剣さでセックスに臨むことはなかった。

こんなのは、初めて。

ジャックは返事を待っている。片手で彼女の頭の後ろを持ち上げ、もう一方の手は左の乳房に置きながら。きっと激しい鼓動が伝わっているだろう。サマーにとって、こんな真剣な形で関係を持つのは初めてだったから。学生時代のジャックとの体験でもこんなふうにはならなかった。彼とセックスしなければ、死んでしまうような感じだ。呼吸をするにも、心臓が鼓動を刻むにも、彼の体が必要な気がする。

彼女は何も言わなかった。これほど重大なことを伝える言葉が見つからなかったのだ。そこで少しだけ自分の顔を上げ、彼の頭を両手で持って、唇を重ねた。彼がどこかに行ってしまうのではないかと、怖かった。

まさか、彼はどこにも行かない。彼がまた、自分の全体重を彼女の体にかける。重い溶岩にのみ込まれるような。他に感じるものはない。ジャックが、彼女の五感のすべてを満たす。舌で彼を味わい、彼の匂《にお》いを嗅《か》ぎ、彼の感触を確かめ――サマーの世界はそれだけでいっぱいになる。

彼の手がゆっくりと動く。少し動いては止まり、彼女に抵抗の機会を与える。ノーと言えるように。

あり得ない。自分の腕の中の男性が、最高の快楽を与えてくれるとわかっているのに、抵抗するはずがない。

「イエス」彼女はそっとつぶやいた。すると、競走馬の目の前のゲートが開いたような状態になった。彼はもう一秒でも待てなかったのか、サマーのズボンを下着ごと引き下ろし、自分の分身がやっと外に出る分だけズボンの前を緩めた。

前戯はなかったが、彼女のほうでも必要としていたわけではない。ジャックならではの鋭さで、彼女の興奮度合いがちゃんとわかっていたのだろう。彼がぐっと腰を突き下ろしたときには、彼女の準備はすっかりできており、ぬめりを帯びて温かくなった部分がしっかりと彼のものを締め上げた。

彼は、ああっと声を上げると、彼女の体の奥深くへ激しく突き立てた。あまりの激しさに、普通なら痛みを感じていたのかもしれないが、すっかり興奮していた彼女には快楽でしかなかった。

ほとんど着衣のまま、声を出すことをはばかり、いけないことをしているという感覚が、なぜか興奮をいっそうあおる。彼の動きも荒々しい。そのとき彼の指が脚のあいだに入り、窮屈になって……ああ。

彼女の体が燃え上がる。ぎゅっと強く彼のものを締めつける。そしてもういちど。体を動かすことができず、声も出せず、体が内側から爆発しそうだ。

めくるめく快感が熱波となって彼女をのみ込み、絶頂が終わらない。ジャックが彼女の体の奥深くでいつまでもいつまでも動き続けるからだ。彼の肩をつかむ手に力が入り、爪《つめ》が彼の分厚い筋肉に跡を残す。その間も容赦なく突き立てる彼の動きにつれて、つかんだ筋肉が波打つのを指が感じる。

彼はサマーの首に顔を埋め、はあ、はあと呼吸をしている。荒い息を肌に感じるが、彼女は自分の体がどうなっているのか、まったくわからなくなっていた。自分の意思ではどうにもできないのだ。頭を背もたれに預け、もう力が入らなくなった手は、開いてだらりと彼の肩に置いている。意識できるのは、脚のあいだのその部分だけ。すると、もういちどクライマックスへと昇っていくのがわかった。彼の体もそれを感じ取ったのだろう、ジャックが腰を突き出すリズムが速くなる。深く、もっと奥へ、もっと荒々しく彼のものが彼女を頂点へと押し上げる。

もうだめ、とサマーは思った。体に力が入らない。脚のあいだはやわらかく、濡《ぬ》れて滑りやすくなり、ただ彼を迎え入れようと大きく開かれている。彼のリズムが乱れ始めた。短く速く突いて、彼女の体と激しくこすれ合う。摩擦で体に火がついてしまうのではないかと思うほどだ。小刻みにあえいだあと、彼は最後に大きく突き、彼女の中に欲望を解き放った。あり得ないことだが、現実に彼女は再度クライマックスを体験した。

頭をぐったりとのけぞらせ、目を閉じたまま、サマーは余韻を楽しんだ。二人の匂い――熱い潮の香りがあたりに漂う。大海原の匂いだ。動物的で原始的な匂い。二人の体がつながっている部分はまだぬめっている。彼の体液と、彼女のものが混ざり合って。汗もかいている。

そのすべて、臭《にお》いも感触も、ちっとも不快ではない。これが生きているということなのだと思う。

ジャックは荒い息で座席に突っ伏した。サマーはどっしりと彼の体重を感じる。彼女の体が、徐々に元に戻り始めた。腕、脚、頭、と段階を踏んで。ジャックのものはまだ体に入ったままだ。欲望を放ったために若干はやわらかくなっているが、それでもまだそのまま中に入れていられるぐらい硬い。

彼女の意思とはまったく無関係に、脚のあいだが最後にもういちど、大きく収縮した。大地震のあとの、余震みたいなものだ。すると彼のものはすぐに反応し、中に入ったまま、また大きく、さらに硬くなっていく。

彼女が声を立てて笑うと、首の横で彼がほほえむのを感じた。耳のすぐ下にキスした彼が、そっとつぶやいた。

「セックス・マイレージ・クラブへのご入会、ありがとうございます」

10

ワシントンDC

マーシー・トンプソンを見つけ出すのは、嘘《うそ》みたいに簡単だった。ブログのバナーに彼女の携帯電話番号が記載されていたのだ。

生きている資格がないのではないか、と思うほど不用心な人間に、キーンはときどき遭遇する。

携帯電話のGPS機能で、彼女は現在とある書店にいるとわかった。その書店をインターネットで調べる。コネチカット街にある政治関連の書籍を扱う専門店だった。地図アプリで見ると、ご丁寧にも店の正面写真が掲載されている。ぎっしりと本が並べられたショーウィンドウ、紫の日よけに店名が書かれ、さらに両隣――左側はドライクリーニング店、右側はオーガニック製品の店――まで写真で確認できた。

その書店では、表現の自由と情報公開についての勉強会が開かれていた。実にくだらない内容だな、とキーンは思った。テレビ番組などによく出てくるコメンテーターが、情報とプライバシーの侵害に関する本を書いた。その宣伝に講演をしてサイン会を開いているのだ。自分が何でも知っていると思い込んだ間抜けが、中身が空っぽの本を書いて名前を売っているわけだ。

よし、この女は文化的なイベントに出席しているわけだな、とキーンは思った。それならば、接近のし方はいろいろある。

ちょっとした書類を用意し、訛りのある話し方を心がけると、キーンはすぐにアイルランド人になりすました。リアム・ネルソンと名乗り――発音が似ているので、誰もが無意識に俳優のリーアム・ニーソンを連想する。すると人は、この俳優が北アイルランド出身だったことを思い出して、彼がアイルランド人だと自己紹介すると無条件に信じてしまう。あとは、ダブリン在住で『アイルランド・タイムズ』紙で署名記事を書いているジャーナリストだと言えばいいだけ。アイルランド訛《なま》りはどこに行っても人気があり、キーンは訛りを真似《まね》するのがうまい。

マーシー・トンプソンは本の推薦人《すいせんにん》として――いったい何を推薦するのやら――スピーチをしている最中らしく、ネット配信されているその模様をキーンもとりあえずは観てみた。十五分ぐらい経過したところで、もうたくさんだ、と思った。報道の自由と政治の責任、プライバシー保護、何とかかんとか。どうだっていいことばかり。

インターネットを利用しているやつには、プライバシーを主張する権利はないとキーンは考えている。フェイスブックにある情報をたどっていけば、このトンプソンという女の月経周期だって調べられるのだ。

だがまあ、今日はこの女の次の生理がいつかは知らなくていい。この女とやるつもりはない。ただ殺したいだけだ。

彼は外見も整えた。いかにもジャーナリスト然とした風貌《ふうぼう》、白髪混じりのふさふさのあごひげをつけ、ポークパイハットをかぶる。帽子のつばからは赤外線が出るようにしてある。麻《あさ》生地の立ち襟シャツの上に、カメラマンベスト、カーゴパンツ、靴下なしで直接ローファーを履く。素足にローファーという点に関しては、キーンも少し悩んだ。万一走って逃げなければならなくなった場合、困るからだ。彼が普段愛用しているのは戦闘ブーツで、それなら何マイルでも走れる。ローファーは滑りやすく、すぐに脱げる。

彼はモニターに映るマーシー・トンプソンを見た。結構美人で、秀才タイプ、痩《や》せ型だ。力ではまったくキーンに太刀打ちできないだろう。つまり、走って逃げる事態にはならない。しなければならないのは、彼女に自分がアイルランドのジャーナリストだと信じ込ませること。ただ、ちょっと不満は残る。どんな時代のどこの国でも、特殊部隊の人間が任務でローファーを履くことなんて考えられないから。

書店まで出向いた彼は、店の大きさに驚いた。正面からの写真ではわからなかったのだが、奥行きがありその一区画すべてが書店の敷地のようだ。店に入るとすぐにマイクを通した声が聞こえてきた。奥のホールには六十名ほどの聴衆がいて、折りたたみ椅子《いす》に腰を下ろし、例のコメンテーター兼作家の話に耳を澄ましている。この男はアフリカの政治状況の専門家だそうだ。

アフリカの政治状況の専門家になりたいのなら、シエラレオネの内戦に参加すればいい。二種類の反乱軍と、政府軍とは名ばかりのちんぴらのような寄せ集めの武装集団のそれぞれが、二十四時間、他のグループの人間を殺そうとしているのだ。

この軟弱な男なら、アフリカに行っても、おそらくエアコンの効いたホテルの室内から出ることさえなかっただろう。空いている椅子がなかったので、キーンは立ったまま書棚の角に軽くもたれ、くだらない話を聴いた。二分で辟易《へきえき》して、キーンは男のことを忘れた。

よし、あそこだ。マーシー・トンプソンが三列目の端の席にいた。小さなワイヤレス・キーパッドを使ってタブレット端末にメモを打ち込んでいる。何ひとつまともな内容のない、こんな男の話のどこをメモに取らなければならないのか、キーンにはさっぱり理解できなかった。女は少し疲れているのか、実物で見るとさほど美人だとは思えなかった。今日一日、楽しくないことばかりあったのかもしれない。まあ、楽しくなかった日が、最悪の形で終わるわけだ。

彼女はひとりで来ているらしく、隣に座っている年配の女性とは無関係のようだ。いいぞ、と彼は思った。ターゲットを他の人間から引き離す作業が、常にいちばん気を遣うところなのだ。

キーンは目だけを動かして、その場の様子を観察した。監視カメラは書店のあちこちに設置してある。まず入り口の万引き防止用のゲートの上、それに本が陳列してあるところにもいくつか。しかしこの奥のホールにはない。ここは作家のトークショーやサイン会などに使われるだけだからだ。店員はホールのほうにはいっさい注意を払っていない。店の外に出てトンプソンが書店から出て来るのを待とうかとも思ったが、店内で人畜無害なアイルランドのジャーナリストだとして近づいたほうが警戒されにくいと考えた。

作家だか何だかの男が、やっと自分の最新著書のすばらしさを訴える話を終えた。永久に終わらないのではないかと心配になるところだった。聴衆は作家にサインをもらう人、出口に向かう人と分かれ始める。マーシー・トンプソンは彼の横を通り過ぎて、出口へ歩いて行った。その際、彼はわざとらしく息をのんで、彼女に聞こえるようにした。

そのまま五歩、さらに五歩彼女が前に進むままにしてから、彼は彼女に駆け寄って後ろから軽く肩を叩《たた》いた。彼女が振り向くと、彼はほほえんで一歩退いた。両手は下ろしたまま。あなたに無理に近づくつもりはありませんよ、という意図を明確に伝える。教養のある人物の、正しいマナーだ。

キーンは、遠い憧《あこが》れの眼差しで彼女を見た。「も、もしかして、トンプソンさんですか？　いえ、『エリア8』のマーシー・トンプソンさんじゃないかと思って」

彼女はためらいがちな笑顔を見せたが、盾のように体の前でバッグを抱え、明らかに警戒感をにじませている。「あ、ええ、そうですけど」

「いやあ、これはラッキーだな」少しだけほほえみ、強いアイルランド訛りで話しかける。ゆったりとした服装にしたのは、特殊部隊出身らしい引き締まった体をごまかすためだ。さらに少し猫背にして、頭を低くする。これなら威嚇的には見えないはず。はにかんだ笑みを浮かべたまま、ほんの少しだけぼんやりと突っ立ってみる。

「おっと！」そして突然、しまった、というように首を振る。「これは失礼」ストラップを片側だけ腕に通して背中に担いでいたバックパックの中を探り、ラミネート加工した記者証を取り出す。ひげ面の彼のぼやけた写真の下に『アイルランド・タイムズ』と印刷された文字がある。「ダブリン在住のジャーナリストで、『アイルランド・タイムズ』で記事を書いているリアム・ネルソンと申します。プライバシーとマスコミ報道に関する記事を書くために、こちらに来たんですが、実は、その……あなたにはぜひお会いしたいと思っていたんです。アイルランドを出る前にあなたに連絡を取るべきだったんですが、編集部から今回の仕事を急遽《きゅうきょ》依頼されたもので、とるものもとりあえず、飛行機に乗ったわけです。今日の夕方にでもあなたに電話しようと思っていたところ、非常に興味深い内容の勉強会があると知り、こちらに来てみたんです。あの作家の見識の高さはアイルランドでも有名で、先週ちょうど私も彼の本を読んだばかりだったもので。私個人としても少々勉強させてもらおう、取材を始めるのはそのあとでもいいだろう、と思いまして――」

キーンはそこではっと話を切り、おずおずと紙を取り出した。ウェブニュースを発信している著名なジャーナリストの名前と、その顔写真、連絡先が記入してある。リストのいちばん上に、マーシー・トンプソンの名前があった。しまった、という笑みを浮かべた。

「失礼しました。緊張すると、余計なことをべらべらしゃべってしまう癖がありまして。話を元に戻しますが、これからホテルに帰って、このリストにある方々と明日お会いできないか、連絡してみるつもりだったんです。ところが、目の前にあなたがいるじゃないですか！　あの『エリア8』の。ダブリンじゃみんな『エリア8』を読んでますよ。それで……ちょっとお時間いただけませんかね？　そのへんでお茶でも、いえコーヒーがお好きならコーヒーでもいいんですけど、飲みながらインタビューさせてもらいたいんです」

キーンは小首をかしげ、トンプソンを見た。細い首を見て、これなら左手だけでも折れるな、と考えていた。

彼女は立ったまま、どうしようか悩んでいる。

おい、お嬢ちゃん、こっちは結構急いでるんだけどな、とキーンは心の中でつぶやいた。本当なら、おまえは二時間前に死んでたはずなんだ。「お願いしますよ。そう長くはかかりません。実は時差ぼけがひどくて、途中で寝てしまうかもしれないんです。ですから、細かいところは、後日メールで質問します。それでどうでしょう？」

彼女があきらめたように息を吐いた。「ええ、いいでしょう。ここから歩いて十分ほどのところ、ネブラスカ街に落ち着いたカフェがありますから、そこで」

知ってるよ、お嬢ちゃん。

「あ、そうなんですか？　そいつはいいな。でも紅茶も飲めますかね？　私はあまりコーヒーを飲まないんで」

トンプソンは紅茶、と聞いて見るからに緊張を解いた。どうも紅茶を楽しむ人間は殺人に向いていないと一般的に思われているらしい。

「では」彼は手を広げてドアのほうを示した。彼女が入り口へと向かう。そのすぐ後ろを歩く彼は、顔を伏せ、特に監視カメラのあるところを通るときは、少し足元をふらつかせて焦点が合いにくくした。何にせよ、女の死体が見つかるまでには遠隔操作によって映像を消しておこう、と彼は思った。あたりの様子をうかがったが、二人のほうを見ている者は誰もいなかった。

つまるところ、マーシー・トンプソンは注目を集める人物ではないのだ。サマー・レディングとは違う。レディングには華があるから、こう簡単にはいかない。

外に出ると、うす曇りの空の下、大気は冷たく、ときおりびゅっと北風が吹きつけてきた。コネチカット街もこのブロックには人影がない。完璧《かんぺき》だ。次のブロックまで、監視カメラはない。つまり、交差点を越えるまでに、実行すればいいわけだ。

路地の入り口近くに汚らしい大型ワゴン車を停めておいた。ナンバープレートは前も後ろも泥で隠してある。

「ところで」気さくな口調で話しかける。「国家安全保障局による監視行為を、今まで以上に認める法改正について、あなた個人としてはどう考えているんですか？　うちの編集長は『エリア8』がどういう立場を取るつもりなのか知りたがるでしょうが、個人の考えはまた違ったりもするでしょうし、ウェブマガジンやブログでは、個人が編集方針とは異なる考え方を表明することを禁止しない場合もありますから」

彼女がうっすら笑みを浮かべる。「ええ。うちも主筆のレディングが、そういうことにはとても寛容なの。だから――あ、痛っ！」彼女が警戒心もあらわにキーンを見上げたときには、注射器の中身はすっかり彼女の体内に入れられたあとだった。彼女の体を引っ張ってワゴン車に近づく。彼女は眉《まゆ》をひそめて腕をこすったが、もう目の焦点が合っていない。

キーンの行動は誰の目にもごく自然に映っただろう。駐車していた車に近づく、男女の二人連れ。男性のほうが女性のためにドアを開け、女性が座席に落ち着くとシートベルトを締めてあげるところ。その後男性は車の前を回って運転席へと移動する。ゆっくりと車を出し、制限速度ぴったりのスピードで運転する。

行き先はもう決めてある。今後五十年は死体が発見されない場所だ。州間高速道路I-495を一時間ばかり進むと、メリーランド州ローレルという町に到着する。その町のはずれに、フォレスト・ヘイヴン精神病院の廃墟《はいきょ》がある。二百エーカー(八十一万平米)もの広大な敷地に二十二棟の建物のあるこの施設は、数々の問題を抱え、まったく精神疾患のない人を含む何百人という収容者を死なせたあと、一九九一年に閉鎖させられた。施設の所有権を主張する者は誰ひとり現われず、数十年のときを経て、今では完全な廃墟となっている。閉鎖の前でさえ、敷地内には何百体という死体が埋まっていた。謎《なぞ》の死を遂げた収容者であったり、暴動が起きて殺された人だったり、その死因はさまざまだ。

現在、この廃墟を訪れる者はいないし、何かを調べようと思う者もいない。

トンプソンは、埋められた死体のうちのひとつになるだけだ。土の中で朽ち果てていき、たとえ掘り出されたとしても、歯根のDNA検査でもしなければ身元の特定はできないだろう。

トンプソンの体が前に倒れ、シートベルトにもたれかかるような格好になったので、キーンは腕を伸ばして彼女の体を背もたれに押し戻した。時計を見ると、そう時間は経っていなかった。これなら、暗くなる前にDCに戻って来られそうだ。

いろいろあったが、今日は全体としてうまくいった。

ポートランドに向かう機中

サマーは深い眠りにつき、昏睡《こんすい》状態に陥ったのかと心配になるほどだった。快適なシートに横になったまま、ぴくりとも動かない。セックス・マイレージ・クラブに入会すると、こうなるものなのだ。

ジャックは平らにしていた座席から起き上がると、毛布で彼女の体を包んだ。飛行機に備えつけのものなので、難燃生地ではあるが、それでもやわらかくてさわり心地のいい毛布だ。グレーとクリーム色の生地に、ASI社のロゴが入っている。彼女の体に巻きつけた毛布のしわをそっと伸ばしたが、それでも彼女はまったく目を覚ます気配がない。ジャック自身、今立っていられるのが奇蹟《きせき》みたいなものだ。人生で最高の、そしてもっとも強烈なセックス体験だった。最後のほうは、ほんの何秒か意識が飛んでしまった。かなり荒っぽいセックスをした気がするが、自分を抑えることができなかった。セックスの最中、自分を抑えられなかったことなんて、めったにない。

立ち上がって彼女を見下ろすと、胸が何だか苦しくなった。不思議な気分だ。彼女は本当にきれいで、それがうれしい。この何年も、身近にきれいなものが存在しない環境に身を置いてきた。しかも彼女はきれいなだけではない。頭がいい。それに打たれ強いというか、何があってもへこたれずにまた立ち上がる。それはジャックにも共通するところだ。そういう性質の人間の気持ちを完全にくじくことはできない。このたった二十四時間で、彼女はひどい体験に次々見舞われた。自宅がなくなり、職を失い、恐ろしい敵に命を狙《ねら》われている。それを理解しながらも、まったく泣き言を漏らさない。

これが今の自分を取り巻く現実なのだと受け止め、正面から立ち向かっている。あれだけの目に遭えば、自分は悲劇のヒロインだと主張したって当然なのに、自己憐憫《れんびん》に浸《ひた》ることもない。もし、こんな目に遭うのもみんなあなたのせいよ、と責められれば、ジャックとしてはそれももっともだと思う。実際にそのとおりでトラブルは彼に付きまとっているものであり、また彼女をひどく傷つけた過去もある。

しかし、彼女はそういったことも言わない。じっと耐えている彼女を見ていると、称賛の気持ちでいっぱいになる。

何か熱いものが胸にこみ上げてきて、その部分が痛いような気がしたので、彼は胸をさすった。いろいろな感情が不思議に入り混じる。感情の真ん中にある慣れないものが何なのか、彼は一分近くもその場で考え込んだ。忘れていた感覚、これはきっと……幸福感だ。そして希望もそこにある。〝殺戮《さつりく》事件〟以降初めて、楽しみに思えるものができたのだ。

家族の死を半年間悼み続けた。悲しくて、打ちひしがれて日々を過ごした。夜中に目が覚めると、目から涙がこぼれていた。全身にのしかかるような闇《やみ》が彼の心を苦しめた。イザベルは生き残ったが、半年間、妹に近づくことさえできなかった。

また〝殺戮事件〟に先立つしばらくのあいだも、CIAの組織の腐敗が進み、信頼できるのは直属の上司であるヒューだけで、仕事への情熱も失いかけていた。

やっと希望に近いものが生まれたのは、ほんの先日のこと。妹と再会し、さらには妹の周囲を固めるすばらしい男たちと出会った。元海軍のやつらばかりだが、まあ、それもいいだろう。FBIのニックも加えたチームで、ヘクターを罠《わな》にかけようと一緒に作戦を練り、行動した。全員の波長がぴったり合い、見事なチームワークを発揮できた。秘密工作本部にいた最後のほうでは、すっかり失っていたチームワークのすばらしさを実感した。

ただ、それよりもさらにすばらしいこの不思議な幸福感――おそらく胸やけではなくて幸福感だと思うが――その慣れない感情を自分にもたらしてくれているのは、ベッド状にしたジェット機のシートですやすや眠るこの女性だ。

長らく誰とも体の関係を持たずに過ごしたあとで、何度もセックスしたため生き返ったような感覚があるのかもしれないし、血のめぐりがよくなって体調がいいせいもあるだろう。ただ本当のところは、そのセックスの相手がサマーだったからだ。他の女性とのセックスでは、こんな気分にはならない。

サマーと一緒にいると、何だか元気が出てくる。頭がすっきりして、生き生きした気分でいられる。将来への見とおしは立たないし、敵は大惨事を引き起こす計画を練っている。おそらく9・11同時多発テロよりもひどい事件だ。それでも将来に対しての希望がわき、いずれは明るい未来が開けるのだと信じることができる。そんな力がわくのは、サマーが自分の未来の中心に存在するところを想像するからだ。

サマーとの将来をどうやって築いていけるのか、まだ方法が見あたらない。わかっているのは、当面、自分が死力をつくして最後まで闘うだろうということ。問題はその後だ。すべてが解決して、サマーが生活の拠点であるワシントンＤＣに戻っても、ジャックはＤＣに戻る気にはなれそうもない。謀略を暴き、大惨事を防いだとしても、首都は本来政治的な駆け引きの多いところだ。政治の世界の毒に触れたくないのだ。

ＣＩＡでは二度と働く気にはなれない。現在の仮説が真実であるとすれば上院公聴会を毎日開いても、すべての陰謀を明るみに出すには百年ぐらいはかかるかもしれない。そして、ＣＩＡという組織が解体されたとしても当然だろう。ワシントンＤＣには、ジャックが大切にしたいものが何もなくなったのだ。

一方、ポートランドには……。

ＡＳＩ社の創設者であるジョン・ハンティントンから、非公式に一緒に働かないかと誘いを受けた。その後、社の共同経営者であるダグラス・コワルスキからも、入社を勧められた。非常に魅力的な誘いだった。一緒に働く仲間は最高だし、仕事内容も面白そうだ。任務の際に使用する装備は、最先端のものばかり。政府支給品より間違いなくすぐれた装備が使えるのは、すごく気分がいい。

ところがサマーはＤＣに戻るだろう。やっと彼女と再会できた今、もう離れるのは耐えられない。

彼女と離れると思うだけで、いても立ってもいられない気分になる。

だめだ、シャワーでも浴びよう。

このジェット機には、シャワー設備がついている。非常に小さいが、錆《さ》びついたシャワーヘッドの付けられていた隠れ家のシャワーより、はるかにいい。シャワーを浴びたジャックは、清潔な下着とシャツを身に着け、こざっぱりした。着替えは万一に備えて、常にバッグに用意してあった。

次は食べもの、そのあと仕事にかかろう。

客室に戻ってサマーを起こそうかと考えていたら、彼女は起き上がってブラウスを取ろうと床に手を伸ばしているところだった。最終的には裸の彼女が見たくなった彼が急いでブラウスを脱がせ、床にほうり投げていたのだ。

悪いことをしたかな、と思ったが、あまり罪悪感はなかった。あのときは彼女の乳房に直接触れたくて、口に含みたくて、必死になっていたから……うむ、後悔はしていない。同じ状況になれば、またブラウスをほうり投げるだろう。

「おう」やさしく声をかけ、彼は腰を下ろした。サマーはブラウスを捜すために、背もたれを起こしていた。ブラウスを手渡す際に、彼は人差し指で彼女の頬《ほお》を撫《な》でた。

「気分はどうだ？」

「いいわよ」彼女がボタンを留めながらほほえむ。「それって、遠回しに『今の姿はひどいぞ』って言ってるの？」

飛行機の枕《まくら》に頭を乗せたままぐっすり寝ていた彼女は、髪が乱れ、頬には枕の跡までついている。

その様子がかわいかった。「違う」

「あらそう。それで、このあとどうするの？」

「このジェット機には、シャワー室が完備されてるんだ。知ってたかい？」

彼女が目を丸くした。「シャワー？　ああ、ぜひ使いたい」

「そうだろうと思ったよ。君がさっぱりしたところで、コーヒーとスナックで朝食に――」時計を見る。「もう昼食の時間だな。とにかく食事をして、その後、それぞれが調べた情報を交換しよう。もっといろんなことがわかるかもしれない」

「でもヘクターのパソコンやUSBメモリの情報を見るのは待ったほうがいい。ASI社のITの天才とかいう人――フェリシティにまず調べてもらわないと。ウィルスやなんかが仕込んであるかもしれないから」サマーが座席を離れ立ち上がった。ズボンをウエストまで引き上げると、長くてほっそりした脚が隠れる。この脚が自分の腰に巻きついていたんだな、とジャックは思った。自分が彼女の中へ欲望を放つときに。そのときのことを思い出し、あとどれぐらいでポートランドに到着するのだろうと考えた。

「ちょっと」サマーが彼の目の前で、ぱちんと指を鳴らす。「もうお楽しみはたっぷりしたわよ。またしようなんて、考えないでちょうだい」

やれやれ。「お楽しみをやりすぎるってことはないいんだ。だがまあ、君の言い分ももっともだ。仕事をしないとな。あ、そうだ。忘れてたよ。君に喜んでもらえる話があった」携帯電話を取り出して何かを紙に書き写し、フェリシティに紙を見せた。十六桁《けた》の数字が書かれていた。「これはとあるクレジットカードの番号だ。ポートランドにある有名デパート、あるいはどんなショップでも、このカード番号を使って買いものができる。好きな服を好きなだけ買うんだ。頭のてっぺんからつま先まで、何もかもそろえればいい。オンラインでオーダーしてもいいし、到着してから直接店に出向いてもいい。体をすっぽり覆うダウンコートを忘れるな。顔を隠すスカーフやつばの大きな帽子もあったほうがいい。支払いは、このチャールズ・アイバーソン名義のカードで済ませろ。メイシーズ・デパートのダウンタウン店かロイド・センター店のオンラインショップを利用すれば、品物を指定の場所まで届けてくれるそうだ。機内で注文しておけば、到着してすぐ清潔な服に着替えられるというわけだ」

彼女は紙を受け取ったが、気乗りのしない顔をした。「そういうの、素直に受け取れないわ。このチャールズ・アイバーソンって誰なの？　私のクレジットカードが使えるようになれば、すぐに立て替えてもらった金額は返すつもりよ。でも――」

「返さなくていいんだ」ジャックはおどけた表情をしてみせた。「フェリシティが――言っただろ、彼女は天才だって――ヘクター・ブレイクの海外にある隠し口座を見つけ出し、そういった口座から引き落としされているクレジットカードを調べた。

たくさんあったらしいよ。ハッキングしてそのすべての番号を調べ、みんな実在しない人物の名義になっていることを確認した。そのうちのひとつを俺に割り当て、家族カードとして君が使えるものも用意した。フェリシティ本人も、どれかのカードを使うらしいが、彼女はIT関連の最新機器を入手するために利用するようだ。だから簡単に言えば、このカードでの支払いは死んだ男がしてくれることになる。その金は悪事によって得たものだ。派手に使えばいいさ。イザベルはカシミアのショールを十枚買うつもりだそうだ。四本撚《よ》りのだとか言ってたな、どういう意味だかはわからないが」

「高いって意味よ」サマーがにんまりする。「カシミアの中でも特に高級品なの。すてきね」

「それはよかった。じゃあ、シャワーを浴びてこいよ。そのあと、何か腹に入れておこう。食事を済ませてから、ASI社と回線をつなぎ、今後の作戦を練る」彼女の髪をそっと撫《な》で、頭を後ろから包む。彼女の髪に触れるといつも、そのひんやりした感覚に驚く。燃えるような赤毛なので、さわると熱いはずだと思い込んでしまうのだ。

「でも、それまでにオンラインで君の買いものを済ませておこう。ヘクター・ブレイクの隠し財産を思いきり散財して、高級品をいっぱい買うんだ」

サマーは笑い声を上げながら、ジェット機の後部へと向かった。すぐにシャワーのお湯が流れる音が聞こえ始めた。機内にはいろいろな備品がそろえてあった。パソコンやタブレット端末は充電済み、プリンターも一台ある。機内から、または機内への連絡には、万全のセキュリティ対策が取られているのはわかっている。

準備はすっかり整った。

ジャックはオフィス部分の椅子に腰を下ろし、皿に盛られていたブドウをつまみながら、サマーを待った。

サマーを待つ。いい感じだ。これでいい、という気分になる。さっきのセックスは本当にすばらしかった。思い出せないぐらい長いあいだ女性とは無縁の生活を続けたあと、また定期的に関係を持つ相手ができた。そのせいか、セックスすればするほど欲望が増す気がする。たとえば、今すぐ。いや、自分は分別のあるおとなだから、我慢することもできるはず。あとで、もっとたくさんセックスすればいいのだ。近い将来、これからずっと。

ただ、セックスだけがすべてではない。ここに座って、彼女を待つだけでも気分がいいのだ。シャワーから出てきた彼女は、こっちを見てほほえむだろう。するとこちらも笑みを返す。一緒に食事をして、一緒に仕事をする。それが楽しみで仕方ない。セックスへの期待と同じぐらい、心が躍る。

サマーは頭がいい。ジャック自身より優秀なのは確かだ。政治学を専攻し、世界情勢にも明るい。世界情勢の話になれば、ＡＳＩ社の連中は軍事力の均衡という側面だけしか見ないし、ニックは犯罪抑止という観点だけで考えがちだ。ＡＳＩ社ではみんなが悪いやつをやっつけることに夢中になり、ニックはそういうやつらを監獄に入れることばかりを考える。ジャック本人は、どちらかといえば悪いやつらをやっつけようとする傾向にはあるものの、何より、その悪いやつがどういう罪をなぜ犯したのかを追及したいタイプで、その点はサマーもまったく同じだ。

世界的な犯罪やテロに関しての、深い洞察力がサマーにはある。少女時代に発展途上国をあちこち渡り歩いた実体験があるからだが、さらに高い教育を受け、ジャーナリストとしてのさまざまな経験を重ねたため、一見すると何でもなさそうなことがらに気を留め、真相に深く切り込んでいけるようになったのだ。

彼女と一緒に、今回の黒幕を突き止めたい。彼女が、彼女にしかできないことをする横で、自分は彼女を守っていたい。

いや、とにかく彼女のかたわらから離れたくない。

彼の心の中で、何だか大きな感情が根を張り、その感情に懐かしさを覚える。感情の中心にはサマーがいて、ああ、これでよかったんだ、と安心する。彼女を守りたい。けれど何より、彼女のそばにいたいのだ。

妹と再会できた。自分の運命の女性を見つけた。あとはただ、自分をこんな目に遭わせた敵をやっつけるだけ。そうすれば、すべてが丸く収まる。

「食べもの」サマーが隣にどさりと座った。ジャックは温かな女性の匂《にお》いを深く吸い込んだ。飛行機に備えつけてあった石鹸《せっけん》の香りに、彼女の匂いが混じる。彼女の匂いなら、暗闇でもちゃんと嗅《か》ぎわけられる。

「おいしいごちそう《グローリアス・フード》」すかさずメロディに載せて返事をした。彼女がデルヴォー家に出入りしていたあの夏、彼の両親はアマチュアの演劇グループに入っていて、ちょうどミュージカルの『オリバー！』を練習しているところだった。父も母も、しょっちゅう『フード、グローリアス・フード』の曲を歌っていた。

「もう五千ドル分ぐらいオンラインで服を注文しちゃった。ふう、楽しかった」朗らかにそう言ってから、皿にチーズ、チキンの胸肉、リンゴを載せる。「ああ、お腹空《なかす》いた」むしゃむしゃと食べ始めた。「さっきも言ったけど、ヘクターのパソコンとUSBメモリだけは開かないで。ファイルに自動消滅装置が組み込まれている場合だってあるでしょ。まあ、ヘクターはコンピュータのことなんてちんぷんかんぷんだったみたいだから、そんなことはできなかったと思うけど。でも用心するに越したことはないから。この数年、猛勉強したのかもしれないし。とにかく、まずは私がクラウドに保管してあるファイルを出して、メモを見ましょうよ。この二日間に私が気づいたことと、あなたの情報を突き合わせて時系列に並べるの。そのあと――」彼女はふと言葉を切り、ジャックを見た。「何？　私の歯にレタスでも付いてる？」

彼はついほほえんだ。笑顔にならざるを得なかった。「いいや。レタスは見当たらない。今の君、すごくきれいだよ。俺はただ、君がここに俺と一緒にいてくれることがうれしいんだ」

彼女は体を起こし、まっすぐに彼を見つめた。食べもののことなど完全にそっちのけで、険しい表情を見せている。

そのままかなり時間が経ってから、彼女は重い口を開いた。「あなたは私を捨てたのよ。私はひどく打ちのめされた」

なるほど、その話か。実はこの話題は避けられないだろうと思っていた。ジャックはまっすぐに彼女の目を見て言った。「ああ、自分が何をしたかはちゃんと認識している」

二人は互いを見つめ合っていたが、サマーのほうから視線をそらした。ここで引き下がるつもりはジャックにはなかった。確かに、自分はひどいことをした。彼のほうからサマーをふった。そのことに弁解の余地はない。思い上がった子どもだったから、と言いわけするしかない。本当に子どもだったのだ。いや、法的には未成年ではないから、正確には子どもとはみなされないだろうが、あの当時の自分を思い出すと、あっけらかんとして悩むことなどない、ただ楽しいおもちゃを次々と試してみたい子どもと同じだった。新しいものが手に入るなら、とにかく遊んでみたい。前のおもちゃを顧みることなんてなかった。そんな過去を心から後悔している。彼女が大声で自分を罵《のの》りたいのなら、あるいは殴って気が済むのなら、どうかそうしてもらいたい。罵《ば》倒《とう》され、殴られて、当然のことをしたのだ。

「ショックで打ちひしがれたわ」淡々と事実を告げる彼女に、ジャックはうなずきかけた。

「どうして？」つぶやく彼女の顔に、遠い昔に忘れたはずの悲しみがよぎる。その瞬間、目の前にいるのはあのときの彼女のように思えた。十八歳になったばかり、ひどい幼少期のあと悲劇的な事故で両親を失い、ジャックに恋した少女。そんな彼女に残酷な別れ方を押しつけた自分。彼女の気持ちなんて、いっさい考えていなかった。

「理由を正確には説明できないんだ」彼は感情をこめずに告げた。「何を言っても、君が納得できる答にはならない。ただひとつ言えるのは、あのときの俺と今の俺はまったくの別人だということだ。以前聞いた話によれば、実際に人間は数年ごとに生まれ変わって別人になるとも言えるそうだ。新陳代謝による細胞分裂を繰り返すから、体内すべての細胞は五年程度で以前とは異なるものになるんだ。とすれば、俺の細胞はあの頃から二回入れ替わっているはずだろ？　とにかく謝る。ただ謝ったところで、自分のしたことを許してもらえるとは思っていない」ジャックは身を乗り出して彼女の両手を取った。こっそりと親指を伸ばして彼女の手首を探ってみた。表面的には落ち着いた様子の彼女だが、脈は速い。

ああ。ジャックはせつない気分になった。

もういちど、彼女に自分の心の奥底まで見てもらいたいとジャックは思った。何も隠しごとはないとわかってもらいたい。この顔に、想いのすべてをさらけ出した。だから、しっかり見てほしい。

「俺の行為は許されない。弁解の余地は、いっさいない。ただ、ひとつだけ言わせてもらいたい。俺はもう君のそばを離れない。今後、絶対に」彼女の心臓が、どきっと一回大きく打ったのを親指が感じる。そして急に脈が速くなる。「俺はもういちどチャンスを与えられた。そういう運命だったと思いたい。もう俺が君を捨てることはない。独りぼっちになったときの君の辛さは、今の俺にはちゃんとわかる。それは信じてもらいたい。俺が君のそばから離れることはないし、実際、君のほうから俺を捨てようとしたって、無理だからな、絶対。それに、今の君は命を狙われているんだから、べったりとくっついて、どこにもひとりでは行かせないからな。俺が常にそばにいる状態に慣れてくれ」

一語一語が、すべて本心だった。速くなっていた彼女の脈が、だんだん落ち着いていく。彼女の呼吸が穏やかに、自然になる。

そうだ、それでいい。ジャックは心でつぶやいた。

そのとき携帯電話が鳴った。発信者は近い将来に義理の弟となる予定のジョー・ハリスだった。「電話に出ないと」

サマーがうなずく。「ええ、もちろん」

「あのなあ、ジョー、悪いがもう少しあとからに――」

「ジャック」ジョーの声が鋭い。「飛行機にテレビがあるだろ？　つけてみてくれ。ネットでニュース配信のサイトを見てもいい。どっちでも構わないから、とにかくすぐにニュースを見てほしい」

「何かあったの？」サマーがたずねる。「どういう話？」

ジャックは天井からぶら下がっているテレビのモニターのスイッチとパソコン電源の両方を入れた。画面にニュース専門チャンネルの著名キャスターが映る。ヘアスプレーでがちがちに髪を固めたキャスターの後ろには、ノースカロライナ州の地図が見え、画面の下にテロップが流れる。東部最大のダム、フォンタナ・ダムにテロ攻撃か？

「これまでの経過をまとめておきましょう」キャスターが説明する。「まず、アメリカ東部で最大の規模を誇るフォンタナ・ダムで、爆発があったとの一報が入りました。このダムはアパラチア山脈に位置しており、最大貯水量は六億三千万立方メートル以上にもなります。このままではダムの下流域でたくさんの犠牲者が出ると思われます。爆破されたときの様子が、動画サイトに投稿されていますので、ご覧ください」

画面が切り替わり、ぼやけた動画が映し出される。ダムのいちばん水面に近い部分で爆発が起きたときの様子だ。音声がないため、最初は何が起きたのかわからなかった。するとダムのコンクリート壁に亀裂《きれつ》が現われ、蛇のように上部へと裂け目が広がっていく。そこから水がにじみ出したあと、どんどんと漏れ出る水量が多くなって勢いよく噴き出し始めた。映像が大きく揺れ、何も見えなくなった。また別の映像もある。細長いので携帯電話で撮影されたのだろう。さっきとは反対側からダムを撮影したものだ。同じ状況を別の角度からとらえた映像を見る。ぽん、と煙が上がり、コンクリート片がこぼれ落ちる。するすると上に伸びる細い線が不気味だ。やがて線は大きな裂け目となり、こぼれた水が滝となって落ちる。

サマーも画面を見て、青い顔をしている。彼のほうに手を伸ばしてきたので、彼はその手をつかんでぎゅっと握りしめた。

画面がまた、キャスターをとらえた映像へと戻る。目を見開いて、原稿のない状態で話しているようだ。「ここまでのところ、えー、お伝えできる情報はほとんどありません。この事件の発生を伝えるツイッター上のツイートが、急激に増えています」

画面がツイッターのアカウントを映す。事件関連の多くの言葉にハッシュタグがつけられている。#フォンタナダム攻撃というものだけで何万というツイートが表示される。

「マサチューセッツ工科大学のアルビン・ノリス教授と電話がつながっています。ノリス教授は土木工学の専門家で、コンクリートダムの構造については世界でもトップレベルの知識をお持ちです。では教授、コンクリート壁にこういった亀裂を生じさせる原因というのは、爆発物の他に考えられないのでしょうか？　自然にこういった裂け目ができてしまう、という事例はこれまでなかったのですか？」

ジャックはそこでチャンネルを変え、別のニュース番組にした。ところがこちらの局が中継しているのはダムの爆破事件ではなく、脱線転覆した列車だった。これはアマチュアが携帯電話で撮った動画ではなく、プロのカメラマンが上空のヘリコプターから撮影しているものだ、振動で画面は揺れるが、ダムの映像よりはるかにきちんと焦点が合っていた。横転した車両からは煙が上がり、化学防護服を着た人たちが列車の中ほどへと進んでいる。ヘリはその頭上で旋回しているのだろう。

同じように髪型をぴったりと整えた別のキャスターが、非常に深刻な表情で画面に出てくる。「ロスアンゼルス郊外で、列車事故があったとのニュースが先ほど入ってきました。こちらで得た情報では、列車は非常に毒性の強い放射性廃棄物を大量に運んでいたとのことです」

ジャックはまたチャンネルを変えた。今度は墜落したらしい飛行機の残骸《ざんがい》から煙が上がっているところ。あたり一面に部品などが散乱している。「——速報です。離陸直後の旅客機が大きな爆発音を上げて、墜落した模様です。繰り返します。ボストン発デンバー行き、725便がRPGランチャーによる攻撃で墜落しました。RPGランチャーというのは、発射の際肩に担いで発射するミサイルで——」

ジャックはタブレット端末を立ち上げ、スカイプのようなシステムのテレビ電話とつないだ。これは今回のためにフェリシティが開発してくれたプログラムだ。ジョーの顔が端末の画面に映し出される。かなり疲れて緊張した面持ちだ。「おい、ジョー。いったいこれは何なんだ？　何が起きてる？　ブレイクが言っていた次の計画とはこのことだったのか？　アメリカ国内の重要地点が次々と攻撃されていくのか？」

ジョーの背後の大きな壁にずらっと並んでいるモニターは、それぞれに異なるニュース番組やウェブサイトを映し出している。音声は聞こえなくても、大惨事が立て続けに起きているのはすぐにわかった。

ジョーがすでに見た映像、巨大ダムの崩壊、放射性物質を積んだ列車の脱線、飛行機の墜落、といった映像の他にも、特殊防護装置のある救急車が赤色灯をまぶしくちらつかせて病院の前に停まっている様子を中継している局もあった。救急車を取り囲む病院のスタッフはかなりの重装備で、完全に防護服で自分たちの体を覆い、ストレッチャーに載せた患者を運んでいく。テロップが流れる。シカゴでエボラ出血熱の発症者を百二十三名確認。

サマーはジェット機に備えつけてあったノートパソコンを立ち上げ、画面をスクロールしている。「ツイッターでは、さらに多くの惨事が報告されているわ」ジャックを見上げる彼女の顔が青ざめていた。「ダラスで、ガス供給用の幹線高圧導管が破裂、あるいは何らかの爆発物が仕かけられ、二十ブロック四方が吹き飛んだらしいわ」

スピーカーから機内アナウンスが聞こえた。「こちらは機長です。当機はただ今からポートランド国際空港への着陸態勢に入ります。到着まであと二十分少々かかりますが、座席に戻ってシートベルトを締めてください。現地の天候は雨、地上温度は摂氏七度です」

飛行機を降りたらすぐにＡＳＩ社のオフィスに直行しようとジャックは思った。オフィスからニックとＦＢＩ長官に連絡を取ろう。波状攻撃を受け、いつまでも襲撃が終わらない。このまま黙って見ていれば、攻撃はエスカレートしていくだろう。「じゃあな、ジョー。もうすぐ着くから」

「ああ、ジャッコがこれから空港に向かう。あんたらを出迎えてこっちまで送り届けてくれるから。実はちょうど今、出ようとしているところなんだ」

「了解」

ジョーは接続を切るために手を伸ばし、前に体を倒した。そのとき女性の声がして、ジョーが眉《まゆ》をひそめるのが見えた。

「今の、フェリシティの声だろ？　何て言ってるんだ？」ジャックはそう声をかけた。

「彼女の話では――」ジョーが、信じられない、と首を振る。「今ニュースで流れているのは、全部嘘《うそ》なんだそうだ。ダムに亀裂が入って水が噴き出すのは、ＣＧで合成した映像だと」

サマーがはっと顔を上げた。「何ですって？」

「さらにツイッターのアルゴリズム分析をした結果、実際にツイートとしてアカウントに書かれたものはないとわかった。一ヶ月前までさかのぼっても、事件の発生を伝えるツイートを書いた人間が見当たらないんだ。誰ひとり」

その意味するところを、サマーは考えてみた。「つまり架空のＩＤを使った人がいたわけね」

「そうだ」ジョーが強調するように語尾を伸ばす。彼が顔を後ろに向けた。「間違いないのか、フェリシティ？」

背後に細くて甲高い女性の声が聞こえる。少し興奮ぎみで、気分を害している様子だ。

画像が動いて、メタルの顔が現われた。「おい」穏やかな口調でジョーをたしなめる。「あのなあ、フェリシティがそう言ってるんだから」ジャックはASI社の人々と知り合ってまだ日も浅いが、それでもフェリシティが何かを断言するとき、それは常に正しいのだと思い知らされている。彼女の婚約者でASIの社員であるメタルに言われるまでもない。彼女は、自分の頭のよさをひけらかしたりする女性ではなく、一緒にいて楽しい人物だし、ゲームの腕は天下一だ。けれど、ともかく、彼女は常に正しいのだ。

「どうした、ダーリン?」メタルが立ち上がって、フェリシティのところまで歩く。そこで彼女のコンピュータの画面を見てから、またテレビ電話にカメラの前に戻って来た。

このフェリシティのコンピュータというのは『ゲーム・オブ・スローンズ』の魔法のドラゴンみたいなもので、油断のならない、そして謎《なぞ》に満ちた存在だ。前のものはヘクター・ブレイクがイザベルを誘拐しようとした際に壊されたのだが、そのあとすぐに香港にある秘密の研究所から特別に現在のものが送られてきた。前のものより、さらに強力になったこのコンピュータに触れられるのは、フェリシティだけだ。

誰もがこのコンピュータに息を吹きかけることさえ禁止されている。彼女がコンピュータを使って奇蹟を起こすところを、ジャックも見てきた。だからフェリシティと彼女のコンピュータが、これが正しい、と言えば、それは間違いなく正しいのだ。

「おい」メタルがまた声を上げる。普段はあまり感情を表わさない彼の顔が、ひどく不安そうだ。「エボラ出血熱の話も、でたらめらしいぞ。フェリシティが今、シカゴ一帯の病院すべての記録を……その、調べたんだ」調べた、というのはつまり、ハッキングによってデータベースに侵入したという意味だ。「さっきのニュースの映像は、二年前のものらしい。列車事故や旅客機の墜落も、みんな嘘だ。いろんな事故や事件が報道されているが、全部嘘だろうと思う」

ジャックはタブレット端末の前にサマーを呼び寄せ、ASI社のオフィスにいる人たちを彼女に紹介した。「サマー、今正面に見えるのがショーン・オブライエン、フエリシティの恋人で、メタルと呼ばれている。メタル、この女性がサマー・レディングだ」

「よろしく」メタルが頭を下げる。「ここじゃみんな『エリア8』を読んでるんだ。すばらしいブログだね」

「だったと過去形にすべきね。ジャーナリストとして、心血を注いできたんだけど、現在『エリア8』は休刊中で、いつ再開できるか見当もつかないわ」彼女が状況を説明する。「ところで、今回の一連の襲撃、いえ偽《にせ》の襲撃のことだけど、嘘やでたらめの情報が、意図的にネット上に大量にばらまかれたということなのね?」

「どうもそうらしい」

サマーが身を乗り出す。きれいな顔が強ばっていた。「典型的なかく乱戦術のひとつだわ。情報が錯綜《さくそう》してメディアは混乱状態から抜け出せない。危険物処理班やSWATチーム、それに災害対策班までもが緊急招集されて国じゅうのいたるところに派遣され、収拾がつかなくなる。敵の作戦よ。緊急出動したチームそれぞれのあいだで、情報の共有ができないように考えたんだわ。〝ワシントンDC殺戮事件〟のときと同じ、携帯電話は通じない、インターネットへの接続もできない状態にしているのよ。現在、報道機関はまったく身動きが取れない状態のはずなの。だから情報源として、ツイッターやフェイスブックといったSNSに頼ってしまう。敵はかなり時間をかけて今回のことを計画していたに違いないわ。フェリシティに質問したいんだけど――この偽の動画は、誰かがSNS上で架空の人物像を作り上げてアカウントを持ち、そのアカウントからアップロードしたものなのよね？　動画のうちのどれぐらいが偽のアカウントを使ったものなの？」

フェリシティの顔が画面に現われた。相変わらずきれいで、恋人のメタルの肩に手を置く。メタルは反対側の腕を伸ばし、彼女の手に自分の手を重ねた。

「私が調べたかぎり、動画をアップロードしたアカウントのすべてが実在しない人のものよ。警察やFBIにとっては悪夢のような状況ね。緊急出動を命じられても、実際には何も起きていない、偽情報に踊らされるだけなんだもの。国全体が警戒態勢に入り、おそらく国防総省《ペンタゴン》は戦争準備状態《デフコン》レベルをまた2に引き上げるでしょうね」

メタルとジョーがうなずいて同意する。

「この偽情報は、どれぐらいの規模で流されているの?」

「準備期間次第ね。長ければ長いほどたくさんの架空IDによるアカウントが作れる。今ざっと調べたところでは、数十万規模の架空アカウントがありそうよ。これだけの準備をするには数ヶ月かかるわね。人件費を別にすれば、費用はまったくかからない。ツイッターにあるアカウントをいくつかフォローしてみたんだけど、偽動画を流す以前のツイートはまったく普通よ。その日起きたことだとか、好きな映画や音楽について書かれていて、リツイートもされている。返信は自動化プログラムでされたものもあれば、誰かが実際に反応したものもあった。自動応答の場合は、話の内容とはずれたツイートになっている場合もあるけど、それでもきちんとそのアカウントはしばらくのあいだ維持されている。アカウントが削除されるようなことにはならない」

「つまり、時間をかけて準備されたのね」サマーが静かに言った。

「考えてみれば、怖い話だな」ジョーが振り向いて、カメラを見つめる。「ジャック、イザベルのことは心配しなくていいから。俺が絶対に守る。彼女、今は家にいて、少しばかり前に話もした。家のセキュリティ対策が万全なのは知ってのとおりだ。俺はこれから家に帰り、あんたやサマーの到着を待つ。社の他の人間も来ることになっていて、一緒にイザベルの作る夕飯を食べるんだ」彼がサマーに会釈する。「サマー、会えてよかったよ。じゃあまた、家で」

サマーもうなずいた。「こちらこそ、会えてうれしかったわ、ジョー。イザベルによろしくね。再会できるのを本当に楽しみにしているの」

「ああ、伝えておく」

ジョーの姿が消えると、またメタルが話し出した。「空港に着いたら、ジャッコを捜してくれ。フェリシティがヘクターのパソコンとＵＳＢメモリを調べたがっている。最悪の場合を想定して中身を調べるから。さて、じゃあまたな」そこで画面が暗くなった。

「きっと、とんでもないことが起こるんだわ」サマーが小さな声で言った。ジャックのほうへ手を伸ばしてきたので、彼はその手を取った。少しでも彼女の気持ちを落ち着かせてやりたかった。彼自身、手をつなぐことで安心したかった。

うなずいて彼女の額にキスする。「何が起きるにせよ、俺たちは一緒に立ち向かうんだ」

11

サンフランシスコ郊外、ミッション地区

世の中が寝静まった真夜中に、兵士たちが到着した。兵士たちは、監視の目をかいくぐって海中で潜水艦から発射された二艘《そう》の二人乗り特殊潜航艇に分乗してきた。この潜航艇はアメリカ海軍が奇襲作戦で使用する秘匿潜水輸送システム《ASDS》の潜水艇と似たような特徴を持っている。ＡＳＤＳは改良型ＳＥＡＬ搬送システムの略で、原子力潜水艦からＳＥＡＬを秘密裏に潜水輸送するために開発された。兵士たちが使用した潜航艇は、ＡＳＤＳよりさらに技術的にすぐれた点が多々ある。兵士たちは午前四時にケラー海岸に上陸し、そこで待っていた大型のバンに乗り込んだ。兵士各自が大きな袋に入れた五十キロを超える荷物をバンに積んだ。袋の中身は兵器だ。銃弾五万発、暗視装置、閃光弾《せんこうだん》、赤外線および温感映像撮影装置などが入っている。

攻撃に遭ってもじゅうぶん応戦できるが、その可能性はないだろう。

ツァン・ウェイにしても本来、中国人民解放軍の一員だし、彼の部下も同じだ。全員が厳しい訓練を積んできた。ただツァン・ウェイの部隊はＩＴの専門家集団であり、実際の戦闘技術にかけては、今回やって来た兵士とは比較にならない。

バンがツァン・ウェイたちの住む建物の裏口に横づけされた。この路地は上空の監視カメラの死角になる。だから人民解放軍の兵士四名が武器や戦闘用の道具をその建物に運び入れた事実は誰にも知られることはない。

小さく扉をノックして、兵士のひとりが作戦指令室へ入った。全員まだ黒いウェットスーツを着たままだ。ただゴーグルはもう取っている。ツァン・ウェイは立ち上がると敬礼して兵士を迎えた。その後全員が指令室に入り、壁際にきちんと整列する。兵士たちもツァン・ウェイに敬礼した。

ツァン・ウェイはチームリーダーに向かって話しかけた。「食事の用意をしておいた。寝台も整えてあるので、作戦の実行段階になるまで、そこで休んでいてくれ。それまで誰にも姿を見られないこと。電力送電網をこちらでコントロールできるようになったら、諸君らのうち二人は建物の守りに専念しろ。ひとりは正面玄関、もうひとりは裏口で屋根から狙《ねら》いをつけ、侵入者を許すな。夜間は暗視ゴーグルをつけ二十四時間体制で見張るんだ。サンフランシスコの食料および水の備蓄はおよそ七十二時間でなくなると推測している。しかし、俺たちには二ヶ月過ごせるだけの蓄えがある。

二ヶ月もあれば、中国海軍の軍艦が海岸線を埋めつくす。船の到着次第、諸君らにはさらなる指示が与えられる。ただそれまでの期間、諸君らの任務は俺たち、さらには俺たちの機器を守ることだ」

兵士はうなずくと、さっと部屋の壁面に並ぶモニターを見た。画面それぞれが異なる緊急事態を伝えている。状況はますます深刻化し、キャスターたちが情報をふるいにかけて、何が真実なのかを探り出そうとしている。それぞれの画面すべてに事件現場——墜落した旅客機、爆発事故、緊張感に満ちた救急病院の映像が流れる。

兵士は画面を顎《あご》で示した。「計画は順調のようですね」それだけ言うとツァン・ウェイに背を向け、階下の部屋へと向かった。

コンピュータの力を利用すれば、実に多くのことが可能になる。ただ、そのことを理解できるのは、コンピュータとともに成長してきた世代の兵士だけだ。

古臭い連中は、戦争などしたくないと言った。当然だ。戦争を望む者はいない。戦争は破壊行為をともない、すなわち資源の無駄遣いになる。破壊された街を再建するには二十五年から五十年かかり、ひとつの世代が再建だけにすべてを捧《ささ》げる。死ぬはずではなかった人も、殺される。それでは困る。問題は、古臭い連中が戦争をしなくても敵を征服できるという事実を理解できないところにある。バーチャルな戦争でじゅうぶん。仮想現実をうまく操れば、破壊されるものはごくわずかで済む。

6139 8サイバー攻撃部隊を使おうと考えた、チェン・イー将軍の計画のすばらしさはそこにある。攻撃はやんわりと実施する。自分たちが支配したときのために、インフラの破壊は最小限に留め、攻撃されていることさえ相手が気づかないように襲うのだ。

海軍にはすでに将軍からの命令が下されている。最終段階では、多くの人員が必要となる。南海艦隊指揮下の軍艦を、東海艦隊に振り分ける必要がある。別々の指揮系統での訓練を太平洋上で行なうことになるだろう。ツァン・ウェイが米国の西海岸全域の電力供給をストップさせたあと、中国海軍がやって来て社会秩序を維持し、ライフラインの確保を行なう。

その様子がツァン・ウェイの頭の中に浮かぶ。はっきりと映像として見える気がする。計画はすべて、彼がボタンを押すことで開始される。

西海岸全域の電力送電網は何の役にも立たなくなる。発電機のブレーカーが壊れ、修復不可能になる。発電装置そのものも壊滅的な損傷を受け、修理しようにも部品が手に入らない。そういった部品はすべて中国で生産されていて、何ヶ月も前から部品メーカーには生産を停止するように、将軍が手を回している。米国の西海岸が電力を取り戻すのは、中華人民共和国が取り戻していいと決めたときだ。それまでは、いっさいエネルギーは供給されない。

このような事態を最初に想定したのはアメリカ政府で、アメリカはその筋書きまで作ったことがあった。『オーロラ・プロジェクト』と名づけられたその筋書きは、電力送電網の脆弱性《ぜいじゃくせい》をつくことによって、ごく小規模なサイバー攻撃でもエネルギー・システム全体をダウンさせられるとしていた。どういうことになるか、ツァン・ウェイはアメリカ人から詳細な説明を受けたこともある。

そのアメリカ人は面白がって話してくれたのだが、内容としては非常にシンプルなものだった。国じゅうの電力網を限定した区画ずつ、次々に攻撃していくのだ。サイバー攻撃で電力ブレーカーを開き、また閉じる。接続されている送電網にある多くのブレーカーに時間差で膨大なストレスをかけていく。そのストレスに耐えかねて、発電機は物理的に破壊されてしまう。部品は二十メートルも吹き飛ばされ、攻撃開始から三分以内に発電機からは煙が出て使えなくなる。

俺なら一分以内でできるけどな、とツァン・ウェイは思った。

アメリカというのは、秩序のない国だ。国民は社会的な規範というものを理解していない。さらに、たくさんの銃がある。電力がなくなって二十四時間以内に、この国の半分は完全な無政府状態に陥るだろう。

さらに電力供給が再開される見とおしが立たない、つまりガス供給のポンプも動かず、水道の蛇口からも水が出ない、とわかれば、人々は食料品店を襲撃して食べものや日用品を持ち去るようになる。支援物資も届かず、衛星電話の他には通信手段もない……そのとき中国海軍東海艦隊が登場する。大規模な人道的支援作戦が始まるのだ。和平方舟《ピースアーク》型の病院船を三隻、徐霞客《じょかきゃく》型の宿泊艦を四隻、煙台《えんだい》型の補給艦を二隻、雷州《らいしゅう》型の物資供給艦を五隻――大艦隊が西海岸の主要都市に碇《いかり》を下ろし、緊急支援を行なう。各地の市役所などでエネルギーや水を供給するのだ。飢えた人たちは食べものをお腹《なか》に入れ、消毒された水を飲む。

中国軍の兵士は――規律正しい行動で物資を人々に供給する姿は、どこでも歓迎され、彼らの姿に人々は安心感を覚える。アメリカ人が、何の疑問もなく、両手を広げて中国軍兵士を迎えるのだ。そして、どこにも行かないでくれ、とすがりつく。

よし、準備は整った。

ポートランド

空港で二人を出迎えてくれたのは、いかつくて近寄りたくないような男性だった。ジェット機は空港のひと気のない部分へと移動したあと、エンジンが止まった。椅子《いす》から立ち上がったものの、ジャックは片手を上げて、待て、とイザベルに合図した。

着陸するまでに、窓にはすべて覆いが下ろされていた。パイロットが客室に来て、タラップを下げる。ドアが開くとすぐにその男性は機内に入って来た。パイロットにうなずきかけ、ジャックにも会釈する。

ラテン系なのか、浅黒い肌で頭はスキンヘッド。背はそう高くないが、極端とも言えるほど筋肉が盛り上がり、二の腕などは非常に太い。外は寒いはずなのに、上半身はTシャツとジーンズ地のジャケット一枚だけ。襟首と袖口《そでぐち》からトライバル・タトゥがのぞいている。

感情はほとんど読み取れない。笑顔を見せてはいないが敵対的ではなく、かと言って温かな感じでもなければ、どっちつかずの表情をしているわけでもない。その男性がジェット機に乗り込んで来たときには、サマーはついあとずさりしそうになった。ところが他の人たちは誰も、まったく警戒心を見せないので、彼女も何とか足を踏ん張った。

格闘すれば誰にも負けないような男性なので、ここにいる誰かを殺す気だったのなら、すでに殺し終えているはずだと自分に言い聞かせる。

ジャックがその男性の背中をどん、と力まかせに叩《たた》き、男性が顔をしかめた。ジャックが反撃され、一発で叩きのめされるかもしれない、とサマーは心配したが、そんなことにはならなかった。男性はうなずいただけで、サマーのほうを向いた。

どうしよう、すごく怖そうな人。サマーの全身に鳥肌が立ち、彼の横を走り抜けて逃げようかと思ってしまった。ぐっとつま先に力を入れて、逃げ腰になっているところを見破られないようにしなければ。

ジャックが彼女の腕に手を置いた。「ハニー、ASI社の優秀な仲間のひとりを紹介するよ。こちらはモートン・ジャックマン、友人たちからはジャッコと呼ばれている」

友人たち？　こんな人に友だちなんているのだろうか？

「ジャッコ、紹介しよう、サマー・レディングだ」

ジャッコと紹介された男性が巨大な浅黒い手をにゅっと突き出して言った。「はじめまして、ミズ・レディング。俺は『エリア8』の熱心な読者で、あなたの仕事ぶりには尊敬の念を抱いています」

男らしい話し方をする人だな、と彼女は思った。低く伸びやかな声のジャックの話し方も男らしいが、この人の場合はほとんど音を立てないような低い声で言いたいことを伝える。人間ウーハーみたいなものだ。

サマーは勇気を出して、握手の手を差し伸べた。その努力は自分でも褒めたい気分だったが、手が震えそうになるのを懸命にこらえていた。「は、初めまして。『エリア8』のことを褒めてくださって、ありがとう」

彼の大きな手にサマーの手はすっぽりと包まれたが、すぐにジャッコは手を放してくれた。心配するまでもなかったようだ。びっくり。

彼がジャックとサマーの両方に向けて話しかけてきた。いい人だわ、とサマーは思った。男性が男同士じゃないと話ができない、みたいな態度で目の前の女性を無視する感じがすごく嫌いなのだ。

「手順を説明する」男らしさに満ちた話し方だ。「窓ガラスに特殊フィルムを貼《は》ったSUV車を用意した。これからその車を取りに行き、タラップの下に横づけする。俺が戻って来るまで、ここから動かないでほしい」ジャッコがつばの広い帽子を二人に手渡す。「車に乗るまでは、これで顔を隠してくれ」いぶかしがっているサマーに向かって、説明する。目を凝らせば、笑みのようなものが彼の黒い瞳《ひとみ》に浮かんだような気もする。「ミズ・レディングがメイシーズ・デパートで注文した品物を持ってきた。数えきれないくらい、たくさんの紙袋があるぞ。ここに来る前に店に立ち寄り、預かってきたんだ。それからジャック用の服も何着かある。イザベルが注文したんだ。あのホームレスの格好はもう嫌だと言ってた」

彼がドアから出て行き、サマーは言いつけどおりじっと待っていた。

ジャックが彼女の手を取った。「大丈夫だよ。いや、そこまで俺には保証できないかな。ただ、状況が改善するのは確約できる。俺たちを支えてくれるチームがここにはいるんだから」

「私にも実感がわいてきたわ。ただ、私自身のチームと離れるのはさびしい。ねえ、どうしてもだめかしら――」

ジャックがそっと首を横に振った。「悪いな、ハニー。必ずニックかDCにいる誰かに頼んで、君の編集者たちには連絡を取っておく。少しの辛抱だ」

サマーもうなずいた。不正を暴くため、ジャックは半年間我慢した。いまだにそのときが来るのを待っている。ザックとマーシーには連絡を取りたいが、あと二日やそこらぐらい我慢して待つのはしかたないだろう。

そのときジャッコがドアから顔をのぞかせ、また姿を消した。

ジャックがスカーフで彼女の顔の下半分を隠す。それから手渡されたつばの広いフエルト帽をかぶせる。彼は一歩下がって、ほれぼれするような目でサマーを見た。

「実にきれいだ」

彼の宣言に、サマーはやれやれ、と天を仰いだ。「顔の下半分は、何枚もの布で隠してあるのよ」

「その布の下にどんな顔があるか、俺は知ってるからな。その顔のことを言ったんだ」彼は自分の顔はスカーフでぐるぐる巻きにして、ほとんどミイラ同然の状態になり、そこに帽子をかぶった。この姿でタラップをささっと駆け下り、ＳＵＶに乗り込めば、正体を知られる恐れはない。車のウィンドウには特殊フィルムを貼ってあるそうだし。ところがジェット機から出ると、車のウィンドウはごく普通に見える。ただ……もっと近寄ると、意味がわかった。車内がまったく見えないのだ。これでは中に人がいるのかどうか知りようがない。

ジャックが助手席に座り、後部座席のスライドドアをサマーのために開けてくれた。乗り込んだ瞬間、サマーは中が明るいことに驚いた。通常、SUV車にはティントガラスが使われ、中は暗くなっている。この車は、外からだと内部がまったく見えないのに、中から外を見るとウィンドウは普通の透明な材質のもののように見えるのだ。

かっこいい。

車の座席は三列あるのだが、いちばん後ろの列は倒してあって、そこに大きな白い袋が積んである。おなじみのメイシーズの赤い星のマークが見える。二人の着替えだ。清潔な服に着替えられるのはとてもうれしい。今着ているのはヘクターの葬儀のときのもので、二十四時間以上、同じ服だ。これを着たままヘクターの秘密の家にも、ジャックの隠れ家にも行った。ジャックと体を重ね、東海岸から西海岸まで国を横断してきた。

考えればこの二十四時間で、いろいろなことが起きた。ほとんどのことは、前の座席にいる男性を中心にして起きた。彼は運転しているジャッコという男性と、静かに言葉を交わしている。

サマーが頼めば、二人ともすぐに彼女を話の輪に入れてくれるのはわかっている。それは断言できる。少なくともジャックに関しては、間違いない。しかし、今の彼女は疲れきっていて、会話をする気分にはなれなかった。

ヘクターがたくらんでいた恐ろしい陰謀が何かを突き止めるのは、彼らにまかせよう、とサマーは思った。表立ってではないけれど、FBIが真剣に捜査にあたっている。ニック・マンシーノという捜査官とFBI長官自らが捜査の指揮を執っているのだ。この捜査にはジャックも加わっていて、このポートランドで彼が仲間だと考えている人たちも捜査を手伝ってくれる。

だから真相究明はこの人たちにまかせておけばいい。せめて今この瞬間だけは、あれこれ悩むのはやめ、自分のことだけを考えよう。目の前に座っている大きな男性に対する自分の感情は何なのかをはっきりさせたい。

ジャック。ジャック・デルヴォー。彼女の心を引き裂いた人。ショックで打ちひしがれたとさっき彼に言ったけど、当時は本当に辛かった。とはいえ、彼女の当時の心境を、現在の彼はきちんと理解した。たいしたものだ。

ただ、あの頃のサマーは、ひどいものだった。幼少期から思春期にかけて、惨めな生活を強いられた。彼女の両親には、我が子をしっかり守ろうとする責任感などなかった。寄宿学校に入ってやっと、人間としての基盤ができた気がする。先生方には厳しく教えてもらった。ただ、女子校だったので、周囲に男性はおらず、同じ年頃の男の子たちと話す機会もなかった。男の子に話しかけられたとき、どういう態度を取って何を言えばいいのか、さっぱりわからなかった。そういうのには秘密の合い言葉みたいな対応の仕方があるようなのに、彼女の頭の中からそういう知識がすっぽり抜け落ちていた。自分がいつまでも処女であることが何だかとても恥ずかしかったけれど、どうすればいいのかがまるでわからなかった。自分が何かの障害でも持っているような妙な自意識があり、デートしたいと思ってもその方法がわからなかった。さらにデートの相手となる少年から青年へと成長しつつある男の子たちも、そういう彼女の気持ちなど理解できなかった。そこへいきなり、ジャック・デルヴォーが現われた。サマーの目の前に。魔法みたいに。

ハンサムで親切な上級生が、自分を大学生活に溶け込ませてくれた。やさしい彼のおかげで、すぐに安心して他の学生たちとも仲よくなれた。いろんなことを教えてくれ、彼の友人である上級生たちとも気軽に話せるようになった。

そして彼に誘われるまま、体の関係を持った。ああ、あのときは幸せだった。初めての人がジャックだなんて、自分は恵まれていると思った。細かな気遣いを示し、一緒にいると楽しくて、親切な人。そして情熱的な恋人。初体験の相手として、ジャック以上の男性はあり得ない。

他の女の子たちから聞いたところ、初めてのときが魔法のような体験ではない場合も多いらしい。どちらかと言うと、最悪であることのほうが多いとか。

当時の彼女は未熟で愚かで、ジャックと自分は互いに運命の相手なのだと、なぜか信じ込んでしまった。本当に子どもっぽかったのだな、と今になって思う。

機内で、ジャックは自分が前とは異なる人間になったと言っていたが、サマーも本当にそう思う。まるで別人だ。彼はジャッコと静かな口調で話を続けているが、ときおりちらっと振り向いてサマーの様子を確かめている。もしかして敵が車の中にいつの間にか忍び込んでいるのではないか、その姿が見えないだけではないか、と心配しているかのように。ほんの数分前にもチェックしたはずなのに。

今回の彼は、サマーのそばを離れる気はないと宣言しただけでなく、態度でも表わしているわけだ。

私はどうなのだろう、と彼女は自問した。

あたりを見回す彼と、ふと目が合った。彼がにっこりした。

以前のジャック・デルヴォー・スマイルとは違う。昔の彼がほほえむと、まぶしくて目がくらみそうだった。今のは、おとなの男性——辛いことを経験し、悲劇に見舞われた人だけにしか、見せることのできない笑顔だった。彼は逆境の中にありながら、それでも笑顔になれる人なのだ。

この事件が解決したあとも、私は彼のそばにいるつもりなのだろうか？

彼女は笑みを返した。

たぶん、一緒にいるだろう。

「到着だ」ジャッコの声に、サマーはあたりを見回した。どんなところに来たのか、外の景色に注意を払っていなかった。ジャックのことを考えていると本来の自分がどこかに吹き飛んでしまうようだ。幼い頃の辛い体験のせいで、普段はどこに連れて行かれるのか、油断なく警戒しているのに。

しかも今は、自分の命が狙われている状況だ。それなのに彼の存在が、自分に安心感を与えてくれる。だから考えごとに没頭できる。

そのあたりは、近年の再開発によって高級化した地区のようだった。レンガでできた低く横に伸びる建物があちこちにあるが、みんな少なくとも百年以上前に造られたものだ。もう使われなくなっているものもあれば、修復後、オフィスビルなどとして機能しているものもある。車は四メートル近い高さにレンガ塀をめぐらした、とある建物の角を曲がった。するとジャッコはアクセルを踏み、壁にまっすぐ激突して……。

サマーが息をのみ、叫び声を上げようとしたところで、塀の一部がさっと割れて、車はその中へ吸い込まれていった。そこで急ブレーキがかかったが、それはただ駐車スペースを示す白線内にSUV車がぴったりと納まるように停止するためだった。

もう少しで心臓麻痺《まひ》を起こすところではあったが、このジャッコという男性はすばらしい運転技術の持ち主のようだ。

ジャッコが運転席から後部座席へ振り向く。その顔がどことなく笑みを浮かべているようにも思える。「こういうところで働けるのは、最高さ」

ジャックの手を借りて車を降りると、サマーは周囲をじろじろと見た。レンガ造りの背の高くない建物は、歴史を感じさせるものの見事にリフォームしてあり、敷地内のすべてが美しい。手入れの行き届いた木々、日本風の庭園、文化財としての価値のありそうなチーク材と錬鉄《れんてつ》飾りのベンチが視覚効果をきちんと考えて配置されている。藤棚《ふじだな》だろうか、木陰で休める場所がある。春になればきれいに花が咲くのだろう。

「警備会社に来るはずじゃなかったの？」レンガを敷き詰めた遊歩道を進みながら、サマーはたずねた。レンガには照明が埋め込んである。

「ここがその警備会社だ」ジャックが壁に向かって進んで行くと、外のレンガ塀のときと同じように、ぶつかる、と思った瞬間に壁がさっと開いた。「経営者が二人いるんだが、その片方の奥さんがインテリアデザイナーなんだ。ここは元々、その奥さんが所有していたもので、彼女の会社もここにある」

「オフィスのかっこよさでは、世界一の警備会社だな」素焼きの陶器で仕切られた通路を歩きながら、ジャッコがぼそっとつぶやいた。仕切りの隙間《すきま》にほうろうびきの鉢で茂るレモンの木が置かれている。左側の入り口へと進むと、ここでもドアが音もなく開き、三人が通り過ぎた瞬間にさっと閉まったが、サマーもうこのシステムには慣れていた。広々とした受付スペースは、モノトーンでまとめられておしゃれだった。品があるけれども、とっつきにくくはない。成功している会社だと感じるけれど、財力があることを自慢している雰囲気はない。

警備会社が来訪者に与えるべき印象というものが、過不足なくここにある——私たちはあなたの仲間です、プロとして洗練された方法で、万事を慎重に執り行ないますといったメッセージをさりげなく伝えてくる——そんな場所だった。共同経営者の奥さんがこの内装を手がけたのであれば、その女性にはなかなかの才能があるわけだ。

受付の前を三人は黙って通り過ぎたが、真面目な表情の受付にいる女性に、ジャックはウィンクをしてみせた。すると女性からあきれたような笑みが返ってきた。そのまま巨大な部屋に入って行く。

どうやらここが指令センターのようだ。機能性のよさを追求した造りではあるものの、どことはなくおしゃれだ。特大モニターがあちこちにあり、作業台として使える場所もいくつか設けてある。モニターはすべて全米で起きている惨事のその後の経過を伝えている。

非常に背が高く、細身で真っ黒な髪、こめかみのあたりにだけ雪のような白髪のある男性が立ち上がり、三人のほうへ歩いて来た。その後ろには金髪をポニーテイルにした若い女性がいる。女性は青いスエットの上下を着て、『ドクター・フー』のタイムマシーン、ターディスをネックレスにしたものを首からさげている。

背の高い黒髪の男性がサマーの手を取った。「レディングさんですね？　ジョン・ハンティントンです。初めまして。お会いできたのはうれしいんですが、あなたがこちらに来る必要に迫られたのは残念です。普通の状況でお目にかかりたかった。このオフィスにいる全員が『エリア8』のファンです。私たちが〝殺戮《さつりく》事件〟の黒幕を見つけたときには、あなたの記事によって真相のすべてが公表されるよう願っています」

「それはもう、必ず」絶対に何もかも記事にするぞ、とサマーは心に決めていた。今後一生、逃亡生活を送らなければならないのだとしても、この記事だけは世に出したい。「国を裏切ったやつらだもの。そんなひどい話って、ないでしょ」

ジャックの手を肩に感じた。どっしりとして温かく、そこから安心感が体じゅうに広がる。「この話を記事にするのに、サマーほどの適格者はいないな」

ブロンドの女性がハンティントン氏の後ろから顔を出す。片手をサマーに振ってみせながら、もう一方の手をサマーが脇に抱えるパソコンに伸ばす。「あの、こんにちは！　さっき飛行機のモニターで、私の顔は見てるわよね？　フェリシティよ。あそこにいるでかい男の人の彼女なの」メタルが自分のデスクから振り向いて、指だけで軽く敬礼してから、また自分の前にあるモニターに視線を戻した。「私はここのＩＴ担当なの。ヘクター・ブレイクのパソコンとＵＳＢメモリを早く見たくてうずうずしてる。敵のかく乱戦法で、メディアは大騒ぎよ」彼女がモニターを示す。すべての画面でニュースキャスターが状況を伝えようと絶望的な努力をしていた。

　そのブロンド女性が機内から話をした人物だとわかったが、サマーはさらに確認した。「あなたが、フォンタナ・ダムへの攻撃は嘘《うそ》だと見抜いた人なのね？」

「ええ、そうよ」フェリシティのかわいい顔が、真剣になる。「ただ、今流れているすべての映像が偽ものだとは言えないの。映像が合成されたものであるかどうかを調べるためには、周波数帯域をたくさん使用しなければならなくて。偽のものはかなり以前から用意されていたに違いないし、部分的に本ものの映像も混じっている。昔の映像だけど。このかく乱による被害は甚大よ。各地の緊急通報センターは、いつ何どき、どんな通報が入るかと神経を尖《とが》らせている。人員の確保、超過勤務手当の支払いなどで、莫大《ばくだい》な税金が使われることになる」

「これが……〝さらなる大きな計画〟だったわけ？」サマーが疑問を口にした。「これまでのことはみんな、この騒動のための前ぶれだったのかしら。〝殺戮事件〟もこの騒動を起こすために実行されたの？」

部屋にいた全員が、徐々にメタルの前にあるコンピュータの周囲に集まって来た。画面の映像は、壁の大きなモニターのひとつにも映し出されている。

メタルは画面から目を離さず、手だけを伸ばしてきた。「サマー、よろしく。よく来てくれたな。俺はずっと『エリア8』を読んでたから、昔からの友だちに会った気分なんだ」

「こちらこそ、よろしく」差し出された手をしっかり握る。「それで、実際にどれぐらいの数の事件や事故が起きているの？」

「二十一だ」モニターのひとつの映像が切り替わる。モニターの音声は切ってある。目で見るだけで、重要な事実はわかる。映し出されたのは学校だった。フェアモント小学校という文字が、正面玄関の石のプレートに刻まれている。幼さの残る子どもたちが、懸命に走る姿。防毒マスクのようなものを手渡され、学校から逃げている。児童と教師は待ち構えていたマイクロバスに駆け込む。字幕が流れる。〝小学校に炭そ菌がまかれる〟「これで二十二件だ」メタルが言った。

サマーはこぶしを握りしめた。「これだけは、偽の情報であってほしいわ」

男性たちが全員、険しい表情でうなずく。

彼女は全員を見た。「敵の正体はまだわからないけど、私たちで必ずやっつけましょう。敵は、この国で大騒ぎを起こし、混乱に陥れるのがどれほど簡単かを示そうとしているのよ。アメリカを思いどおりに操れるところを、見せつけたいんだわ」

ジョン・ハンティントン氏が深刻な表情でうなずいた。「全力で相手の正体を突き止めようとしているんだが、あまりに手がかりが乏しくて……ミズ・レディング、ご理解いただきたい」

「友人のひとりとして、サマーと呼んでくださる？」

彼がもういちどうなずいて、親しい口調で話す。その姿を見ると、この人は生まれながらに人を従わせる能力に恵まれているのだな、と感じる。大きな体と、整った顔立ちのせいもあるが、リーダーとしてのオーラが彼の体から発せられるのを感じてしまうのだ。あくまで穏やかな口調が、オフィス全体に絶対的な安心感をもたらす。

「では、サマー。知ってのとおり、俺たちはＦＢＩの一部の捜査官と一緒に捜査にあたっている。だから、必ず敵の正体を暴いてみせる。それがいつになるか、というだけのことさ。さらに——」彼はフェリシティのほうを示した。フェリシティの指がものすごいスピードでヘクターのパソコンのキーボード上を舞っている。「——あのパソコンに何か手がかりになる情報があるとすれば、フェリシティが見つけるさ。断言する。その後、俺たちで内容を分析し、攻撃を開始する」

「そうね。ジャックも私も、陰謀にはＣＩＡが深く関与しているのではないかと考えているわ。あなたの意見は？」

「俺も同じだ。ここにいるみんながそう思っている。だからこそＦＢＩも隠密裏に特別捜査チームを結成したんだ。絶対に信用できる捜査官だけを選んでね。チームのリーダーはニック・マンシーノ特別捜査官で、いっさいの情報漏えいを避けるため、捜査内容は極秘レベルを超える特定機密情報に指定されている」

サマーは一瞬体を強ばらせた。「それって、『エリア８』が情報を漏えいするかもしれない、という意味ではないでしょうね？　捜査情報の秘匿は当然だし、うちが何かの情報をうっかり漏らしたこともないわ。そもそも、現在『エリア８』は休刊中ですもの」

サマーが話し終わる前から、彼は首を横に振っていた。「そういう意味で言ったんじゃない。これまでの記事を読んでいたら、君が反逆者に加担するようなまねはしないことぐらい、簡単にわかる。ただ、記事として公表するには、もうしばらく待ってもらわないといけない。できれば、今回のことにかかわった悪党どもをすべて捕らえるまでね」

「それはもう」もちろんだ。真相究明記事をシリーズにして『エリア８』に連載し、その後、加筆して本にまとめる。テレビにも出演して、国を裏切ったやつらを糾弾《きゅうだん》し、何があったかを世間に知らせる。多くの人たちの命が失われたのだ。お金のために。

そして、彼らの謀略の全貌《ぜんぼう》はまだ見えていない。

低い呼び出し音が鳴り、スカイプのウィンドウとニック・マンシーノの名前が画面に浮かんだ。メタルがパソコンを操作して接続するとニックの顔が画面に映し出される。「おう。サマーと話したいんだが」

いきなり名指しされて、サマーはとまどった。はっとして動悸《どうき》が速くなる。ニックが自分と直接話したい理由を考えると……アパートメントの爆破よりも悪いことが起きたに違いない。

メタルが立ち上がって、椅子を譲ってくれる。サマーはありがたく腰を下ろした。急に膝《ひざ》ががくがくして立っていられなくなったのだ。ジャックがすぐ後ろに来て寄り添い、肩に手を置いてくれた。そこに自分の手を重ねると、何だか地に足が着いたような気分になった。

「『エリア8』の編集者二人、ザック・バローズとマーシー・トンプソンに警護を付けようと、捜査官を派遣した」

ああ、やはり。サマーはめまいを覚えた。ザックとマーシー、頭がよくてエネルギーにあふれた編集者。この二人がいたからこそ、『エリア8』は今日の地位を築くことができた。喉《のど》がからからになり、返事をする前にデスクにあった水を飲まねばならなかった。「それで?」

「二人とも見つからなかったんだ。バローズ氏のところに行った捜査官は、彼の住居の中にも入ってみた。徹底的に調べようとしたんだが、奥の部屋に通じるドアに鍵《かぎ》がかけられ、どうしても開けることができなかった。鍵穴に接着剤か何かを流し込んで、固めてあったんだ。ドアは枠からぴくりとも動かなかった。緊急事態だと判断したその捜査官はドア板を破壊したそうだが、かなり苦労したらしい。ドアの向こうに、こんなものがあった」

細長いビニール袋……みたいなものの写真がモニターに現われる。それから、何枚かの写真が画面上を流れたあと、彼女はやっと気づいた。これは死体袋だ。息をのむ彼女の肩に置かれたジャックの手に力が入る。

またニックの顔。「次の写真は、とても見せられない。ただ、ザック・バローズ氏は亡くなった。本当に残念だ」

彼女は悲しみのあまりぼう然としていた。愉快で頭のいいザック。サマーとの共通点は、彼の両親もかなりいかれていたこと。ただ彼にはとても愛情深い祖父母がいた。彼はジャーナリズムを懸命に学び、文章が持つ力というものを絶対的に信じていた。だからこそ、あらゆる困難にもめげず『エリア8』設立にあれほど尽力してくれたのだ。そしてサマーにひそかに憧《あこが》れを抱いていたのも知っていた。ただ、その気持ちを彼が表に出すことはめったになかった。

「殺人を犯しても、誰も何の裁きも受けずに済むわけ？」

ニックが凄《すご》みのある笑みを浮かべた。「いや、そう簡単には行かせない。実は、ちょっとした手がかりがあってね」

全員が身を乗り出す。「話してくれ、ニック」ジョン・ハンティントンが命令口調で言った。

「了解。俺たちはザックの今日一日の行動を追ってみた。まず家の近くのカフェでラテを飲んでいたところから始まって」

「トリーゴズね」涙があふれそうになるのを、サマーは必死でこらえた。「私ともよくその店で会ったわ。自宅が散らかっているからって、仕事の打ち合わせにそのカフェをいつも使ったの」

「そう、トリーゴズだ」ニックが体を乗り出してくる。と言っても、実際には彼は国の反対側にいて、ただカメラに近づいただけなのだが、音声も画像も鮮明なので、彼がテーブルのすぐ向かい側に座っているような錯覚を起こす。

「ともかく、ザックを襲ったやつは、法廷に証拠として提出できるような残留物を残していかなかった。街頭の監視カメラがとらえた映像もこれだけだ」

画面に映し出された写真は、野球帽をかぶった男をとらえたものだったが、顔のある部分が白くぼやけている。

「つばの部分から赤外線が出ているんだ」ジャックの言葉に、サマーは顔を上げた。彼は今までとはまったく違う真剣な顔になっていた。事務的で温かみのかけらもない。画面の男は、彼の一族を消し去った敵とかかわりがあるからだろう。彼は画面の隅々まで見て、できるかぎりの情報を得ようとしている。

「大きいモニターに映し出してくれ」ジョン・ハンティントンが言うと、壁のモニターに男の写真が現われた。写真そのものは非常に鮮明で、男の服のしわ、バックパックのファスナーの金具のひとつずつまではっきりと見える。ところが顔の部分だけが白くぼやけているのだ。

「このあと、男はラテックスの手袋をはめたようだ」ニックが説明する。「ただ道路を歩いているあいだは、手袋をしていない」

「何かに触れたのか？」ジャックがすかさずたずねた。「何かにさわっていればいいんだが」

「ザックに薬剤を注射する際、こいつはザックの体に触れたんだ。ちなみに、解剖の結果、薬剤はケタミンだとわかっている」

サマーは驚いて目を見開いた。「ケタミンって……動物用の麻酔薬でしょ？」

「そうだ」ニックが重々しい声で言った。「ザックがどうあがいたところで、勝ち目はなかったんだ。殺したあと、犯人はザックの死体に漂白剤をかけた。だから指紋もDNAも何も検出できなかった。ただし……」ニックが人差し指を立てる。「うちの鑑識は超一流なんだが、その中に特別優秀な技師がいる。この技師は〝殺戮事件〟で妻を亡くし、必ず妻のかたきは取ると心に決めている。犯人を見つけるまでは夜も昼もなく働くつもりだそうだ。ま、早い話が、この技師はすでに奇蹟《きせき》を起こしたわけさ。さて、ここからが話の核となる部分だ」

誰もが息をひそめて聞き入っていた。例外はジャックだ。彼はまだ石のような表情を保っていた。

「写真を見てくれ」別の写真が映し出されたが、歩く男のぼやけた顔の前に手のひらが突き出されている。片方の手でバックパックに手を伸ばしながら、カメラに写るのを避けようと、反射的に手をレンズに向けたのだ。

ニックが写真を加工していく。男が広げた手のひらの部分を拡大していくと、若干画像が荒くなった。そこでさらに加工する。また拡大。この作業を繰り返すうちに、手のひらが非常に鮮明に拡大されていった。男の手にたこがあるのまでわかる。

「スナイパーだ」ジャッコがつぶやき、他の男性たちがうなずいた。部隊で遠くの標的を狙撃《そげき》するときは、いつもジャッコがスナイパーの役目を果たしていたのだと、ジャックが説明してくれていた。能力の高いスナイパーである彼が誰かの手を見れば、その人物が狙撃のプロかどうかがわかるのだ。

「うちの鑑識の天才技師は、普段から仕事上の付き合いのある民間会社にこの写真を送って協力を依頼した。その会社は新しいタイプの３Ｄプリンターを開発していて、この写真をもとにポリマー素材で指紋の入った指を創り上げた」

「うちもそのプリンターが欲しい」ジョン・ハンティントンが言った。「今すぐに。値段はいくらでも構わん」

「ま、話してみるよ。とにかく、この男の指紋から身元を割り出すことを最優先させ、検索してみたら、なんと該当者が見つかったんだ」

該当者！　ザックを殺した犯人の身元がわかった。この男はおそらく、マーシーの命も奪ったのだろう。

「その男の写真を見せて」彼女が言うより先に、モニターに男の顔が映し出されていた。写真は身分証明書用のもので、写真の横にＣＩＡのロゴマークがあった。

サマーははっとして口元を押さえた。すうっと血の気が引いていく。目の前が暗くなって、うまく息が吸えない。ぶーん、という音が耳元でうるさく、頭がふらつく。ザックを殺し、おそらくはマーシーも殺した犯人、そしてサマー自身の命も狙っていた男はＣＩＡの職員だった。政府に雇われている人間なのだ。

「ちょっと待ってくれ」写真をじっと見ていたジャックが声を上げる。「見覚えのある顔だ」

「ああ、同じ部署の職員だったわけだからな。ただ、こいつが採用されたのは、ジャックがシンガポールに駐在しているあいだだ。名前はフィリップ・キーン。秘密工作本部に在籍していたのは二〇一〇年から二〇一四年のあいだで、政府予算の流用ならびに不適切な手段での情報入手、情報提供者への恐喝《きょうかつ》を理由に、解雇されている。手っ取り早く言えば、調査費用を使い込んだわけだ。さらに調べていくと、この男の銀行口座へのマーカス・スプリンガーの闇《やみ》資金からの金の振り込みが複数回確認された。証拠として取引記録を差し押さえるには裁判所からの令状が必要となるが、令状を発行してもらうには、州最高裁あるいは連邦最高裁と話をしなければならないかもしれないな。何にせよ、ここが真相解明の糸口になるのは確かだ」

「スプリンガーは俺がやっつける」ジャックの低い声ににじむ決意の強さを感じ取り、サマーの腕にはさっと鳥肌が立った。「こいつは俺がつかまえたい」

ニックが不安そうに座り直す。「ジャック、あんたの気持ちは痛いほどわかる。だからその気持ちに水を差す気はない。だがうちの長官は個人的な復讐《ふくしゅう》を厳しく禁じている。約束するよ、ジャック、本当に。スプリンガーは必ずつかまえ、絶対に一生レーベンスワース連邦刑務所の独房から出られないようにしてやる。死ぬまで惨めな思いを味わわせてやるから」

「つまり」サマーはモニターを示した。「この男がザックを殺したの？」喉が詰まって声が出ない。「それにマーシーも？」

ニックが首を振った。「彼女は所在が不明なだけだ。まだ見つけられずにいる。自宅にはいないが、関係先すべてを確認できたわけじゃない。行方不明だと公表すれば、スプリンガーにこちらの手の内を明かしてしまうことになるので、おおっぴらに捜索はできない。あいつの情報網はいたるところに広がっているからな。とにかく捜査員を数名、彼女の捜索に専念するよう割り当てておいた」

サマーは涙を拭《ぬぐ》った。「でも、見つかるのは遺体なんじゃないかと思って」

「残念ながら、俺たちもそれは覚悟している」ニックは空虚な慰めを言う人ではないらしい。「それでも、必ず見つけるから。できるだけ早く。もちろん、生きている彼女を見つけ出す希望だって捨てていない」

モニターに映るニックの視線が動く。「おう、ジャック。サマーの警護はおまえにまかせたからな。無事でいてもらえよ」

彼女の肩をつかむジャックの手に、一瞬力が入り、痛みさえ覚えるほどだったが、彼はすぐに力を抜いた。「もちろんだ。まかせてくれ」

「それに、俺たちもいるから」ジョン・ハンティントンが声を上げた。

「そうだ」メタルも同調する。「彼女には警護チームができたんだ。彼女には無事でいてもらう。いずれ真相を暴く記事を書かなきゃならないんだからな。彼女の記事で敵をひとり残らず叩きのめすんだ」

「フェリシティはどうしてる？」ニックが話題を変えた。「彼女なら、何か新たな情報を見つけたんじゃないかと、期待していたんだが」

「フェリシティは頑張ってるわよ」本人が声を上げたが、視線はコンピュータ画面に釘《くぎ》づけだ。キーボードを打つ速さに関しては、サマーもそこそこの自信があったのだが、フェリシティは別次元のスピードでキーボードを叩く。指の動きが見えないぐらいに速い。モニター上では次々と画像が変わるので、内容についていけない。「USBの内容の解析に取りかかってちょうど二十二分四十秒……ここに入っているファイルは他のものと違うの。だからこのフェリシティさんでもまだ奇蹟を起こせていないわ。厳重に暗号化されているから、ファイルが重いの。これはプロの仕事ね。中身が何かわかるまで、もう少し時間がかかりそうだわ」

メタルがため息を吐《つ》いた。「この分じゃ、暗号を解析できるまで、フェリシティは睡眠も食事もとらないだろうな」

「おい」ふいにジャックの静かな声が響き、全員が壁側のモニターのほうに振り向いた。高層ビルが煙に包まれ、崩れ落ちる映像だった。コンクリート片やガラスのかけらが、きらきら輝きながら雨のように地面に降り注ぐ。最上部の二十一階分はその下の部分からねじれて傾き、ちぎれたところからむき出しになった梁《はり》やオフィス家具が見える。壁のないドールハウスみたいだ。

全員が手を止めた。フェリシティさえも、作業を中断している。

誰かがその映像を流している局の音声を部屋に流した。

「――今日はずっと、偽情報に振り回されてきましたが、これは現実に起きている惨劇です」ショックを隠しきれないニュースキャスターが伝える。パーカを着て現場から中継しているらしく、風にあおられた髪がその女性キャスターの顔の周りで踊る。女性の立つ道路の先には崩壊していくビルが見える。

サマーはこのキャスターの顔に見覚えがあった。信頼できるジャーナリストだ。画面の下部にテロップが流れる。**ボストンでハサウェイ・ビルが崩壊。**「私はハサウェイ・ビルから通りを三つ隔てた場所に立っているのですが、ここからでも火災の熱を感じます。ハサウェイ・ビルでは、四千人もの人々が働いていています」

全員の脳裏に9・11同時多発テロのときのことがよみがえる。

「ちくしょう」普段は何ごとにも動じないメタルが、激しい怒りをあらわにした。彼があのテロのせいで家族全員を失ったことは、サマーも聞いていた。世界貿易センタービルと一緒に父親と兄たちを失い、その一週間後、心労のため、母までこの世を去ったそうだ。

「今回、こんなことをしているのは、アメリカ人なんだ」ニックの表情が険しく、声も冷たい。ストレスのせいだろう、鼻孔の周辺の皮膚が白く見える。「必ずやっつけてやる」

部屋を見回すと、男性全員がじっと立ったまま、氷のような冷たい怒りを顔ににじませていた。全身も強ばっている。フェリシティは顔を上げていたのだが、またコンピュータに視線を戻し、かわいらしい顔を蒼白《そうはく》にして猛烈な勢いでキーボードを叩き始めた。

事件の黒幕が誰なのかは、まだはっきりしていない。けれど、彼らに立ち向かおうとしているチームはきわめて有能であることを、思い知らせてやりたい。ただ、このチームの真の強さは、技能や力だけに留まらないのだとサマーは感じた。部屋にいる人たちみんなが、意識を高く持って最後まで戦い抜く覚悟をしているところだ。そこに知性、訓練、精神的にも肉体的にもタフであること、責任感が加わり、チームを最強にしている。自分もこの人たちと一緒に闘おうと彼女は思った。ニックも同じ思いだったのだろう。全員なら、ここにいるみんなの力を足しただけでなく、もっと大きな力を出せそうだ。強くてへこたれない力というのが、徐々に形づくられていくのを感じる。

みんなの力を集結させた以上の力がここに生まれつつある。モニターの向こうのニックからも、力が送られてきている気がする。共通の認識ができ、それが力や知性となる。復讐心と正義を求める気持ちもそこにはある。みんなの力をひとつにして、共通の目標に向かっていこう。そうすれば恐ろしい敵も必ず倒せる。

『エリア8』を設立したのも、その思いからだった。現在『エリア8』はないが、その精神をまさにこの部屋で感じる。みんなの気持ちがひとつになれば、怖いものなどない。そしてその気持ちがさらに多くの人に伝わり、最終的には誰にも打ち負かされはしなくなる。

12

逃亡生活を送らなければならないわりには、ずいぶんおしゃれができるものだわ、とサマーは思った。ジャックとサマーはイザベルの婚約者であるジョーの家に滞在しているのだが、現在はイザベルの家の玄関の前にいる。ジョーの家のすぐ隣だが、彼はもうイザベルの家に住んでいるのも同然らしく、自分の家をジャックとサマーのために開け渡してくれたのだ。ジャックに自宅の家の鍵《かぎ》を渡す際、ジョーはただ「まあ、燃やさないように気をつけてくれさえすれば、あとは何をしようと構わないから」とだけ言って、さっさとイザベルの家へと消えた。

ジャックとサマーはイザベルの家での夕食を招待されたので、ジョーの家でシャワーを浴び、着替えを済ませていた。ジャックは着替えたと言っても、前とほとんど同じ服装で、ただ清潔になっただけ。一方サマーのほうは、オンラインで注文した緑のカシミア・セーターにおそろいのボレロをはおり、たっぷりとしたシルクのスラックス、足元はグッチのブーツにした。こういう感じでそろえた服装が五組ある。

呼び鈴を鳴らすとイザベルが玄関に出てきて、いきなりサマーの胸に飛び込み、ぎゅっと抱きしめた。サマーもイザベルの背中に腕を回した。感きわまって、言葉が出なかった。米国に戻って来たあの年にも、イザベルはとても親切にしてくれた。

イザベルが少し体を引き、涙を流しながらほほえんで、ぐいっと涙を払った。「サマー、会えてうれしいわ。あなたが無事で、本当によかった」

次にイザベルは兄のほうを向き、頰《ほお》に口づけした。彼女もサマー同様、つま先立ちしないとジャックの頰に唇が届かない。「あなたもね、ジャック。私のお兄ちゃんを殺せるほど、根性が悪い人はいなかったわけね」ぽろぽろと涙を流す彼女を見て、ジャックは何も言わず、ただしっかりと抱きしめた。ゆっくりと妹の体を揺すり再会の喜びを嚙《か》みしめる。

この兄妹は、とてつもなく過酷な試練に耐えてきた。家族全員を失い、イザベルは瀕死《ひんし》の重傷を負った。ジャックは半年間も身を隠すことを余儀なくされた。やっと少しばかりの落ち着きを取り戻したのだから、幸福を実感し、喜び合うのは当然だ。

ジャックから少し体を離したイザベルは、泣きながらもほほえんだ。「何よりうれしいのは、ジャックが以前の格好をしていないことね」そして顔をしかめて鼻にしわを作る。「あれ、すごく臭《くさ》かったんだもの」

「ちょっとばかり時間の経過した、ただの小便さ」ジャックは軽い口調で言ったが、妹との再会で、彼が感動しているのがサマーにはわかった。「文句を言うなよ。あの格好をしてたからこそ、俺はこうやって生きているんだぞ。あの姿じゃ、誰も鼻水さえ引っかけようとしないんだ。ああでもしてなけりゃ、俺はポトマック川に浮かぶ水死体になってたな」

その可能性を考え、イザベルはぶるっと体を震わせた。

ジョーが姿を見せ、イザベルのすぐ後ろに立って彼女の肩を抱き寄せる。「おう、ジャック、よく来てくれたな。サマー、中に入って楽にしてくれ。ところでハニー、ローストポークが黒焦げになってもいいのか？」

イザベルがはっと目を見開き、きゃっと叫んでキッチンに走って行った。

ジョーが肩をすくめる。「すっごい料理だぞ。驚くなよ。俺のほうは飲みもの担当なんだが、さてサマー、食事の前に何か飲むか？　スコッチかプロセッコもあるけど」

「絶対、プロセッコ」

「よし。じゃあ俺はジャックと一緒にもう少しスコッチを楽しもう」ウィスキーのグラス二つにスコッチを注いだあと、サマーのためにシャンパン用のフルート・グラスにプロセッコを注ぐ。

男性二人はセキュリティ関係の話に花を咲かせていたので、サマーはふらりとキッチンへ入った。きちんと整理された空間に、うっとりするぐらいいい匂《にお》いが漂っている。カウンターにはすでに盛りつけの済んだ皿が並べてある。ついつまみ食いしてみたくなるほどおいしそうだ。ちょっと手を伸ばしてみたが、だめだめ、と自分を戒める。

イザベルはオーブンから肉を――絶妙の焼き色のついた状態のものを――取り出しているところで、出したあとコンロの上に置いた。

「いいのよ」イザベルが声をかけてくる。「試食は歓迎だから。それにテーブルに置いた瞬間、ジョーとジャックのお腹《なか》の中に消えてしまうのはわかっているし。今のうちに好きなだけ食べておけばいいわ」

サマーは小ぶりのフォークで前菜の皿にあった小さくて丸いものを突き刺し、口にほうり込んだ。揚げてあるのはわかった。すごくおいしい。

「今のは、何？」

「オリーベ・アスコラーネ。オリーブのフライよ。冷凍食品じゃなくて、オリーブに肉の詰め物をして家でフライにしたの。イタリアのアブルッツォ地方に古くから伝わるレシピよ。ね、こっちのブルスケッタも試してみて」イザベルが差し出したのは、薄くスライスしたパンを焼き、上にクリームを載せた前菜だった。ひと口食べて、サマーはうーん、とうなった。「おいしい」

でしょ？　と言いたそうに、イザベルがにんまりする。「実はね、そのパンはサワードウでそれもホームメイドよ。リコッタチーズのムースを載せ、トリュフをあしらってみたの」イザベル自身も同じものを口に入れたあと、カウンターに両肘を置いて、サマーのほうに身を乗り出してくる。「あなたとジャックのことだけど」

赤面しそうになり、サマーは懸命に心を落ち着かせようとした。プロセッコをぐいっと飲み、おかしなところに入ってしまってむせ返る。「う、ごほっ……あの」

ふわふわのムースが、ぽたっとカウンターに落ちたが、イザベルが指ですくい上げて、自分の口に入れる。「今だから言うけど、学生時代にあなたとジャックが付き合い始めたと聞いたときには、母と私は大喜びしたのよ」

なるほど、これには返答できる。「私たちが付き合っていたのはたった一週間だったのよ。そのあと、ジャックが一方的に私をふったの」

イザベルはため息を吐《つ》いて、サマーの目を見た。「ええ、当時のジャックは女の子をとっかえひっかえしていたから。でも、今はまったく違うのよ。ほんとに。ジャックは基本的には、あの当時とは別の人格を持つ男性になっているの」

サマーはうなずいた。どう返事していいか、わからなかった。

「それに、今の兄はあなたをとても愛しているわ」

これにはどういう言葉を返せばいいのか、さっぱりわからない。どんな言葉を返すこともできない。ただ彼女の胸の中で心臓がどきっと躍り上がり、落ち着くのよ、と言い聞かせてもどきどきしてしまう。

「ハニー？」悲しそうな声がリビングのほうから聞こえてきた。やがてジョーがキッチンに顔だけを突き出した。かなりタフな外見で、細身――命を落としていてもおかしくないほどの傷を戦地で負い、快復したばかり――なのだが、非常に筋肉質で、この男を殺すには原爆でも使わないと無理だ、と思わせるような人物だ。そんな彼が、お腹を空かした孤児みたいな情けない声を出すことが、意外だった。さらにイザベルとサマーに、すがりつくような眼差しを向ける。「リビングで待つ俺たちは、飢え死にしそうになってるんだ。まだ食べものを出してもらえないのかな？」

ジョーを見て、イザベルの顔がぱっと輝く。その様子にサマーは驚いた。イザベルは非常に細かな心遣いをしてくれる女性なので、普段は意識しないが、本質的には上流階級の令嬢だ。根っからのお嬢さまというものは、うろたえたり、ものおじしたりしない。実際、イザベルが特定の男性に熱烈な恋をしたという話は聞いたことがない。彼女はいつも冷静で、感情をあらわにせず――と言うか、感情そのものがあまりないのでは、とさえ思うほどだった。

だから現在のイザベルが、包み隠さずうれしい気持ちを顔に出す様子を見ると、本当に驚いてしまう。ジョーのことを本当に大切に想っているのがわかる。彼がキッチンに入って来ると、イザベルが顔を上げて彼のほうを向く。近づいて来た彼はイザベルの頬をやさしく撫《な》でる。

サマーは思わず、視線をそらした。これほどまでの愛情表現はプライベートなものだろうし、そこに他人である自分が立ち入ってしまうのはいけない気がしたのだ。今のイザベルは幸せそうだし、彼女にはぜひ幸せになってもらいたいとサマーも思っていた。イザベルはジャック以外の家族をすべて〝ワシントンDC殺戮《さつりく》事件〟で失い、彼女自身も重傷を負って、しばらく意識も戻らない状態が続いた。想像を絶するほどの辛い体験だったはずだ。

ただ、その体験があったからこそ、ジョー・ハリスという男性と出会えた。ジョーはイザベルを愛している。今やイザベルは、ジョーだけではなく彼の会社をはじめとする強力なメンバーに守られている。

サマーはまだグループの暫定《ざんてい》メンバーといったところなのだが、それでも大きなキャンプファイアーを囲んでいるときのような、温かな気分に全身が包まれている。完全にこの人たちの仲間に入れてもらえれば、いったいどれだけの安心感を味わえるのだろう。

ジャックも顔をのぞかせ、ジョーとイザベルに声をかける。「おい、おまえら。唇をくっつけてばかりいないで、客の面倒もみてくれよな。食べものを出してくれるんじゃなかったのか？」

イザベルがジョーから離れ、つま先立ちしていた足を、地面に下ろした。ジョーは背が高いので、キスするときはこういう姿勢になる。ジャックと同じ。

「フード、グローリアス・フード」イザベルも『オリバー！』の歌を口ずさみ、食べものをいっぱいに盛った皿を次々に運んでいく。サマーも運ぶのを手伝ったので、すぐにごちそうがテーブルいっぱいに並べられた。

薄くスライスしたローストポークのストロベリー・ソースがけ、ズッキーニのオリーブオイル炒《いた》めバルサミコ酢和《あ》え、ピーマンのローストしたクスクス詰め。

これらを食べ始めると、誰も何もしゃべらなくなった。何もかも、文句なくおいしい。これ以上おいしいものはない、と思うと、さらにおいしいものが登場するのだ。

「こんなお料理を毎日食べられるなんて、不公平だわ」サマーはジョーに言った。

「そうだよな」彼は満足げにほほえみ、粉チーズとパン粉をまぶしてソテーされたスイスチャードを取り分けた。「この俺が野菜を食べるようになったんだから。しかも、それをおいしいと感じるんだ」彼がイザベルのほうを向いた。「俺は君からけっして離れはしないよ」厳粛に宣言してから、さらに付け加える。「今後、君の髪が全部抜け落ち、入れ歯になって、体重が百三十キロを超えても、俺は絶対に、何があっても、君と一緒にいるからな」

イザベルは、もじもじとデザートフォークの先をテーブルクロスの上に滑らせている。「ところで、毎日こういう料理を食べたいのなら」ちらっとサマーを見てから、ジャックをしっかり見つめた。大切な話をするつもりなのが、その眼差しからもわかる。「このすぐ近所、この通りの先にある家が売りに出ていて――」彼女は言葉に詰まり、一瞬待ってから、ワインで口を湿らせた。「とてもすてきな家なのよ。生存が認められ次第、デルヴォーの屋敷を売った残りのお金はジャックのものになるのよ。あなたの分だと思うと、私は――私にはとても手がつけられなくて。だからまだ銀行に置いてあるの。その金額で、だいたい今話した近所の家は買えるはずよ。現在そこに住んでらっしゃるご家族は、とても感じのいい人でね。だから家には幸せな雰囲気が漂っている。ポートランドに住んでみると、本当にいいところだとわかるわ。ジャックが近くに住めば、私たち、また――家族の行事を祝ったりとか親戚《しんせき》付き合いを楽しんだりとかができるでしょ」

イザベルの頬を涙が伝い落ち、彼女はそれ以上何も言えなくなった。

ジョーがジャックの腕に手を置いた。「認めるのは悔しいが、あんたみたいな面倒なやつが義理の兄貴になると思うと、俺としては楽しみで仕方ない。さらに近くに住んでくれるとなると――」一瞬彼は視線をそむけたが、ジョーの横顔の頬から顎《あご》の線が震えていた。彼はすごくタフな感じの男性で、こういう男性はめったに感情を表に出さない。ところが今、ジョーは感極まっている。「あんたが近くに住んでくれたら、すごくちゃんとした家族として日々を過ごせるなあ、と思って。俺は小さい頃から家族というものに恵まれていなかったから、家庭的なことに憧《あこが》れてるんだ。いや、もちろん近くに住むのが嫌になれば、いつだって引っ越せばいい」ジョーの目が潤んでいるように見える。「ミッドナイトからもシニア・チーフからも、ASIで働かないかと何度も誘われているんだろ？　会社はくそ真面目で単純な元SEALの人間ばっかりになってしまったから、あんたみたいに抜け目のない元CIAの陰険野郎もいないと困るって」

ジャックはぴくりとも動かずにいる。どうして彼は何も言わないのだろう？

イザベルがサマーのほうを見た。「サマーは『エリア8』のサイト運営をどこでもできるでしょ、違う？　政治の中心である首都でのできごとを主に記事にしているのは知っているけど、飛行機っていう便利なものだってあるし。それにこれから本の執筆にとりかからなければならないわけでしょ。それならポートランドでも書けるんじゃないかしら」

ちょ、ちょっと待って、とサマーは思った。どうして自分がこの話の中に入っているのだろう？　これは純粋にデルヴォー家の話のはず。サマー・レディングとは関係ない。DCの生活をたたんで、ポートランドくんだりまで引っ越す理由なんて、自分にはない。そもそもジャックとは——彼と私は——イザベルが思っているような関係ではないのだ。どういうふうに勘違いされているのかはわからないけれど。

サマーが反論しようとしたとき、ジャックの携帯電話が鳴った。一瞬、彼は動こうともせず、サマーは代わりに電話に出てあげようか、と思ったぐらいだった。はっと画面を親指でスライドさせた彼は、それでもまだぼう然とした様子で、突然大きなショックを受けて何の反応もできなくなった人みたいだった。

「ああ、メタル。どうした？　フェリシティの解析が進んだのか？」

携帯電話の画面にメタルの顔が見える。

「ああ。解析した内容をすべて、あんたらのパソコンに送った。ヘクターのことはあんたたちのほうが詳しいから、俺たちが見過ごしたことにも、何か気づくんじゃないかと思ったんだ。ただ俺たちで調べただけでも、重大なことがわかった。そこにもう少し大きな画面はないか？」

「これでどうだ？」ジョーがタブレット端末を持ってきた。「俺のところに送ってくれれば、これで見られる」

「よし。今送信中だ。完全に受信が終わるのを待つあいだ、ニックから聞いた話を伝えておく。ＤＣでは現在、状況が非常に流動的らしい。ＦＢＩ長官は、マーカス・スプリンガーとの全面対決の覚悟を決めたらしい。スプリンガーの逮捕状を間もなく請求するそうだ。ただ、できれば、もっと確実な証拠がそろってからにできれば、とは思っているようでね。何せ相手はＣＩＡの高官だ。ＦＢＩとしては、慎重にならざるを得ない。へたをしたら、ＦＢＩ長官といえども、職を追われる可能性がある。それでもリスクを承知でスプリンガーと対決する価値はあると長官は考えているそうだ。よし、内容についてはフェリシティに説明してもらおう」画面がフェリシティのかわいい顔になった。

「こいつ、セキュリティに対する意識がゼロね」開口一番、フェリシティが言った。「こんなパソコンを調べさせられると、こっちがばかにされているのかと思っちゃうわよ。それはともかく、内容はニックとＦＢＩ長官に送っておいた。興味深い銀行口座番号があり、そこには目を引く預金額があった。匿名ＩＰとのメールのやり取りがあり、『事件』という言葉が頻繁に出てきた。その言葉がかぎかっこでくってあるんだけど、それがいつ起こり、どういう内容なのかは説明されていなかった。この『事件』というのが、今回の偽情報を拡散させたことなのか、あるいはハサウェイ・ビルへの攻撃を指すのかもわからない。仕方なく、他のファイルも徹底的に調べている最中よ。ＦＢＩも同様に調べていると思う。その中でひとつ気になることがあったの」画面の向こうで、フェリシティがタブレット端末を見せた。端末のモニターが大きく数字を映し出している。

37.8267N122.4233W
「これ何?」つぶやいてから、サマーはふと気がついた。「待って、これって——」

「GPSの位置座標」ジャック、ジョー、フェリシティが同時に声を上げた。

「この座標が示す場所はどこだ?」ジャックがたずねる。

「ここよ」画面にグーグルマップが現われ、位置を示す赤いマークが見える。「サンフランシスコの郊外、ブラナン通りというところから少し入った路地ね。グーグルの新社屋のすぐ近くにある建物」

サマーは位置マークを見つめた。「これって、つまり、グーグル本社を攻撃するってこと? 確かに、グーグルがなくなったら、私たち生きていけない」

フェリシティが首をかしげて考える。「うーん、違うわね。理屈に合わない。グーグルの本社ビルはまだ完成していないし、でき上がってもここは人事とか総務の業務が行なわれているだけなの。サーバーはあちこちに分散させてあるわ。ミッション地区のグーグル本社ビルを吹き飛ばしたって、私たちが使用するグーグルのサービスに影響はない。人命が失われるのは悲劇だし、会社としても計り知れない損害を受けるだろうけど……国全体を揺るがす大打撃にはならないでしょうね」

「じゃあ……どういうこと?」

サマーの問いかけに、フェリシティはわからない、と肩をすくめた。

メタルが代わりに答える。「明日、俺たちは現場に出向いてみるつもりだ。調べてみないとわからないから。ニックがＦＢＩのサンフランシスコ支局に連絡を取り、現場で何名かの捜査官による張り込みを始めた。情報が必要だから、この位置にある建物から目を離さないようにしておかないと。捜査令状を取れるよう、長官が裁判所と話してくれているが、建物内を合法的に捜索できるまで、見張っておくんだ。ジョー、おまえも来るか？　ジャックはどうする？」

他の誰かが答えるより先に、サマーは声を上げた。「私も行くわ」きっぱりと告げる。もう決意は固まっていた。おいていかれるなんて、許せない。

「なあ、ハニー」ジャックは不安そうだ。

「今回のことは、世間に公表する必要がある。そして正確に伝えなければならないわ。複雑に絡み合った内容で、敵の中にはスプリンガーをはじめとして、情報操作ができる権力者がいる。他にもどういう権力者を敵に回すのかわからない。だからジャーナリズムの使命として、真相に迫り、できるだけわかりやすい言葉に整理して大衆に伝えなければならない。それこそが私の仕事なの。そのためには私もサンフランシスコに行って、この目で状況を確かめる必要がある。捜査の邪魔はしないわ」

画面から一瞬消えていたメタルが、また戻って来た。「ニックが、突っ込み屋からは、離れていてほしいと言ってる」

「突っ込み屋？」

「建物への急襲チームのことだ」ジャックは説明しながらも、まだ納得していない顔だ。

「それは当然でしょ」襲撃チームと距離を置くのは構わない。「私は捜査官じゃないし、私がいれば、捜査の邪魔になるのは理解できる。捜査を終えて戻って来たチームから、すぐにどうだったかを教えてもらいたいだけよ」

「建物の近くにあるホテルに部屋を取った。ほんの数ブロックのところだ。サマーも同じホテルに宿泊すればいい。連中がサン・アンドレアス断層に原爆でも仕かけるつもりなら別だが、ジャック、サマーなら大丈夫さ」

ああ、まずい。とサマーは思った。そんなことをジャックに言えば、余計に心配するだけだ。現に、彼の顔がものすごく険しくなった。

「今のは、冗談だから」彼女はジャックの腕に手を置き、メタルをにらんだ。「ものすごく趣味の悪い、面白くもないジョークだった。そうよね、メタル？」

メタルが強情そうに口を曲げると、フェリシティの顔が画面に現われた。「うちの人は〝その口には足でも突っ込んでろ〟病にかかることが多くてね。結構重症化する場合もあるわ。だから、この人の言うことなんて無視してちょうだい。ＡＳＩの社用ジェットは明朝九時に出発予定だから、そちらには八時十五分に迎えに行く。一緒に行くのはジャック、サマー、ジョーの三人ね。必要な装備は準備して飛行機に積み込んでおく。ニックの指示で、FBIの人たちは午前七時にホテルに到着して、準備していてくれることになっている。落ち着いたら、部屋番号を知らせてくれるって。部屋は隣り合ったスイートで、ジョー、ジャッコ、それにジャックとサマー、それからFBIの人たち用に四部屋用意しておいてもらいましょ。さて、明日は忙しくなるわよ。だから、今日はそんな難しい顔をするのをやめて、英気を養っておかないとね。あ、そうだ。イザベル、今夜の夕食の残り、お弁当にしてくれない？　デザートも忘れないでね」

イザベルがフェリシティに手を振る。「了解。フェリシティは会社で徹夜なの？」

「そう。大変な仕事はみんな私がここでするのよ。そのためには、栄養が必要なの、わかる？」

「はい、はい。これから容器に詰めて、ジョーに持って行ってもらうわ。お願いします、って言ってくれるのなら、焼きたてのクロワッサンとあなたの大好物のチーズケーキも別に入れてあげてもいいけどなあ」

「どうかお願いします」

「はい、わかったわ。フェリシティ、お疲れさま。いろいろありがとう」

一瞬フェリシティは、ぽかんとした。「え？　ああ。まあね」そしてふうっと息を吐く。「私はやるべきことをやってるだけなんだから、お礼なんて言わなくていいの」そこでまた首をかしげる。背後のメタルとニックの会話に耳を傾けているのだ。「みんな、今夜は早くベッドに入って、ゆっくり休んでおいたほうがいいぞって、ニックから。ニックは今夜の夜行便に乗るそうよ。サンフランシスコ到着は明け方ですって」

イザベルが腰を上げ、半ば強引にサマーとジャックをテーブルから立たせる。「作戦に関して私が手伝えることは何もないけれど、ここのあと片づけは私ひとりで当然できるわ。さ、あなたたちはもう寝てちょうだい。体を休めないと」つま先立ちになって、兄にお休みのキスをする。彼女に耳元で何かをささやかれたジャックは、真剣な顔でうなずいた。そのあと、イザベルはサマーをぎゅっと抱きしめる。「ジャックのこと、どうかよろしくね。必ずここに一緒に帰って来て。それから近くに住むことも考えてみてちょうだい。家族として仲よく暮らしましょ」

サマーはイザベルの首に顔を埋め、表情を見られないようにした。そしてしっかりと抱き合った。

家族。

圧倒されそうに強い感情がわき起こり、全身を駆け抜けていく。

仲よく暮らす。

ジャックと。

みんな一緒に。

サマーはわき起こる強い感情を、頑丈な箱に無理にしまい込むと、ふたをして釘を打った。だめ、こんな強い気持ちは、手に負えない。今は無理だ。国家を揺るがす緊急事態の最中なのだから。私が歴史的な大事件をきちんと記録すると、心に決めたのだ。自分が書いた記事によって、人々は何が起きたかを理解する。自分の伝えた内容が、人々のこの事件に対する印象を決定づける。それに基づいて、人々はそれぞれの感想や考えを持つようになる。だから、もしかして何もかもがうまくいけば、自分の記事そのものも、歴史的に重要なものとして人々の記憶に残るかもしれない。

だから他のことなんて考えられない。ジャックやイザベルやポートランドや自分の家族のことなんて、絶対考えてはいけない。

けれど、イザベルを抱きしめる腕を、いつまでも放すことができなかった。

＊　＊　＊

ジョーの家の玄関ドアを開け、中へ入るようサマーに促すあいだも、ジャックは何も言わなかった。イザベルの言葉が頭から離れず、動揺していた。近くに家を買い、ここに落ち着く。イザベルとジョーには毎日のように会う。ＡＳＩ社で働き、もうすっかり信頼し合い、仲間だと思えるようになった連中の同僚となる。

しかし、そんな日々はすべてサマーがそばにいてこそだ。サマーもここに住むようにと念を押したイザベルは、さすがとしか言いようがない。サマーこそが兄の運命の相手だと、イザベルは本能的に感じ取っているのだ。

妹は昔から、人の心の機微に敏感だった。

学生時代サマーをふったあと、心にはサマーの形をした空洞ができた気がした。ただ当時はそんなはずはない、と否定していたのだが、結局その穴が埋まることはなかった。

これまで多くの女性と付き合ってきたが、サマーに対して感じるような仲間意識を持てた女性はいない。同じ目的に向かって互いに努力する二人だけのチーム、という感じ。

現在二人のパートナーシップは、巨大な謀略を暴くことを中心に存在している。けれど事件が解決したあとは、そのパートナーシップを持って人生をともに歩み、ひとつの家族を作り上げていくために協力できる。そう信じられるようになってきていた。

ひとつの家族。

もし本当に自分の家族を持つことがあるとすれば、それはこの女性と一緒でなければならない。ジャックはサマーの背中に触れながら、そう思った。

これまで自分の子どものことなんて、まったく考えたことはなかったが、ひとたび自分の子どもという概念になじみができると、子どものことばかり考えてしまう。ここ、ポートランドで子どもを育てる。妹夫婦、ＡＳＩの仲間やその夫人たち。ジョーとイザベルが子どもを早く欲しがっているので、自分の子どもができればいいとこと遊べることになる。

その子どもの母親は、強く、揺るぎない良心を持つ女性。息をするのを忘れるぐらい、体を求めたくなる女性。いざというときには頼りになる、自分の母と同じような立派な女性。

サマーは、何だって独りでできる女性で、男性にエスコートされる必要はない。レディーファーストだからと、彼女の背中に手を添えてあげなくても、もちろん大丈夫だ。彼女の能力には驚かされてばかりで、ジャックが手を貸す必要のあることなど何もない。

けれど、彼はただ彼女に触れていたかった。今この瞬間、彼女に触れていなければ、どうすればいいのか、何もわからなくなる。

サマーはふと顔を上げ、悲しそうな笑みを浮かべた。「イザベルは、あなたにこっちへ引っ越してもらいたがっているのね」

「君もこっちに引っ越してくればいいのに、と思ってるみたいだぞ」

悲しい笑みが、さらにさびしそうになった。「私がこっちに来れば、あなたも引っ越す気になると思ってるからよ。どうしてそんなふうに思うのかしらね」

思って当然じゃないか。サマーも一緒なら、絶対にポートランドに引っ越すぞ。

ジャックは体で押すようにして、サマーを寝室へ移動させた。話をしたかったが、直接肌に触れたい気持ちも強かった。キスをせずにはいられない。彼女の中に自分のものを埋める必要がある。そこに自分の安らぎがあると思うから。

「君なしでこっちに引っ越すことは、考えられない」ぶっきらぼうにそう言うと、彼女は驚いた表情を浮かべながらも顔を彼のほうに向け、キスしてきた。

だからジャックも、彼女にキスした。

もっと、濃密に。

彼女があとずさりする形で、半分ジャックが抱え上げるようにして二人は寝室へ入った。呼吸も彼が彼女のための酸素を半分吸い込んであげたみたいなものだ。彼女が買ったばかりの服は、ほとんどがカシミアかシルクだったが、ジャックが求めているのは彼女の肌のシルクの感触だった。

自分の服を脱ぐと、彼女をゆっくりと裸にする。半年間さびしい毎日を過ごした自分へのプレゼントだ。辛い日々を耐えた褒美として勝ち取ったのだ。

時間をかけて。ゆっくりしよう。飛行機の中での行為は、飢えたけだものそのものだった。惨事があちこちで発生していく様子を見ているうちに、いてもたってもいられない気分になった。多くは偽情報だったが、本当に起きている事件もあった。偽情報の映像にしても、それを見ることで、人間はいつ死ぬかわからないんだな、と思ってしまった。命の大切さを改めて考えさせられた。一生懸命努力して、いつかは理想の生活が送れる、と思っていたら、怪物が現われて築き上げたものを破壊していく。

自分の家族がいい例だ。理想の家族と言われ、この一族はどんなことがあっても大丈夫だとみんなが思っていた。愛情で築き上げた堅固な絆《きずな》があった。それがほんの数分のうちに消えてしまった。

不幸なことは起こる。そして偶然にも今、サマーが命を狙われている。

彼女を失う可能性だってあるのだ。ぐったりと冷たい体を腕に抱き、怒りの涙を流しながら空を見上げても、空は変わらずそこにあるだけ。死んだ人が戻ってくることはない。

彼女の体を自分に縛りつけておきたい。彼女がどこにも行かないようにしておかなければ。彼女には絶対に無事でいてもらわなければならない。彼女にもしものことがあれば、自分は生きていけない。

やっと裸になった彼女が、ジャックを見上げる。彼女の気持ちがその瞳に表れている。彼女は違うと言うかもしれないが、見誤りはしない。サマーは俺のものだ、と彼は思った。そして、彼はサマーのものだ。

二人には運命の結びつきがある。だから家族になるべきだ。彼女と自分の子どもを、この世に送り出したくて仕方ない。さまざまな状況の子どもを見てきたので、余計に思う。自分やきょうだいたちが愛されたように、たっぷり愛情を注いでもらう子どもたちを、たくましく育ち、世界中の邪悪なものに立ち向かっていける子どもたちを。

手を伸ばしてサマーに触れる。乳房を持ち上げ、その温かさとどっしりした重みを確かめる。手を開いてぺたんこのお腹に手のひらを滑らせる。ここにいつか、二人の子どもが宿るのだ。

そう思うと、分身がむくりと大きくなった。

サマーが目を見張る。「まあ。今何を考えたのか知らないけど、そのまま考えておいてね。いい感じだから」

おう、もちろんだ。そう思って彼はほほえんだ。

手はちょうど子宮の上に置いたまま、乳房を口に含もうと体を倒した。ここが二人の子どもに栄養を与えてくれる。そう考えて、また分身がむくりと持ち上がり、息が荒くなった。

このままではまたコントロールを失いそうだ。その前に、きちんと伝えよう。彼は立ったまま、サマーの顔を見つめた。

この顔が歳を重ねるところを、ずっと見ていくのだ。ユーモアを忘れない彼女の顔には、歳とともに深いしわが刻まれていくのだろう。美しい目の横には、カラスの足跡のような線が広がるはずだ。しかし、彼女がどんなに年老いても、ジャックはいつもこの顔を美しいと思うはず。そのことははっきりと断言できる。父にとって、母がいつも美しい人であったのと同じように。

言葉が胸いっぱいになり、ほとばしりそうになる。言いたいことは山ほどある。彼女に教えてもらいたいことがいっぱいある。ただ、どうしても言っておかなければならないことはひとつ。何より大切なこと。

そっと彼女をベッドに寝かせると、ジャックはそのまましばらく彼女の顔を見ていた。彼女の脚が少し開き、彼を歓迎してくれている。彼女の全身すべてが、彼を待ちわびている。彼女はすべてをさらけ出して、彼を受け入れようとしている。彼女が両方の腕をそっと上げると、彼はほほえんでそのまま彼女の中に自分のものを入れた。するっと入る瞬間、彼女が目を閉じ、ほほえんだ。

この体は俺のものなんだ。ジャックはそう思った。

しかし彼のものがサマーの温かな肌に包まれたまま動こうとしないので、彼女は目を開けて問いかけてきた。「ジャック?」

彼はうなずいたが、それでも愛の行為を始めようとはしなかった。彼の真剣な表情を見て、サマーの顔から笑みが消えた。「どうしたの？　何かあった？」

ジャックは彼女の手を取り、しばらくその手を眺めていた。やがて視線を顔に戻す。

「サマー・レディング、俺と結婚してください」

13

サンフランシスコ郊外、ミッション地区

いよいよ今日だ。ツァン・ウェイは再度チェックリストを見直したが、いちおう見ておいただけ。すでにアメリカは混乱の渦の中にあり、人々は右往左往している。これまでの経過を確認してみると、二十四時間で五十七件の偽の事件情報がネット空間に拡散した。非常によくできた映像だったが、実際には何も起きていない。実際の攻撃は三件だけで、これはスプリンガーの手の者が実行した。報道各社はいまだに、どれが本ものでどれが偽の事件なのか、把握しきれていない。

スプリンガーからは暗号化された情報が送られてきて、米国政府の対応状況がわかった。国内の安全保障に関係のある機関はすべてパニック状態になっている。警察などの法執行機関の職員は休暇をすべて取り消されたばかりか、時間外労働が増えるばかり。超過勤務への不満はいっさい受けつけられない。警察業務に就いていない警官

は、全員が病院にいる。軍の予備役として登録されていた者はすべて州兵として招集され、治安維持軍を組織している。五十州すべてで、招集を拒否することは基本的には許されない。連邦緊急事態管理庁《FEMA》（フィーマ）の全職員は全米各地の現場で対応に追われている。国土安全保障省は、警戒レベルを引き上げた。

ニュース専門チャンネルは、どこも例外なくかなりの醜態をさらしている。偽情報に振り回されているので現場に派遣できる記者の数が足りない。と言うのも、いくつかの偽情報は特に人里離れた場所に設定しておいたので、現場に行くことが難しいのだ。たとえばフォンタナ・ダムは最寄りの大都市からは数百キロも離れている。ヘリコプターで行くにしても、到着までの飛行時間はかなりのものだ。そしてダムを実際に見て爆破などなかったことを確認し、自分たちが無駄足を踏んだと知る。一方、ネット上には他の事件の情報があふれている。

ツァン・ウェイはありとあらゆるニュース番組をモニターに映し出し、さらにはツイッターやニュース配信サイトもフォローした。洞察力にすぐれたブロガーたちは、偽情報があふれたのは大規模なハッキングがあったからに違いないと推理していた。実はもうあといくつか、嘘《うそ》の事件情報を流す予定で、その後本ものの攻撃が行なわれることになっている——ジョージア州のサバンナ港で午後三時に爆発が起きる。

全米各地が騒乱状態に陥り、誰もが社会秩序の乱れを意識する。救急車や警察車両の出動要請といった緊急通報システムが機能しなくなる。警察官、病院関係者、救急隊員、州兵といった人たちは、今日の夜には二十四時間連続で勤務してきたことになる。彼らが疲れ果て、何をどうすればいいのか途方に暮れているときに、電力供給がストップする。

永遠に続くのかと思える停電に直面し、彼らはどう対処していいのかわからなくてパニックを起こす。その状態が半年続いたのち、中国からの発電装置の部品供給が再開する。

また電気が使えるようになったとき、それが誰のおかげなのか、アメリカ人みんなの心に強い記憶が残る。それまでの半年間も、水や食料や医薬品が中華人民共和国によって供給されることになるのだから。

停電は今日の午後五時に予定されている。そのあと日没を迎え、街は闇《やみ》に包まれていく。停電に先立って、西海岸全域で大規模に携帯電話の電波妨害を実施し、電話を通じにくくさせておく。そこに停電が起きる。最初は電力会社も、省エネのために電圧削減しているだけ、すぐに回復する、などと嘘を並べるが、だんだんそうではないことがはっきりしてくる。夜が明ける頃には、電力会社も真実を公表せざるを得なくなる。発電装置が故障しました、修理用の部品がありません、部品が到着すれば、電力供給を再開できます。

すると、誰かが質問する――到着するのはいつなんですか？　答えられる者はいない。党の中央政治局が、こっそりと部品メーカーの在庫すべてを買い占めておいた。部品の到着予定日は、中国が決める。

明かりがつくのはいつですか、という質問には、電力会社の人間は大きく肩をすくめるしかないだろう。正直な答は、〝さっぱりわかりません〟のはずなのだ。その裏では、部品を一刻も早く送ってくれ、と必死で発注をかける。ただし、コンピュータも携帯電話も使えないので、注文ができない。

全員が昔ながらの固定電話回線を使う。固定電話は使えるから――数日間だけは。固定電話での通話にも電力が必要なのだ。電話会社の社内発電機は蓄電装置に電力を供給するが、蓄電装置だけでまかなえるのは二、三日分ぐらいなのだ。

その数日が過ぎると、西海岸全域のパニックは目を覆わんばかりになる。八百万人とも言われるロサンゼルス圏の住民が、一斉に他の地区へ脱出しようとする。当然誰もが車を使うので、フリーウェイはただの金属の塊が並んだだけの場所になる。人々は車を乗り捨て、徒歩で脱出を試みる。夜は真っ暗闇になるので、移動は昼にしかできない。月明かりに頼ることもできないのだ。この日を選んだのは、新月だからだ。

食料品店には商品が入ってこない。冷凍庫に入っていたものはだめになる。医療機関の発電装置が止まる。浄水場の給水ポンプが動かないので、水道の蛇口をひねっても、貯水槽に残っていた未処理の水がぽたぽたこぼれるだけ。

インスリン、降圧剤、抗うつ薬の摂取が必要な患者、さらには感染症にかかっているため抗生物質に頼っている人たちには、ご愁傷さまとしか言いようがない。

最初の一週間で起こる騒乱と暴動により、多くの人が命を落とすだろうが、そこを生き延びても、その後もどんどん死者の数は増える。先進国ではあまり大流行が見られないような、たとえばコレラ、腸チフス、赤痢といった病気があっという間に蔓延する。

ツァン・ウェイは、部下やその他の協力者とともにこの建物内に留まる。ここから出なければ安全だ。ここはひと気がないように見せかけているので、誰かが入り込もうとするかもしれないが、入り口に配したスナイパーの構える消音器付きのライフルが侵入者からツァン・ウェイたちを守ってくれる。建物内にはじゅうぶんな電力と食料と水がある。だからただ、目立たないようにじっとしていればいいだけ。そのうち中国人民解放軍の艦隊が到着する。

そして、一発の銃弾を撃ち込むことなく地上最強とうたわれたアメリカ合衆国を制圧した国家として、中華人民共和国が世界に君臨する。

その計画が今日の午後五時に始まる。ツァン・ウェイが〝enter〟キーを押した瞬間、すべてが開始されるのだ。

「ここにいるんだぞ」不安そうにジャックが言う。もうこれで何億回目だろう？

もう、いい加減にしてちょうだい、と文句を言いたくなる気持ちをサマーはぐっとこらえた。サマーの身をひどく案じているからこそ、彼がわかりきったことを何度も言うのは明らかなので、我慢しなくては、と思う。

＊＊＊

ホテルのスイートにあるリビングに全員が集まっていた。ジャック、ＡＳＩからはジャッコとジョー、それにＦＢＩのサンフランシスコ支局の捜査官が三名。捜査官たちはこれまでのいきさつを完全に説明されたわけではなかったのだが、昨日の偽情報事件のせいで、警戒を強めている。偽情報はいまだにネット空間にアップロードされ続けている。捜査官たちは、昨日の混乱を引き起こした犯人がミッション地区のブレナン通りの裏にある路地奥の建物にいるかもしれない、ということだけを伝えられている。

ＡＳＩの二人とＦＢＩ捜査官に戦略を説明する際のジャックは、冷静で落ち着いていた。作戦も見事なものだった。全員が防弾チョッキを着てテーブルの周りに立ち、見張りの手順を相談した。ジャックの説明はわかりやすい。ところが、はっとサマーの存在に目を留めた瞬間、彼は大きく目を見開く。

「ねえ」苛々《いらいら》する気持ちを声に出さないようにしながら、サマーはジャックの腕に手を置いた。腕の筋肉が強ばっていて、ぷるぷる震えているように思える。「どういう手順になっているか、私にもちゃんとわかっているから。何度も言ったはずよ。私は捜査官ではないし、捜査に加わろうだなんてまったく思っていない。ここでの私の役目は、情報を収集して事実を拾い上げることよ。この快適なホテルの部屋に陣取ったままでも、できることだわ」さっと腕を広げて部屋を示す。実に豪華なスイートルームだ。「だからね、基本的には、あなたたちが土砂降りの雨に打たれ、凍《こご》える寒さに震えながら問題の建物に向かい、おそらくは空っぽのその場所を捜索するあいだ、私はここでルームサービスを楽しみながら、ヘクターのパソコンにあったファイルの内容を調べるわけよ。これからの手順をかいつまんで説明すれば、そういうことでしょ？　私の理解に何か間違いはある？」

冗談のつもりだったのに、ジャックにはいっさい通じないばかりか、他の人たちも脳細胞のうちのユーモアが理解できる分野をロボトミー手術で摘出されたらしい。

ジャックは立ちつくしたまま、荒々しく息を吐いた。興奮した牡牛《おうし》みたいだった。

しばらくすると、彼はサマーから視線をそらし、人差し指を立てて宙でぐるぐる回す。さあ、さっさと出発しよう、という合図だ。そして六人の男性は部屋をあとにした。

ああ、もう！　むしゃくしゃする気持ちをどうすることもできずに、彼女はソファに腰を下ろした。ワイン色のとても座り心地のいい椅子《いす》だ。男性たちと一緒の部屋にいることに、一種の気まずさを感じていた。部屋の酸素を男性たちがみんな吸ってしまうとでも言おうか。少なくとも、ジャックはそういう感じだった。昨夜、彼に結婚を申し込まれたあと、ポートランドからここまでのあいだで、二人きりでじっくりと話をする時間がなかった。

サマーは、イエスと言わなかった。ノーと返事をしたわけではないが、結婚に同意はしなかった。

ジャックと結婚したくないわけではない。逆に、彼と結婚したくてたまらない。プロポーズの言葉にどきどきしてしまった。こんな状態は危険だと思って怖くなった。これこそ自分が望んでいたことだとわかった。彼こそ自分が求める男性だ。十二歳のとき初めて彼に会ってからずっと、彼のことばかり想ってきたのだ。他の男性に対して強い愛情が持てなかったのも、これで納得できる。さびしいときには他の男性からの誘いに乗る場合もあり、そうなれば体の関係を持つこともあったが、基本的にはどんな誘いも断っていた。

ジャックこそが、その人。これまでずっとそうだったのだ。

だから彼が結婚しようと言ってくれたときには、心の底からイエスと言いたかった。しかし、何もかもがあまりに急だ。危険が迫り、気持ちが高ぶった中でのプロポーズだった。ジャックは妹に会って、幸せな家族の図を思い描いてしまったに違いない。何せ、半年間も身をひそめたあと、妹と再会したばかりなのだ。

彼の頭の中で、何人もの親族が仲よく暮らす一大ファミリーというファンタジーができ上がってしまっても不思議はない。ポートランドで妹夫婦の近くに住み、自分の子どもの頃と同じような幸せに満ちた生活を送ることを考えたのだろう。そうなれば、確かにすばらしい。そんな暮らしにはサマーだって憧《あこが》れる。ぜひ自分もその夢の一部になりたい。そしていつまでも、幸せに暮らしましたとさ、で終われば……。

だが実際のところ、ジャックの両親が作り上げたような家族は特殊だ。誰もがそう言う。あんなのは異常だ、と表現する人さえいた。あとにも先にも、ああいう幸せに包まれた家族というものを、サマーは見たことがない。サマーの家族もひどかった。幸福という言葉とはまるで結びつかない。バネッサ叔母のように、憎悪する男性となかなか別れられずに暮らさなければならなかった人もいる。さらに実の両親との生活は地獄のようだった。だから彼女は、できるだけ両親のことなど思い出さないようにしている。悪夢のような記憶しかない。たまに混じる少女時代のまともな思い出は、ひどい両親のもとに生まれた女の子を気の毒に思った近所の人から示される親切心によるものだけだ。

家族に関して実際のひどい経験がなかったとしても、惨めな家庭生活に悩む人たちはたくさん知っている。ザックも複雑な家庭環境で育ってきた――父親による虐待があり、母親はアルコール依存症だった。そのせいで彼は性に対する恐怖心を持つようになり、一般的な人間関係が苦手になった。

もちろん、ジャックは本質的にやさしい人で、アルコール依存症でもない。ただ、CIA職員として世間の裏を知り、スパイとして醜いことも見てきたはずなのに、さらにこの半年の辛い経験があっても、それでも彼は理想主義者だ。人の善意を信じる人なのだ。世の中はいとわしいところで、不愉快なことは起こるけれど、自分の家族の中で争いが起こるはずがないと考えている。

その家族の中で関係が悪くなった場合、彼はどうするのだろう？

たとえば、サマーがじゅうぶんに心を開いてくれない、愛情が足りない、などと思った場合、どうなる？　自分のこれまでを考えてみると、さらに自分の家族や親族を思ってみたとき、愛情あふれるよき妻に、ましてや、よき母に――ああ、どうしよう！――なれるはずがない。

サマーからイエスという返事をもらえなくて、ジャックは非常に不機嫌になった。彼女が自分のことを好きではないのだ、と思ったらしい。違う。サマーはサマー自身のことが好きになれないのだ。

ああ、だめ、と彼女は思った。こんなことばかり考えていたって、何にもならない。ここに来た意味がないどころか、気持ちがどんどん落ち込むだけだ。どんなときにも、落ち込んだ気分を紛らわせてくれるのは仕事だ。働いていれば、いつだって気分が高揚する。

ジャックからのプロポーズに返事はできない。とにかく、今のところは。問題が山積し、自分がこれからどうなるのかもわからないのだ。自分の人生が、突然嵐《あらし》にもてあそばれているような状態になった。明日どうなるのかもわからないのに、今後一生のことを決めろと言われても無理だ。

とにかく、仕事だ。働いていれば、元気になれる。

ヘクターのパソコンやUSBメモリにあったファイルすべてを、フェリシティがコピーし新しいノートパソコンのハードドライブに入れておいてくれた。フェリシティ自身は、ヘクターの家から持ってきたオリジナルのパソコンとメモリを引き続き調べている。すべてのファイルをコピーできたの、というサマーの質問には、フェリシティはちらっと視線を上げただけだった。

なるほど、愚問だったようだ、とサマーは思った。つまり、ヘクターのパソコンと基本的には同じものが現在サマーの手元にある。サマーはパソコンを窓際の机に持っていき、そこでファイルを調べ始めた。窓からはサンフランシスコの金融街が見える。サマーにとって、サンフランシスコに来るのはこれが初めてだったし、ホテルまで車で移動したときに街並みを窓から見ただけだった。

でもいつか、今回のことが解決したら、自分の命を狙《ねら》う人がいなくなったら、そしてまたまともな生活を取り戻せたら、きっとこの町をまた訪れようと思った。そのときは、ジャックと一緒に来ればいいかもしれない。

だめよ、サマー！　集中して。

そう自分に言い聞かせて、彼女はファイルを調べ始めた。暗号化してあるファイルには印がつけてあり、そちらはフェリシティが調べることになっている。労力を無駄にする必要はないので、サマーは印のついていないものだけを調べる。

ハードディスクにはファイルがいっぱい入っていた。すべてを丹念に調べていこうと思えば、数日かかりそうだ。サマーはルームサービスでコーヒーとクラブハウスサンドイッチを頼んだ。これで、落ち着いて仕事に取りかかれる。

ファイルを次々に調べていくうち、サマーはあ然とした。見たくもないものを見せられてしまった。ヘクターのお相手の写真には目をそむけたくなる。

この作業は、泥の中を進む感じだ。ヘクターの考えていたことを知るのは、あまり愉快な経験ではない。彼の頭にあったのは、お金への執着と、心のかよわないセックス。ファイルを見ていると、胸が悪くなるような気がする。うんざりして、ちょっとひと休みしようか、と思ったとき、ふとあるファイルの名前が目に留まった。そのファイルは投資関係のファイルを集めたフォルダーに入っていた。

〝オーロラ〟

深い意味はないのかもしれない。投資会社の名前か、あるいは新しく投資の対象に考えた会社名だという可能性もある。ヘッジファンドの名前なのかもしれない。もちろん、女性の名前でもある。けれど、二〇〇七年に行なわれた恐ろしい実験名でもあった。電力供給の安全性に関するプロジェクトで、この実験の結果、電力網はハッキングに弱いという事実が証明された。サマーはインフラの安全性に関する特集記事を連載したことがあり、その際驚愕《きょうがく》の事実を知った。科学者二十名と国土安全保障省の専門家四人にインタビューしたのだが、電力網がハッキング攻撃を受けた場合どうなるかを教えられた。大変な事態になるのは明らかなのに、これといった防御策が講じられていなかったのだ。

ヘクターの〝オーロラ〟ファイルには、ハッキングのことは何も書かれていなかった。純粋に投資についての内容だけだ。ほぼ百万ドルにもなる大きな金額の株式売買。株式投資について、サマーは特に詳しいわけではないが、丁寧に見ていくとヘクターは西海岸の主要電力会社すべての株を空売りしようとしていたのがわかった。電力会社の株が大暴落することを知っていたとしか考えられない。すべての電力会社の株が大暴落するのは、供給する電力がなくなる場合だろう。

つまり、〝オーロラ〟計画のシナリオだ。サマーの動悸《どうき》が激しくなる。売買日時は今日、午後八時。東部標準時の八時なら、カリフォルニアでは午後五時、あと三十分だ。

どきどきしながら、サマーはジャックを携帯電話で呼び出そうとした。ところが、発信音も聞こえない。あれ、と思いながら、もういちどかけてみる。だめだ、もういもういちど。必死の思いで、他の人たちの電話にもかけてみたのだが、いっさい音は聞こえない。緊急事態が起こるはずではなかったのに。おとなしくホテルの豪華な部屋にいるだけの予定だったのに。

人生最大の緊急事態に直面している。

自分の推測が正しければ、あと二十分で電力供給がストップする。もしかしたら、永遠に電気が使えなくなるのかも。この国は一瞬にして、中世の生活を送らなければならなくなる。

そう思った彼女はコートをつかみ、階段を駆け下りて表に飛び出した。一刻を争う。とにかく、ブレナン通りに行かなければ。

ジャックは耳に入れた装置を軽く叩《たた》いてみた。すばらしい通信システムだ。こういった機器はすべてASI社が用意した。FBIの捜査官たちもこの機器をひと目見るなり、自分たちの装置には見向きもしなくなった。

残念ながら、ジャックはコンピュータ・サイエンス担当の教授、といった雰囲気にするためのかつらをかぶらねばならず、イヤピースの装着にもぼさぼさの不愉快な黒髪をかき上げなければならなかった。かつらをかぶるのは、もう勘弁してほしい。

見張りの位置についてもう何時間かが経過した。彼はジョーと交代で見張りを行ない、時間が来ると近くの喫茶店で時間をつぶしていた。ハンクとマイクという二人のFBI捜査官とニックは通りをひとつ隔てたところに停めたワゴン車の中にいる。ジャッコはジャッコとしての能力がもっとも発揮できる場所に陣取った。つまり高いところだ。

「ジャッコ、そっちから何か見えるか？」

ジャッコは数ブロック離れたところにあるビルの屋根に狙撃《そげき》用の道具をセットした。そこから問題の建物のあいだには、高いビルはない。ルポルド・マークVIライフル用スコープから覗《のぞ》いているジャッコには、ビルの様子ははっきりと見えるはずだ。こ

＊
＊
＊

のスコープは飛んでいるハエの生殖器官も確認できるという代物で、スナイパーとしてのジャッコの腕を考えれば、おそらく彼がその気になれば本当にハエの生殖器を撃ち抜けるだろう。

「何にもなし《ジャック・シット》だな、ジャック」ジャッコの声が聞こえ、珍しく、くすっと笑い声まで耳に響いた。ジャッコが笑うのは珍しい。「変化は見られない。ただ、窓ガラスに特殊フィルムが貼《は》ってあるんだ。俺の家と同じようなやつで、一見したところ誰もいないように思ってしまう。だが、俺のとこもそうだからな、わかるんだ」

ふっと嫌な予感がした。建物は古く、いつ解体されてもおかしくない雰囲気だ。ところがドアや窓枠は新しいものが入っている。さらに窓のガラスに特殊フィルムを貼っているとなると……このフィルムは非常に高価で、外からの光は通すのに、内部の明かりは外に漏れないのだ。ジャッコはライフルを設営する前に、二ヶ所別のビルに行き、問題の建物を観察していた。彼の報告によれば、建物にはジャックが隠れ家の裏口に設置していたのと同じように、カムフラージュ用の網がかけてあるそうだ。上空からの撮影を避けるには非常に効果的だ。網のものは、特にドローンで狙われた場合に効果を発揮する。網の下に何があるかまで撮影するためには、レーザー距離計測器を付けた撮影機材が必要だ。

ワゴン車から温度感知装置を建物に向けてみたところ、一階に四つ、二階にも四つの熱を発する物体があるのがわかった。つまり、建物内に八人いるわけだ。ただ、全員ほとんど動かず、外に出ようとする者はひとりもいない。

ひとつだけいいニュースがあった。ＦＢＩ捜査官が確認してくれたのだが、放射能漏れはなかった。それを聞いて、全員が大きく安堵《あんど》の息を吐いた。放射性の爆発物を扱わなければならないとなると、あまり楽しい気分ではいられない。

彼とジョーは辛抱強く何度も近くの小売店やコーヒーショップなどを見て歩いたが、捜しているのが誰で、何に気を留めればいいのかもわからなかった。容疑者らしき人物の写真もないので、手がかりにつながるものは見つからない。

チェスで言う手詰まり状態だ。

何の動きもなければ、こちらからは手の打ちようがない。

時計を見ると、午後四時四十分だった。この建物はかなりの大人数で見張られている。ちょっと息抜きをして、ほんの数ブロックのところにあるホテルに戻り、サマーの顔が見たい。張り込みは徹夜になるかもしれない。悪くすれば、いつまでも終わらない可能性だってある。家宅捜索の令状を取ってくれとＦＢＩに訴えたが、ニックも長官もそれには反対した。あの建物にいるのが誰にせよ、敵であるのは間違いないが、その連中の警戒感をあおり、証拠を隠滅されることを恐れたのだ。

これは完了期限の定められていない作戦司令だ。だから個々の捜査員が二十四時間ずっとここにいなければならないわけではない。一方、ジャックはサマーに会いたい。今すぐに。彼女の無事を自分の目で直接確かめたい。

それに……別の理由もある。プロポーズしたのに、彼女がイエスと言ってくれなかったのだ。そのことを考えると、何だかじっとしていられないような気分になる。彼女は自分に好意を持っている、それはわかっている。女性の心を読むことにかけては、絶対の自信がある。確かに、このところ女性との付き合いはなかったが、それでも女心の本質は一万年前から変わっていないはずだ。この数年で女性が完全に違った生きものになったという証拠はどこにもない。サマーは自分のことを想っている。実のところ、ジャックを愛しているのに、そのことに気づいていないのではないかとも思う。ただ残念ながら、絶対に間違いないという断言まではできない。いや、今後、愛情を得る自信ならある。地球上でいちばん妻想いの夫になるつもりだから。

ジャックは、母を愛する父を見て育った。最高のお手本があったのだ。

それに比べてサマーの周囲には、最悪の夫の例しかなかった。彼女の実の父親は自尊心ばかり強いつまらない男で、しかもほとんどいつも、ドラッグでハイになっていた。さらにはヘクターだ。彼は妻を、いや妻たち全員と険悪な関係だった。

結婚をためらうのは当然だ。そうか、それが理由なんだ……よな？

サマーが俺と結婚してくれない——そんなことがあるか、と彼は思った。

そう思うと、いても立ってもいられない気分になる。

ジャックの頭に浮かぶ幸福な映像を、彼女は想像できないのだ。彼女自身に、そんな経験がないから。けれど彼には見える。ポートランドのきれいな街並みに囲まれて住む二人、周囲には家族同然となった友人たち、妹夫婦もすぐ近くに住んでいる。日に日にASI社で仕事をしてみようという決心が固まりつつある。職に誘ってくれているのは本当にすばらしい会社だし、政府機関の仕事には就く気はない。政治的な陰謀やくだらない権力抗争に巻き込まれるのはもうじゅうぶんだ。ASI社の経営者は二人とも、要求が非常にクリアだ。これをしてほしい、これはしてもらいたくないという明確な指示の下、二人とも常に社員と一緒に現場で汗を流す。ヒュー・ラウニー局長もそういうタイプのボスだったが、彼はもうこの世にいない。だからこの事件が完全に解決し、身を隠す必要がなくなったとしても、CIAに戻る気はまったくない。そもそも、事件解決の際には、現在のCIAは組織解体に近い状態になるだろう。

だからサマーと一緒に、二人で楽しく暮らそう。意味のある生活を。二人の子どもたちは、愛情深い家族と親切な友人たちの慈しみに包まれて育つのだ。

サマーはやりたいことを何だってすればいい。彼女がどんな仕事をするにしても、ジャックは絶対にサポートするつもりだ。政治関係のブログを続けるため、『エリア8』の拠点をDCのままにしておきたいのなら、飛行機でポートランドと東海岸を行ったり来たりすればいい。彼女が一緒の時間を作ってくれ、家族を築いていけるのなら、それでいい。

家族。

憧れにも似た強い気持ちに突き動かされ、膝《ひざ》から力が抜けていきそうになる。

ああ、だめだ。そんなことを考えている場合ではない。今は任務の最中だ。一時間ばかり休みをもらい、サマーの様子を見に行ってこよう。彼女の無事を確認すれば安心だ。そして、彼女の自分への愛も確認しよう。

そうしなければならない理由は、つまり……ジャックもサマーを愛しているからだ。

また時計を見る。四時四十三分。五時まで待って、それから一時間休みをもらい、サマーに会ってこよう。少し離れているだけなのに、もう喪失感が募る。彼女が現われたかのような幻影さえ見える。とてもきれいで、おそらくものすごく高価な深い森を思わせる緑のコートを着た彼女の姿が。ああ、彼女は緑がよく似合う。瞳《ひとみ》の色とぴったりで――

まさか。本もののサマーだ！

ホテルの安全な部屋で、暖かくしているはずが。

嘘だ。何だってまた、彼女は――

「おい」ジャッコの低い声が耳に響く。「ジャックの彼女が二時の方向に見える」

時刻は四時四十五分。

道行く人たちから奇異の目で見られても、構わずサマーはこちらに向かって走り続ける。ジャックのところにたどり着いたときには、はあ、はあ、と息が上がっていた。

「どうした？」ジャックは彼女の肩をつかんだ。「どうしてホテルを出た？　待ってろと言っただろ――」

「ジャック」荒い息の中で、彼女が話す。「敵の狙いが何なのかわかったの！」震えながら、血走った目でジャックを見上げた。「電力送電網を破壊するつもりなのよ。修復不可能なぐらいに。この先何年も電気は使えなくなる。〝オーロラ〟計画を実行する気なの！　攻撃は五時に始まる。あと十五分よ！」

「何だと！」ジャックは耳に入れた通信装置を指で叩いた。「今の話、みんな聞こえたか？」そこでサマーのほうを向く。「どうして電話で知らせなかった？」

「電話が通じないの。何度もかけてみたのよ」

言われて調べてみると、確かに信号音が聞こえない。「おい、みんな」通信装置で他のメンバーの状況を確認する。「携帯電話の状態を調べろ」

「だめだ」ジョーの声。

「こっちも全員、通じない」車で待つニックが伝えてくる。

「俺のは大丈夫だ」ジャッコはかなり離れた地点にいるので、妨害電波の影響を受けていないようだ。

ジャックの背筋を恐怖が駆け下りた。〝ワシントンDC殺戮事件〟のときと同じだ。全員の携帯電話が通じなくなった。ＡＳＩ社の通信装置は機能しているが、これには異なる周波数が使われている。

「ニック」大声で呼びかけたが、そのときすでにニックを含めたＦＢＩ捜査官たちはすでにワゴン車の外に飛び出していた。「あと十五分しかない」

ニックたち三人が、角を曲がって来た。ニックは走りながら突入に備えて装備を整えている。

「サマー、ここから離れろ」ジャックの全身から冷や汗が流れる。突入が恐ろしかったのではなく、サマーが現場にいることが怖かったのだ。

「サマー、銃を扱った経験は？」そばまで来たニックがサマーに声をかける。

「あるわ」サマーは落ち着いていた。「少しだけなら」

ニックが彼女にグロック19を手渡す。「銃弾はフルに装塡《そうてん》してある。独りでホテルに戻ってもらわなければならないから、これを持って行くといい」

彼女はわかった、と言う代わりに銃を受け取った。「さあ、急いで。もうあんまり時間がないわ」

ジャックがうなずく。「ああ、捜査令状がなくても、構うもんか。とにかく突入だ。

いつでも撃てるようにしておくんだ」

ジャックを見るサマーの顔が蒼白《そうはく》だ。「防弾チョッキは着たわよね？」

「ああ」彼は武器を確認し、ニックの装備を調べる。ジョーもやって来て、玄関ドアを破るために必要な爆薬を用意し始めた。

FBIサンフランシスコ支局の二人、ハンクとマイクは閃光弾《せんこうだん》を手にしている。ジャックはサマーの頰《ほお》に軽くキスした。「サマー、すぐにここから離れるんだぞ」

「いいから、行って」全員がその場から走り去った。

今回一緒に仕事をする捜査官たちとは、ジャックはこれまでいちども作戦行動をともにしたことはなかったが、チームワークは完璧《かんぺき》だった。MP‐5サブマシンガンをはじめとして、全員の装備は万全だ。ジョーが慎重に爆破に必要なだけのC4火薬を玄関ドアに仕かけ、通りの角のところから爆破させた。ドアが粉々になるとすぐ、ハンクとマイクが円筒形のアルミケースがセットされた箱を取り出した。閃光弾の発射装置だ。手りゅう弾式に投げ込む従来のものとは異なり、少し離れた場所にも撃ち込める。こういうものがあると、ジャックも話には聞いていたが、実際に見るのは初めてだった。閃光弾を玄関から二発撃ち込み、少し後ろに下がって建物の二階部分に向けてさらに二発、発射する。

ニック、ジョー、ジャックは閃光弾がじゅうぶんに効果を発揮するまで、ほんのしばらく待った。このあと数分、中にいた者は視力と聴力を失ったままの状態になる。

「突入！　行け！」ニックの号令で、全員が銃を構えたまま建物に入った。

いかにも兵士らしい体つきの中国人が三名、床でぼう然としていた。閃光弾のせいで、テーブルの銃を取ることさえできなかったようだ。「ここは俺にまかせろ」ジョーが叫んだ。「早く、コンピュータのところに」

ジャックとニックが階段を駆け上がると、そこは作戦指令室のようになっていた。いたるところにモニターがあり、床を這《は》うケーブルで足の踏み場もない。四人の男がいたが、明らかに階下の兵士然とした男たちとは体格が異なり、ひょろっと細い。全員が床に転がり、うめき声を上げている。ひとりが上半身を起こし、頭を抱えた。目を丸くして入って来たジャックたちを見つめている。見当識を失っているようだが、徐々に何が起きたのか理解し始めている。

ハンクとマイクが男たちの身柄を拘束しようと、室内に入って来た。上半身を起こした男を膝立ちにさせ、そのあと足を床に踏ん張らせて、手首を――

「おい！」通信装置からジャッコの大きな声が聞こえた。「裏口だ。ひとりが逃げ出した。あ、まずい！　サマーがいるところに出た。今すぐ、何とかしろ！」

ジャックはこれ以上すばやい反応をしたことがないというぐらい、大急ぎで階段を下り、裏口へと回った。ドアを壊して頭上に網のかけてある路地に出た。

あそこにサマーが！　あんなところで、いったい何をしているんだ？　手渡された銃を手にして、銃口を地面に向けている。さっと視線を上げ、すぐにまた地面を見る。強い決意に満ちた表情で彼女が見つめていたのは、鉄パイプだ。そして彼女が引き金に指をかけ、銃声が鳴り響いた。そのまま何度も、彼女は銃を撃ち続ける。

「ジャック！」耳で叫び声が聞こえる。ジャッコだ。「後ろ！」

その声と同時に、すべてがスローモーションになった。サマーが決意に満ちた顔でパイプに向かって銃を撃ち続ける。パイプが切断される。路地の反対側から男が飛び出して来る。その男が手に持った銃を構え、サマーの頭を狙う。ジャックはサマーに飛びついて、地面に押し倒す。その瞬間、腕に強い衝撃を感じる。衝撃を受けた場所から燃えるような痛みが広がる。

ただ、最後の瞬間には銃声が二発聞こえたような……

サマーに覆いかぶさる形のまま、ジャックは必死で彼女の体のあちこちに触れてみた。腕は片方しか上がらない。路地の反対側に、仰向けに横たわる男がいた。男はぴくりとも身動きしない。

「サマー！」ジャックはそう叫んだつもりだったが、咳《せき》が出ただけだった。声がうまく出ない。何か赤いものが路面に広がっていくのが見える。大変だ、彼女は出血している。

違う。自分が出血しているのだ。

「ああ、どうしよう。ジャック！」サマーが起き上がって、彼のそばでひざまずき、彼の腕にスカーフを押しつけた。うう、痛い。のぞき込む顔が見えた。ニック、ハンク、マイク。だが、ジャックが気になるのはサマーの顔だけ。彼女が泣いている。

「私の代わりに、銃弾を受けてくれたのね」

彼はうなずいて、何とか声を出した。「イエス」

「イエスよ」涙を流しながらサマーが言った。「イエスだから」

どういう意味だろう？「何がイエスなんだ？」

彼女が顔を近づけ、キスしてきた。腕が痛かった。「イエス、あなたと結婚します」

エピローグ

数ヶ月後、ポートランド

「サマーとジャックに乾杯！」イザベルがグラスを掲げ、全員がそれにならう。ＡＳＩ社員とスザンヌ・ハンティントンの会社で働く人たち全員が、二人を祝って乾杯した。

ジャックの右腕はまだ完全には治りきっていないので、グラスは左手に持たねばならなかった。銃弾は骨を砕き、外科手術が必要な状態だった。その後ずっとリハビリを続けているが、これはメタルが責任を持って監督してくれた。ただ、メタルがここまでサディストだとは思わなかった。撃たれて骨折するのは二度とご免だが、ああいった状況になったからこそサマーが結婚を決意してくれた。だからまあ、結果的にはよしとしよう。

婚約パーティはフッド山のふもとにある美しい貸別荘兼ホテルで行なわれ、食事はイザベルが担当してくれた。

騒々しいパーティだったが、新しい料理が運ばれてくるたび、しばしの沈黙が部屋を包んだ。

パーティでは二人の婚約だけではなく、他にも祝うべきことがたくさんあった。ジャックがいよいよASI社で仕事を始めることになり、サマーの新しいブログも好調だ。このブログは『ナチュラ』という名前で、環境問題についての記事が中心になっている。彼女は政治の世界のどろどろがすっかり嫌になり、もっと大切な問題として、環境を取り上げることにしたのだ。イザベルとジョーの住む家と同じ通りにある新しい二人の住まいで、彼女は記事を執筆している。しばらく前には、やっと待ち望んでいた朗報に接することになった。FBI長官がCIA秘密工作本部担当副長官、マーカス・スプリンガーのオフィスに出向き、直接逮捕状を提示したのだ。記載されていた罪状は、〝ワシントンDC殺戮事件〟における千余人もの殺害と、謀議、さらに国家反逆罪だ。アメリカ本土の半分近い地域での電力送電網を破壊しようと計画したことも罪状に追加されるはずで、これはヘクターのパソコンにあったファイルが証拠となる予定だ。スプリンガーのパソコンも調べれば、間違いなくさらなる証拠が見つかるはずだ。

サマーがあの日、銃を撃ち続けたのは、建物から伸びる光ファイバーケーブルを破壊するためだった。あと二秒ケーブルが切れるのが遅ければ、西海岸は闇《やみ》に包まれ、どうしようもない無秩序状態に陥っていただろう。

サマー。実は彼女に関してもうひとつ大きな祝いごとがあるのを、ジャックは隠していた。ハーバード大学時代の知人を通じてこっそり聞き出してはいたのだが、ついさっき、決定したと通知があったのだ。

サマーは眉《まゆ》をひそめたままジャックにほほえみ、そのあと左手の薬指を見た。こんな大きな指輪、仕事をするときに邪魔になって仕方ないわ、と文句を言っているが、指輪を外そうとはしない。ジャックは自分が買えるかぎりいちばん大きなダイヤモンドを彼女に贈った。世界じゅうにサマーは俺のものだ、と宣言したかったのだ。

ただサマーを独り占めしてはいけないのは、わかっている。彼女は世界じゅうの人たちのために存在している。

毎日、毎晩、病院につきっきりでいてくれたときも、彼女は記事を書き続けた。彼女が謀略計画を世間に明らかにしたことで、政治の流れが根底から変わった。どうしようもなく頭の悪いジョン・ロンドンという男が次期大統領候補として最有力だったのだが、ロンドンがヘクター・ブレイクやマーカス・スプリンガーと交わしていた密約——彼が大統領になれば中国人民解放軍の言いなりになるという合意——をサマーにすっぱ抜かれ、彼はすごすごと選挙戦を下り、故郷で引退生活を送ることになった。ワシントンDCには今、新しい風が吹いている。実はロンドンだけでなく、政府の要職にいる者や政治家の多くが、今回の事件に関与していたからだ。

中国政府は、今回の計画にはまったく関知していないと言い張った。ごく一部の反乱分子が起こした事件として、人民解放軍サイバー部隊を率いていたチェン・イー将軍を処刑した。その後、新たな通商条約が結ばれたが、すべてが米国にとって有利な条件での合意となった。

事件に関するサマーの記事はどれも、亡きザック・バローズとマーシー・トンプソンへの追悼の思いとともに、両名に捧《ささ》げられた。この一連の記事で、彼女は歴史に名前を残すジャーナリストとなったのだ。

そして今、彼女の名前をさらに後世まで人々の記憶に残すことがあった。

ジャックは立ち上がり、ナイフの先でグラスを叩《たた》いて、注目するようにと促した。部屋はいっきに静かになった。

「俺が地上でいちばん幸運な男だということは、みんな知っていると思う。何がよかったのかまではわからないが、俺との結婚にサマーを同意させることに成功したんだからな。いや、そのために銃弾を体で受けなきゃならなかったし、俺が死ぬと思って、とりあえずイエスと言っておけばいい、と彼女が思ったのかもしれないが」笑い声が起こり、また静かになるまで彼は少し待った。「それでも彼女は、ちゃんと約束を守り、俺と結婚してくれるらしい。式は六月に挙げることに決めた。ここにいる全員を招待する」

大歓声が上がり、部屋は大騒ぎになった。みんながにこにこしている。ジャッコが最後に一切れ残ったブルーベリー・タルトを頬ばって、ウィンクしてきた。

「ニュースはまだあるんだ」ジャックは話を続けた。「いいニュースがね。つい今しがた、学生時代の友人から連絡を受けた。俺の愛するサマー・レディング、すぐにサマー・デルヴォーになるこの女性の調査報道部門でのピュリッツアー賞の受賞が決まったんだ。もうすぐ正式な通知が彼女のもとに来るはずだ。だから、彼女の受賞をみんなで祝おうと思う」

笑顔で彼女を見下ろすと、彼女はぼう然とした顔をしていた。ああ、この顔を一生見て暮らすんだな、とジャックは思った。彼女はきっと、次々といろんな賞を獲得していくだろうから。

「では、自分の命よりも大切に想う女性、世界でいちばんすばらしい人の成功を祝して、乾杯！」

訳者あとがき

アメリカを襲った未曾有のテロ攻撃で死んだと思われていた名門一族の長男、ジャック・デルヴォーが生きており、実はＣＩＡのエージェントであった経歴を生かして真犯人を追っていた、とわかったのが前作でしたが、今回はそのジャックが巨大な陰謀の黒幕に迫り、真相を暴きます。前作でも実質的にヒロインを救ったのは、このかっこいいお兄さんだったので、彼のロマンスを楽しみにしていた方も多かったのではないでしょうか？

ジャック・デルヴォーはあらゆる意味で〝ヒーロー〟となるべく生まれ育ってきた男性で、後光が差すほどまぶしい金髪、ハンサムでスポーツ万能、名門一族の長男で、女の子の憧れの的でした。能天気とも言えるその人生を変えてしまったのは、やはり9・11同時多発テロで、その後、家族を守ろうとＣＩＡで働くことを決意します。このあたりのことは作品中では詳しく触れられていませんが、何となく、最初はその説明に多くのページが割かれていたのを、かなり大きく修正したのではないか、という感想を持ちました。あの事件で生き方を変えた、変えさせられた人がアメリカには多く存在し、そのあたりの事情をことさら説明するまでもないと判断されたからかもしれません。あの事件がアメリカの人たちの心に残した傷は本当に大きかったのだな、と改めて思いました。

「ミッドナイト」シリーズはこのあと、シニア・チーフとアレグラ、ジャッコとローレンの後日譚を一冊にしてお届けする予定ですが、シニア・チーフとアレグラの『真夜中の影』は非常に短いながらもアクションに満ちたもので、一方ジャッコとローレンの『真夜中の探訪』はかなりせつない内容になり、ミッドナイトのヒーローたちの中でも、作者はジャッコがお気に入りなのかな、と思ってしまいました。この中編の出版を記念して、「ミッドナイト」のどのヒーローが好きか、という作家も参加するチャットやコンテストなどが開かれたのですが、それまでジョンやシニア・チーフが好きだったけれど、この作品でジャッコがいちばんになった、というファンも多かったようです。個人的には、ヒロインの前でもあまりミスをしない、完璧ヒーローのジャックもすてきだと思うのですけれど、いかがでしょうか？

◉訳者紹介　上中 京（かみなか　みやこ）
関西学院大学文学部英文科卒業。英米文学翻訳家。訳書にライス『真夜中の男』他シリーズ七作、ジェフリーズ『誘惑のルール』他〈淑女たちの修養学校〉シリーズ全八作、『ストーンヴィル侯爵の真実』『切り札は愛の言葉』他〈ヘリオン〉シリーズ全五作（以上、扶桑社ロマンス）、パトニー『盗まれた魔法』、ブロックマン『この想いはただ苦しくて』（以上、武田ランダムハウスジャパン）など。

真夜中の炎

発行日　2016年12月10日　初版第1刷発行

著　者　リサ・マリー・ライス
訳　者　上中　京

発行者　久保田榮一
発行所　株式会社 扶桑社
〒105-8070
東京都港区芝浦1-1-1 浜松町ビルディング
電話　03-6368-8870（編集）
　　　03-6368-8891（郵便室）
www.fusosha.co.jp

印刷・製本　図書印刷株式会社

ISBN978-4-594-07581-1 C0197